KB115197

너와 나의 엔딩 1

초판 1쇄 찍은 날 ｜ 2017년 11월 28일
초판 1쇄 펴낸 날 ｜ 2017년 12월 05일

지은이 ｜ 별규
펴낸이 ｜ 서경석

편 집 책 임 ｜ 조윤희
편　　　집 ｜ 이은주
　　　　　　이예진
디　자　인 ｜ 최진실

펴 낸 곳 ｜ 도서출판 청어람
등록번호 ｜ 제387-1999-000006호
등록일자 ｜ 1999. 5. 31
어람번호 ｜ 제11-0067호

주소 ｜ 경기도 부천시 부일로 483번길 40 서경B/D 3F (우) 14640
전화 ｜ 032-656-4452 팩스 ｜ 032-656-4453
http://www.chungeoram.com
E-mail ｜ chungeorambook@daum.net

ⓒ 별규, 2017

ISBN 979-11-04-91505-5　　04810
ISBN 979-11-04-91504-8　　(SET)

※ 파본은 구입하신 서점에서 교환하여 드립니다.
※ 저자와 협의하여 인지를 붙이지 않습니다.
※ 이 책은 도서출판 청어람과 저작자의 계약에 의해 출판된 것이므로,
　무단 전재 및 유포·공유를 금합니다.

너와 나의 엔딩 1

별규 장편소설

도서출판 청어람

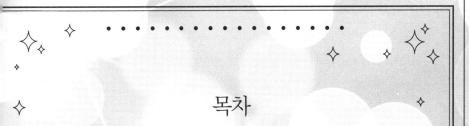

목차

요망한 꽃뱀의 정체

지혁은 제 방, 제 침대 위에 있어서는 안 될 존재를 짜증스러운 얼굴로 내려다보았다. 베개 위에 흐트러져 있는 갈색 머리카락, 작고 갸름한 얼굴과 봉긋 솟은 이마, 부드럽게 떨어지는 콧날과 복숭앗빛 입술…… . 예쁜 여자였다. 그것도 상당히 예쁜 여자였다. 하지만 그런 건 그의 분노 지수를 낮추는 데 일말의 도움도 되지 않았다. 남의 방에 허락도 없이 들어온 것도 모자라, 아직 어떤 여자도 누워보지 못한 침대 위에 떡하니 누워 자고 있는데, 그런 그녀가 뛰어난 미모를 자랑한다 한들 그게 대수겠는가.

"저기요."

지혁이 신경질적으로 여자를 불렀다. 하지만 그녀는 미동도 하지 않았다.

"이봐요."

여자는 남의 침대에서 자는 주제에 아무리 불러도 일어나지 않았다. 흔들어 깨워볼까 잠시 고민했지만, 그는 모르는 여자의 몸에 손을 대기가 껄끄러워 참기로 했다.

"후우……."

지혁은 애써 숨을 골랐다. 지금 간신히 붙잡고 있는 이성의 끈을 놓아버린다면 당장에라도 주거침입으로 경찰에 신고할 수도 있겠다 싶어서였다.

"후우우……."

다시 한 번 심호흡을 하면서 마음을 다스린 그는 바지 주머니에서 휴대폰을 꺼내 들었다. 1번과 2번 숫자가 어서 눌러달라고 유혹하고 있었지만 이를 악물고 참았다. 대신 호영에게 전화를 걸었다. 호영은 지혁의 가장 친한 친구이자, 지난달부터 같이 살기 시작한 동거인이기도 했다. 전화는 음성 사서함까지 가도록 연결되지 않았다.

"안 받는다 이거지?"

지혁은 거칠게 종료 버튼을 누르고서 휴대폰을 다시 바지 주머니에 쑤셔 넣었다. 심호흡의 효과는 이미 흔적도 없이 사라진 지 오래였다. 그의 미간은 잔뜩 좁아졌고 눈동자에는 분노의 열기가 일렁거렸다.

"김…… 호…… 영……."

사람의 이름 석 자가 욕처럼 들릴 수도 있다니 신기한 일이 아닐 수 없었다.

"요즘 만나는 애가 얼굴은 예쁜데 주사가 좀 있어. 아무 데서나 막 자. 한 번은 주차장 바닥에서 자고 있다가 누가 경찰에 신고까지 했다나, 뭐라나."

얼마 전 호영에게서 들은 말이었다. 예쁜 여자, 스멀스멀 올라오는 술 냄새…… 더 고민할 필요도 없었다. 요즘 호영이 만난다는 여자가 방을 착각하고 들어와 애먼 침대를 차지하고 있는 상황, 그게 다였다.

"아오……."

지혁은 여자를 번쩍 들어다가 호영의 방에 던져 놓고 싶은 욕구를 차마 실행에 옮기지 못하고 몸을 돌렸다. 어차피 호영이 들어오기 전에는 해결되지 않을 문제였다. 끓어오르는 화를 조금이라도 진정시키려면 찬물에 샤워라도 하는 게 낫겠다 싶었던 그는 굳은 표정으로 방을 나갔다.

샤워를 마친 지혁의 눈썹이 불만스럽게 꿈틀거렸다. 갈아입을 옷을 가지고 오지 않았다는 것을 뒤늦게 깨달았기 때문이었다. 평소라면 당연히 벗은 채로 나갔겠지만, 혹시 여자가 깨기라도 한다면 난감한 상황이 벌어질 테니 그럴 수도 없었다. 피해자인 자신의 위치가 일순간에 가해자가 될 수도 있을 터였다.

"젠장……."

찜찜하지만 어쩔 수 없이 벗어두었던 속옷과 겉옷을 다시 챙겨 입고 있는데 현관문이 열렸다가 닫히는 소리가 어렴풋이 들렸다. 호영이 돌아온 모양이라고 생각하며 욕실을 나온 지혁은 인기척 하나 없이 조용한 거실을 보며 고개를 갸웃거렸다.

"……뭐지?"

곧장 방으로 들어갔나 싶어서 호영의 방으로 가보았지만 아무도 없었다. 그는 짚이는 바가 있어 제 방으로 발걸음을 돌렸다. 방에 들어가 보니, 침대를 차지하고 있던 여자가 감쪽같이 사라지고 없었다. 호영이 들어온 것이 아니라, 여자가 나간 것이었다. 흐트러진 침구와 미세하게 남아 있는 술 냄새가 거슬리기는 했지만, 그 정도는 참아줄 만했다. 어떻게 처리할 방법이 없어서 언짢았던 존재가 제 발로 사라져 주고 없으니 지금 당장은 이걸로 충분했다. 남은 분노는 호영이 돌아오고 나서 해소하면 될 일이었다.

지혁은 침대로 성큼성큼 다가가 시트, 베개 커버, 이불까지 싹 벗겨 냈다. 여자의 흔적을 완벽히 없애 버린 뒤에야 그의 얼굴에 흡족한 미소가 떠올랐다.

지혁은 그로부터 한 시간 뒤 집에 들어온 호영에게 싸늘하게 경고했다.

"이런 일 한 번만 더 있으면 나 바로 나간다."

"빌어먹을 월세의 압박에서 벗어나서 이제 숨 좀 쉬어볼까 했더니, 이 무슨 산소호흡기 빼는 소리냐!"

호영이 처절하게 외쳤다. 전세 기간 만료를 앞둔 작년 겨울, 집주인이 보증금 인상 대신 반전세로 전환하겠다며, 앞으로는 매달 오십만 원씩 내라고 통보를 해왔다. 전세금이 가파르게 상승하고 있다는 걸 알기에 하는 수 없이 그 제안에 응했지만 호영의 월급에 오십만 원은 부담스러운 금액이었다. 게다가 매달 나오는 전세 자금 대출이자도 갚아야 했다. 도저히 아파트에서 살 여력이 안 된다는 걸 인정하고 비교적 저렴한 원룸이나 오피스텔을 알아볼까 생각하던 호영에게 구원의 손을 내밀어준 건 다름 아닌 지혁이었다. 그는 당분간 지혁을 놓아줄 생각은 추호도 없었다.

"모르는 사람 드나드는 거 딱 질색이야."

급하게 돈이 필요했던 지혁은 살던 아파트를 처분하고 호영의 집으로 들어온 지 이제 한 달째였다. 호영의 아파트 보증금 절반과 매달 월세의 절반을 부담하는 조건이었다.

"내가 미쳤었지……."

지혁은 제 사정도 제 사정이었지만, 만날 때마다 죽는소리를 해대는 호영의 사정을 봐준 것도 없지 않아 있었다. 그는 자신과 전혀 어울리지 않는 배려라는 것을 한답시고 쓸데없는 짓을 한 것에 대한 후회가 벌써 물밀듯 밀려오고 있었다.

"알았어, 알았어. 모르는 사람 아무도 못 오게 할게. 아는 사람도 못 오게 한다. 우리 엄마도 오지 말라고 하면 되잖아. 응? 응?"

호영이 능글맞게 웃으며 지혁에게 윙크를 날렸다. 못 볼 것을 봤다는 듯 지혁의 얼굴이 단숨에 구겨졌다. 두 사람은 공통점을 찾아보기 힘들 만큼 정반대 캐릭터였다. 지혁이 시크, 까칠 등으로 대표되는 성격이라면, 호영은 유들, 능청 등으로 표현 가능한 성격이었다. 성격뿐만 아니라 외모까지 판이했는데, 지혁은 이목구비가 또렷하고 날카로운 반면 호영은 눈매가 서글서글하고 인상이 유했다. 교집합이 전혀 없어 보이는 두 사람이 열여덟 살 때부터 서른셋이 된 지금까지 별 탈없이 잘 지내는 것을 두고, 주변 사람들은 입을 모아 미스터리라고 말했다.

"한 번만 봐주라, 인마. 됐다는데도 자꾸만 밑반찬 좀 갖다준다고 하길래 현관 비밀번호 알려줬던 거란 말이다. 말만 해놓고 한 번을 안 오더니 술 취해서 자고 갔을 줄이야 낸들 알았겠냐?"

지혁이 퉁명스럽게 반문했다.

"술을 마셨으면 집에 가서 잘 것이지, 왜 아무도 없는 집에서 자고 가는 건데? 집 없어?"

설마 집이 없겠냐…… 라고 말하고 싶었지만, 호영은 심기가 불편해 보이는 지혁을 자극해서 좋을 게 없다고 판단했다. 그래서 튀어나오려는 말을 꾹 참고 제 추측을 말했다.

"어제 싸웠거든. 그래서 오늘 하루 종일 연락 한 번도 안 했는데 화해하자고 왔다가 술김에 졸렸나 보지, 뭐. 술 깨니까 마음이 바뀌었는지 전화도 안 받는다."

"나랑 같이 산다는 말은 안 했냐?"

"……요새 만날 때마다 싸워서 할 시간이 없었다."

"이제 너 혼자 사는 집 아니니까 오지 말라고 확실히 말해놔."

정색하며 못을 박는 지혁에게 호영이 조심스레 물었다.

"너 없을 때는 괜찮지……?"

지혁이 미간을 찌푸렸다. 무슨 의미인지 모르지 않았지만, 호영은 포기하지 않고 다시 한 번 물었다.

"내 방만도 안 되냐……?"

지혁의 미간 주름이 더 깊어졌다.

"알았다……."

호영의 어깨가 시무룩하게 늘어졌다.

"사귄 지 이 주도 안 된 남자네 집에 와서 자고 간 것도 어이없다만, 이건 백번 양보해서 그럴 수도 있다 치자. 근데 술 취하면 아무 데서나 막 잔다면서? 그 정도면 술을 못 마시게 해야 하는 거 아니냐?"

"술 마시지 말라는 잔소리 되게 싫어해. 내가 사귀자고 하니까 딱 잘라 말하더라, 자기한테 아무 터치도 하지 말라고."

침통하게 고개를 절레절레 흔들고 있는 그를 보며 지혁이 물었다.

"넌 무슨 상전 모시냐?"

"상전 맞아."

"뭐라고?"

지혁이 인상을 구긴 것과 반대로 호영은 여유롭게 씩 웃었다.

"예쁘거든."

그랬다. 호영이 여자를 만나는 기준은 오로지 외모 한 가지뿐이었다. 그는 예쁜 여자를 짧게 만나는 걸 좋아했다.

이튿날, 지혁은 은행 일을 처리하고 집으로 돌아가는 길에 근처 카페에 들렀다. 호영의 집으로 이사 온 이후, 종종 들르는 곳이었다.

"주문하신 아메리카노 나왔습니다."

그가 직원이 건네준 커피를 받아 들고 입구를 향해 걸어가고 있을 때였다.

"거기 싫어요."

뒤편 어디쯤에서 청아한 음색의 여자 목소리가 들렸다. 우뚝 멈춰선 그는 무언가에 이끌리듯 소리가 난 쪽으로 고개를 돌렸다. 고작한 번, 그것도 잠깐 보았을 뿐이었지만 뇌리에 각인되다시피 한 여자의 얼굴이 보였다. 호영의 여자친구이자, 어젯밤 그의 침대를 점령했다가 귀신처럼 사라져 버린 진상녀…… 그녀가 언제 술을 마셨나 싶게 말끔한 얼굴로 한 남자와 마주 앉아 있었다.

"방음 잘 되고 깨끗하다고 너도 좋아했잖아."

지혁의 시선이 그녀의 맞은편에 앉아 있는 남자에게로 향했다. 몇번 본 적이 있어 얼굴을 알고 있는 카페 사장이었다.

"그건 침대가 삐걱거리고, 뜨거운 물이 뜬금없이 안 나온다는 걸 알기 전에 한 말이었잖아요."

"아, 맞다. 우리 그날 같이 씻다가 얼어 죽는 줄 알았지."

지혁의 미간이 확 찌푸려졌다.

"그럼 다른 데 잡을게."

"그래도 안 가요. 저 요새 컨디션 별로예요. 밤새 한숨도 못 자게 괴롭힐 거면서……."

표정이 딱딱하게 굳은 지혁은 근처 테이블에 자리를 잡고 앉았다.

그냥 갈 수가 없었다. 어젯밤 그녀의 이야기를 하던 호영이 왠지 다른 남자가 있는 것 같은 불길한 예감이 든다고 했던 말이 떠올랐기 때문이었다. 호영의 의심을 제 눈으로, 제 귀로 확인한 순간이었다.

"안 괴롭히고 소중히 다뤄줄게."

"지난번에도 그 말 했거든요?"

여자는 밀당에 상당히 능숙했다. 남자를 애태우는 법을 아는 여자 같았다.

"정말 안 갈 거야?"

"갈 거예요, 집에."

남자의 사정에도 불구하고, 여자는 단호하게 자리에서 일어났다. 지혁은 카페를 나가는 그녀의 뒷모습을 바라보며 주먹을 말아 쥐었다.

지혁은 카페에서 나와 아파트를 향해 걸었다. 이런저런 생각으로 머릿속이 복잡했다. 그는 다른 사람의 일에 관심을 두는 성격이 아니었다. 하지만 호영에게만은 쉽사리 선을 그을 수가 없었다.

'말을 해야 하나, 말아야 하나……'

어떻게 하는 게 최선인지 결정을 내리지 못하고 아파트에 들어선 지혁은 자신보다 앞서 카페를 나갔던 여자가 다른 남자의 품에 안겨 있는 것을 보고 제 눈을 의심했다.

'뭐지, 이 여자……?'

일부러 제 동선을 파악하고 한 걸음 앞서가서 준비하고 있다가 나타나는 게 아닐까 싶은 의심이 들 정도였다. 지혁의 시선이 여자를 떠나 남자에게로 향했다. 시동이 걸려 있는 밴 앞에 서 있는 걸 보니 연예인인 것 같았다. 하얗고, 마르고, 얼굴이 주먹만 했다. 연예계 쪽에 관심이 없어서 누구인지는 알 수 없었지만, 한 가지 확실한 건 풍기는 이미지 자체가 일반인과 사뭇 다르다는 것이었다. 호영과 카페 사장에 이어 새롭게 등장한 연예인까지, 세 남자를 농락하고 있는 여자의 능력과 재주가 대단하다는 생각마저 들었다.

'얼굴값을 한다는 게 이런 건가?'

지혁이 호영에게 여자의 정체에 대해 알리기로 마음먹은 그때, 남자가 여자를 감싸 안고 있던 팔을 풀고 반걸음 뒤로 물러나는 게 보였다. 여자가 무슨 말을 하는데 들리지는 않았다. 남자가 여자의 말에 씨 웃는 것만 보였다. 호영에게 알리는 걸로 끝내려던 지혁은 마음을 바꿔 두 사람을 향해 성큼성큼 걸어갔다. 남녀 사이에 제삼자가 끼어드는 게 얼마나 큰 오지랖인지 모르지 않았다. 하지만 이쯤 되면 진상 꽃뱀은 누구에게든 지탄을 받아도 할 말이 없을 터였다.

"얘기 좀 합시다."

여자가 고개를 돌렸다. 눈을 감고 있을 때도 예쁘다고 생각했지만, 눈을 뜨고 있으니 예쁘다는 말보다는 신비롭다는 말이 더 어울리는 외모였다. 이국적인 느낌이 드는 회갈색 눈동자가 묘한 분위기를 자아내고 있었다. 얼굴, 몸매, 조금 전 들었던 목소리까지 외형적으로는 흠잡을 데가 없었다. 썩어빠진 정신 상태가 문제일 뿐이었다.

"저요?"

여자가 자신을 부른 게 맞느냐는 듯 주위를 둘러보며 물었다. 눈이 마주치고 있는데 모른 척하는 게 어이없었지만, 그는 일단 침착하게 대답했다.

"네. 그쪽 말입니다."

하지만 적의에 가득 찬 눈빛은 숨길 수가 없었다.

"최소한의 도리는 지키고 사는 게 어떻겠습니까?"

"……네?"

어리둥절한 표정을 짓고 있는 여자에게 연예인으로 추정되는 남자가 물었다.

"아는 분이야?"

"아니."

여자가 남자를 보며 고개를 가로저었다.

"그쪽은 나를 모르겠지만 나는 그쪽을 아주 잘 아는데?"

지혁의 목소리가 더욱 냉랭해졌다. 어느새 말도 짧아졌다. 그는 지금 그녀의 말간 눈에 홀린 호영과 앞에 있는 남자가 안 됐다는 생각밖에 없었다. 카페 사장의 얼굴도 뇌리를 스치고 지나갔다.

"저를 아신다고요?"

여자가 콧잔등을 찡그렸다.

'좋아. 네 요망한 정체를 밝혀주지.'

이 남자, 저 남자에게 꼬리 치고 다니는 여자를 이대로 내버려 둔다면 더 많은 선의의 피해자를 양산해 낼 수도 있다는 정의감까지 발현되고 있었다.

"알지, 김호영 여자친구."

지혁은 되도록 빨리 끝내고 싶은 마음에 단도직입적으로 대답했다. 그는 여자와 이런 대화를 주고받고 있다는 것 자체가 불쾌했다.

"누구요?"

호영의 이름을 들으면 기겁할 줄 알았던 그의 예상과 달리 그녀는 태연했다. 콧잔등의 주름이 더 깊어졌을 뿐이었다. 만만히 볼 상대가 아니라고 생각하며 지혁이 되물었다.

"김호영 몰라?"

지혁은 뻔히 알아들어 놓고 모른 척 되묻는 그녀가 가증스럽기 그지없었다.

"알아요."

여자의 시인을 받아낸 지혁의 얼굴에 승리의 미소가 감돌려던 찰나, 여자의 입에서 예상치 못한 말이 흘러나왔다.

"사촌 오빠데 왜 그러시죠?"

수현은 당혹스러운 마음 반, 짜증스러운 마음 반이었다. 이사 온 주소를 어떻게 알고 불쑥 찾아와 엉겨 붙는 세진이 귀찮아 죽을 지경인데, 이건 또 뭔가 싶었다.

'뭐야, 이 남자……?'

그녀는 아무 말 없이 굳은 표정으로 서 있는 지혁에게 다시 한 번 쐐기를 박았다.

"사촌 오빠라고요."

그가 자신을 사촌 오빠인 호영의 여자친구로 오해했다는 건 짐작할 수 있었다. 하지만 도리를 지키고 살라는 말은 무엇이며, 왜 잡아먹을 듯이 노려본 건지는 그의 입으로 들어야만 알 수 있을 것 같았다.

"질문에 대한 정확한 답변을 드린 것 같은데, 더 하실 말씀 없으신가요?"

수현의 목소리는 그 어느 때보다 싸늘했다. 무슨 이유가 있으니 오해를 했을 거라고 이해해 보려 해도 다짜고짜 반말을 듣고 경멸하는 눈빛까지 받아야 했던 게 분해서 말이 곱게 나가지 않았다. 한참 만에 열린 지혁의 입에서는 수현이 원하는 사과 대신, 본인의 의혹을 명확히 하기 위한 질문이 나왔다.

"호영이 사촌 동생이라고?"

"네."

그녀는 일단 끓어오르는 분노를 꾹 눌러 참고 짧게 대답했다. 그와 호영의 관계를 알 수 없어 어떤 식으로 대응해야 할지 확신이 서지 않아서였다.

"이름이?"

지혁의 질문이 이어졌다. 아니, 질문이라기보다는 명령조에 가까웠다. 그의 말에 순순히 따라줄 생각도, 의무도 없었기에 수현은 입을 열지 않았다. 하지만 모든 일에는 변수가 있게 마련이었고, 이번 일의 변수는 세진이었다.

"수현아."

눈치라고는 지지리도 없는 세진이 나서서 그녀의 이름을 당당하게 공개한 것이다. 수현이 인상을 찡그리며 바라보자, 세진은 자신이 실수했음을 깨닫고 황급히 그녀의 시선을 피했다.

"맞다, 수현이."

지혁의 웃음기 밴 목소리에 수현의 시선이 다시 그에게 향했다. 뜬금없는 친한 척이 당황스러웠다.

"오랜만이네."

지혁의 기억은 고등학교 2학년 봄으로 거슬러 올라갔다. 문학 조별 발표 수업 때문에 그를 포함한 조원 여러 명이 호영의 집으로 몰려갔던 날이었다. 그날, 지혁은 수현을 처음 보았다. 허세가 심하고 음담패설을 즐기는 권영석이란 놈이 그녀를 보자마자 눈알을 굴려대며 탄성을 터뜨렸던 순간이 떠올랐다.

♪ ♩ ♪ ♫

"와! 인형같이 생겼다!"

지혁은 다른 사람이라면 몰라도 그의 말에는 동의하고 싶지 않았다. 하지만 인정하지 않을 수 없었다. 그녀는 정말로 인형 같다는 말이 잘 어울렸다. 어디 한군데 모난 구석 없이 부드럽게 떨어지는 얼굴 선과 이목구비의 조화로움이 인상적인 아이였다. 하얀 원피스를 입고 긴 머리를 뒤로 땋아 내린 수현은 또래 아이들과는 전혀 다른, 청순하고 신비스러운 분위기를 자아내고 있었다.

"호영이 동생? 이름이 뭐야? 몇 학년이야?"

그녀는 영석의 관심 어린 질문을 무표정하게 듣고 있다가 제 방으로 휙 들어가 버렸다. 잠시 무안해하는가 싶던 영석은 호영을 졸라서 그녀가 다섯 살 어린 사촌 동생이며 이름은 '수현'이라는 대답을 얻어냈다. 옆에서 듣고 있던 지혁도 덕분에 그녀의 이름을 알 수 있었다. 그리고 그가 수현을 본 건 그게 처음이자 마지막이었다.

♪♩♪♫

"절 아세요?"

수현의 또렷한 목소리가, 과거를 추억하던 지혁을 현실로 끌어냈다. 그는 어린 시절의 모습이 고스란히 남아 있는 그녀의 얼굴을 말없이 응시했다. 여성미와 성숙미가 더해지긴 했지만, 전체적인 이미지는 예전 그대로였다.

"알지."

두 사람은 조금 전 주고받았던 질문과 답을 반복했다. 아느냐고 물었고 안다고 대답했다. 하지만 결정적으로 다른 건 지혁의 대답이었다. 수현이 누구인지 알기 전에는 호영의 여자친구로, 이번엔 호영의 사촌 동생으로 안다는 의미였으니 말이다.

'자기만 날 알고 있으면 다야?'

본인을 소개할 생각이 없어 보이는 그에게, 수현이 단도직입적으로 물었다.

"신분을 밝혀주시겠어요? 전 그쪽이 누군지 몰라서요."

"나 몰라?"

지혁의 미간이 좁아졌다.

'내가 그렇게 쉽게 기억에서 지워질 얼굴이 아닌데?'

그는 수현이 자신을 못 알아볼 거라는 생각을 하지 못했다. 자신이 그녀를 알아봤으니, 당연히 그녀도 자신을 알아볼 거라는 생각이었다.

"네. 몰라요."

그런데 모른단다……. 지혁은 내심 자존심이 상했지만, 모른다는 사람에게 기억해 내라고 다그칠 수는 없어 순순히 제 이름을 밝혔다.

"류지혁."

그는 호영이 고등학교 때부터 가장 친하게 지내온 제 이름을 수현에게 한 번도 언급하지 않았을 거라고 생각지 않았다. 수현이 기억을 더듬듯 눈망울을 굴리자, 지혁은 구차한 설명을 덧붙였다.

"호영이랑 고등학교 때부터 친구."

"아……."

시큰둥한 표정과 높낮이가 전혀 없는 감탄사. 수현의 영혼 없는 리액션에 지혁의 눈썹이 불만스럽게 휘었다. 기억이 났다는 건지, 예의상 내뱉은 말인지 가늠이 되지 않았다. 하지만 그는 오래 고민할 필요가 없었다. 수현이 곧바로 답을 내주었기 때문이었다.

"전 누구신지 잘 모르겠네요."

지혁이 그녀의 무표정한 얼굴을 바라보며 입꼬리를 말아 올렸다.

'신선한데?'

굴욕적인 처지에 놓인 그는 나름 색다른 감정을 느꼈다고 자위하고 있었다.

"지금 호영이랑 나랑 같이 살고 있다는 건 알고 있나?"

"그러세요? 친구랑 같이 살게 됐다는 말은 들었어요."

수현과 호영은 사촌지간이었다. 두 사람은 친남매만큼이나 가까운 사이였지만, 대부분의 남매들이 그렇듯 그들도 모든 일을 시시콜콜 떠들며 지내지는 않았다. 사실 수현이 호응해 주지 않는다는 게 가장 큰 이유였다.

"수현아······."

세진이 냉랭한 대화를 이어나가는 두 사람 사이에 조심스럽게 끼어들었다.

"너 아직도 거기 있었냐?"

꿰다놓은 보릿자루처럼 찌그러져 있다가 그마저도 무심하게 까인 그는 수현에게 육 년째 들이대고 있는 남자이자, 대한민국을 대표하는 톱스타 한세진이었다.

수현은 안 가겠다는 세진을 억지로 떠밀어 보내고 지혁과 대치하듯 마주 보고 섰다. 서로가 누구인지 알았다는 것은 조금 전의 일을 언급하지 말아야 할 어떤 이유도 되지 못했다.

"저를 오빠 여자친구로 오해하셨나 봐요?"

지혁이 태연하게 고개를 끄덕였다.

"그럼 이제 할 거 하시죠?"

"할 거?"

"사과하셔야죠."

수현은 그에게 정식으로 사과를 받아낼 참이었다.

'어딜 은근슬쩍 그냥 넘어가려고.'

그냥 흐지부지 넘길 마음은 추호도 없었다.

"해야지."

그녀의 냉소적인 얼굴을 보면서 그가 말을 덧붙였다.

"너한테 먼저 받고."

"뭘 받아요?"

"사과."

'뭐라는 거야, 사과를 먼저 받겠다고?'

수현은 목덜미가 뻣뻣해졌다. 자신을 열 받게 하려고 일부러 이러는 건가 싶기까지 했다.

"내 침대에서 무단으로 취침한 것부터 사과 받겠다고."

"누가 어디서 뭘……."

말을 하던 그녀는 왠지 모를 싸한 전율을 느끼고 입을 다물었다. 그가 없는 말을 지어내서 하는 것처럼 보이지는 않았다.

"오빠 방이 부엌 옆……."

지혁이 단호하게 말을 잘랐다.

"방 바꿨어. 거기 이제 내가 써."

화장실 앞에 있는 방은 절대 쓸 수 없다고 우기는 그에게 호영은 자신이 쓰던 방을 양보했다. 방 크기는 어차피 비슷했고, 예민한 지혁과 달리 공사장 한복판에서 살라고 해도 살 수 있을 만큼 무딘 호영은 방이 어디든 별 상관도 없었기 때문이었다.

유난히 깔끔했던 방과 정돈된 침구들이 수현의 뇌리를 스쳐 지나갔다. 호영의 방을 보고 개집이냐고 타박을 했던 게 불과 얼마 전이었건만, 그새 그의 습성이 변했을 리 없다는 생각을 왜 하지 못했을까, 당혹스러울 따름이었다.

"왜 남의 방에서 자고 간 건지 해명을 듣고 싶은데?"

수현은 자신을 취조하는 듯한 말투에 기분이 좋지는 않았지만, 어쨌든 실수는 실수였고 해명은 해야겠다 싶었다.

"어제 집 열쇠를 안 가지고 나와서 같이 사는 친구가 집에 올 때까지 기다릴 데가 필요했어요."

여자 둘만 사는 집이라 불안해서 이사 오던 날 추가로 보조키를 설치했고, 웬만하면 보조키까지 잠그고 다녔다. 보안은 강화됐으나 열쇠를 두고 나가기라도 하면 어제와 같은 난감한 일을 겪게 된다는 큰 단점이 있었다.

"감기 기운이 있어서 몸이 좀 안 좋았던 데다가, 저는 당연히 그 방이 오빠 방인 줄 알았고요. 친구가 도착했다는 연락을 받고 집으로 간 게 다예요."

"감기 기운이 아니라 술 마시고 뻗은 건 아니고?"

그녀에게서 풍기던 술 냄새를 떠올린 지혁이 코웃음을 치며 빈정거렸다.

"술집은 갔지만, 술은 안 마셨어요. 조금 전에 여기에 서 있던 친구가 제 옷에 술을 쏟았을 뿐이에요. 그래서 술 냄새가 났나 보네요."

자신이 왜 이런 것까지 구구절절 설명하고 있어야 하는지 어이가 없으면서도, 수현은 최선을 다해서 해명했다. 날카로운 눈빛으로 꼬치꼬치 캐묻는 그의 말에 저도 모르게 입이 움직였다.

"그렇군."

지혁의 표정이 조금 전보다 한결 부드러워졌다.

"근데 이 아파트 살아?"

굳이 다른 동네에 살면서 여기까지 왔을 리 없었을 테니 말이다.

"오빠한테 못 들으셨나 봐요. 지난주에 1202호로 이사 왔어요."

"우리 앞집?"

"네."

'오빠는 깃털만큼 가벼운 입으로 왜 이런 얘기는 안 하는 거야?'

수현은 호영의 입이 할 줄 아는 건 밥 먹는 것밖에 없는 것인가에 대한 심각한 고민에 빠져들었다. 동시에 지혁도 그녀와 같은 생각을 하고 있었다.

"일단 거짓말은 아닌 것 같네."

수현은 어이가 없어서 말문이 막힌다는 기분이 이런 거구나, 실감이 갔다. 거짓말이 아니라고 생각해 줘서 고맙다는 말이라도 해야 하는 건가 싶을 정도였다. 그런데 그가 그녀의 심기를 상하게 하는 질문을 재차 던졌다.

"근데 진짜 나 기억 안 나?"

"안 나요."

정색하며 대답했지만 거짓말이었다. 사실 수현은 그가 본인의 이름을 밝히기 직전에 그를 기억해 냈다. 지혁의 생각대로 그는 쉽게 몰라볼 수 있는 얼굴이 아니었다. 십오 년이라는 세월과 당혹스러운 상황이 겹쳐 한눈에 알아보지 못했을 뿐이었다. 하지만 어떻게 나를 몰라볼 수가 있느냐는 뉘앙스가 거슬려서 기억이 났다는 말을 하고 싶지 않았다.

'자기가 잘난 걸 알고 있는 남자한테는 무시가 최고의 복수지.'

수현은 입술을 더 꾹 다물었다.

호영은 회사에 있다가 수현의 전화를 받았다.

[오빠, 퇴근하면서 우리 집에 먼저 좀 들렀다가 가.]

"왜?"

[할 얘기 있어.]

"나 늦게 들어갈지도 몰라. 지금 말해."

[전화로 할 얘기 아니야.]

그제야 수현의 목소리가 평소보다 더 딱딱하다는 사실을 알아차린 호영이 호들갑스레 물었다.

"무슨 일인데? 큰일이야?"

[오빠랑 같이 사는 친구가…….]

호영은 그녀가 하는 말을 다 듣지도 않고 끼어들었다.

"지혁이랑 인사했어?"

수현이 이사 온 지 벌써 일주일이 다 되어가는데도, 호영은 아직 두 사람을 인사시켜 주지 못했다. 수현이 집에 있으면 지혁이 나가고 없었고, 두 사람 다 한가한 날에는 자신이 회사 일로 바빴기 때문이었다.

[인사는 아니고, 충고를 받았어.]

"충고?"

[최소한의 도리는 지키고 살라던데?]

호영은 잘못 들었나 싶었다. 수현은 자기 자신에게 꽤 엄격했으며 법은 물론, 도덕과 양심, 윤리 등 마땅히 지켜야 할 것들을 소홀히 하지 않았다. 수현이 최소한의 도리는 물론이거니와 그 이상을 지키고 산다는 건 자신이 장담할 수 있었다.

[내가 들은 말이긴 한데, 오빠 여자친구한테 한 말이야.]

이 무슨 귀신 씻나락 까먹는 소리란 말인가.

"대체 뭔 소리냐……."

[내가 지금 매우 불쾌하고 억울하다는 말.]

휴대폰 너머로 수현이 심호흡하는 소리가 생생하게 들렸다. 제 감정을 잘 드러내지 않는 그녀에게 이 정도 반응은 상당히 분노했다는 의미였다. 분위기를 보아하니 두 사람 사이에 무슨 일이 있었던 게 분명했다. 왠지 기 센 두 고래의 싸움에 자신이 애먼 새우의 역할을 하게 될 것만 같은 불길한 예감에 사로잡힌 호영이 몸을 부르르 떨었다.

수현의 집에 먼저 들렀다가 온 호영이 지혁을 보자마자 혀를 끌끌 찼다.

"너 생사람 잡았다며?"

"사소한 오해가 있었을 뿐이야."

"너한테만 사소한 건 아니고?"

"너한테도 책임이 없다고 할 수는 없을 텐데?"

호영이 어이없다는 듯 목소리를 높였다.

"없어! 전혀! 난 네가 단언한 말에 개연성을 부여한 죄밖에 없다고!"

그가 들은 말이라고는 '술 취한 네 여친이 내 침대에서 자다가 갔다' 라는 것뿐이었다.

"내가 그 상황에서 수현이를 떠올릴 수 있었다면 예전에 무당으로 전업했겠다."

지혁은 다른 가능성을 염두에 두지 않은 제 잘못이라는 걸 부인하지 못했다. 낯선 여자의 존재에 신경이 곤두서는 바람에 잠시 판단력이 흐려졌던 탓이었다. 하지만 그건 그거고, 호영에게 따져야 할 것은 아직 남아 있었다.

"앞집으로 이사 왔다는 얘기는 왜 안 한 건데? 언제 하려고?"

그의 타박을 조용히 듣고 있던 호영의 입술 사이로 깊은 한숨이 새어 나왔다.

"하아…… 의식의 저편 어딘가에 들은 기억이 있을 거야. 찾거든 잘 달래서 데리고 나와."

지혁이 기억을 더듬으며 동공만 바삐 움직일 뿐 입을 열 생각을 하지 않자, 참지 못한 호영이 말문을 열었다.

"이 무심한 놈…… 우리 앞집으로 이모 딸 이사 올 거라고 지난주에 얘기했거든?"

"들은 기억이 없는데?"

호영은 지혁을 못마땅한 눈으로 노려보며 말을 이었다.

"수현이 살던 동네에 요새 연쇄 성폭행인가 뭔가 일어나서, 엄마가 내 옆에라도 데려다 놓으라고 난리가 났다는 말까지 했는데 전혀 기억 안 나냐? 마침 앞집이 이사 나간다고 해서 잘 됐다는 말도 분명히 했는데?"

어렴풋이 들은 것 같기도 했다. 다른 내용에는 전혀 관심이 없었고 연쇄 성폭행이라는 말에 잠깐 귀를 기울였던 기억이 희미하게 남아 있었다.

"이사 온다는 이모 딸이 수현이였어? 사촌 동생이라고 했으면 바로 알아들었지."

호영의 눈매가 가늘어졌다.

"이모 딸하고 사촌 동생이 뭐가 다른지 설명 좀 해줄래?"

머쓱해진 지혁이 모른 척 화제를 돌렸다.

"낮에 연예인 같은 남자가 아파트 앞으로 수현이 찾아왔던데 누군지 아냐?"

"연예인? 한세진?"

호영의 되묻는 말에 지혁이 어깨를 으쓱거렸다.

"나야 모르지."

"한세진 맞을걸?"

"유명해?"

"전혀 모르냐?"

"어. 전혀."

"네가 TV는 뉴스만 본다는 건 알지만 그래도 이건 좀 너무한데? 걔

완전 유명해. 남자 솔로 가수 중에 한세진만큼 잘나가는 애 없을걸?"

그가 유명한 가수라는 사실이 못마땅해야 할 하등의 이유가 없음에도 불구하고 지혁은 뭔가 탐탁지 않았다.

"그렇게 유명한 남자랑 사귀면서 양다리가 뭐냐, 양다리가."

지혁이 혼잣말처럼 구시렁거렸다. 호영과의 관계는 자신이 오해한 것이었다고 쳐도 수현이 여전히 두 남자를 만난다는 사실에는 변함이 없었다.

"양다리? 누가? 수현이가?"

지혁은 말도 안 되는 말을 들었다는 듯 눈을 크게 뜬 호영이 측은해 보이기까지 했다.

'본인이 난잡한 연애를 즐긴다고 양심선언을 할 리가 없지.'

그는 호영이 사실을 알게 되면 충격이 클 거라는 생각에 슬쩍 걱정스러운 마음도 들었다.

"네가 뭘 잘못 알고 있는 거 같은데, 난 수현이가 한 다리라도 걸치는 거 보고 죽는 게 소원이다. 이십팔 년을 살아오면서 다리는커녕 발가락도 걸치는 걸 못 봤다."

지혁은 어느새 평정심을 되찾은 호영이 콧방귀를 뀌는 모습을 물끄러미 바라보았다. 다들 자기 핏줄은 순수하고 순진하다고 믿게 마련이라는 걸 알기에 쉽게 입이 떨어지지 않았다. 그는 말을 할까 말까 잠시 고민하다가 하는 쪽으로 마음을 굳혔다.

"네가 모르고 있는 게 있어."

호영도 진실을 알아야 했다. 그래야 수현의 부도덕한 행동에 조금이라도 제재를 가할 수 있을 테니 말이다. 지혁은 지금 잘못된 길을 가고 있는 그녀를 바른길로 인도하고야 말겠다는 사명감으로 충만해 있었다.

"나는 모르고 네가 아는 건 뭔데? 말해 봐."

"사거리에 있는 카페 사장하고 그 한세진인가 하는 가수, 둘 다 만나고 다녀."

"누가? 수현이가?"

지혁이 고개를 끄덕이자, 호영의 눈이 둥그레졌다.

"카페 사장? 명진이?"

"이름까지는 모르고."

"수현이 대학 선배야. 같은 동아리. 나도 잘 알아."

지혁의 눈에는 호영이 현실을 부정하는 걸로 보였다.

"선배랑은 연애도 못 하고, 양다리도 못 걸친다고 누가 그래? 둘이 같이 씻는 사이야."

"……수현이랑 명진이가?"

"그래."

호영은 내심 당황했다. 비밀 연애 중인가 생각해 보았지만 그래야 할 이유가 없었다. 달리 해석할 여지를 찾기 위해 애쓰던 그는 포기하고 수현에게 전화를 걸었다.

"너 명진이랑 같이 씻는 사이라며? 진짜냐?"

호영이 휴대폰을 입에서 떼고 지혁에게 물었다.

"무슨 헛소리냐는데?"

분명 제 귀로 똑똑히 들었건만, 헛소리한 사람이 되어버린 지혁이 실소를 터뜨렸다.

"같이 씻다가 얼어 죽을 뻔했다고 카페 사장이 말하는 거 들었어."

호영은 다시 휴대폰을 귀에 대고 방금 지혁이 한 말을 수현에게 고스란히 전했다. 그녀가 하는 말을 가만히 듣고 있던 호영이 심각한 표정으로 전화를 끊었다.

"같이 씻은 건 맞단다."

"그렇지?"

자신이 잘못들은 게 아니었음을 확인받고 의기양양한 미소를 짓고 있는 지혁을 보며, 호영이 한마디 덧붙였다.

"상추를."

지혁은 제 귀를 의심했다.

"⋯⋯뭐를?"

"상추."

상추라니⋯⋯ 지혁의 얼굴이 당혹감으로 물들었다.

"엠티 가서 고기 싸먹을 상추를 같이 씻다가 손에 동상 걸릴 뻔했단다."

호영의 말을 멍하니 듣던 지혁이 의아하다는 듯 물었다.

"엠티? 대학생도 아니고 그 나이에 무슨 엠티를⋯⋯."

"걔네 동아리 사람들이 좀 별나. 졸업한 지가 언젠데 아직도 주기적으로 엠티를 간다, 글쎄. 밤새도록 기타 치고 술 마시고 난리도 아니래. 수현이 시끄러운 거 별로 안 좋아하는데 명진이가 하도 꼬드겨서 가끔 갔다 오더라고."

지혁은 자신이 잘못짚어도 제대로 잘못짚었다는 사실을 인정하지 않을 수 없었다. 하지만 억울한 부분도 없지 않았다. 호영의 여자친구가 바람을 피운다는 선입견이 작용한 탓도 있었지만, 명진이 '상추'라는 목적어만 제대로 말했어도 이렇게까지 오해가 깊어지진 않았을 거였다. 골똘한 생각에 잠겨 있던 지혁의 머릿속에 불현듯 아까 보았던 장면이 스쳤다.

"그럼 그 연예인이랑 끌어안고 있었던 건 뭐지?"

"끌어안고 있었다고? 그럴 리가 없는데?"

눈을 게슴츠레 뜨고 눈알을 이리저리 굴려대는 호영을 보며 지혁은 조금 전 상황을 다시 떠올려 보았다. 그리고 이실직고했다.

"둘이 끌어안고 있었던 건 아니었던 것 같고, 한세진이 안았던 것 같다."

그는 아닌 걸 끝까지 우길 만큼 치졸한 남자는 아니었다.

"그치? 그럴 리가 없지. 걔가 수현이 좋아해. 이제 포기할 때도 됐는데 아직인가? 남자들한테 철벽 치는 걸로 수현이 이길 사람 아무도 없어."

되짚어 생각해 보니 애정이 뚝뚝 흐르던 세진의 눈빛과 달리 수현은 내내 시큰둥한 얼굴이었다. 그 순간에는 흘리고 말았지만, 안 가겠다고 버티는 그를 귀찮다는 듯 쫓아버렸던 것도 이제야 기억이 났다.

"내가 명색이 오빤데 어떤 놈 만나고 다니나 걱정하는 게 아니라, 어떤 놈이라도 만나고 다녀라 사정하고 있다니까?"

수현에 대한 그의 오해는 완벽하게 해소되었다. 그리고 그 오해가 사라진 자리는 다른 감정으로 채워졌다. 호기심 또는 호감⋯⋯.

수현은 호영이 제 집으로 건너가고 두 시간쯤 지나서 들어온 시은에게 오후에 있었던 일을 털어놓았다. 이야기를 다 듣고 난 시은이 의아하다는 듯 물었다.

"그래서 그 사람은 너한테 왜 그런 건데? 호영 오빠 여자친구가 대체 뭘 어쨌다고? 설마 자기 침대에서 자고 간 거 가지고 도리를 지키고 살라고 한 건 아니지?"

시은의 질문에 수현이 불쾌하다는 듯 인상을 찌푸렸다.

"내가 이 남자, 저 남자 후리고 다니는 꽃뱀인 줄 아셨단다. 호영 오빠에, 명진 선배, 세진이까지⋯⋯ 내가 진짜 기가 막혀서⋯⋯."

"어딜 봐서 너 따위랑 꽃뱀을 비교하냐. 꽃뱀이 모욕당했다고 성질 내겠다."

시은과 수현은 중학교 때부터 친구였으며 이 년 전부터는 함께 살고 있기까지 했다. 그렇기에 서로에 대해 가장 잘 알고 있는 사이였다.

"그러니까……."

무의식중에 시은의 말에 맞장구를 치던 수현이 갑자기 눈을 부릅떴다.

"뭐라고?"

"본인도 인정하면서 성질은."

시은이 가소롭다는 듯 코웃음을 쳤다.

인정한다고 성질도 내지 말라는 법은 없었지만, 수현은 일단 입을 꾹 다물었다.

"호영 오빠랑 제일 친한 친구라고?"

"나도 얼핏 얘기만 들었어. 얼굴은 오빠 고등학교 때 스치듯 한 번 본 게 다야."

수현은 지혁을 처음 보았던 날을 떠올렸다. 그는 똑같은 교복을 입은 무리 중 하나였다. 하지만 아무 말도 하지 않고 있었음에도 단연 눈에 띄었다. 눈썹을 살짝 가린 검은 머리칼과 반항적인 눈빛, 느슨하게 풀어 헤친 교복 타이가 거칠고 길들여지지 않은 느낌이었다. 그리고 십오 년 만에 만난 그는, 조금 절제된 것 같기는 해도 당시의 이미지를 고스란히 간직하고 있었다.

"오늘 보니까 거만한 데다가 재수도 없더라."

오늘 그에게 추가된 이미지였다.

다음 날 오후, 1층에서부터 올라오고 있는 엘리베이터를 기다리고 있던 수현의 귀에 1201호의 문이 열리는 소리가 들려왔다. 호영은 출근했을 시간이니 지금 그 집에서 나올 사람은 한 사람뿐이었다. 거만하고 재수 없는 남자, 류지혁. 수현은 그와 마주치고 싶지 않았다. 그녀의 눈이 다급하게 엘리베이터 표시등으로 향했다.

"빨리 좀 와라……."

하지만 엘리베이터가 수현의 마음을 알아채고 속도를 올려줄 리 만무했다. 엘리베이터는 아직도 7층을 지나고 있었다.

"여기서 보네."

지척에서 들려온 나직한 음성에 수현이 눈썹을 살짝 찡그렸다. 일반적인 기준으로는 매력적인 목소리임이 분명했지만, 그녀에게는 전혀 그렇지 않았다. 까칠하게 시비를 걸던 첫인상이 쉽게 사라질 리 없었으니 말이다.

"집에 찾아가려던 참이었는데."

"저희 집에요? 왜요?"

수현은 그가 또 무슨 터무니없는 말을 하려는 건가 싶어 반사적으로 신경이 곤두섰다.

"사과하려고."

'사과?'

그녀로서는 당황하지 않을 수 없었다. 어제만 해도 먼저 사과를 받겠다고 우기던 사람이 웬일인가 싶었다. 지혁은 어리둥절해하는 수현을 바라보며 진지하게 말했다.

"오해한 거 사과할게."

어제 그가 수현에게 유난히 빈정거렸던 건, 호영의 사촌 동생이라는 사실만 알았을 뿐 다른 오해는 여전히 남아 있었기 때문이었다. 오해가 풀렸다면 사과하는 게 당연했다. 그는 이런 명확한 사실에 자존심을 내세울 만큼 개념이 없지 않았다.

'의외네?'

수현에게 그의 재수 없는 이미지가 상당 부분 희석되려는 찰나, 지혁이 말을 이었다.

"나한테는 사과할 생각 없어?"

"……."

"하기 싫으면 관둬. 이번 일은 내 잘못이 더 크니 넘어가 주지."

수현은 고의도 아니고 실수로 한 행동을 두고 사과를 요구하는 지혁이 얄미웠다. 진심으로 사과를 받고 싶어 하는 것 같지도 않았다. 그렇지만 사과를 받아놓고 입을 씻으면 자신만 무례한 사람으로 남게 될 듯하여 그럴 수도 없었다. 잠시 망설이던 그녀가 입을 열었다.

"그날은 죄송했습니다."

수현은 형식적인 사과를 하고 도착한 엘리베이터에 몸을 실었다. 뒤따라 발걸음을 뗀 그의 눈이 수현을 머리부터 발끝까지 스캔하듯 훑었다. 어제에 이어 오늘도 평범한 직장인이라면 회사에 있어야 할 시간임에도 불구하고, 수현은 반바지에 티셔츠를 입고 슬리퍼를 신고 있었다.

"출근 안 해? 백순가?"

진심으로 백수라고 생각했어도 대놓고 백수냐고 물어보는 건 일반인의 보편적 예의범절에 따를 때 쉬운 일은 아닐 터였다. 하지만 지혁은 전혀 거리낌이 없었다. 물론 수현도 호락호락한 상대는 아니었다.

"그렇게 말씀하시는 분께서도 이 시간에 그 복장으로 나오신 걸 보면 출근은 아닌 걸로 보이는데요? 백수신가요?"

그녀의 말대로 지혁도 수현과 별반 다른 복장은 아니었다. 위아래 세트인 블랙 트레이닝복을 입고 있었다. 수현의 너나 잘해 공격을, 지혁은 당황한 기색도 없이 받아쳤다.

"백수 맞아. 집에서 놀아."

수현은 너무도 당당한 그의 대답에 일순간 할 말을 잃었다.

'뭐야…… 진짜 백수였어?'

어떤 것도 알려주고 싶지 않았지만, 그와 동급이 되고 싶지도 않았던 그녀는 하는 수 없이 최소한의 정보만 공개하기로 했다.

"진 집에서 일해요."

"무슨 일?"

"제가 무슨 일을 하는지가 왜 궁금하세요?"

수현이 퉁명스럽게 반문했다.

"친구 동생에 이웃사촌인데 이 정도 관심은 당연한 거 아닌가?"

"아니요. 지나치신데요."

그녀는 1층에 도착한 엘리베이터의 문이 열리자마자 망설임 없이 내렸다. 빠른 걸음으로 사라지는 수현을 바라보는 지혁의 얼굴에 짓궂은 미소가 감돌고 있었다.

두 사람은 이십여 분 뒤 마트 계산대 앞에서 다시 만났다. 지혁은 식료품, 세제, 생활용품들을 카트에서 꺼내어 계산대 위에 올려놓고 있는 수현의 뒤로 다가갔다.

"여기서 또 보니까 더 반갑네."

수현은 그의 말에 동의하지 않았다. 반갑기는커녕 하필이면 목적지가 같았다는 사실이 못마땅할 뿐이었다.

"뭘 이렇게 많이 샀어?"

"보고 있으면서 뭘 물으세요?"

수현은 지혁의 말이 '뭘'이 아니라 '많이'에 중점을 둔 것이라는 걸 알면서도 괜히 뾰족하게 받아쳤다. 그녀와 대조적으로 그의 쇼핑 목록은 단출하기 그지없었다. 라면 두 개와 맥주 두 병이 전부였다. 수현은 계산이 끝난 물건들을 비닐봉지에 집어넣었다. 어느새 커다란 비닐봉지 두 장이 가득 찼다.

'너무 많이 샀나?'

들고 갈 수 있을지 뒤늦게 걱정되었지만, 이미 산 것을 무를 수는 없는 노릇이었다. 수현은 크게 숨을 들이마시고 비닐봉지를 향해 두 손을 뻗었다. 그런데 그 순간 작은 봉지 하나가 그녀의 가슴팍으로 밀려들었다. 얼떨결에 그것을 받아든 수현의 눈에 자신이 산 물건들을 양손으로 번쩍 들어 올리는 지혁이 보였다.

"그거나 들어."

그녀가 라면과 맥주가 들어 있는 비닐봉지를 흘긋 내려다보고 눈을 들었을 때, 그는 이미 마트 입구를 빠져나가고 있었다. 수현이 얼른 그의 뒤에 따라붙었다.

"주세요."

지혁은 그녀를 쳐다보지도 않고 앞만 보고 걸으며 물었다.

"무식한 거야? 힘이 센 거야? 아니면 무식하면서 힘도 센 건가?"

"……."

"이제 마트 다신 안 올 생각인 거지?"

"필요한 게 자꾸 눈에 보이니까 그렇죠."

"그럼 배달이라도 해달라고 하든가."

지혁의 시선이 그녀의 손목으로 향했다. 저 가늘디가는 팔목으로 자신이 들기에도 무거운 것을 들 생각을 했다는 것 자체가 무모해 보였다.

"택배든 뭐든, 직접 받아야 하는 건 무조건 안 된다는 이모의 엄명이에요."

"왜?"

"이전에 살던 동네에 성폭행 사건이 연달아 있었어요. 수법이 동일했죠. 택배 기사로 위장."

지혁은 호영에게 들었던 말을 떠올리며 수현의 말에 귀를 기울였다.

"여자 둘만 사는 집이라 이모가 걱정이 많아요. 그래서 배달도 안 시키겠다고 약속했고 택배도 무조건 경비실로 받고 있어요."

그는 초등학생인 수현을 처음 본 날, 그녀가 부모님의 이혼으로 이모네인 호영의 집으로 오게 되었다는 사실을 들었다. 그래서 엄마가 해야 어울릴 말을 이모가 했다는 것이 그다지 의아하지 않았다.

"잘하고 있네."

수현은 뒤늦게 굳이 하지 않아도 될 말까지 주저리주저리 늘어놓았다는 것을 깨닫고 슬며시 말을 돌렸다.

"안 무거워요?"

"무거워."

누가 들어달라고 했나? 속으로 구시렁거리고 있는 그녀에게 지혁이 퉁명스럽게 덧붙였다.

"다음에는 조금씩만 사. 이런 걸로 힘자랑할 생각하지 말고."

"미……."

"아니면 우리 집으로 배달시켜. 대신 받아줄 테니까."

미쳤다고 이런 걸로 힘자랑을 하겠느냐고 쏘아붙이려던 그녀는 뒷말을 모조리 삼킬 수밖에 없었다. 말투는 무심하기 그지없었지만, 그가 진심으로 한 말이라는 게 느껴져서였다.

침묵 속에 걷다 보니 어느새 두 사람은 아파트에 도착했다. 그런데 갑자기 수현이 눈썹을 확 찌푸리며 볼멘소리를 중얼거렸다.

"아, 진짜⋯⋯."

수현은 아파트 앞에 서 있는 밴을 향해 빠른 걸음으로 다가갔다. 세진이 반가운 기색이 역력한 얼굴로 밴에서 내리며 그녀를 불렀다.

"쏭!"

"여긴 왜 또 온 건데?"

"너 보러 왔지."

수현은 자신이 무슨 의도로 한 말인지 뻔히 알면서 순진무구한 표정으로 받아치는 그를 매섭게 노려보았다.

"오늘 화보 촬영 가는 날 아니야?"

"내 스케줄 궁금해서 알아본 거야?"

"그럴 리가. 실장님이랑 통화하다가 알았을 뿐이야. 전혀 안 궁금했는데, 실장님이 굳이 말씀하신 거고."

그녀의 한결같은 반응이 세진에게는 새삼스럽지도 않았다.

"공항 가는 길에 잠깐 들렀어. 며칠 못 볼 텐데 우리 쏭 얼굴, 눈에 담아가야지."

"더운 나라 간다더니, 가기도 전에 벌써 더위 한 사발 먹었니?"

팔색조 매력을 가진 가수라는 평가를 받는 그는 그녀에게 팔색조는 커녕 팔푼이 대접을 받는 처지였다.

"여기까지 한달음에 달려온 사람의 성의를 생각해서라도 반겨주는 척이라도 하면 안 되냐?"

"내가 연기에 소질이 없어서."

세진은 투덜거리면서 고개를 돌리다가 그녀를 뒤따라온 지혁을 발견했다.

"어제 그⋯⋯."

"맞아."

그녀는 세진에게 어제 일에 대해 오해가 있었다는 말밖에 하지 않았다. 그래서 그는 지혁이 누구인지, 왜 지금 그녀와 함께 있는지 전혀 모르고 있었다.

"오빠 친구 겸 이웃."

세진의 얼굴에 떠오른 의문에 간단명료하게 답해준 그녀는 몸을 돌려 지혁을 향해 손을 내밀었다.

"그거 저 주시고 먼저 올라가세요."

"괜찮아. 얘기해."

세진은 그가 수현의 경호원이라도 된 것처럼 버티고 서 있는 게 마음에 들지 않았다. 더군다나 자신을 쫓아내듯 보내 버리곤 하는 것과 달리 그의 말에 수긍하는 듯한 수현의 반응에도 심기가 불편했다. 하지만 세진은 겉으로는 아무 내색도 하지 않았다. 그의 얼굴에는 평소와 다름없는 미소가 걸려 있었다.

"지난번에는 경황이 없었다 치고, 여기까지 왔는데 차도 한 잔 안 줘?"

"누가 여기까지 오랬다고 생색이야, 생색이."

"너 어떻게 사는지 궁금해서 그래. 얘기할 것도 있고."

이 정도면 못 이기는 척 허락해 줄 만도 한데, 수현은 단호했다.

"여자들만 사는 집에 어딜 막 들어오겠대. 할 말 있으면 얼른 하고 가. 아니면 갔다 와서 회사에서 보든지."

더 우겨봐야 소용없다는 걸 깨달은 세진이 용건을 꺼내놓았다.

"나 곡 필요해. 준비해 줘."

세진의 말을 들은 지혁의 눈에 이채가 스쳤다.

'곡?'

집에서 무슨 일을 하나 했더니 노래를 만드는 모양이었다. 그녀가 막연하게 컴퓨터 계통의 일을 하지 않을까 생각했던 그로서는 전혀 상상도 하지 못한 직업이었다. 지난번에는 수현의 이름을 알아서 밝혀 주더니 오늘은 그녀의 직업까지…… 세진은 지혁에게 두 번이나 뜻밖의 수확을 안겨주었다.

"뜬금없이 무슨 소리야? 앨범 내년에 내기로 했잖아."

"하기로 했던 영화 엎어졌어. 그래서 겸사겸사 내년으로 안 미루고 4집 내면 좋겠다 싶어서. 오늘 아침에 급 결심했지."

"회사에 얘기는 했고?"

"이제부터 할 건데? 너한테 제일 먼저 말하는 거야."

그의 당당한 말에 수현이 한숨을 지었다.

"제발 회사랑 먼저 얘기해. 너 때문에 이사님 발등에 불 떨어지실 거 아냐."

세진이 처음으로 인상을 찌푸렸다.

"내 앞에서 형 편들지 말아줬으면 좋겠는데?"

"지금 이게 편드는 걸로 보여?"

그녀가 발끈하자, 세진은 언제 정색했나 싶게 다시 웃는 낯으로 돌아왔다.

"네 곡 타이틀로 할 거니까 신경 좀 써줘. 말 안 해도 우리 쌤이 알아서 잘 뽑아주겠지만. 3집 때 너 잠적하는 바람에 내 앨범 망한 거 알지?"

"망한 거 좋아하시네. 그 정도면 선방했지. 아무튼, 다음에 다시 얘기해. 나도 이사님하고 의논 좀 해봐야 해."

"형 말고 나랑 의논해."

"가라."

세진에게 눈을 흘긴 수현이 지혁에게 고개를 돌렸다. 사실 그가 없었다면 세진과 조금 더 자세한 이야기를 나누고 싶은 마음도 있었다. 하지만 먼저 올라가라는 제 말을 일축해 버린 지혁에게 재차 권하지 않은 건 그가 얼마나 고집스러운지 알기 때문이었다.

"가요."

세진은 지혁과 나란히 걸어가는 수현의 뒤통수에 대고 큰 소리로 외쳤다.

"전화할게."

수현은 뒤도 돌아보지 않고 성의 없이 손만 흔들었다.

수현과 엘리베이터를 향해 나란히 걸으며 지혁이 물었다.

"노래 만들어?"

그녀는 그제야 세진 때문에 제 직업이 들통났다는 사실을 알아차렸다. 굳이 비밀로 하려던 건 아니었지만 호영에게 들어서 알게 된다면 어쩔 수 없다고만 생각했지, 세진에 의해 알려질 줄은 예상치 못했기에 심기가 불편했다.

"작사? 작곡?"

"둘 다요."

의외라는 듯한 눈빛으로 바라보는 그에게 수현이 떨떠름하게 물었다.

"왜요?"

"안 어울려서."

수현은 기가 막혀서 할 말을 잃었다. 아무리 생각해도 그는 해도 될 말과 참아야 할 말을 구분하는 교육을 받지 못한 게 분명했다.

"그런 일 하려면 감수성이 풍부해야 하는 거 아닌가?"

"그런데요?"

"전혀 안 그래 보여."

굳이 '전혀'라는 극단적인 표현을 쓸 건 뭐란 말인가. 그녀는 지혁이 그저 느낀 바를 말한 것일 뿐, 어떤 악의를 가지고 한 말이 아니라는 걸 짐작하면서도 목덜미가 뻣뻣해졌다.

"그럼요?"

"이성은 상당히 발달한 것 같네."

"그렇게 보시든가요."

그녀는 항변하지 않았다. 그가 자신을 어떻게 보든 상관없기도 했고, 지혁이 한 말에 동의하는 부분도 없지 않아 있었기 때문이었다. 두 사람은 1층에 대기하고 있던 엘리베이터에 올라탔다. 지혁은 호영에게 들었던 세진의 이름을 기억해 내려고 애쓰다가 실패하고 수현에게 질문했다.

"방금 그 사람 이름이 뭐라고?"

"한세진 모르세요?"

그녀의 눈이 커진 것과 반대로 그의 눈은 가늘어졌다.

"내가 굳이 알아야 하나? 한세진도 나 모르잖아."

"굳이 알 필요는 없지만, 세진이 정도면 알고 싶지 않아도 굳이 알아지거든요."

지혁은 세진의 유명세가 전혀 궁금하지 않았다. 그래서 다른 쪽으로 말을 돌렸다.

"별명이 쏭이야? 송수현의 쏭인가, SONG의 쏭인가?"

"둘 다요. 그리고 별명이랄 것도 없어요. 세진이만 그렇게 부르니까."

처음 몇 번은 그렇게 부르지 말라고 경고도 해보았지만, 세진은 말을 듣지 않았다. 자기 입으로 자기가 부르겠다는데 막을 도리가 없었던 수현은 체념한 지 오래였다. 이제 그가 뭐라고 부르든 별 관심도 없었다.

"그런 애칭으로 부를 만큼 친해?"

"두어 번 보고 난 다음부터 쭉 그렇게 불렀으니까 친해서 부르는 건 아닐걸요?"

"그럼 안 친해?"

수현이 망설임 없이 대답했다.

"친해요."

"……."

"세진이 데뷔곡이 제 데뷔곡이에요."

지혁은 두 사람이 얼마나 친한지에 대해 그만 듣고 싶어졌다. 그래서 다시 화제를 바꿨다.

"이사님은 누구야?"

그가 짐작할 수 있는 건, 세진이 형이라고 한 것으로 보아 나이가 그리 많지 않다는 것과 세진이 이사라는 남자를 질투하고 있다는 것이었다. 대답을 기다리는 지혁을 의아한 눈빛으로 바라본 그녀가 입을 열었다.

"이사님이 이사님이죠."

맞는 말이라 말문이 막혀 버린 지혁에게 수현이 되물었다.

"이사님 이름이 알고 싶으신 거예요?"

지혁이 알고 싶은 건 그의 이름 석 자가 아니라, 수현과 그의 친분의 정도였다.

"……아니."

그는 자신의 우문에 그녀가 현답을 했다는 사실을 인정해야만 했다.

위험한 일을 했던 남자

수현은 반찬이 가득 든 반찬 통 세 개를 차곡차곡 포개어 들고서 1201호의 초인종을 눌렀다. 안에서는 아무런 기척이 없었다.

"없나……?"

호영과는 조금 전 통화를 했기에 그가 집에 없다는 것은 알고 있었다. 집에서 논다고 당당하게 말하던 백수는 있을 줄 알았건만, 가는 날이 장날이라고 그도 없는 모양이었다. 그런데 그때, 미동도 없던 호영의 집 현관문이 벌컥 열렸다. 깜짝 놀란 수현의 눈에 가장 먼저 들어온 건 지혁의 벗은 몸이었다. 아래는 긴 바지를 입고 있었지만, 상반신은 탈의한 채였다. 머리가 젖어 있고 손에 수건을 들고 있는 걸 보니 막 샤워를 끝내고 나온 것 같았다. 그는 호영의 몸과 사뭇 달랐다. 호영은 군살도 없고 근육도 없는 그냥 마른 몸이었으나 지혁은 잔근육이 온몸에 실하게 분포된, 조각 같은 몸이었다. 그런데 수현은 그의 탄실한 몸보다 배꼽 옆에 길게 나 있는 상처에 눈길이 갔다.

'칼자국……?'

"언제까지 보고 있을 거지? 남자 벗은 몸에 관심이 있는 줄은 몰랐네."

칼자국을 멍하니 보고 있던 수현은 지혁의 밉살스러운 말에 정신을 차렸다.

"보라고 벗고 나오신 거 아니에요? 보라는데 봐드리는 게 예의죠."

그는 아무런 동요도 없는 그녀를 흥미롭다는 듯 바라보았다.

"전 대놓고 벗은 몸 안 좋아해요. 슈트로 꽁꽁 싸매고 있어도 흘러나오는 섹시미를 좋아하는 편이죠."

지혁이 졌다는 듯, 픽 웃음을 터뜨렸다.

"대놓고 벗어서 미안하네. 용건은?"

"드세요."

그의 시선이 수현이 내민 반찬 통으로 향했다. 지혁은 매의 눈으로 연근조림과 건새우볶음, 그리고 시금치나물을 알아보았다.

"네가 한 거야?"

수현이 얼른 말을 바꿨다.

"드시래요."

"드시래요? 임시은이가 만든 거야?"

지혁과 시은은 엊그제 정식으로 인사를 나누었고, 그녀는 그에게 수현과 마찬가지로 친구 동생이 되어버렸다. 시은은 뒤로는 굉장히 억울해했지만, 그의 앞에서는 찍소리도 하지 못하고 넙죽 오빠라고 부르는 비굴함의 끝을 보여주었다.

"저희 둘 다 이런 거 만드는 데 소질 없어요."

"그래 보여."

지혁이 그럴 줄 알았다는 듯 고개를 끄덕이자, 수현의 미간이 찌푸려졌다.

"뭘 보고요?"

그는 의도하고 자극한 말에는 아무런 동요도 없던 그녀가 의외의 것에 발끈하는 것이 재미있었다. 지혁의 얼굴에 보일 듯 말 듯한 미소가 걸렸다.

"뭐랄까, 요리를 못하게 생겼다고나 할까?"

"어떻게 생겨야 요리를 못하게 생긴 건데요?"

수현은 그의 말을 들으면 들을수록 기가 막혔다. 태어나서 요리를 못하게 생겼다는 말은 처음 들어보았다. 차라리 정확한 논리와 근거를 가지고 말을 했다면 인정할 수도 있었을 텐데 이건 뭐, 밑도 끝도 없는 말로 속을 긁으니 환장할 노릇이었다.

"너처럼 생긴 얼굴?"

지혁은, 어이가 없어서 할 말을 잃은 그녀를 바라보며 여유롭게 어깨를 으쓱거렸다. 간신히 평정심을 되찾은 수현은 빨리 용건을 마치고 돌아가기 위해 대거리를 하는 대신, 말을 돌렸다.

"우리 집 우렁 각시가 이 집도 갖다 주라고 해서 가져온 거예요. 시은이가 집에 없어서 할 수 없이 제가 온 거고요."

수현은 '할 수 없이'를 유독 힘주어 발음했다. 시금치는 빨리 쉬니까 꼭 오늘 갖다 줘야 한다는 쪽지만 아니었다면 그냥 모른 척했을 거였다. 그런데 남자의 벗은 몸에 관심이 있느냐는 말에, 요리를 못하게 생긴 얼굴이라는 말까지 듣고 나니 괜한 짓을 했다는 생각이 들었다.

"우렁 각시? 그게 누군데?"

"그건 아실 거 없고요."

마주치기만 하면 무슨 질문이 그렇게 많은지 심문을 받는 기분이었다. 수현은 어서 받으라는 의미로 반찬 통을 더 높게 들어 올렸다. 그러나 그는 받을 생각이 없다는 듯 팔짱 낀 팔을 풀지 않았다.

"들어와."

"왜요?"

"반찬 통 가져가. 씻어서 갖다 주기 귀찮아."

그의 행동은 그야말로 예측 불가였다. 뭐 하나 평범한 반응이 없었다. 이런 경우 백에 구십구는 얌전히 받아들고 들어갔을 거였다. 수현이 기막혀 하는 사이, 지혁이 뒤로 돌아섰다. 그녀는 그제야 그의 오른쪽 어깨 아래에, 배에 난 상처와 비슷한 상처가 또 있다는 것을 알게 되었다.

'뭐지……?'

정신을 차리고 보니 지혁은 사라지고 없었다. 수현은 잠시 머뭇거리다가 집 안으로 따라 들어갔다. 어느새 방에 들어갔다 나온 그는 흰면 티셔츠를 입고 있었다.

"옮길 통 주세요."

지혁은 반찬 통의 위치뿐 아니라 존재 여부조차 알지 못했다. 그는 이 집으로 이사 온 이후 싱크대를 단 한 번도 열어본 적이 없었다.

"네가 찾아봐. 어디 있는지 몰라."

'이렇게 한결같이 뻔뻔스럽기도 힘들 텐데…….'

수현은 심지어 그가 감탄스럽기까지 했다.

다음 날, 호영을 집으로 부른 수현은 퇴근하면서 들른 그에게 다짜고짜 물었다.

"오빠 친구 말이야, 예전에 무슨 일 했었어?"

별생각 없이 대답하려던 그가 갑자기 벌렸던 입을 다물었다. 만날 때마다 아옹다옹하는 두 사람이 친해질 수 있는 계기를 만들어줘야겠다는 생각이 들어서였다.

"왜 나한테 물어? 궁금하면 본인한테 직접 물어보지 않고."

"궁금하긴. 그냥 오빠랑 같이 사는 사람이 어떤 일을 했는지 정도는 알아야 할 거 같아서 물어본 것뿐이야."

그냥 궁금하다고 솔직하게 말을 하면 될 것을, 그녀는 괜한 오기를 부리고 있었다.

"계속 얼굴 볼 텐데 좀 친하게 지내라, 인마. 그런 의미에서 네가 직접 물어봐."

"됐어."

수현이 새침한 표정으로 딱 잘라 말하자, 호영은 그녀가 아예 관심을 끊지 않도록 떡밥을 던져 주기로 했다.

"힌트는 하나 줄게."

관심 없는 척하면서도 수현의 귀는 그의 입에서 나올 말에 집중하고 있었다.

"위험한 일."

수현은 짐작했던 바를 확인받고 무겁게 고개를 끄덕였다.

그로부터 며칠이 지났다. 차로 삼십 분 정도 걸리는 대형 마트에 다녀온 수현은 지하 주차장에 주차하고 트렁크를 열었다. 트렁크에 넣어 두었던 물건들을 꺼내어 뒤로 돌아선 그녀가 흠칫 놀랐다.

"아, 깜짝이야……."

지혁이 주머니에 양손을 찔러 넣고서 짝다리를 짚고 서 있었다. 그는 타이 없는 흰 셔츠에 위아래 블랙 슈트 차림이었다. 티셔츠에 반바지나 트레이닝복을 입은 것만 보다가 슈트를 차려입은 것을 보니 사람이 달라 보였다. 사실 편하게 입고 있을 때도 단연 눈에 띈다는 걸 부인할 수는 없었다. 악연이라고밖에 말할 수 없는 최악의 첫 만남 때문에 분노의 콩깍지가 씌워져서 그렇지, 180cm는 가뿐히 넘어 보이는 큰 키에 슬림하면서도 다부진 몸매까지 비주얼로는 깔 수 없는 훈남이 분명했다. 지금까지는 길들여지지 않은 날것의 느낌이 강했다면 오늘은 세련된 남성미가 눈길을 사로잡고 있었다.

"그건 뭐야?"

수현은 호영의 목소리를 듣고서야 그가 지혁과 나란히 서 있었다는 것을 깨달았다. 그녀는 당황하지 않은 척, 호영이 묻는 말에 담담하게 대답했다.

"보시다시피 커튼레일."

"커튼 달게?"

"응. 지난번 집에서 쓰던 게 너무 짧아서 새것 하나 샀어."

지혁이 그녀의 반대쪽 손에 들린 전동 드라이버 상자를 보며 물었다.

"직접 하게?"

"네."

수현이 당연한 걸 왜 묻느냐는 표정으로 고개를 끄덕였다.

"사람 안 부르고?"

"제가 하면 되는데 사람을 왜 불러요?"

"호영이 뒀다가 뭐해? 호영이 시켜."

"오빠보다 제가 더 잘해요."

호영이 끼어들어 말을 보탰다.

"맞아. 나보다 수현이가 더 나아. 혼자 오래 살아서 그런지 전등도 잘 갈고, 못도 잘 박고, 못 하는 거 하나도 없어."

하지만 지혁은 수현보다 키도 크고 힘도 센 남자가 둘이나 있는데

군이 그녀가 해야 할 필요가 뭐가 있나 싶었다.

"지금은 내가 어딜 좀 가봐야 하고 저녁때 달아줄게. 그냥 둬."

"제가 할 수 있어요."

지혁은 다른 것도 아니고 도와준다는데도 굳이 사양하는 수현이 못마땅했다. 수현은 인상을 쓰고 있는 지혁을 개의치 않고 호영에게 시선을 옮겼다.

"근데 오빠 이 시간에 왜 여기 있어? 회사 안 나갔어?"

평일 오후 3시를 갓 넘긴 시간이었다.

"내가 말했잖아. 오늘 연차 냈다고."

"그랬어?"

수현이 처음 듣는다는 듯 고개를 갸우뚱거리자, 호영이 눈을 가늘게 뜨고 구시렁거렸다.

"똑같은 것들."

"뭐가?"

"이 자식도 나한테 왜 출근 안 하느냐고 너랑 똑같은 말 하더라."

심드렁한 표정으로 서 있던 지혁은 그의 시선을 외면하며 어딘가로 걸음을 옮겼다. 수현은 그를 힐끗 보고서 다시 호영에게 고개를 돌렸다.

"어디 가?"

"소개팅."

호영은 술 마시면 아무 데서나 잔다는 여자친구와 헤어진 상태였다. 원래 누군가를 깊게 사귀지 않는 그에게 이별의 아픔 따위는 없었다.

"대낮에?"

"주선해 주기로 한 친구랑 먼저 만나서 수다 좀 떨다가 소개팅은 저녁에 하기로 했어."

수현은 지혁이 소개팅 때문에 슈트를 입었음을 미루어 짐작할 수 있었다. 그녀의 미간이 저도 모르게 찌푸려졌다.

"2대 2로? 무슨 애들이야?"

"2대 2?"

고개를 갸웃거리던 호영이 뒤늦게 무슨 말인지 알아차리고 피식 웃음을 터뜨렸다.

"소개팅은 나만 하는 거야. 약속 장소가 교대역 근천데 지혁이가 마침 검찰청에 간다고 해서 태워달라고 했어. 술 마실 텐데 차 가지고 가기가 뭐해서."

"검찰청?"

수현이 눈을 동그랗게 뜨며 무언가를 물으려던 순간이었다. 소리 없이 다가온 차 한 대가 그녀의 옆에 멈춰 서더니 운전석 창문이 열렸다. 그리고 지혁의 무표정한 얼굴이 보였다.

"계속 노닥거릴 거면 나 먼저 가고."

"나 갔다 올게. 예쁜 여자 나오길 빌어다오, 동생아."

호영은 지혁이 자신을 떼놓고 갈까 봐 얼른 조수석으로 향했다. 수현은 제자리에 서서 지혁과 닮아 카리스마 넘치는 블랙 SUV가 주차장을 빠져나가는 모습을 물끄러미 지켜보았다.

♪♩ ♪♫

1층 공동 현관문 전용 초인종 소리에 소파에 앉아 있던 시은이 몸을 일으켜 도어 모니터로 다가갔다. 모니터에 비친 얼굴은 하정이었다. 문을 열어준 시은은 잠시 뒤에 집으로 들어선 하정의 손에 들린 마트 비닐봉지를 얼른 받아들었다.

"무슨 벨을 눌러. 번호 누르고 들어오지."

"난 누가 문 열어줄 때 괜히 설레더라."

시은은 부엌으로, 하정은 거실로 향했다. 하정이 겉옷을 벗어서 소파에 걸쳐두고 부엌으로 들어갔을 때, 시은은 식탁 위에 봉지를 올려놓고 내용물을 하나씩 꺼내고 있었다.

"우렁 각시 오셨나?"

어느새 방에서 나온 수현이 두 사람 곁에 바짝 붙어 섰다. 일단 봉지 안에 들어 있던 것들을 다 꺼내놓았지만, 시은과 수현은 재료만 보고는 어떤 요리를 하려는 것인지 알아차릴 능력이 없었다. 두 사람은 완성된 요리를 먹는 것만 잘했다.

"오늘 메뉴가 뭐야? 카레?"

"소고기 볶음밥 아니야?"

시은과 수현이 연달아 다른 의견을 내놓자, 하정이 헛웃음을 터뜨렸다.

"같은 재료를 보고 이렇게 다른 메뉴가 나오기도 쉽지 않겠다. 불고기거든?"

"아······."

"아······."

수현과 시은, 하정은 중학교 때부터 절친한 친구 사이였다. 하정은 대부분의 끼니를 사다 먹는 것으로 때우는 두 사람을 위해 종종 들러 음식을 만들어주곤 했는데, 아무 때나 불쑥 왔다가 갈 만큼 허물없이 지내고 있었다.

"저번에 왜 말도 안 하고 왔어. 온다고 했으면 집에 있었을 텐데."

수현의 말에 하정이 미소를 지으며 앞치마를 찾아 목에 걸었다.

"뭐 하러 그래. 있으면 보는 거고 없으면 마는 거지. 호영 오빠네 반찬 갖다 줬어?"

"네가 갖다 주라고 쪽지까지 써놓고 갔는데 떼먹을 수도 없고……
할 수 없이 갖다 줬지, 뭐."

수현이 왜 떨떠름한 반응을 보이는지 시은으로부터 자초지종을 들
어 알고 있던 하정이 의미심장하게 웃었다.

"호영 오빠랑 같이 산다는 그 오빠, 한번 보고 싶네."

대체 어떤 남자가 철벽녀 송수현을 꽃뱀으로 오해했는지 궁금했다.

"오빠는 무슨."

하정은 눈살을 찌푸리는 수현을 못 본 척하며 시은에게 시선을 돌
렸다.

"시은아, 호영 오빠한테 친구랑 같이 저녁 먹으러 오라고 연락해
봐. 오빠 얼굴 본 지도 오래됐고 그 사람도 궁금하다."

그때 하정의 머릿속에 불현듯 떠오른 것이 있었다.

"아 참! 그 사람 무슨 일 했었는지 호영 오빠한테 물어본다는 말까
지 들었는데 물어봤어?"

수현이 심각한 표정으로 고개를 가로저었다.

"물어는 봤는데 정확한 대답은 못 들었어. 힌트랍시고 위험한 일이
라는 것만 말해주더니 자세한 건 직접 물어보래."

"위험한 일?"

하정의 눈이 휘둥그레졌다.

"어제 검찰청 간다고 하던데 검찰청이면 조사, 뭐 그런 거 아니겠
어?"

"조사? 그럼 조폭, 깡패, 뭐 그런 건가?"

"아마도. 몸에 칼자국도 있고."

수현은 지혁의 배와 어깨에 있던 흉터를 떠올리며 말을 이었다.

"처음 봤을 때부터 그런 느낌이 좀 있었어. 뭔가 싸움질하고 다닐 것 같고 반항하는 게 어울릴 것 같은……."

"빚도 있는 거 같다며?"

"그런가 봐. 급전이 필요해서 집 팔고 오빠랑 같이 살기 시작했다더라."

대화가 길어질수록 두 여자의 표정은 점점 심각해지고 있었다.

저녁을 먹으러 오라는 시은의 전화를 받은 호영은 퇴근해서 옷만 갈아입고 바로 수현의 집으로 넘어왔다. 지혁도 함께였다.

"하정! 이게 얼마만이야? 우리 마지막으로 본 지 서너 달은 족히 됐지?"

"그러게요. 잘 지내셨죠?"

"결혼 준비하느라 정신없을 텐데 여기 와 있을 시간이 있어?"

하정은 결혼을 이 주 앞둔 예비 신부였다.

"생각만큼 그렇게 바쁘지 않아요. 그리고 아무리 바빠도 이것들 가끔 밥은 먹여야죠."

"암튼 네 덕분에 반찬도 얻어먹고, 밥 준다고 불러주고, 쟤들 이사 와서 이거 하나는 좋다."

하정은 호영과 인사를 나누느라 그의 뒤에 말없이 서 있던 지혁의 존재를 그제야 알아챘다.

"아, 처음 뵙겠습니다. 유하정……."

고개를 숙였다 들던 그녀가 깜짝 놀라며 목소리를 높였다.

"검사님!"

하정이 예상치 못한 호칭으로 지혁을 부르자, 수현과 시은의 눈이 튀어나올 듯 커졌다. 같은 표정인 것도 모자라, 두 사람의 입에서 동시에 같은 말이 튀어나왔다.

"검사님?"

"검사님?"

하정은 얼떨떨한 표정을 지으면서도 자분자분한 어조로 말했다.

"내가 작년에 복부 자상으로 입원한 검사님 전담하게 됐다고 얘기한 적 있었는데 기억나? 그 검사님이 이분이야, 류지혁 검사님."

물론 기억하고 있었다. 어지간해서는 남자의 외모를 칭찬하는 법이 없는 하정이 입에 침이 마르도록 멋있다고 하기에 대체 어떤 사람일까 궁금했었다. 수현과 시은은 오늘에서야 웬만한 연예인 뺨치게 생겼다는 검사의 정체를 알게 된 것이다.

"굳이 안 나가도 되는 현장에까지 나가서 설치다가 칼 맞았지."

호영의 부연 설명에 지혁의 미간이 잔뜩 좁아졌다.

"설치다가?"

그의 싸늘한 목소리에 찔끔한 호영이 구시렁대면서 말을 바꿨다.

"……몸을 사리지 않다가 칼에 찔리셨지."

지혁은 호영을 날카롭게 노려보고서 하정에게 시선을 돌렸다.

"유 간호사님, 오랜만이네요."

"세상 좁다는 말, 이럴 때 쓰는 건가 봐요. 어떻게 이렇게 뵐 수가 있죠?"

"동감입니다."

"상처는 이제 괜찮으세요? 실밥 제거하러 안 오셔서 걱정했어요."

"시간이 없어서 가까운 병원으로 갔습니다."

수현은 엷은 미소를 짓고 있는 지혁을 보면서 왜 하정이 그에게 열광했었는지 조금은 알 것 같기도 했다. 지혁에게 우호적인 감정이 없는 것과는 별개로, 그가 냉소적이면서도 치명적인 매력이 있다는 사실까지 부인할 수는 없었다. 하지만 그건 객관적인 시각에서 그렇다는 것이고, 극히 주관적인 시각으로 볼 때 그는 매우 별로였다. 늘 별로였지만 오늘은 더더욱 별로였다.

"검. 사. 님. 이세요?"

수현은 한 글자, 한 글자에 짜증을 실어 물었다. 왠지 그에게 속은 것만 같은 기분이었다.

"아닌데?"

"방금 하정이가······."

지혁이 발끈하는 수현의 말을 도중에 잘랐다.

"그만뒀어."

"······."

그만뒀다면 검사는 아닌 셈이니 그가 거짓말을 한 건 아니었다. 지혁은 말문이 막혀 있는 그녀에게 강조하듯 덧붙였다.

"그만두고 지금은 아무 일 안 하고 있으니까 백수 맞지."

"맞네요. 전문직 백수."

수현이 어깨를 으쓱하며 그를 못마땅한 눈으로 바라보았다. 그때, 두 사람을 번갈아 쳐다보면서 끼어들 타이밍을 노리고 있던 호영이 말이 끊긴 틈을 자연스럽게 파고들었다.

"언제까지 여기 서 있을 건데? 나 아사 직전이다."

"사람 그렇게 쉽게 안 죽어."

애꿎은 대상에게 화풀이를 한 수현이 냉랭하게 돌아서서 들어가 버리자, 남은 이들도 한둘씩 그녀의 뒤를 따랐다. 마지막으로 걸음을 떼던 지혁이 작게 웃음을 터뜨렸다. 그는 감정 표현이 적고 무심한 수현이 욱하는 모습을 보는 게 재밌었다. 그래서 자꾸만 그녀를 자극하고 놀리고 싶었다. 차갑고 냉철하다는 말만 듣고 살아온 그는 어린 시절에도 안 해본 짓궂은 장난에 푹 빠져 있었다.

아사 직전이라고 할 때는 언제고, 식탁에 자리를 잡고 앉은 호영은 침을 튀겨가며 지혁의 이력을 읊어대기 시작했다.

"류지혁으로 말할 것 같으면 우리나라 최고의 대학, 법학과 재학 중에 사법시험에 합격했지. 군법무관으로 군 복무를 마치고 검사가 됐고."

수현의 눈에는 그가 마치 약을 팔러 온 장사꾼 같아 보였다. 정작 당사자인 지혁은 못마땅한 표정을 짓고 있었지만, 호영은 개의치 않았다.

"초임 검사 때부터 강력 사건들을 줄줄이 해결! 강단 있고 소신 있는 검사로 인정받으면서 그야말로 승승장구!"

하정이 지혁에게 이해가 가지 않는다는 표정으로 물었다.

"검사님, 정말 일 그만두신 거예요?"

"네."

"왜요?"

그녀는 이미 지혁의 병실을 드나들던 수사관에게 그의 영웅담과도 같은 이야기를 들은 적이 있었다. 그래서 그가 검사직을 그만두었다는 사실이 못내 의아할 따름이었다.

"야근하기 지겨워서요."

그의 말이 진담인지 농담인지 가늠이 되지 않았던 세 여자가 반신반의하는 표정으로 그를 바라보았다. 지혁은 다시 한 번 힘주어 말했다.

"정말입니다."

표현이 가볍긴 했지만, 그의 말은 어느 정도 사실이었다. 죽어라 일만 하고 살다가 막상 죽을 고비를 넘기고 나니 모든 것에 회의가 들기

시작했고, 이런저런 이유들이 합쳐져 사직서를 내기로 마음먹은 것이
었다.

"그럼 당분간 쉬시는 거예요?"

"로펌 개업 준비 중입니다."

"아⋯⋯."

하정이 그제야 수긍이 간다는 듯 고개를 끄덕였다. 그때 두 사람의
대화를 가만히 듣고 있던 시은이 뾰로통하게 입을 열었다.

"근데 왜 하정이한테만 존대하세요? 저희한테는 처음부터 아주 편
하게 말 놓으셨잖아요."

"유 간호사님하고는 환자와 간호사로 만났지만, 너희랑은 친구의 동
생들로 만났으니까."

지혁의 대답에 수현이 콧방귀를 뀌었다.

"아니죠. 저랑은 정의의 사도와 꽃뱀으로 만나셨잖아요."

"아, 그랬지."

지혁은 수현의 비꼬는 말을 태연하게 받아넘겼다.

"지난번에 검찰청 간 것도 전 직장에 간 거였네요?"

"어. 선배가 할 얘기 있다고 해서. 그게 왜?"

"⋯⋯."

수현은 의아해하고 있는 그에게 어떤 대답도 해줄 수 없었다. 차마
조폭에 깡패까지, 극단적인 설정으로 소설을 썼다는 말을 할 수는 없
는 노릇이었다. 그제야 그녀가 무슨 상상을 했었는지 눈치챈 지혁이
인상을 찌푸렸다.

"내가 어딜 봐서 범죄자로 보이지?"

"착하게 생기지는 않았어요."

수현은 비꼬려고 한 말이 아니었다. 사심 없이 보아도 그는 결코 착

하게 생기지 않았다고 단언할 수 있었다. 그녀는 지혁의 험악한 표정을 모른 척하며 호영에게 화살을 돌렸다.

"위험한 일을 했다는 말은 뭐였어?"

"강력부 검사면 위험한 일 맞잖아. 칼에 찔려서 죽을 뻔한 게 그럼 위험한 일이 아니면 뭔데?"

"……."

재차 말문이 막힌 수현을 위해 이번엔 시은이 나섰다.

"그럼 빚은요?"

지혁의 고개가 호영에게 돌아갔다.

"나 빚도 있나 본데?"

그의 떨떠름한 질문에 호영이 억울하다는 듯 손사래를 쳐댔다.

"나 아니야! 그런 말, 한 적 없어. 진짜야."

수현과 시은은 마지막 하나까지도 헛다리를 짚었다는 결론을 내릴 수밖에 없었다. 수현이 지혁과 호영의 매서운 시선을 모른 척 외면하자, 시은은 말을 꺼낸 죄로 해명에 나서야만 했다.

"저희 생각으로는…… 급전이 필요해서 집을 파셨다니까…… 빚 청산을 하느라 그랬나 보다…… 그런 생각을 잠시……."

"집을 판 건 개업 자금이 부족해서고, 호영이가 대출 이자랑 월세에 허덕이고 있는 게 불쌍해 보여서 보증금이랑 월세를 반씩 보태고 들어온 거야. 됐지?"

수현과 시은은 그제야 모든 의문이 풀렸다는 듯 서로를 마주 보며 눈짓을 했다.

"앞으로 궁금한 거 있으면 대놓고 물어. 둘이 엉뚱한 생각하지 말고."

"물어도 제대로 가르쳐주지도 않을 거면서. 처음부터 그쪽이 백수라는 말만 안 했으면 얘기가 여기까지 올 일도 없었어요."

수현의 투덜거리는 말에 지혁이 이맛살을 찌푸렸다.

"꼬박꼬박 그쪽이 뭐냐, 그쪽이. 나 네 오빠 친구거든? 앞으로 오빠라고 깍듯하게 불러줬으면 좋겠는데?"

그를 힐끗 바라본 수현은 손 씻는 걸 잊었다는 핑계를 대며 자리에서 일어났다. 그녀가 사라지자 기다렸다는 듯 하정이 말문을 열었다.

"십."

호영이 냉큼 말을 이었다.

"이십."

"다들 소심하기는. 난 삼십. 인생 한 방이지."

시은을 마지막으로 세 사람의 난데없는 숫자 놀음이 끝났다. 지혁이 어리둥절해 하거나 말거나, 호영은 투덜대느라 관심도 없었다.

"너희 둘 다 수현이라는 거지? 다 같은 데 걸면 의미가 없잖아."

"그러네. 그럼 오빠가 갈아타세요. 요새 수현이 옛날보다는 좀 말랑해져서 아주 불가능하지는 않아요. 그치, 하정아."

하정이 고개를 빠르게 끄덕였다. 하지만 호영은 시은의 설득과 하정의 동조에도 어림없다는 표정을 지을 뿐 결코 넘어가지 않았다.

"머리 굴리는 소리 여기까지 들린다. 어딜 내 주머니만 털어가려고."

참다못한 지혁이 세 사람의 숙덕공론에 끼어들었다.

"분명 같은 자리에 있었는데 나만 못 알아듣는 이 어이없는 상황은 뭐지?"

그제야 호영이 능글맞은 미소를 지으며 눈을 찡긋거렸다.

"너 오빠 소리 못 듣는다에 돈 건 거잖아."

"뭐?"

지혁의 눈썹이 신경질적으로 휘었다.

"수현이한테 유일하게 오빠라고 불리는 분이십니다."

시은이 아첨꾼처럼 두 손을 공손히 모아 호영을 가리키자, 하정이 동조하듯 고개를 끄덕였다.

"수현이가 호락호락하지 않죠."

지혁은 호영과 시은까지는 그러려니 해도 어른스러워 보이던 하정까지 장단을 맞추는 게 신기했다. 그는 유유상종이라는 말의 의미를 실감할 수 있었다.

"너희들 원래 이러고들 노냐?"

"어. 우리 코드가 좀 맞아."

호영과 세 여자는 수현과 시은이 그의 앞집으로 이사 오기 전에도 종종 만나서 어울리는 사이였다. 지혁의 눈에만 이상해 보일 뿐, 이런 내기는 그들에게 매우 자연스러운 것이었다.

"좋냐?"

지혁은 우쭐대며 웃고 있는 호영을 떫은 표정으로 바라보았다.

"이게 뭐라고 좋다? 까다로운 기집애가 유일하게 나한테만 오빠라고 부르는데 그럼 안 좋겠냐?"

호영이 흐뭇하게 웃을수록 지혁의 미간은 점점 좁아졌다.

"네가 속고 있는 거 아니고? 그 나이까지 오빠 소리를 너한테만 했다는 게 상식적으로 말이 안 되지."

괜한 말로 어깃장을 놓는 그에게 시은이 모르는 소리 말라는 듯 단호하게 말했다.

"되던데요? 학교 다닐 때는 선배로 호칭 통일, 사회 나가서는 직책에 따라 부르거나 누구누구 씨."

가장 가까운 사람이 그렇다니 지혁은 더 우길 수 없었다.

"다른 사람한테 오빠라고 안 부르는 특별한 이유가 있는 건가?"

"그냥 뭔가 오그라든대요. 수현이가 애교 떨고 이런 거 잘 못해요. 하지도 못하고 남이 하는 거 보는 것도 질색하고."

굳이 시은의 말이 아니더라도 수현을 조금만 겪어보았다면 금세 알 수 있는 사실이었다. 수현은 지혁이 지금까지 보아온 여자 중 가장 무뚝뚝하고 애교가 없었다. 물론 자신이 첫 만남에서 실수를 한 게 있긴 하지만, 그게 아니었어도 지금과 크게 다르지는 않았을 거라는 생각이 들었다.

"특이한 캐릭터야……."

세 사람은 혼잣말을 중얼거리는 지혁을 바라보며 동시에 같은 생각을 했다.

'사돈 남 말 하시네.'

호영은 밥을 먹고 집으로 돌아오자마자 체기가 있다며 투덜거리기 시작했다.

"과하게 먹는다 했다. 약 찾아 먹어."

"집에 약 없어."

집에 소화제 하나 없느냐고 한마디 하려던 지혁은 자신도 비상약 같은 건 전혀 구비해 놓고 살지 않았다는 게 생각나 말을 돌렸다.

"그럼 수현이네 가서 달라고 하든지."

"하정이 아직 안 갔을 거 같은데? 신나게 먹어놓고 체했다고 하면 만들어준 사람한테 예의가 아니라는 생각 안 드냐?"

지혁은 소파에 드러누워 있는 호영을 못마땅한 눈으로 내려다보다가 몸을 돌려 제 방으로 들어갔다. 몇 초 지나지 않아 도로 나온 그는 곧장 현관으로 걸음을 옮겼다.

"어디 가?"

걸음을 멈춘 지혁이 호영을 돌아보며 되물었다.

"약 사다 달라는 말 아니야?"

"지금 10시 다 돼 가. 약국 문 닫았을 텐데?"

"요새 편의점에 약 팔아."

지혁은 무심하게 대꾸하고 집을 나왔다. 아파트 정문 근처에 다다랐을 무렵, 시동이 걸린 차 앞에 한 남자와 함께 서 있는 하정이 보였다. 그녀는 뒤돌아 있었기에 지혁을 보지 못하고 있었다. 그때, 남자가 하정에게 무슨 말인가를 건넸다. 남자는 코가 막힌 듯한 답답한 소리를 내고 있었는데, 희한하게 하이톤이기까지 했다. 몇 걸음 떨어져 있는데도 똑똑히 들릴 정도였다. 지혁이 그의 목소리에 잠시 정신을 뺏긴 사이, 남자는 하정을 차에 태우고 가버렸다. 지혁은 오매불망 자신을, 아니 약을 기다리고 있을 호영을 생각하며 편의점으로 발걸음을 돌렸다.

수현은 오랜만에 통기타를 꺼냈다. 작곡을 처음 시작할 때와 달리 요새는 건반으로 작업하느라 기타를 잡을 일이 거의 없었지만, 작업이 막힐 때나 서정적인 감성을 원할 때 기타를 사용하곤 했다. 기타 줄을 부드럽게 몇 번 튕겨본 그녀는 튜너 없이 곧바로 조율을 시작했다. 수현의 음감은 기계의 도움을 받지 않아도 될 만큼 뛰어났다. 6번 줄부터 튜닝 페그를 돌려가며 음을 맞추고 있는데 휴대폰이 울리기 시작했다. 전화를 걸어온 건 호영이었다.

"응, 오빠."

[너 지금 어디야?]

그의 목소리에는 다급한 기색이 역력했다.

"집."

[아, 다행이다. 지금 빨리 우리 집에 좀 가봐.]

"갑자기 왜?"

[오늘 신제품 프레젠테이션이 있는데 어제 밤새 작업한 PPT 파일을 USB에 저장만 해놓고 안 가지고 나왔어. 그거 내 메일로 좀 보내 줘, 빨리.]

"오빠 친구는?"

[몰라. 전화 안 받아. 나 숨넘어가기 일보 직전이야. 급해.]

"알았어. 기다려."

전화를 끊고 책상 위에 있던 노트북을 낚아채듯 집어 든 수현은 전원을 켜면서 그대로 방을 빠져나갔다. 수현이 1201호의 비밀번호를 누르고 들어가 호영의 방에 도착했을 때 노트북은 다 켜진 상태였다. 이사 온 당일, 인터넷을 연결하지도 못한 상황에서 급하게 자료를 보내야 할 게 있었던 그녀는 그의 데스크톱을 빌려 쓴 적이 있었다. 그때 호영의 컴퓨터가 켜지는 데 굉장히 오랜 시간이 걸렸던 것이 떠올랐고, 시간을 절약하기 위해 제 노트북을 가져온 것이었다. 수현은 책상 위에 가지런히 놓여 있는 USB에서 파일을 찾아 호영에게 전송했다.

"휴우……."

그녀의 입술 사이로 안도의 한숨이 흘러나왔다. 세월아 네월아 하는 여유로운 성격의 호영이 너무나 다급해 보여 덩달아 마음이 급해졌던 것이다. 수현이 노트북 덮개를 덮고 의자에서 일어난 순간이었다.

"용건 끝났어?"

"……!"

나직한 남자의 목소리에 그녀의 몸이 크게 움찔했다. 긴장이 풀어진 직후이기도 했고 아무도 없을 거라고 생각했던 공간이었기에 머리끝이 쭈뼛 곤두서는 느낌이었다.

"피해자인 나보다 가해자가 더 놀라면 어쩌자는 거야?"

지혁은 문가에 기대서서 수현을 바라보고 있다가 그녀가 고개를 돌리자 픽 웃음을 터뜨렸다. 그의 말을 알아듣지 못한 수현이 어리둥절한 눈으로 반문했다.

"……가해자요?"

"남의 집에 허락도 없이 들어와 있잖아. 이걸 주거침입죄라고 하지."

수현은 어이가 없었다. 이전엔 검사였고 지금은 변호사라는 사람이 지금 이 상황에서 주거침입죄를 들먹이는 게 정상인가 싶을 정도였다. 아무리 법을 모른다 한들 이런 비상식적인 말에 위축될 그녀가 아니었다.

"호영 오빠가 부탁한 게 있어서 온 거예요. 집주인이 허락했는데 주거침입이 될 리가 없죠."

수현이 당당하게 받아친 말은 지혁에 의해 곧바로 부정되었다.

"공동 주거의 경우에는, 한쪽 주거인의 허락이 있어도 다른 주거인이 허락하지 않으면 주거침입이 성립해."

그는 휴대폰이 진동으로 되어 있어 호영이 전화를 걸어왔다는 사실은 모르고 있었지만, 무슨 상황인지는 눈치로 대강 짐작하고 있었다.

"이 집, 오빠 명의 아닌가요?"

"누구 명의로 되어 있는지는 전혀 상관없어."

전문가 앞에서 아는 척을 한 꼴이 되어버린 수현은 일순간 할 말을 잃었다. 그러나 이내 정신을 가다듬고 차분하게 입을 열었다.

"그럼 고소하시든가요."

그녀는 그가 아무리 주거침입죄를 들먹인들 정말 고소할 거라고 생각할 만큼 바보는 아니었다. 지혁이 지금 트집을 잡는 건지 장난을 치는 건지 정확한 판단을 내릴 수는 없어도 그가 진심이 아닌 것만은 분명히 알 수 있었다.

"고소 말고 합의를 했으면 하는데."

"합의요?"

점입가경이었다. 하지만 그가 원하는 게 뭔지 알고 싶어졌다.

"합의 조건은요?"

"오빠라고 부르기."

수현은 실소를 금치 못했다. 지혁이 왜 이러는 건지 이해가 되지 않는 건 차치하고, 일단 그의 말에 호응해 줄 생각은 추호도 없었다.

"고소하세요."

퉁명스러운 말을 내뱉은 그녀는 노트북을 들고 문가로 걸음을 옮겼다. 그리고 문을 가로막고 서 있는 지혁의 앞에서 그가 비키기를 기다렸다. 수현은 자신과 대치하듯 미동 없이 서 있던 지혁이 옆으로 비켜서자 방을 나서며 한 마디 덧붙였다.

"경찰서에서 뵙죠."

현관문이 열렸다가 닫히는 소리가 들리고서야 그의 입가에 미소가 번졌다.

"누가 이기나 해보자고."

지혁은 오랜만에 승부욕에 불타오르고 있었다.

♪ ♩ ♪ ♫

영민의 오피스텔에 도착한 지혁은 엘리베이터에 몸을 실었다. 25층을 누르려는데, 이미 25층 버튼에 불이 들어와 있었다. 앞서 엘리베이터에 탄 남자와 목적지가 같다고 생각하면서 몸을 돌리던 그의 시선이 잠시 남자의 얼굴에 머물렀다. 지혁은 자연스럽게 시선을 거두면서 엘리베이터 가장 안쪽으로 들어가 섰다.

'누구지?'

남자의 뒷모습을 바라보며 기억을 더듬었다. 분명 어디서 본 것 같은데 쉽사리 기억이 나지 않았다. 지혁이 고민에 빠져 있는 사이, 엘리베이터는 25층에 도착했다. 그는 걷는 속도를 늦춰 남자의 뒤를 천천히 따랐다. 남자는 2503호 앞에 멈춰 서서 초인종을 눌렀다.

"자기야, 나 왔어."

비음 섞인 남자의 목소리는 한 번 들으면 쉽게 잊히지 않을 만큼 독특했다. 그제야 그가 누구인지 기억해 낸 지혁이 남자의 뒤를 지나치는 순간, 2503호의 문이 열리면서 샤워 가운을 입은 여자가 모습을 드러냈다.

"우리 애기 벌써 다 씻은 거야? 같이 씻자니까."

"석환 씨가 늦게 왔잖아. 오래 못 있는다며? 얼른 들어와."

지혁은 두 사람의 대화를 들으며 멈추지 않고 그대로 걸었다. 그의 표정은 잔뜩 굳어 있었다. 2501호의 초인종을 누르고 기다리니 영민이 문을 열어주었다.

"찾기 쉽지?"

지혁은 아무 말 없이 안으로 들어섰다. 먼저 와 있던 여희가 일어나 그를 반겼다.

"왔어?"

세 사람은 연수원 동기였다. 영민과 여희는 지혁이 검사직을 그만둔 직후, 몸담고 있던 로펌을 나왔다. 꽤나 이름이 알려진 세 사람이 로펌 창업을 준비 중이라는 소식이 전해지자, 정식으로 개업을 하지도 않았는데 벌써 알음알음 사건 의뢰가 들어오기 시작했다. 오늘 그들이 영민의 오피스텔에 모인 이유는 수임할 사건을 미리 결정하기 위해서였다.

"무슨 일 있어? 표정이 왜 그래?"

지혁의 표정이 심상치 않음을 감지한 여희가 걱정스럽게 물었다.

"나 잠깐만. 생각할 게 있어서."

창가로 걸어간 그는 마천루를 내려다보며 생각에 잠겼다. 그리고 한참을 미동도 없이 서 있다가 바지 주머니에서 휴대폰을 꺼내어 호영에게 전화를 걸었다.

"수현이 번호, 문자로 좀 보내줘."

지혁은 수현의 번호가 왜 궁금한 거냐는 호영의 질문에 답하지 않고 전화를 끊어버렸다. 고맙게도 호영은 별말 없이 그녀의 휴대폰 번호를 보내왔다. 신호음이 몇 번 가고 전화가 연결되었다.

[여보세요.]

모르는 번호여서인지 수현의 목소리는 평소보다 딱딱하고 건조했다.

"난데."

잠시 정적이 흐른 뒤, 그녀가 물었다.

[나가 누구신데요?]

지혁은 수현이 제 목소리를 알아들었다는 사실을 알 수 있었다.

"장난칠 시간 없고. 지금 좀 나와."

[어딜요?]

"문자로 주소 보낼 테니까 내비 찍고 와."

[갑자기 어디를 오라는 거예요?]

"오면 알아. 급하니까 지금 바로 출발해."

지혁은 수현이 거부할 시간을 주지 않고 종료 버튼을 눌렀다.

수현은 전화가 끊겨 버린 휴대폰을 붙들고 멍하니 앉아 있다가 벌떡 일어났다.

"아, 진짜 마음에 안 들어."

그녀는 짜증을 내면서도 테이블 위에 놓여 있던 차 키를 집어 들고 곧장 집을 나섰다. 제멋대로인 그가 마음에 안 들기는 했지만, 그의 목소리가 심각했음을 알아차렸던 것이다. 지하 주차장으로 내려가는 엘리베이터 안에서 지혁의 문자가 도착했다. 수현은 그가 보내온 주소를 내비게이션에 입력하고 아파트 지하 주차장을 빠져나갔다.

오피스텔 건물 앞에 나와서 차도를 바라보고 있던 지혁은 제 앞에 와서 멈춰 선 차에 올라탔다. 운전석에는 수현이 미간을 찡그린 채 앉아 있었다.

"뭐예요, 갑자기? 여긴 어딘데요?"

그는 대답 대신 어딘가를 손가락질했다.

"저 앞쪽으로 돌아서 지하 주차장으로 내려가."

어차피 다시 물어봐야 대답을 들을 수 없음을 직감한 그녀는 그가 가리킨 곳으로 차를 몰았다. 그러고는 지하 주차장으로 내려와 지혁의 지시대로 엘리베이터 근처에 주차했다.

"시동 끄고."

"여긴 왜 부른 건데요? 답답해 죽겠네, 정말······."

수현은 구시렁대면서도 그가 하라는 대로 시동을 껐다.

"유 간호사 말이야."

"하정이요? 하정이가 왜요?"

지혁의 입에서 하정의 이름이 나올 거라고는 생각지 못했던 그녀의 눈이 커졌다.

"지난번에 너희 집에서 우리 다 같이 밥 먹은 날, 유 간호사랑 결혼할 사람이 데리러 왔었지?"

"어떻게 알았어요? 봤어요?"

"어. 편의점 가다가. 유 간호사는 뒤돌아 있어서 나만 봤어. 유 간호사한테 무슨 말인가 하는 걸 얼핏 들었는데, 목소리가 특이해서 기억에 남았거든. 그놈 이름이 석환이야?"

"맞아요, 최석환. 근데 왜 다짜고짜 그놈이래요?"

수현은 그의 무례한 언사가 거슬렸다.

"할 만해서 하는 거야."

"……무슨 일인데요?"

"말을 해야 하나 말아야 하나 고민했는데, 만약 난 내 친구한테 똑같은 상황이 생겼다면 말했을 거야. 그래서 하는 거니까 듣고, 선택은 네가 해."

수현은 긴장감을 감추고 차분하게 대답했다.

"하세요."

"최석환이라는 놈, 딴 여자 있어."

가슴이 철렁 내려앉았지만, 그녀는 곧바로 인정할 수가 없었다. 그가 자신을 오해했던 것처럼 석환을 오해한 걸 거라고 믿고 싶었다.

"……그럴 사람 아니에요."

"뭘 보고? 처음부터 그럴 사람, 아닐 사람이 따로 있나? 그럴 사람은 아닌데 그랬으면 이제 그런 사람이 된 거지."

"뭘 봤어요? 아니면 누구한테 무슨 말을 들은 거예요? 왜 그러는지 말을 해줘야 알죠."

수현이 초조하게 지혁의 대답을 채근했다.

"이 오피스텔에 일이 있어서 왔다가 최석환이랑 엘리베이터를 같이 탔어. 같은 층에서 내렸는데 그놈이 어떤 여자가 문을 열어준 집으로 들어가는 걸 봤고."

"확실해요? 그때 밤이었는데 그쪽이 잘못 본 걸 수도 있잖아요. 결혼식 열흘 남았다고요. 말이 안 되잖아요, 말이⋯⋯."

"믿지 못할 것 같아서 불렀어. 오래 있을 것 같지는 않아 보였으니까 여기서 기다리다가 직접 얼굴 확인해."

지혁은 더는 해줄 말이 없다는 듯 조수석 시트에 몸을 기대고 엘리베이터 쪽으로 시선을 고정했다.

"여기가 여자 집이라면 둘이 같이 내려오란 법 없잖아요. 여자랑 같이 안 내려오고 석환이 혼자 내려오면 뭘 확인해요?"

"샤워 가운 입은 여자. 자기야. 우리 애기. 설명이 더 필요해? 넌 그 새끼 얼굴만 확인하면 돼."

침묵 속에 시간은 흘러갔다. 삼십 분쯤 지났을까, 석환이 모습을 드러냈다.

"최석환⋯⋯ 맞네요."

수현이 체념하듯 중얼거렸다. 모든 경우의 수를 나열해 보아도 지혁에게 들은 말은 한 가지 사실을 가리키고 있었다. 결코 오해일 수 없는 상황이라는 것. 신나 보이는 석환의 표정에 수현의 안색이 싸늘하게 굳었다.

"미친놈."

나직이 욕설을 내뱉은 수현이 차에서 내리기 위해 몸을 튼 순간, 지혁이 그녀의 팔을 붙잡았다.

"얼굴 확인했으면 됐어. 지금 나가서 해결될 거 아무것도 없으니까 우선 진정하고, 유 간호사한테 얘기할 건지 말 건지 그거나 생각해."

"해야죠. 할 거예요."

"생각보다 대답이 빠르네?"

"똑같은 상황이라면 당연히 하정이도 그렇게 할 테니까요."

차분한 말투와 달리, 수현의 눈가가 잘게 떨리고 있었다.

이튿날, 어제 못한 회의를 하기 위해 영민과 여희를 만나고 돌아온 지혁은 아파트 지하 주차장에 차를 세웠다. 그런데 저만치에서 수현이 급한 걸음으로 걸어오고 있는 게 보였다. 안전띠를 풀고 차에서 내린 그를 보고 깜짝 놀란 그녀가 제자리에 우뚝 멈춰 섰다.

"이 밤중에 어디 가?"

"친구였던 놈 만나러요."

대답하는 수현의 얼굴에 싸늘한 냉기가 감돌고 있었다.

'친구도 아니고 친구였던 놈이라……'

지혁은 그녀가 지금 어디에 가려는 건지 직감했다.

"최석환 만나기로 했어?"

"만나기로 하지는 않았어요. 찾아가는 거죠."

"가서 뭐 하게?"

"하정이한테 말하기 전에 내 눈으로 직접 확인해야겠어서요."

수현은 이런 중차대한 일을 섣불리 터뜨릴 만큼 경솔하지 않았다.

"같이 가."

"왜요?"

"사고 칠까 봐. 은근히 욱하는 스타일 같아서."

그건 핑계에 불과했다. 걱정돼서 따라가겠다는 걸 그만의 방식으로 표현한 거였다.

"사고는 무슨 사고를 쳐요."

수현이 구시렁거리며 근처에 있던 제 차로 다가가 운전석의 문을 열자, 지혁이 기다렸다는 듯 먼저 차에 올라탔다. 당황한 그녀가 허리를 굽혀 조수석을 꿰차고 앉은 그를 바라보았다.

"그냥 말 몇 마디만 하고 올 거예요. 내리세요."

"나는 그 말 몇 마디, 옆에서 듣고만 있을게."

수현은 제 실수를 인정하지 않을 수 없었다. 그가 어디를 가느냐고 물었을 때 대충 둘러댔으면 됐을 것을 석환에 대한 분노를 참지 못하고 괜한 말을 했다는 게 이제 와 후회스러웠다.

"급한 줄 알았는데 내가 잘못 봤나?"

미간을 찡그리며 운전석에 오른 수현은 곧바로 시동을 켜고 출발했다. 지혁의 말대로 지금은 그와 말씨름을 하고 있을 시간이 없었다.

"어디로 가는 거야?"

"오피스텔이요."

"거기 최석환이 있는 줄은 어떻게 알고?"

"왔다는 연락을 받았어요."

"누구한테?"

"흥신소 직원이요."

지혁이 피식 웃음을 터뜨렸다.

"일 처리 마음에 드네."

"주차장에서 기다리고 있는 게 어려운 일은 아니잖아요? 명색이 흥신소 간판 달고 일하려면 그 정도는 해야죠."

"아니. 흥신소 직원 말고 너 말이야. 대부분 자기가 직접 가서 기다리지 사람 사서 맡기지는 않거든."

"그런 자식한테 아까운 시간 들이고 싶지 않아요. 차라리 돈을 들이고 말지."

지혁은 그녀의 쿨한 대답에 소리 내어 웃었다. 수현은 하는 행동마다 어찌나 칼 같은지 징징대는 법이 없었다. 티 나게 안달복달하지도 않았다.

"그런 사고방식 아주 좋아."

흥신소에 뒷조사를 의뢰한다는 건 일반인들에게 쉽지 않은 일이었다. 남편의 외도를 눈치챈 아내에게도 큰 결심이 필요한 일인데 하물며 이번 일은 남편도 아니고 친구의 남자친구였으니, 지혁이 수현의 남다른 과감함을 감탄스러워하는 것도 무리는 아니었다.

"칭찬받으려고 한 거 아니거든요?"

난데없는 칭찬에 수현이 인상을 찌푸렸다.

"나도 네가 좋아하라고 말한 거 아니야. 그냥 그렇다고."

수현은 그에게 말로 이길 수 없다는 걸 이미 알고 있있다. 그렇다면 그냥 입을 다무는 게 상책이었다.

2503호 앞에 도착한 수현은 망설임 없이 초인종을 눌렀다. 잠시 뒤, 누구냐고 묻지도 않고 문이 벌컥 열리더니 앳되게 생긴 여자가 고개를 빼꼼 내밀었다. 주문한 배달 음식이 도착했다고 생각했던 그녀는 문 앞에 서 있는 두 사람을 보고 흠칫 놀랐다.

"······누구세요?"

"최석환이 좀 불러줘요."

수현의 냉랭한 기세에 주눅이 든 여자가 눈치를 살피며 말을 더듬었다.

"누, 누구신데요······?"

"그냥 내가 들어갈게요."

반쯤 열려 있던 문을 확 열어젖힌 수현은 여자를 옆으로 밀어내며 안으로 들어섰다.

"뭐 하시는 거예요? 남의 집에 어딜 막 들어와요!"

다급하게 제 팔을 잡아채는 여자에게 수현이 싸늘하게 되물었다.

"너야말로 결혼 며칠 남지도 않은 남자랑 뭐 하는 건데?"

멀뚱히 서 있는 여자의 손을 쳐낸 수현은 신발도 벗지 않고 집 안으로 들어섰다. 지혁이 말없이 그 뒤를 따랐다. 석환은 갑작스러운 그녀의 등장에 경악을 금치 못했다.

"수, 수현아……."

두 사람은 같은 대학, 같은 과를 졸업한 친구 사이였다.

"옷 입고 나와."

그제야 자신이 드로즈 하나만 입고 있다는 사실을 깨달은 석환이 허둥지둥 방 안으로 뛰어들었다. 그가 얼마나 당황했는지는 챙겨 입고 나온 옷만으로도 알 수 있었다. 셔츠 단추는 다 채우지도 못했을 뿐만 아니라, 셔츠 끝자락은 반만 바지춤에 들어가 있는 상태였다.

"네가 여긴 어떻게 알고……."

"내가 어떻게 알았는지는, 네가 여기 있는 것보다 중요하지 않다고 보는데?"

"내가 설명할게, 수현아. 그러니까 우선 내 얘기 좀 들어봐."

친구이긴 해도, 석환은 예전부터 수현을 어려워했다. 그녀는 남들에게 편안하고 친근한 상대는 아니었다.

"벌써 했으면서 뭘 또 하려고?"

"……응?"

"내가 들어오자마자 본 것만으로도 충분해."

석환은 아무리 머리를 굴려보아도 뾰족한 수가 떠오르지 않았다. 그에게는 팬티만 입고 여자와 한집에 있었다는 걸 둘러댈 만한 재주가 없었다. 다른 방도가 없다고 판단한 석환이 수현의 눈치를 살피며 조심스럽게 물었다.

"설마…… 하정이한테 말할 건 아니지?"

"설마?"

실소를 터뜨린 수현이 싸늘하게 말을 이었다.

"당연히 말할 거야."

그 순간, 돌아가는 상황을 주시하고 있던 여자가 헛웃음을 치면서 끼어들었다.

"이것 보세요."

수현이 천천히 고개를 돌렸다. 여자는 수현의 착 가라앉은 눈빛에 본능적으로 움찔했지만 이내 정신을 차리고 뾰족하게 쏘아붙였다.

"당사자도 아니고 제삼자가 왜 나서는 거예요? 난 또 석환 씨랑 결혼할 여자인가 했네."

수현은 이렇게까지 뻔뻔스럽고 몰염치한 여자와 말을 섞으며 감정 소비를 하고 싶지 않았다. 그래서 다시 석환에게로 시선을 옮겼다.

"아무리 남녀 관계가 당사자만의 문제라고는 해도, 하정이랑 널 만나게 해준 사람이 난데 이 정도는 나서도 되잖아, 안 그래?"

"……."

"중매는 잘하면 술이 석 잔이고, 못하면 뺨이 석 대라더라? 난 열 대 맞아도 아무 말 못 하겠다. 너 같은 놈을 소개해 줬으니까."

하정과 석환은 수현이 소개를 해준 유일한 커플이었다. 그렇기에 그녀는 석환에 대한 분노뿐만 아니라 하정에 대한 죄책감까지 함께 느끼고 있었다.

"수현아, 모른 척해주라. 그럼 싹 정리할게. 결혼해서 하정이한테 잘하고 살게. 응?"

수현은 아무 말도 하지 않았다. 고민하는 게 아니라 대꾸할 가치가 없어서였다. 사정이 통하지 않으리라는 걸 직감한 석환은 방법을 바꾸기로 했다.

"네가 진실을 말해주면 과연 하정이가 좋아할까? 안 듣고 싶어 할 수도 있어. 모르고 넘어갈 수도 있었다고 널 원망할지도 몰라."

수현은 석환의 말이 끝나기 무섭게 성큼 다가가 그의 따귀를 있는 힘껏 후려쳤다.

철썩!

차진 소리가 집 안에 울려 퍼졌다. 그녀는 얼떨떨한 얼굴로 눈만 끔 뻑이고 있는 석환을 똑바로 보면서 지혁에게 물었다.

"폭행죄 형량이 어떻게 돼요?"

"2년 이하의 징역, 500만 원 이하의 벌금, 구류 또는 과료."

표정 하나 달라지지 않고 망설임 없이 대답했지만, 지혁은 내심 당 혹스러웠다. 일반인들은 판검사나 변호사들은 법조문을 달달 외우고 있을 거라고 생각하는데 현실은 그렇지 않았다. 물론 중요한 건 외우 고 싶지 않아도 저절로 외워지긴 했지만 그렇지 않은 것도 많았다. 만 약 지난번에 수현이 주거침입죄의 형량을 물어봤다면 대답하지 못했 을 거였다. 그는 그녀가 그나마 폭행죄 형량을 물어봐 줘서 고마운 마 음마저 들었다. 수현은 지혁이 무슨 생각을 하고 있는지도 모르고 석 환을 향해 입꼬리를 비틀어 올렸다.

"들었지? 고소하든가."

수현이 지혁을 찾아온 건 그녀가 석환의 따귀를 올려붙인 날로부터 이틀이 지나서였다. 두 사람은 식탁에 마주 앉았다.

"유 간호사는 괜찮아?"

"아무렇지 않아요."

담담하게 대답한 수현이 한마디 덧붙였다.

"적어도 겉으로는."

"너는?"

"……."

질문의 저의를 몰라 눈망울만 굴리고 있는 그녀에게 그가 재차 물었다.

"너는 괜찮은 거냐고."

시은으로부터, 수현이 하정에게 석환을 소개해 준 자신을 탓하고 있다는 사실을 듣게 된 지혁은 내내 그녀를 걱정하고 있었다. 수현은 그의 깊고 그윽한 눈을 계속 쳐다보지 못하고 살짝 시선을 내리깔았다.

"부탁드릴 게 있어서 뵙자고 했어요."

수현의 입에서 부탁이라는 말이 나오다니 지혁으로서는 의외였다. 그녀가 누군가에게 도움받는 걸 좋아하지 않는다는 걸 짐작하고 일부러 나서지 않았는데 아직 호영에게조차 아무런 말을 하지 않은 듯한 수현이 자발적으로 찾아온 것이었다.

"말해."

뭐가 됐든 반드시 들어주리라.

"하정이 결혼 엎기로 했어요."

"잘 생각했네."

당연하다는 듯 지혁이 고개를 끄덕였다.

"근데 문제가 좀 있어요."

"문제가 없으면 이상한 거지. 뭔데?"

"처음에는 싹싹 빌던 그놈이 돌변했대요. 이대로 결혼 엎으면 집안 망신이라고 고소를 하네 마네 하고 있나 봐요."

지혁의 짙은 눈썹이 신경질적으로 꿈틀거렸다.

"제정신이 아니군."

"미친 거죠."

두 사람은 오랜만에 의견이 일치했다.

"그렇게까지 바닥 다 보이고 결혼해서 뭘 어쩌자는 건데?"

"저도 모르겠으니까 정 궁금하시면 본인한테 물어보세요."

피식 웃음을 터뜨린 지혁이 본론으로 넘어갔다.

"그래서 나한테 하려는 부탁은?"

"하정이가 많이 힘들어해요. 헤어지자는 말을 하려고 한 번 만난 것 빼고는 안 만나줬더니 최석환이 얼굴 보고 얘기하자고 난리래요. 계속 이렇게 시달릴 수는 없다고 마지막으로 보기로 했다는데……."

지혁은 수현의 입에서 나올 말이 뭔지 짐작이 갔지만, 잠자코 기다렸다.

"같이 좀 나가주세요."

그의 짐작대로였다.

"제가 따라가긴 할 건데 여자 둘보다는 남자가 있어야 든든할 것 같기도 하고, 기왕이면 법도 잘 아시는 분이었으면 좋겠어서요."

"그게 나다?"

"네. 고문 변호사 정도로 생각해 주시면 되겠네요."

아무리 생각해도 그만큼 적임자는 없었다. 지혁은 일단 외모만으로도 상대방을 위축시키는 분위기가 있었고, 입을 열지 않아도 냉소적인 느낌이 물씬 흘러나왔다. 게다가 고소를 하겠다는 상대방에게 검사 출신 변호사인 그는 최적이었다. 사실 처음에는 호영과 함께 나갈 생각도 했었지만, 솔직히 그는 미덥지가 않았다. 매사에 쉽게 욱하는 호영은 목청만 높이다가 끝날 게 분명했다. 수현은 지금 냉철하고 이성적인 사람이 필요했다. 자초지종을 설명하지 않아도 된다는 사실역시 그를 찾아온 이유 중 하나였다. 그런데 지혁의 입에서 그녀가 예상치 못한 말이 튀어나왔다.

"나 무보수로는 일 안 해."

수현은 내심 당혹스러웠다. 큰 사건을 함께 겪고 나니 왠지 모를 동지애가 느껴졌고, 그래서 어떻게 하면 피할까만 궁리하던 그에게 이런 부탁까지 하게 된 것이었다. 그런데 돈을 받겠다고 할 줄이야……. 풀어졌던 마음 한구석이 다시 조여졌다.

"얼마를 드리면 되는지 말씀하세요."

그녀의 목소리가 차가워졌다. 잠시 뭔가를 고민하는가 싶던 지혁이 입을 열었다.

"보수는 일을 마치고 난 다음에 결정하는 길로 하지. 이쪽 보수 책정이라는 게 명확한 기준이 없어서 말이야. 동의해?"

"그렇게 하세요."

수현이 순순히 고개를 끄덕였다. 그녀는 지금 자신이 백지수표를 내준 것이나 다름없다는 사실을 미처 모르고 있었다. 보수에 관한 한 전적으로 그가 결정하겠다는 말에 동의한 셈이었다. 수현은 지혁이 왜 보일 듯 말 듯한 미소를 짓고 있는지 또한 알지 못했다.

다음 날, 수현과 하정은 약속 장소인 카페에서 석환을 기다렸다. 지혁은 되도록 조용히 끝내고 싶다는 하정의 부탁으로 조금 떨어진 곳에 자리를 잡았다. 이야기가 잘 끝난다면 그는 나서지 않기로 한 것이었다. 잠시 뒤 도착한 석환이 수현과 하정의 앞자리에 앉았다.

"둘이서 조용히 얘기하고 싶었는데 수현이도 같이 왔네?"

그는 수현을 원망 어린 시선으로 바라보며 빈정거렸다. 너만 나서지 않았어도 이렇게까지 될 일은 없었다고 표정이 말하고 있었다. 수현이 아무런 반응을 보이지 않자, 석환은 하정에게 시선을 돌렸다.

"정말 결혼 안 할 거야?"

"그럼 할 줄 알았어?"

하정은 목소리도 높이지 않고 조용조용 반문했다.

"하정아, 내가 얘기했잖아. 실수라고. 걔 다시는 안 만날 테니까 한 번만 용서해 주면 안 돼? 꼭 이렇게까지 해야겠어?"

"그걸 실수라고 표현하는 넌, 앞으로도 끊임없이 실수를 하고 살 거야. 그래서 싫어."

석환은 슬슬 짜증이 치밀었다. 이 정도까지 빌면 이제 못 이기는 척 넘어가 줄 법도 하건만 요지부동인 하정이 못마땅했다.

"내가 이 말까지는 안 하려고 했는데 네가 이런 식으로 나오니까 해야겠다. 엄마 일찍 돌아가시고 아버지 밖으로 나도는 집에서 보고 배운 게 뭐가 있겠느냐고 널 싫어하는 우리 엄마 설득한 게 나야. 사촌 형 신부는 결혼할 때 차도 해오던데, 난 혼수며 예단이며 성에 안 차는 거 다 그냥 넘어갔어. 근데 네가 나한테 이러면 안 되지."

하정의 콤플렉스를 낱낱이 들추며 분풀이를 하는 석환을 빤히 쳐다보고 있던 수현이 나직하게 한마디 던졌다.

"그럴 만한 남자였나 보지. 넌 아니고."

사촌 형은 의사였고, 자신은 중소기업 대리였으니 그는 수현의 지적을 부정할 수 없었다. 할 말이 없어진 석환이 모른 척 말을 돌렸다.

"결혼 코앞에 두고 파혼하면 어느 쪽이 더 불리할까? 당연히 여자야. 파혼보다 이혼이 쉽다는 말이 괜히 나왔겠어?"

"난 파혼이 더 쉬울 것 같아."

하정이 담담하게 받아치자, 석환의 얼굴이 확 구겨졌다.

"식장 잡아놓은 거며 신혼여행 예약까지, 벌여놓은 일이 한두 가지야? 지금 취소하면 얼마나 손해 보는지는 알고 이러는 거지?"

그는 적반하장의 끝을 보여주고 있었다. 더는 그와 입씨름을 하고 싶지 않았던 하정이 한숨을 내쉬며 입을 다물자, 수현이 대신 입을 열었다.

"끝까지 질척거리네. 그따위 돈 몇 푼 손해 보는 게 그렇게 억울하면 내가 줄게. 그럼 되지?"

자존심이 상한 석환의 얼굴이 붉으락푸르락해졌다.

"지금 돈 잘 번다고 유세하는 거냐, 송수현?"

"그럼 넌 못 벌어서 구걸하는 거고?"

수현이 태연하게 응수하자, 석환의 분노는 극에 달했다. 이 모든 사태의 책임이 수현에게 있는 것 같아서 참을 수가 없었다.

"나랑 결혼하지 말라고 네가 하정이 부추긴 거지? 아니면 하정이가, 이렇게까지 내가 사정하는데 받아주지 않을 리가 없어."

수현은 자신을 죽일 듯이 노려보고 있는 그의 시선을 피하지 않고 마주하며 차분하게 말했다.

"그만해라, 최석환. 이제 네 바닥 그만 보고 싶다."

그녀의 한심해하는 표정과 말투에 석환은 이성을 잃었다. 자신의 앞에 놓인 물컵을 발견한 그는 뭘 어쩌겠다는 생각도 없이 본능적으로 그것을 움켜잡았다. 그런데 뭔가 이상했다. 물컵이 들어 올려지지 않았다. 강한 힘이 물컵을 내리누르고 있다는 사실을 깨달은 석환이 시선을 아래로 내렸다. 웬 남자의 손이 보였다. 그와 동시에 건조한 남자의 목소리가 석환의 귀로 파고들었다.

"골고루 하네."

고개를 치켜든 그는 얼음장처럼 차가운 눈빛으로 자신을 내려다보고 있는 남자를 보고 멈칫했다.

"남자 새끼가 어디 쪽팔린 줄도 모르고 여자한테 물을 뿌리겠다고."

순간적으로 지혁의 압도적인 카리스마에 위축됐던 석환은 정신을 가다듬고 수현과 하정을 바라보며 언성을 높였다.

"이것들이 근데! 지금 나 겁주려고 남자까지 달고 나왔냐?"

목소리는 컸지만, 누가 봐도 그가 지금 겁을 먹었다는 걸 알 수 있을 정도였다. 석환은 지혁 쪽으로는 고개도 돌리지 못하고 있었다.

"겁주려고 한 건 아닌데 겁먹었니?"

수현이 차분하게 되물었다.

정곡을 찔린 석환의 말문이 막혔다. 하지만 여기서 밀리면 안 된다는 생각에 세게 나가기로 했다.

"이런 식으로 나오면 협박죄로 고소할 거야."

그 순간, 지혁이 테이블을 톡톡 두드렸다.

"날 보고 얘기했으면 좋겠는데?"

석환은 그와 눈이 마주칠까 봐, 슬쩍 고개를 돌리는 시늉만 했다.

"아무거나 갖다 붙인다고 죄가 되는 게 아니야. 협박죄가 어떤 경우에 성립하는지 확인해 보고 말하는 게 어때?"

"……다, 당신이 뭔데 나서? 난 당신하고 할 말 없으니까 빠져."

지혁이 어깨를 으쓱하며 대답했다.

"이럴 때 나서라고 변호사가 있는 거거든."

"……변호사?"

석환은 그제야 그가 수현과 함께 오피스텔에 왔던 남자라는 걸 알아차렸다. 그날은 정신이 없어서 얼굴을 제대로 볼 여유가 없었지만, 키가 크고 차가운 분위기였다는 건 기억이 났다. 멀뚱히 생각에 잠겨 있는 석환에게 지혁이 정식으로 자기소개를 했다.

"유하정 씨 고문 변호사 류지혁입니다."

그의 말투는 어느새 백팔십도 달라져 있었다. 방금 전까지는 수현과 하정의 지인으로서 석환을 대했다면, 이제 변호사로서 제 역할을 해야 할 때였다.

"앞으로 법률적인 문제는 저랑 말씀하시면 됩니다."

"예……?"

고소를 먼저 입에 올린 건 사안의 심각성을 강조하기 위함이었을 뿐, 하정이 변호사를 대동하고 나타난 건 석환의 계획에 없던 것이었다. 당황한 기색이 역력한 그를 보며 지혁이 여유롭게 말을 이었다.

"민법 제804조에 의거하여, 약혼 후 다른 사람과 간음한 상황에 해당하는 최석환 씨는 약혼의 해제에 귀책사유가 있는 자로, 유하정 씨는 약혼 해제로 인한 손해배상을 청구할 수 있습니다. 손해배상은 재산상 손해뿐만 아니라, 정신상 손해까지 가능합니다. 이제 구체적인 말씀을 나눠 볼까요?"

그의 입가에는 냉소가 감돌고 있었다.

[이제 우리 얘기 끝내야지?]

그날 저녁, 수현은 지혁의 전화를 받고 아파트 놀이터로 나갔다. 그가 긴 다리를 우아하게 꼬고 벤치에 앉아 있었다.

"정말 후회 안 한대?"

자신을 향해 다가오는 그녀에게 지혁이 다짜고짜 물었다.

"네. 안 한대요."

수현이 그의 옆에 앉으며 대답했다. 정말 소송까지 갈까 봐 겁을 먹은 석환은 하정에게 조용히 끝내자고 종용했고, 하정은 그 제안을 받아들였다. 대신 석환이 결혼을 취소하는 데 따른 위약금 등을 전부 부담하기로 했다.

"대체 내가 왜 나선 건지 모르겠네."

지혁이 못마땅하다는 듯 미간을 찌푸렸다. 승부사 기질이 다분한 그에게 이런 싱거운 결말이 만족스러울 리 없었다.

"변호사님이 나서주셔서 쉽게 해결된 거라는 거 알아요."

'변호사님?'

'그쪽'에서 한 단계 업그레이드된 호칭이었다. 지혁이 고개를 돌려 수현의 옆모습을 바라보았다. 이마에서 코를 지나 턱으로 떨어지는 곡선이 단아하고 유려했다. 풍성한 속눈썹과 도톰한 입술까지, 한 폭의 그림을 보고 있는 듯한 기분이었다. 그녀의 입술을 만져 보고 싶다는 생각이 든 순간, 수현이 입을 열었다.

"하정이가 감사하다고 전해달래요."

그는 다행히 그녀가 고개를 돌리기 전에 방심한 표정을 감출 수 있었다. 지혁은 여느 때와 다름없는 무표정한 얼굴로 태연하게 말했다.

"나였다면 할 수 있는 모든 방법을 동원해서 복수했을 텐데."

"저도 좀 답답하긴 하지만 하정이 마음을 이해 못 하는 것도 아니에요. 지금보다 더 못 볼 꼴 보느니 차라리 잘됐다 싶기도 해요."

수현이 허공에 한숨을 내뱉자, 그가 가벼운 어조로 분위기를 환기했다.

"내가 너 때문에 별짓을 다 하고 돌아다닌다. 별 시답잖은 놈 앞에서 폭행죄 형량을 읊은 걸로도 모자라서, 오늘은 언제 공부했는지 기억도 까마득한 민법 조항 훑어보고 나갔다, 인마."

그녀의 입에서 피식 웃음이 새어 나왔다.

"이참에 잊어버렸던 거 복습도 하고 뜻깊은 시간이었겠네요."

"내가 하다하다 네 친구 파혼 뒤처리까지 하고 다닐 줄은 몰랐네. 지금 와서 하는 말인데 내 몸값이 얼만 줄 알고 고문 변호사를 해달래, 겁도 없이."

오늘 아침에야 비로소 호영으로부터 지혁이 어느 정도의 수임료를 받는 변호사인지 듣게 된 수현은 그가 설마 말도 안 되는 금액을 제

시하지는 않을 거라고 애써 자위하고 있었다. 하지만 그동안 티격태격했던 것을 돌이켜보건대, 복수를 한답시고 세게 부를 가능성도 완전히 배제할 수는 없었다.

"혹시…… 무료 봉사 같은 건 안 하세요?"

"무료 봉사?"

"왜, 노블레스 오블리주 같은 거 있잖아요."

"그 말을 지금 꺼내는 이유는?"

"변호사들 재능 기부 차원에서 무료 변론 같은 것도 많이 하던데 그런 거 안 하시나 봐요?"

그는 수현이 밑밥을 까는 이유를 알아차리고 무미건조한 어조로 못을 박았다.

"무료 변론은 너 같은 사람한테는 해당 사항 없어."

"저 같은 사람은 뭔데요?"

"스타 작곡가라고 호영이가 그러던데?"

호영이 안 해도 될 말은 잘하고, 해야 할 말은 안 하는 데 탁월한 재주가 있다는 사실을 다시금 깨달은 수현은 그가 얼마를 부르든 구차하게 깎지 않기로 마음먹었다.

"그래서 수임료가 얼마예요?"

돌연 지혁의 얼굴에 미소가 떠올랐다.

"누가 돈 달래?"

무슨 말인지 이해하지 못한 수현이 반문했다.

"무보수로는 일 안 하신다면서요?"

"보수라는 게 돈만 말하는 게 아니잖아?"

"……그럼 뭘 원하시는데요?"

드디어 그가 시커먼 속내를 드러냈다.

"오빠라고 불러."

그녀의 미간이 일순간에 좁아졌다.

"그냥 수임료를 낼게요."

"뭐로 받을지는 내 마음이야."

'이러려고 나중에 결정하겠다고 한 건가?'

수현은 그제야 자신이 그의 마수에 걸려들었다는 사실을 알아차렸다. 그러나 섣불리 그의 말에 동의한 건 제 실수였으니, 이제 와서 없던 일로 하자고 할 수도 없는 노릇이었다. 강하게 나가면 더 강하게 받아칠 사람이라는 걸 알기에 그녀는 일단 지혁을 설득해 보기로 했다.

"오빠라는 말, 잘 못 해요."

"그럼 호영이한테도 오빠라고 하지 말든가."

우기는 것도 정도가 있는 법이건만 그는 막무가내였다.

"그게 말이 된다고 생각하세요? 오빠를 오빠라고 안 부르면 언니라고 해요?"

"호영이가 오빠면 오빠 친구도 오빠고, 나도 오빠지."

틀린 말은 아니었지만 수현에게는 인정하고 싶지 않은 말이었다.

"제가 죽어도 싫다면요?"

"그렇게까지 신용 없는 사람이라고는 안 봤는데? 죽어도 싫다고 할 거야?"

그는 고단수였다. 그녀는 약속을 지키지 않는 사람이 되고 싶지는 않았다.

"뭐 해?"

수현은 잠시 머뭇거리다가 천천히 입을 열었다.

"오…… 빠……."

"혼잣말하는 거야? 들리게는 해야지."

"……."

범죄자들과의 심리적 밀당에 익숙한 지혁은 여기서 더 다그치면 역효과가 날 수도 있음을 잘 알고 있었다. 그래서 일보 후퇴하기로 했다.

"좋아. 어차피 앞으로는 계속 그렇게 부를 텐데 오늘은 여기까지만 하지."

"……앞으로 계속이요?"

"그럼 한 번으로 끝날 줄 알았어?"

"……."

그런 줄 알았다.

"생색내려고 하는 말은 아니지만 내가 오늘 한 일이 오빠 소리 한 번으로 까기는 좀 그렇다고 생각하는데, 어떻게 생각해?"

수현은 그깟 오빠라는 말이 뭐라고 한사코 듣고야 말겠다는 그를 이해할 수가 없었다. 물론 호영에게는 오빠라고 잘만 부르면서 다른 사람에게는 어려워하는 자신도 이해가 되지 않는 건 마찬가지였다. 그녀는 지혁을 얼마간 겪어오면서 그가 호락호락 물러날 사람이 아니라는 것을 알고 있었다. 어차피 해야 한다면 자꾸 뜸을 들여봐야 더 민망해질 뿐이었다. 결심을 굳힌 수현이 자리에서 벌떡 일어서며 외쳤다.

"오빠!"

그녀는 두 글자만을 남기고 줄행랑을 치듯 어둠 속으로 사라져 버렸다. 수현의 뒷모습을 바라보는 지혁의 얼굴에 만족스러운 미소가 떠올라 있었다. 그는 지금 기분이 아주 좋았다. '그쪽'이라고 불리는 것에 대한 반발로 시작했던 일이 제 승리로 막을 내렸다는 이유만은 아니었다. 지금까지 살면서 '오빠'라는 호칭에 어떠한 감흥도 느껴보지 못했는데, 그 말이 꽤 듣기 좋다는 걸 새삼 깨달았기 때문이었다.

수현은 지혁을 오빠라고 부른 날 이후 며칠 동안은 그와 마주칠 일이 없었다. 아니, 일부러 피해 다녔다. 혹시라도 지혁과 마주칠까 봐 두문불출하면서 곡 작업에 매진했다. 그리고 세진의 앨범 작업과 관련한 미팅이 잡혀 집을 나선 날이었다. 짜기라도 한 것처럼 1201호와 1202호의 문이 동시에 열렸다.

"……!"

멈칫한 수현은 호영의 얼굴을 보고 안도했다. 그러나 호영의 뒤편으로 지혁의 머리가 보이자, 이내 몸이 뻣뻣하게 굳었다. 이대로 뒤로 한 걸음 물러서서 문을 살짝 닫으면 안 들키고 도로 들어갈 수 있을지도 모른다는 망상에 빠져 있던 수현에게 호영이 반갑게 손을 휘저으며 인사했다.

"수현아!"

하지만 그녀는 전혀 반갑지 않았다. 물론 반갑지 않은 존재는 호영이 아니라 지혁이었지만 함께 있는 이상 둘은 한 몸이나 마찬가지였다.

"나가는 길이야?"

"응."

"어디 가는데?"

"회사."

대답하면서 슬쩍 시선을 들어 올린 수현은 지혁과 눈이 딱 마주쳤다. 그는 평소와 다름없이 무표정한 얼굴을 하고 있었다. 무슨 생각을 하고 있는지 전혀 알 수가 없었다.

"오늘 10부제 걸렸어. 나 좀 데려다주고 가면 안 돼?"

"오빠 회사랑 완전히 반대잖아. 나 시간 없어."

"쳇……."

구시렁거리며 엘리베이터로 걸어가던 호영이 갑자기 휙 뒤돌아섰다.

"큰일 날 뻔했네, 내 USB."

"또 잊어버리고 나왔어? 잘 좀 챙겨라."

"엘리베이터 좀 잡고 있어. 금방 나올게."

그는 허둥지둥 왔던 길을 되돌아갔고 복도에는 두 사람만 남게 되었다. 지혁이 먼저 엘리베이터 쪽으로 걸음을 옮겼다.

'어쩌지……?'

수현은 그를 뒤따라야 하나 이대로 서 있어야 하나 고민하다가 전자를 택했다. 복도 한가운데 덩그러니 서 있는 것도 뭔가 우습다는 생각이 들어서였다. 걸음을 옮긴 그녀는 엘리베이터 앞에 멈춰 서고서야 그가 마뜩잖은 표정을 짓고 있다는 사실을 알아차렸다. 웃는 얼굴은 아니었지만 조금 전까지만 해도 기분이 나빠 보이지는 않았다. 그런데 대체 일 분도 안 되는 짧은 시간 동안 무슨 심경의 변화가 있었는지 알 수가 없었다. 두 사람이 침묵을 지키는 동안 10층에 있던 엘리베이터가 올라와 문이 열렸다.

"타."

지혁이 턱 끝으로 엘리베이터 안을 가리켰다.

"오빠가 기다리라고 했잖아요."

수현이 집 쪽으로 힐끗 고개를 돌렸지만, 호영의 모습은 보이지 않았다.

"일단 이거 보내고 다음 거 타요."

그녀는 출근 시간에 엘리베이터를 잡고 있는 것만큼의 비매너는 없다고 생각하는 사람이었다.

"시간 없다며?"

몇 십 분이 없다는 거지, 다음 엘리베이터를 기다릴 몇 분이 없다는 건 아니었건만 지혁은 제 말만 하고는 수현의 등을 슬쩍 밀어 엘리베이터 안으로 들여보냈다.

"……어?"

얼떨결에 밀려들어간 그녀가 어리둥절해하는 사이, 그는 지하 1층
과 닫힘 버튼을 차례로 눌렀다. 그러고는 다짜고짜 밑도 끝도 없는 말
을 내뱉었다.

"나한테 오빠라고 부르지 마."

이 남자는 전생에 제멋대로 하지 못해서 화병으로 죽은 게 분명했
다. 그렇지 않고서야 사사건건 이럴 수는 없을 터였다.

"갑자기 무슨 변덕이에요? 언제는 부르라면서요?"

"듣기 싫어졌어."

지혁은 수현이 기막혀하는 게 당연하다고 생각했다. 그의 생각에도
자신의 행동은 상당히 어이없었다. 하지만 새삼스럽게 그녀가 호영을
오빠라고 부르는 게 마음에 들지 않았다. 수현은 지혁이 왜 이러는 건
지 영문을 알 수 없어 황당하기는 했지만 생각해 보니 잘됐다 싶었다.

"알았어요. 그럼 변호사님이라고 부를게요."

"아니. 그거 말고."

그녀는 그의 입에서 무슨 말이 나올지 짐작이 갔다. '오빠'도 아니
고 '변호사님'도 아니라면, '저기요'나 '그쪽'을 원하지는 않을 테니 남
은 건 하나뿐이었다. 수현의 예감은 적중했다.

"지혁 씨."

아침 댓바람부터 이 변덕은 뭐란 말인가.

"그렇게 오빠 소리 듣고 싶어 하더니 왜요?"

"호영이랑 같은 호칭으로 불리는 게 싫어졌어. 난 다른 사람이랑 뭔
가를 공유하는 거 싫어하거든."

지혁은 이성적이고 합리적인 사람이었다. 이치에 어긋나는 일을 해

본 적도 별로 없었다. 그런데 희한하게도 수현과 함께 있으면 그답지 않은 모습이 불쑥불쑥 튀어나오곤 했다.

'이런 오만한 남자를 봤나.'

천상천하 유아독존은 이럴 때 쓰는 말인 것 같았다.

"이런 걸 보통 공유라고 표현하나요?"

"어. 난 그렇게 표현해."

억지도 이런 억지가 또 없었다. 수현의 눈에는 그가 온몸으로 '내 말이 곧 법'이라고 말하는 것처럼 보였다.

"많이 피곤하시겠어요. 아는 사람들한테 매번 이런 식으로 호칭 교정하시려면."

지혁은 수현의 빈정거리는 말을 태연하게 받았다.

"처음 해보는 건데?"

당연히 처음이었다. 그는 누가 자신을 어떻게 부르든 개의치 않았다. 물론 다섯 살 연하에게 '그쪽'이라고 불려본 적이 없어서일 수도 있었지만, 뭐가 됐든 처음이라는 건 변함없었다. 지혁은 멈칫한 그녀에게 한 발짝 다가섰다. 옷깃이 스칠 만큼 가까운 거리에서 그가 속삭이듯 말했다.

"앞으로도 할 생각 없고."

엘리베이터 안을 야릇한 공기가 감싸고돌았다. 수현은 거미줄에 걸린 나비처럼 지혁의 짙게 가라앉은 눈빛에 사로잡혀 옴짝달싹도 할 수 없었다. 그는 매력적이고, 섹시했으며, 위험했다. 남자에게 이런 느낌을 받아본 건 처음이었다. 그의 깊은 눈매와 단정한 콧날, 부드러워 보이는 입술에서 눈을 뗄 수 없었다. 도망치고 싶은 마음과 더 가까이 다가가고 싶은 마음이 뒤섞여 혼란스러웠다. 숨 막히는 정적을 깬 건 그의 나직한 목소리였다.

"네 입에서 나오는 지혁 씨는 죽을 때까지 나 하나일 테니까 그게 낫겠어."

가까스로 정신을 차린 그녀는 한 발 뒤로 물러나 엘리베이터 벽에 바짝 붙어 섰다. 아직도 가슴이 콩콩 뛰고 있었지만 아무렇지 않다는 것을 보여주려고 일부러 톡 쏘아붙였다.

"왜 그렇게 생각하세요? 제가 죽을 때까지 지혁이라는 이름을 가진 사람을 다시는 못 만나리라는 법 없잖아요?"

지혁이 입꼬리를 말아 올리며 웃었다.

"그때는 류지혁 씨라고 부르라고 할 거야. 설마 성까지 같은 사람을 알게 되겠어?"

"……."

그는 황당해하고 있는 그녀를 뒤로하고 지하 1층에 도착한 엘리베이터에서 유유히 내렸다.

다음 날, 집에서 나와 엘리베이터로 향하던 수현은 엘리베이터를 기다리며 서 있는 지혁을 보고 제자리에 우뚝 멈춰 섰다. 그녀의 인기척을 듣고 고개를 돌린 지혁이 먼저 알은체를 해왔다.

"어디 가?"

정해진 출퇴근 시간이 있는 사람들도 아닌데 어제에 이어 오늘까지 그와 공교롭게 마주치는 게 희한했다. 혹시나 자기를 따라 나왔다고 착각할까 봐, 수현은 자발적으로 외출의 목적을 말했다.

"녹음이 있어서 회사 가요."

"녹음할 때 현장에 있어야 하는 건가?"

"그냥 곡만 주고 끝나는 경우도 있지만, 세진이는 제가 프로듀싱을 해야 해서요."

"왜?"

"세진이가 원하니까요."

지혁이 신경질적으로 미간을 찌푸렸다.

"한세진이 원하는 건 다 들어줘?"

"들어줄 만한 건 들어주죠."

지혁이 무슨 말인가를 하려는 순간, 수현의 가방 안에서 휴대폰 벨소리가 들려왔다. 모르는 번호였지만 일단 받아보기로 했다.

[송수현 씨 맞으십니까?]

"누구시죠?"

[서울중앙지검 김용성 검사입니다.]

수현은 검사라는 말에 반사적으로 지혁을 올려다보았다. 지혁이 무슨 전화냐는 듯 머리를 살짝 갸웃거렸다.

"그런데요?"

[명의도용 건으로 전화드렸습니다. 혹시 천안에서 농협 통장을 개설하신 적이 있습니까?]

보이스 피싱 수법이라는 것을 대번에 알아차린 그녀의 목소리가 급격히 떨떠름해졌다.

"아니요."

[지금부터 몇 가지 질문을 드리겠…….]

"잠시만요."

검사를 사칭한 남자의 말을 자르고 다시 지혁에게 시선을 돌린 수현은 그를 바라보면서 휴대폰에 대고 말했다.

"김용성 검사님이라고 하셨죠? 마침 제 옆에 서울중앙지검 검사님이 계시거든요. 바꿔 드릴 테니까 질문은 이쪽에 해주세요."

무슨 상황인지 눈치챈 지혁이 수현이 넘겨주는 전화를 받았다.

"안녕하십니까. 서울중앙지검 강력부 조직범죄수사과 류지혁 검사입니다."

그의 말이 끝나기 무섭게 전화는 빛의 속도로 끊겼다.

"소심하기는. 내가 진짜 검사인지 뭔지도 모르면서 그냥 끊어버리네. 이런 배짱으로 무슨 사기를 친다고."

지혁은 그녀에게 휴대폰을 돌려주며 툴툴거렸다.

"우리가 방금 한 거 검사 사칭이라는 거 알지?"

"나쁜 놈한테 거짓말 좀 했기로서니 그게 뭐 큰일이에요? 완전히 거짓말도 아니고."

수현이 입술을 삐죽거리며 항변했다.

"변호사에 검사에 골고루 써먹는다. 널 위해 사시 공부한 것 같은 기분인데?"

그녀는 지혁의 말에 동의하지 않을 수 없었다. 어쩌다 보니 그와 엮이는 일이 많아졌고, 크든 작든 그에게 계속 도움을 받고 있다는 건 부인할 수 없는 사실이었으니 말이다.

"이제 회계사 따서 저 연말정산 좀 해주시면 안 돼요?"

수현의 농담에 지혁이 피식 웃음을 터뜨렸다. 그렇게 두 사람은 매일 조금씩 가까워지고 있었다.

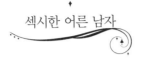

섹시한 어른 남자

수현은 세진의 앨범 작업으로 눈코 뜰 새 없이 바빠졌다. 하나부터 열까지 그녀의 손을 거치지 않으면 무조건 싫다고 우기는 세진 때문에 꼼짝없이 녹음실에 붙들려 있어야만 했다. 오늘도 오전부터 시작한 녹음이 밤이 되도록 끝날 기미를 보이지 않고 있었다. 녹음이 길어질수록 그녀의 매끈한 미간에 주름이 늘어갔다. 수현이 조정실과 부스 간의 통화 기능을 담당하는 토크 백 스위치를 신경질적으로 눌렀다.

"브릿지 다시 한 번 가자."

부스 안의 세진이 뭐가 문제냐는 듯 어깨를 으쓱거렸다.

"왜 이렇게 끈적하게 부르는데? 거기 담백하게 불러야 한다고 내가 몇 번을 말했는지 알아? 네 마음대로 부를 거면 내가 여기 있어야 할 필요가 없을 텐데?"

"네가 내 눈앞에 있으니까 저절로 끈적해지잖아."

수현은 넉살 좋게 웃는 세진을 보면서 입꼬리를 끌어올렸다.

"그럼 내가 사라져 주는 게 낫겠네."

세진이 입도 떼기 전에 겉옷과 가방을 집어 들고 바람같이 조정실을 나와 버린 그녀에게 호영으로부터 전화가 걸려왔다.

"응, 오빠."

[어디야? 회사?]

"지금 집에 가려고 나왔어."

[잘됐네. 우리 사거리 곱창집에 있어. 너도 와.]

"곱창집?"

[오빠 오늘 월급날이잖냐. 비록 통장을 스치고 지나갈 뿐이기는 해도 한 달 동안 일하느라 고생한 나를 위해 선물은 해줘야지.]

수현이 떨떠름하게 물었다.

"곱창이 선물이야?"

[소 곱창은 선물이야.]

본인이 그렇다니 더는 할 말이 없어진 그녀가 말을 돌렸다.

"근데 지금 같이 있다는 우리가 누구야?"

수현은 모른 척 물어보면서도 지혁의 이름을 예상했다. 하지만 호영의 입에서는 다른 이름이 나왔다.

[시은이.]

"아……."

[지혁이도.]

그의 이름이 나왔을 때 왜 반가운 기분이 들었는지 모를 일이었다.

[올 거야?]

"알았어, 갈게."

엘리베이터에서 내리는 수현의 발걸음이 저도 모르게 빨라졌다.

호영이 말한 곱창집 근처는 주차하기 불편한 곳이었다. 어차피 걸어서 십여 분 거리이니 차를 놓고 걸어가는 게 나을 것 같다고 판단한 수현은 일단 아파트로 차를 몰았다. 아파트 근처에 거의 다다랐을 무렵, 시은이 전화를 걸어왔다.

[다 와 가?]

"우선 집으로 가고 있어. 차 놓고 걸어가려고."

[얼마나 걸리는데?]

"집까지 한 오 분?"

[빨리 와.]

잠시 후, 수현은 아파트 지하 주차장에 도착해서 차에서 내렸다. 무슨 소리가 들려서 귀를 기울여 보니 누군가 달리는 소리가 지하 주차장에 울리고 있었다. 뭐가 저리도 급할까 생각하면서 입구를 향해 걸음을 옮기던 수현의 앞을 누군가 불쑥 튀어나와 가로막았다.

"꺄!"

화들짝 놀란 그녀가 주춤 뒷걸음질했다.

"오 분이라며? 삼 분 지났는데?"

수현은 그제야 숨을 몰아쉬고 있는 남자가 지혁이라는 것을 알아보았다.

"왜 여기 계세요?"

"데리러 왔어."

심심해서 데리러 오지는 않았을 테니 이유는 한 가지뿐이라는 걸 그녀도 모르지 않았다. 하지만 이게 웬 과보호인가 싶었다.

"9시밖에 안 됐는데요?"

수현의 기준에 밤 9시는 그리 위험한 시간이 아니었다.

"9시건 10시건 내 마음이지."

지혁이 퉁명스럽게 받아치자, 대꾸할 말이 없어진 수현이 체념한 듯 건성으로 대답했다.

"아, 네……."

"지름길로 올 거였지?"

그녀는 뜬금없는 그의 질문에 반사적으로 고개를 끄덕였다.

"지름길 어둡던데 큰길로 다니는 게 어때?"

사실 지혁은 수현이 낮이고 밤이고 한결같이 지름길만 이용한다는 시은의 말을 듣자마자 곧바로 달려 나온 것이었다.

"가로등 있어서 안 어두워요."

대수롭지 않다는 듯한 그녀의 대답에 지혁이 미간을 좁혔다.

"가로등만 빼면 암흑이던데? 사람도 별로 안 다니고."

"큰길로 가면 오래 걸려요."

"고작 몇 분 돌아가면 죽어?"

"죽지야 않죠……."

그는 구시렁거리는 수현을 모른 척하며 말을 돌렸다.

"돈 잘 번다며?"

"……네?"

그녀는 지혁과 대화를 하면 정신을 차릴 수가 없었다. 예상하지 못한 말이 아무 때나 불쑥불쑥 튀어나와 당혹스러웠다.

"누가 잡아가서 가둬놓고 하루에 곡 하나씩 뽑으라고 할지도 모르니까 조심하라고."

그는 걱정된다는 말을 희한하게 돌려 말하는 재주가 있었다.

"……."

지혁은 황당한 표정을 짓고 있는 수현을 뒤로하고 먼저 발걸음을 옮겼다.

두 사람은 별말 없이 걸었다. 지혁이 갈림길에서 큰길이 아닌 지름길로 방향을 잡자, 수현이 핀잔하는 투로 말했다.

"지름길로 다니지 말라면서요?"

"그건 너 혼자 다닐 때. 나랑 있는데 뭐 하러 돌아가?"

다른 사람이 했다면 잘난 척으로 여겨질 만한 말투였지만 그의 입에서 나왔기에 너무나 당연하게 느껴졌다. 지혁은 어떤 상황을 맞닥뜨린다고 해도, 그와 함께 있으면 아무 일도 없을 것 같은 기분이 들게 하는 남자였다.

"녹음 작업은 잘 돼가?"

"거의 끝나가요. 사무실 오픈 작업은 잘 돼가세요?"

"그럭저럭."

지혁과 수현이 근황을 주고받으며 곱창집에 다다랐을 때였다. 호영과 시은이 가게 안에서 나오고 있는 모습이 보였다.

"왜 나와?"

수현의 질문에 호영이 답했다.

"시은이 메스껍대. 기름 냄새 너무 맡았나 봐."

"뭐야, 나 헛걸음한 거야?"

"난 아파트까지 뛰어갔다 왔는데?"

수현과 지혁이 동시에 볼멘소리를 터뜨렸다. 하지만 시은은 두 사람이 툴툴거리거나 말거나 관심도 없었다.

"찬바람 맞으니까 좀 낫네. 토할 뻔했어."

"임시은, 괜찮아졌어도 괴로운 얼굴 좀 하고 있을래?"

수현이 시은에게 눈을 흘기며 나직이 경고했다.

"왜?"

"허탕 친 내가 열 받잖니."

"뻘짓한 나도 열 받을걸?"

불쑥 끼어들어 지원사격에 나선 지혁에게 시은이 억울하다는 듯 항변했다.

"수현이는 그렇다 쳐도, 오빠의 뻘짓은 제 탓이 아니잖아요. 말릴 틈도 없이 뛰어나가 놓고 저한테 덮어씌우시기예요?"

"……."

지혁은 할 말이 없었다. 수현이 오 분 안에 도착한다기에 그전에 먼저 가야 한다는 생각밖에 없었다. 지금 생각해 보면 그녀가 지름길로 올 거라는 걸 알고 있었으니 중간에서 마주치면 됐을 것을, 그 순간에는 미처 생각하지 못했던 것이었다.

티격태격하면서 아파트 12층에 도착한 네 사람은 엘리베이터에서 내려 복도를 걸었다. 열려 있던 비상구에서 갑자기 사람이 튀어나온 건 그 순간이었다. 정체불명의 남자가 맨 끝에 서서 걷고 있던 수현에게 손을 뻗었다. 황급히 그녀를 뒤로 끌어당김과 동시에 그 사이를 막아선 지혁이 괴한의 목을 움켜쥐었다.

"너 뭐야!"

"크…… 헉……."

마른기침을 토해내는 괴한을 보며, 시은이 목청 높여 외쳤다.

"임시훈!"

임시은과 임시훈. 지혁은 대번에 두 사람이 가족 내지는 친인척이라고 추측했다. 그의 짐작대로 시훈은 시은의 남동생이었다.

"누나……."

시훈이 붉어진 목을 주무르며 울상을 지었다. 그런데 그의 시선은 친누나인 시은이 아니라 수현에게 향해 있었다.

"너 여기서 뭐 해? 휴가 나왔어?"

그는 현재 군 복무 중인 군인이었다.

"누나 기다렸어."

황당해하는 수현을 보며 시훈이 눈을 접어 웃었다.

"오려면 연락을 하고 오지 이게 뭐야, 사람 놀라게."

"누나 거의 맨날 집에 있으니까 당연히 있을 줄 알았지."

"집에 아무도 없으면 진회를 하든가. 언제 들어올 줄 알고 이러고 있었어?"

"군인이 휴대폰이 웬 말이야. 내려가서 공중전화 찾기도 귀찮고 설마 외박하겠나 싶어서 기다렸어."

비상구 계단에 앉아 있다가 수현을 놀라게 해준다는 게 졸지에 습격하는 꼴이 되어버린 것이었다.

"누나 보고 싶어서 죽을 뻔했어. 누나도 나 보고 싶었지?"

그는 이성에 눈을 뜬 이후로 죽 수현을 좋아해 온, 그녀의 열혈 팬이었다.

"아니."

수현은 시훈의 초롱초롱한 눈망울을 바라보며 한껏 시큰둥하게 대답했다. 시훈이 어디까지 하는지 지켜보고 있던 시은이 떨떠름한 얼굴로 끼어들었다.

"신기하단 말이야. 모성애로 어필하는 스타일도 아닌데 왜 이렇게 머리에 피도 안 마른 것들이 좋다고 달라붙지?"

"야, 네 동생이거든?"

세 사람의 대화를 가만히 듣고 있던 호영이 상황 파악을 마치고 끼어들었다.

"시은이 친동생이야?"

"그냥 피만 섞인 남남 같은 사이예요."

시은의 시선이 히죽거리면서 수현을 보고 있는 시훈에게 향했다.

"네 눈깔엔 몇 달 만에 만난 친누나는 보이지도 않냐?"

"눈이 있는데 보이긴 하지."

시훈이 심드렁하게 답했다.

"그럼 여기 인사드려야 할 분들도 보이겠네?"

그제야 시훈이 지혁과 호영에게 눈을 돌렸다.

"수현이 사촌 오빠랑 오빠 친구분. 우리 앞집 사셔."

"안…… 녕하세요……."

제 목을 졸랐던 지혁과 얼결에 눈이 마주친 시훈은 본능적으로 시선을 피하며 두 사람에게 꾸벅 인사를 건넸다. 그러고는 언제 주눅 들었나 싶게 수현을 향해 샐샐 눈웃음을 쳤다.

"누나, 나 3박 4일 포상 휴가 받았는데 누나네 집에 있다가 복귀하면 안 돼?"

수현에게 물었지만, 시은이 나서서 소리를 버럭 질렀다.

"미쳤냐? 3박 4일 같은 소리 하네. 잠깐 앉았다가 차 끊기기 전에 얼른 가."

"누나, 나 있어도 되지……?"

"둘이 합의 봐. 나 끼워 넣지 말고."

시훈이 불쌍한 척 말끝을 늘이자, 수현은 귀찮다는 듯 손을 저으며 걸음을 뗐다. 현관문을 열고 집 안으로 들어간 그녀의 뒤를 시은과 시훈이 승강이를 벌이며 따랐다.

"좋게 말할 때 가라? 너 재워줄 방 없으니까."

"나 소파에서 자도 돼. 걱정하지 마."

"내가 지금 널 걱정하는 걸로 보이냐? 수현이 저거, 옷 잘 안 챙겨 입고 돌아다니는데 너 때문에 신경 써야 하잖아. 우리 불편하다고, 이 자식아!"

수현은 폭발한 시은을 힐끗 돌아보며 심드렁하게 말했다.

"어이, 거기 임시은이. 둘이 머리 뜯고 싸워도 안 말릴 테니까 내 프라이버시 폭로는 자제해 줄래?"

말을 마친 수현이 시은의 뒤편에 지혁과 나란히 서 있던 호영에게 물었다.

"여긴 왜 따라 들어와? 뭐 할 말 있어?"

호영을 대신해 지혁이 대답했다.

"집 구경 좀 하려고."

"우리 집 처음 온 거 아니잖아요. 뜬금없이 집 구경은 뭐예요?"

"그날 제대로 못 봤어."

"……."

수현이 황당해하거나 말거나, 지혁은 소파로 걸어가 자리를 잡고 앉았다. 자연스럽게 부엌으로 향한 호영은 냉장고에서 맥주를 꺼내 가지고 돌아왔다.

"자, 국방의 의무를 다하느라 고생하고 있는 시은이 동생을 위해서 술 한잔하자."

거창한 명분을 갖다 붙였지만, 본인이 술이 당겼던 것뿐이었다. 그로 인해 졸지에 맥주 파티가 시작되었다. 맥주를 신나게 들이켜던 호영이 갑자기 생각났다는 듯 말문을 열었다.

"아까 머리에 피도 안 마른 것들이라고 했지? 나 모르는 누가 또 있었어?"

호영은 언젠가부터 수현의 주변 남자들에게 지대한 관심을 보이고 있었다. 스물여덟 살이 될 때까지 아무 남자도 만나지 않은 여동생이

혹시나 이상한 놈에게 걸릴까 봐 걱정스러운 오빠의 마음이었다. 하지만 수현이 미주알고주알 떠드는 성격이 아니라 시은에게 전해 듣는 형편이었다.

"그런 거 없어."

수현이 나서서 호영의 질문을 일축했다.

"없긴 왜 없어."

불쑥 끼어들어 상황을 반전시킨 시은이 호영을 돌아보며 그의 궁금증을 해소해 주었다.

"연습생 중에 쟤 좋아하는 애들 꽤 여럿 있어요. 백 일 동안 손 편지 써서 준 애도 있었고, 자기 마음 받아달라고 운 애도 있었어요."

듣고만 있던 지혁이 수현을 힐긋 돌아보며 말을 툭 던졌다.

"연하들이 좋아하는 스타일인가?"

"아니요. 연상연하 할 거 없이 좋아하는 스타일이에요."

천연덕스럽게 대답한 수현은 맥주를 더 가져오기 위해 자리를 털고 일어났다. 말문이 막혀 버린 네 사람은 수현의 뒷모습을 멍하게 바라보고 있을 수밖에 없었다.

자정을 삼십여 분 남기고도 시훈이 갈 생각을 하지 않자, 시은이 나섰다.

"이제 가. 차 끊길 때 됐어."

"나 자고 간다니까?"

두 사람의 말다툼이 다시 시작될 기미를 보이자, 피곤해진 수현이 정리에 나섰다.

"그냥 하루 재워서 보내."

"역시 화끈한 수현 누나!"

"화끈해서가 아니라 시끄러워서 한 말이거든?"

"뭐라도 상관없어."

시훈은 수현이 흘겨보는 것도 아랑곳하지 않고 싱글벙글 웃고 있었다.

"너 줄 침대 없는 건 알지? 소파에서 자려면 자든지."

내내 침묵을 지키고 있던 지혁이 수현을 바라보며 말문을 뗐다.

"넌 우리 집에 가서 자."

"우리 집 놔두고 왜요?"

수현이 눈을 동그랗게 뜨고 되물었다.

"그럼 외간 남자랑 한집에서 잘 거야?"

"시훈이가 무슨 외간 남자예요, 동생이죠. 그리고 한방에서 자는 것도 아닌데 뭐 어때요?"

"김호영, 어떻게 생각해? 오빠로서 지금 이 상황이 바람직하다고 생각해?"

"……어?"

별생각이 없었던 호영은 자신에게 공이 넘어오자 당황했다. 양쪽의 주장이 다 일리가 있기에 누구에게 맞장구를 쳐야 할지 난감할 따름이었다.

"음, 시은이 동생이면 수현이한테도 동생이긴 한데…… 그래도 일단 시훈이도 남자는 남자고…… 또…… 수현이를 좋아한다고 하니까……."

버벅거리던 그의 뇌리에 갑자기 좋은 생각이 떠올랐다.

"시훈이가 우리 집에 가서 잘래?"

호영은 언제 말을 더듬었나 싶게 카랑카랑한 목소리로 마무리를 지었다. 시훈을 제외한 모두가 호영의 생각에 찬성했고, 결국 시훈은 선택의 여지없이 호영의 집에서 하룻밤을 보내게 되었다. 지혁은 집에 들어서자마자 그를 거들떠보지도 않고 방으로 들어가 버렸고, 그나마 약간의 배려심이 있는 호영이 얇은 이불을 하나 가져다주었다.

'대체 내가 왜 이 집에서 자야 하는 거지……?'

시훈은 남자 냄새가 잔뜩 밴 호영의 이불을 덮고 불편한 소파 위에서 밤새도록 뒤척여야만 했다. 그리고 아침에 눈을 뜨자마자 자신과 아무런 연고도 없는 남자들의 집에서 탈출하여 앞집으로 피신했다.

"넌 잠도 없냐?"

수현이 문을 열어주며 구시렁거렸다.

"6시 반 기상이 몸에 배어 있어서 그래."

"난 저절로 눈 떠지는 시간이 기상 시간이야. 지금 강제로 눈 떠서 나온 거라 더 자야 해. 집에 가든지 혼자 놀든지 알아서 해라."

그 말만 남기고 도로 방으로 들어가 버린 수현이 다시 방에서 나온 건 10시가 넘어서였다. 시훈은 거실 소파에 앉아 예능 프로그램을 보고 있었다.

"시은이는?"

"아직 자."

"밥은?"

불쌍한 표정으로 고개를 절레절레 젓고 있는 그에게 조금 미안해진 수현은 귀찮음을 무릅쓰고 큰 배려를 하기로 마음먹었다.

"라면 끓여줘?"

수현이 시훈과 라면을 끓여 먹고, 씻고 나와서 외출 준비를 마칠 때까지 시은은 일어나지 않았다.

"나 회사 나가봐야 해. 넌 어쩔래?"

"나도 집에 갈래. 같이 내려가, 누나."

어차피 시은과는 얼굴만 마주쳐도 아옹다옹하는 남매 사이였고,

수현이 없으면 여기 더 있어야 할 이유가 없었다. 우겨봐야 어제처럼 철저한 무관심 속에서 소파 취침을 해야만 한다는 것도 확실히 알게 되었으니 더 미련도 없었다.

"요새 앨범 작업 때문에 정신이 하나도 없다. 다음에 휴가 나오면 맛있는 거 사줄게. 연락은 하고 오고."

엘리베이터에 탄 수현이 시훈을 돌아보며 말했다. 대답 없이 그녀의 눈을 그윽하게 바라보던 시훈이 갑자기 수현을 향해 한발 다가섰다. 그리고 그녀의 얼굴 옆으로 양팔을 뻗어 벽을 짚었다.

"누나……."

시훈의 팔 사이에 갇힌 수현은 눈도 깜빡하지 않고 그의 눈을 똑바로 바라보며 입술을 뗐다.

"까분다?"

"누나, 나 정도면 나쁘지 않잖아. 어리지, 잘생겼지, 착하지, 누나밖에 모르지."

"어려서 싫어."

"그건 내가 노력해서 바꿀 수가 없잖아."

"그러니까. 넌 노력해도 안 된다고."

수현의 칼 같은 대답에 그는 시무룩해하기는커녕 돌연 해맑게 웃었다.

"난 누나의 이런 쌀쌀맞은 성격이 너무 좋아."

"이제 좀 비킬래?"

시훈이 벽에서 손을 떼려는 순간, 1층에 도착한 엘리베이터의 문이 열렸다. 밖에서 엘리베이터를 기다리고 있던 지혁이 두 사람의 야릇한 모습을 보고 미간을 찌푸렸다.

"도와줄까, 모른 척 해줄까?"

"둘 다 필요 없는데요."

수현이 태연하게 대꾸했다.

"누나, 나 갈게. 다음에는 꼭 밥 사줘."

시훈은 자신을 살벌하게 노려보고 있는 지혁의 시선을 피하며 얼른 엘리베이터에서 내려 사라졌다. 지혁이 엘리베이터에 오르자, 수현은 열림 버튼을 향해 손가락을 뻗었다.

"이거 내려가는 거예요."

그에게 손목이 잡히는 바람에 수현의 손가락은 버튼까지 다다를 수 없었다. 지혁은 다른 한 손으로 닫힘 버튼을 눌러 문을 닫았다.

"털 바짝 세우고 있는 고양이인 줄 알았는데 내 착각이었나? 왜 이렇게 경계심이 없어?"

그의 건조한 목소리에 기분이 상한 수현이 불퉁하게 말했다.

"시훈이, 초등학교 1학년인가 2학년 때부터 봤어요. 안 지 십 년도 넘었는데 뭘 경계해요."

"그게 무슨 상관인데? 걔는 남자 아니야?"

"나한테는 아니에요."

"걔한테는 너 여자일걸?"

"그냥 장난치는 거예요."

수현은 누나 친구에 대한 동경 같은 것일 뿐 시훈이 진지하게 자신을 좋아한다고 생각하지 않았다.

"남자는 관심 없는 여자한테는 돈이든 시간이든, 그 어떤 것도 쓰지 않아."

"본인 얘기예요?"

"나를 비롯한 보편적인 남자의 얘기지."

"……."

수현은 지금 지혁이 자신에게 얼마나 많은 시간과 마음을 쓰고 있는지 알지 못하고 있었다.

며칠 뒤, 지혁과 호영은 고등학교 동창회에 참석하기 위해 청담동 라운지 바를 찾았다.

"여기!"

두 사람을 먼저 알아본 일행들이 손짓했다.

"내가 동창회에서 류지혁 얼굴을 보는 날도 오는구나."

거의 매해 참석하는 호영과 달리 지혁은 동창회가 처음이었기에 그의 등장은 모두에게 신기한 일이 아닐 수 없었다. 술잔을 비우고 이야기를 나누면서 술자리가 무르익어 갔다. 얼추 취기가 돌기 시작한 이들과 달리 지혁은 얼굴색 하나 달라지지 않았다.

"이건 뭐, 잠깐 딴짓하면 빈 병이야……."

구시렁거린 호영이 술을 더 주문하기 위해 직원을 부르려던 순간이었다. 화장실에 다녀오던 영석이 호영을 안쪽 자리로 밀면서 엉덩이를 들이밀었다.

"김호영, 이게 얼마 만이냐. 자리가 멀어서 이제야 제대로 인사를 하네."

"어, 그래."

호영이 떨떠름하게 인사를 받았다.

"고작 일 년에 한 번 있는 동창회를 뭐가 그렇게 바쁘다고 못 나왔는지. 알지? 나 대구지사에 내려가 있었다는 거."

그는 대기업에 다니고 있다는 사실에 굉장한 자부심이 있었다.

"몰랐다. 그랬냐?"

"지난달에 올라왔다. 이제 동창회 빠지는 일 없을 거야."

혼자 설레발을 치던 영석이 맞은편에 앉은 지혁을 바라보며 목소리를 높였다.

"류지혁, 반갑다! 너 검사 그만뒀다는 소식은 들었다. 변호사 개업한다며? 요새 변호사들도 예전 같지 않다던데 그냥 나랏돈이나 받으면서 살지. 근데 왜 그만뒀냐?"

"그건 네가 알 바 아니고."

지혁은 학교 다닐 때부터 영석이 싫었다. 그런데 오늘 더 싫어졌다. 자신이 만났던 여자들과의 잠자리를 영웅담처럼 떠벌리는 그와는 눈도 마주치기 싫을 정도였다.

"큼…… 크흠……."

십 수 년 만에 만나서 그와 자신이 허물없는 사이였다고 착각한 영석은 지혁의 시선을 외면하며 연신 헛기침을 해댔다. 그때, 싸늘하게 가라앉은 분위기를 호영의 목소리가 갈랐다.

"수현아!"

지금 막 들어온 단체 손님 중에 수현이 끼어 있었던 것이다. 호영을 알아본 그녀가 일행을 먼저 보내고 그에게 다가왔다.

"오빠가 여긴 웬일이야?"

"고등학교 동창회. 너는?"

"회식. 요새 여기 핫 플레이스라더니 진짜구나. 이렇게 우연히도 만나지네."

수현을 빤히 올려다보고 있던 영석이 두 사람의 대화에 불쑥 끼어들었다.

"수현이면…… 호영이 사촌 동생? 맞지? 오빠 기억 안 나?"

고개를 갸우뚱하는 수현을 보며 영석이 껄껄 웃었다.

"이야, 어렸을 때랑 똑같네. 하나도 안 변했어. 어려서 예뻤던 애들이 그렇게 역변을 하던데, 너는 어쩜 그때나 지금이나 여전히 예쁘냐."

수현은 그제야 그를 기억해 낼 수 있었다. 지혁과 처음 만났던 날 '호영이 동생? 이름이 뭐야? 몇 학년이야?'라고 경박스럽게 떠들던 그의 모습이 뇌리를 스쳤다. 그도 그때와 하나도 달라지지 않은 것 같았다.

"여기 좀 앉아 봐. 오랜만인데 오빠랑 술 한잔해야지."

영석은 호영을 꾸역꾸역 옆으로 밀면서 자리를 만들려고 애썼다. 그리고 가까스로 만들어진 좁은 공간에 수현을 앉히기 위해 손을 뻗었다. 호영이 굳은 표정으로 입을 열려는 순간, 그녀의 손목을 먼저 잡아챈 이가 있었다.

"앗!"

얼떨결에 끌려간 수현은 누군가의 옆자리에 앉게 되었다. 무슨 향인지는 몰라도 시원한 향기가 코끝을 스쳤다. 몇 번인가 맡아본 향기였다. 그녀는 그 향기의 주인이 누구인지, 지금 제 손목을 잡고 있는 사람이 누구인지, 보지 않아도 알 수 있었다. 수현이 지혁에게 안기다시피 기울어져 있는 상체를 뒤로 빼며 물었다.

"같이 계셨네요?"

무심한 어조로 물었지만, 그녀는 사실 속으로 당황하고 있었다.

"호영이랑 나랑 같은 고등학교 나왔거든?"

수현은 그에게 잡혀 있던 손목도 슬쩍 비틀어 뺐다.

"아 참, 그랬죠. 안 보였어요."

"내가 그렇게 쉽게 안 보이고 그럴 만한 얼굴이 아닌데? 어디 있어도 한눈에 확 들어오는 얼굴인데?"

말 같지도 않은 말을 들었다는 듯한 그의 반응에 수현이 떨떠름하게 중얼거렸다.

"어련하시겠어요."

끼어들 타이밍을 엿보고 있던 영석이 제 앞에 놓인 잔에 담겨 있던 소주를 한입에 털어 넣고는 다시 술을 따라 수현에게 불쑥 내밀었다.

"자, 오빠 술 한 잔 받아야지."

왜 받아야 하는지 알 수 없어서, 수현은 그냥 가만히 있었다. 그녀 대신 나선 건 지혁이었다. 그는 영석이 내민 잔을 낚아채서 제가 마셨다.

"수현이 준 건데 왜 네가……."

"수현이 술 못 마셔."

지혁은 당당했고, 수현은 어리둥절했다.

'……내가?'

금시초문인 건 당사자인 수현뿐만 아니라 호영도 마찬가지였다.

'……수현이가?'

수현은 술을 잘 마셨다. 웬만한 남자와 대작해도 먼저 취하는 법이 없을 정도였다. 그런 그녀에게 술을 못 마신다는 말을 갖다 붙이다니 가당치도 않았다. 하지만 수현은 지혁의 배려에 대한 보답으로 진실을 밝히지 않기로 했다.

"나 그만 일어날게."

"그래. 일행들 기다리겠다."

술자리 분위기를 망치고 싶지 않았던 호영이 얼른 맞장구를 쳤다. 치근덕거리는 영석이 꼴 보기 싫기도 했고, 지혁의 기세가 심상치 않아 보였기 때문이었다. 그런데 영석은 눈치가 없어도 더럽게 없었다.

"어? 벌써 가게? 잠깐만. 오빠 휴대폰 번호 좀 알려줄래?"

"야, 권영석. 네가 왜 수현이 번호를 알려달래?"

"몇 마디 하지도 못했는데 간다니까 아쉬워서 그러지."

미간을 찌푸리고 있는 호영에게 능글맞게 웃어 보인 영석은 수현에게 제 휴대폰을 들이밀었다.

"번호 찍어봐. 다음에 오빠가 술 사줄게."

끈질기게 들러붙는 그에게 짜증이 치민 수현이 한마디 하려는데 이번에도 지혁이 먼저 나섰다.

"치워."

"……어?"

당황한 영석에게 지혁이 다시 한 번 경고했다.

"그거 치우라고. 던져 버리기 전에."

움찔한 영석이 휴대폰을 내밀고 있던 손을 황급히 거둬들였다.

"그, 그래……."

호영의 우려는 결국 현실이 되고야 말았다. 분위기는 살얼음판이 되어 버렸고, 다른 동창들의 이목까지 모조리 집중되어 있었다. 하지만 어쩔 줄 몰라 하는 호영과 달리 분위기를 냉각시킨 당사자는 태연하기 그지없었다.

"일어나."

지혁은 수현을 자리에서 일어나게 한 다음 따라 일어났다.

"일행들 어디 있어?"

두리번거리던 그녀의 시선이 어딘가에서 멈췄다.

"저기 있네요."

호영에게 눈짓을 하고 자리를 벗어난 수현의 뒤를 지혁이 따랐다. 별말 없이 그녀를 일행이 있는 테이블 근처까지 데려다준 그가 입을 열었다.

"적당히 마셔."

"술 못 마시는 사람 만들 때는 언제고, 적당히 마시라는 건 뭐예요."

입술을 삐죽거리는 그녀를 바라보며 지혁이 피식 웃음을 터뜨렸다.

"안 마시면 더 좋고."

그는 그대로 돌아서서 가버렸다. 지혁의 뒷모습을 잠시 바라보고 서 있다가 몸을 돌린 수현은 일행들의 시선이 모두 자신에게 향해 있다는 걸 알게 되었다.

"언니, 아는 분 만난 거예요?"

"설마 애인은 아니죠?"

"누나 애인 만들지 마요. 제발 만인의 연인으로 남아주세요."

수현이 비어 있는 자리에 앉으며 일행들의 호들갑을 간단하게 정리했다.

"사촌 오빠야."

옆자리에 앉은 유나가 호기심 가득한 눈을 빛내며 물었다.

"방금 데려다주고 간 사람이 사촌 오빠라고? 들어오면서 언니 이름 부른 사람하고 얼굴이 다른데?"

"아, 그 사람은 사촌 오빠 친구."

"뭐 하는 사람인데?"

"변호사."

"변호사? 대박! 얼굴로 합격했나? 내가 지금까지 본 변호사 중에 제일 잘생겼는데?"

학창 시절에 공부와 담을 쌓고 살았던 유나는 '사(士)'자 직업을 가진 이에 대한 막연한 동경이 있었다. 물론 남자의 키와 외모도 상당히 따졌다. 그런 그녀에게 지혁은 관심이 가지 않을 수 없는 대상이었다.

"강유나, 아서라."

매니저의 핀잔 어린 말에 유나가 눈을 흘기며 쏘아붙였다.

"내가 뭘 어쨌다고?"

"너 스캔들 난 지 얼마 되지도 않았어. 제발 자중 좀 해."

그녀는 라이징 스타로 주목받고 있는 가수였다. 가수로서의 재능은 별로 없지만, JM 엔터테인먼트 대표의 딸이라는 이유로 회사의 전폭적인 지원을 받고 있었다. 일명 '만들어진 스타'였다.

"궁금한 거 물어보지도 못해?"

유나가 대놓고 짜증스러운 표정을 지었다. 어려서부터 오냐오냐 예쁨만 받고 지란 그녀는 안하무인의 전형이었다.

"변호사님 몇 살이야?"

수현을 돌아보는 유나의 얼굴에는 언제 짜증을 냈냐는 듯 미소가 떠올라 있었다. 다른 사람의 신상에 관한 것을 제 입으로 말하기가 껄끄러웠던 수현이 슬며시 자리에서 일어났다.

"나 화장실 좀 갔다 올게."

유나는 그녀를 못마땅한 눈초리로 바라보다가 따라 일어났다.

"언니, 같이 가."

그녀의 질문 공세는 화장실에서까지 이어졌다.

"아는 대로 말 좀 해줘 봐. 그 변호사님 애인 있어?"

수현은 극성스럽게 구는 유나를 더는 모른 척할 수가 없었다.

"없는 것 같아."

유나가 배시시 웃으며 수현의 팔에 덥석 매달렸다.

"그럼 나 좀 소개시켜 줘."

수현은 또다시 그런 오지랖을 부리고 싶지 않았다. 하정과 석환만으로 충분했다. 앞으로는 결코 같은 실수를 반복할 생각이 없었다.

"그 사람 되게 까칠해."

딱 잘라 안 된다고 하기가 뭐했던 수현이 둥글게 말을 돌렸다. 하지만 유나의 표정은 더 밝아졌다.

"난 까칠한 사람 좋아. 나쁜 남자, 멋있잖아."

"……."

유나는 난처해하는 수현을 아랑곳하지 않았다.

"연락처 좀 줘봐. 내가 연락해 볼게."

"연락처 몰라."

정말 모른다고 생각하면서 한 말이었건만 말을 마치고 나니 문득 그가 두어 번 전화를 걸어왔던 게 기억이 났다. 통화 목록을 뒤져보면 그의 번호가 남아 있을 터였다. 그러나 수현은 제 말을 정정하고 싶지 않았다.

'자기 번호 마음대로 가르쳐 줬다가는 개인 정보 유출로 고소한다고 할 사람이지.'

솔직히 그건 핑계였다. 지금 제 감정이 뭔지 확실히 알 수는 없었지만 한 가지 확실한 건, 유나에게 그의 번호를 알려주고 싶지 않다는 것이었다.

"그럼 번호 알아보고 알려줘, 언니."

유나는 해맑았다. 그리고 집요했다.

"연락처 알려줘도 되겠냐고 물어보고 그러라고 하면 알려줄게."

"그러든지."

유나가 새침하게 대꾸했다. 그녀는 수현이 늘 마음에 들지 않았다. 언니, 언니 하면서 따르는 척을 하는 건 수현이 회사에서 중요한 존재이기 때문일 뿐, 진심에서 우러나온 행동은 아니었다.

'자기만 고고하지, 송수현.'

유나는 언젠가 반드시 수현의 도도한 콧대를 꺾어주리라 다짐했다. 그때, 그녀의 손에 들려 있던 휴대폰에서 진동이 울리기 시작했다.

"어머, 오빠."

수현은 자신을 마치 없는 사람 취급하면서 휙 나가 버리는 유나의 태도에 정나미가 뚝 떨어졌다. 자기가 필요할 때만 알랑거리는 성격이라는 걸 알고 있었으면서도 기분이 상하는 건 어쩔 수 없었다. 수현은 싫은 사람 앞에서 가식적으로 웃지 못했다. 분명 유나가 말을 시키면 언짢은 기색이 얼굴에 드러날 게 뻔했다. 괜히 싸한 분위기를 만드느니 알아서 피해주는 게 나을 것 같다고 생각하면서 화장실을 나온 그녀의 시야에 지혁이 들어왔다.

　"오늘 자주 보네?"

　픽 웃으며 스쳐 지나가는 그에게 수현이 물었다.

　"혹시 여자친구 있으세요?"

　생각지도 못한 질문을 받은 지혁이 제자리에 멈춰 서서 뒤로 돌았다.

　"화장실 앞에서 할 질문은 아닌 거 같은데?"

　"물어보고 싶은 순간에 마주친 장소가 화장실 앞일 뿐이에요."

　지혁은 태연하게 받아치는 그녀에게 되물었다.

　"그건 왜 묻지?"

　"궁금해하는 사람이 있어서요."

　"넌 안 궁금하고?"

　"제가 궁금해야 할 이유가 없죠."

　말은 그렇게 하면서도 사실 궁금했다. 느낌상 없는 것 같긴 하지만, 본인의 입으로 듣지 않은 이상 속단은 금물이었으니 말이다.

　"만나는 사람 없어. 궁금해하는 사람이 누군데?"

　"강유나요."

　수현은 시큰둥한 그의 얼굴에서 그게 누구냐는 질문을 읽었다.

　"가수 강유나 몰라요? 요즘 꽤 잘 나가는데."

"몰라."

지혁의 표정이 내가 그 사람을 왜 알아야 하느냐고 말하고 있었다.

"……모르는 게 당연하죠."

몇 년째 톱의 자리를 지키고 있는 세진을 전혀 모르던 그가 데뷔한 지 일 년도 안 된 유나를 알지 못하는 건 어쩌면 당연한 것이었다. 말도 안 되는 걸 물었다고 자책하고 있던 수현에게 지혁이 의아하다는 듯 물었다.

"강유나라는 가수가 내가 여자친구가 있는지 없는지가 왜 궁금하다는데? 날 어떻게 알고?"

"좀 전에 얼핏 봤대요."

"얼핏 본 남자의 여자친구 유무가 왜 궁금한 건지 모르겠네."

"왜겠어요? 관심이 있어서죠."

수현은 그의 미간이 좁아지는 걸 보면서 말을 이었다.

"연락처 알려달라고 하길래 일단 본인에게 물어보겠다고 했어요. 알려줄까요, 말까요?"

지혁은 대답 대신 반문했다.

"내 번호 뭐라고 저장해 놨어?"

그는 자신에게 관심이 있다는 여자보다 수현이 자신을 뭐라고 저장해 놓았을지가 더 궁금했다.

'오빠일 리는 없을 테고, 지혁 씨? 아니면 류지혁?'

이름 석 자가 가장 가능성이 크다는 생각을 하고 있던 그의 귀에 무덤덤한 수현의 목소리가 들려왔다.

"저장 안 했는데요?"

지혁은 선택지에 없는 답을 내놓은 수현을 어이없는 표정으로 바라보며 반문했다.

"번호도 모르면서 알려줄지 말지는 왜 물어?"

"모른다고 한 적 없어요. 저장을 안 했다는 거죠."

"……."

"통화 목록 찾아보면 있을 거예요."

지혁은 목덜미가 뻣뻣해졌다. 뭐 이런 무신경한 여자가 다 있나 싶었다. 천덕꾸러기가 된 듯한 제 휴대폰 번호가 안쓰럽기까지 했다.

"앞으로도 쭉 저장 안 하고 거기에 방치해 둘 생각이야?"

"일부러 저장 안 한 거 아니에요. 생각을 못 했을 뿐이지. 생각났으니까 이제 할게요."

그게 더 굴욕적인 말이라는 걸 아는지 모르는지, 수현은 표정 하나 달라지지 않고 대답했다.

"……."

살면서 이런 푸대접은 처음이었다. 할 말을 잃은 지혁에게 수현이 재차 물었다.

"알려줘요, 말아요?"

그는 가까스로 정신을 차리고 그녀의 말을 따라 하듯 되물었다.

"알려줄까, 말까?"

알려주지 말라는 말이 불쑥 튀어나갈 뻔한 수현은 그 말을 잘 밀어 넣고 다른 말을 꺼냈다.

"알아서 하세요."

지혁은 곧바로 대답하지 않았다. 그가 침묵하는 동안 수현의 시선은 그의 입술에 고정되어 있었다. 혹시 알려주라고 한다면 유나의 실체에 대해 슬쩍 귀띔을 해줘야 하는 건가 고민하고 있는데 그가 말문을 열었다.

"알려주지 마."

지혁은 수현의 얼굴에 설핏 미소가 스치고 지나간 것을 알아차리지 못했다.

"집에 언제 갈 거야?"

"온 지 얼마 안 됐어요."

수현은 집에 갈 결심을 하고 있었으면서 괜한 말로 받아쳤다.

"누가 뭐래? 언제 갈 거냐고. 참고로 난 지금 갈 거야."

"차는 가져오셨어요?"

"동창회 오면 술 마시는 거 뻔한데 뭐 하러 차를 가져와. 대리 부르고 어쩌고 귀찮게. 호영이도, 나도 놓고 왔지."

"그 귀찮은 짓을 저는 했네요."

수현이 어깨를 으쓱거렸다.

"차 가져왔어?"

"갑자기 오게 된 거라 가져왔어요. 인사하고 나갈 테니까 밖에서 만나요."

예상치 못한 말에 지혁의 눈이 커졌다.

"가려고?"

"가자는 말 아니었어요?"

수현이 태연하게 반문하자, 지혁의 얼굴에 엷은 미소가 걸렸다.

"맞아."

벌써 가는 게 어디 있느냐고 성화를 부리는 일행들을 가까스로 뿌리치고 밖으로 나온 수현은 또 다른 복병을 만났다. 밖에 나와 담배를 피우고 있던 영석이 그녀를 보자마자 반색하며 다가왔다.

"수현아!"

수현은 그의 친한 척이 부담스러웠다.

"왜 나와? 벌써 가게?"

"네."

짧게 대답하고 주위를 둘러보았지만, 지혁도 호영도 보이지 않았다. 수현의 눈이 다시 자신을 빤히 쳐다보고 서 있는 영석에게로 향했다.

"저한테 하실 말씀 있으세요?"

"혹시 지혁이랑 사귀는 사이야?"

밑도 끝도 없는 질문에 수현의 콧등에 주름이 생겼다.

"그런 걸 왜 물어보시는데요?"

"좀 전에 분위기가 그래 보여서."

대답을 피하면 인정하는 걸로 보일 것 같았기에, 그녀는 대답할 수밖에 없었다.

"아닌데요?"

"다행이다."

뭐가 다행이라는 건지, 수현은 도통 이해할 수가 없었다. 영석은 그녀의 떨떠름한 반응에도 아랑곳하지 않고 싱글벙글 웃었다.

"아까는 오빠가 너무 불쑥 휴대폰 번호를 물었지? 오랜만에 만나서 반갑기도 하고, 갑자기 네가 간다길래 급한 마음에 물어본 것뿐인데 기분 나빴다면 미안하다. 오빠랑 밥 한 끼, 술 한잔할 수 있잖아. 싫어?"

"네. 싫어요."

수현의 대답은 단호했다. 호영을 생각해서 웬만하면 직설적으로 말하지 않으려고 했는데 더는 듣고 있을 수가 없었다.

"오빠는 네가 동생 같고 귀여워서……"

"그 오빠 소리 좀 제발 그만하시면 안 될까요? 그쪽은 제 오빠 아니고요. 저도 그쪽 동생 아니거든요?"

그 순간, 어디선가 쿡쿡거리는 웃음소리가 들려왔다. 수현과 영석이 동시에 고개를 돌렸다. 두 사람의 시선이 닿은 곳에는 지혁이 팔짱을 끼고 서 있었다.

"이제 좀 알아먹어라. 눈치 없이 왜 이렇게 질기게 구냐."

이미 수현의 돌직구에 당황해 있던 영석은 지혁까지 등장하자 허겁지겁 줄행랑을 쳤다. 그의 뒷모습을 한심하게 바라보던 수현이 혼잣말처럼 중얼거렸다.

"오빠라는 말에 왜들 이렇게 집착을 하는지……."

누구 들으라고 한 말이었다. 그런데 정작 그 '누구'는 남의 얘기라는 듯 아무렇지 않게 말을 받았다.

"그러게. 그 말이 뭐 그렇게 대단하다고."

지혁은 수현의 노골적인 시선을 깨닫고 나서야, 자신이 얼마나 집요하게 오빠라는 말을 원했었는지 기억해 낼 수 있었다. 그가 슬며시 말을 돌렸다.

"호영이 이 자식은 왜 안 나와……."

그때, 수현과 지혁의 눈앞에 밴 한 대가 와서 멈춰 섰다. 밴에서 내린 사람은 세진이었다.

"쏭! 왜 나와 있어? 나 기다린 거야?"

수현은 세진이 성큼 다가오자 자연스럽게 한 걸음 뒤로 물러났다. 그의 넉살을 단칼에 자르는 것도 잊지 않았다.

"그럴 리가."

다가서면 물러나고, 안으려 하면 피하는 건 두 사람에게 새삼스러울 것도 없는 일이었다. 세진이 아쉽다는 듯 씩 웃으며 말을 돌렸다.

"설마 가려는 건 아니지?"

"왜 아니야. 맞아."

"나 너 보려고 일부러 왔어. 근데 간다고?"

"그건 네 사정이고. 내가 오라고 한 적 없잖아?"

"네가 회식에 참석했다는 것 자체가 나한테 오라고 한 거나 마찬가지야."

대꾸할 가치도 없다는 듯 고개를 돌려 버린 수현의 눈에 운전석에서 내린 세진의 매니저 동욱이 보였다.

"아팠다면서? 이제 괜찮아?"

"다 나았어요, 누나."

세진이 두 사람을 못마땅한 표정으로 번갈아 바라보며 투덜거렸다.

"나 아플 때는 약이나 처먹으라더니…… 너 혹시 동욱이 좋아하냐?"

그의 유치한 투정을 수현이 시큰둥하게 받아쳤다.

"너보다 동욱이가 더 좋은 건 확실해."

"……"

세진은 오늘도 역시 본전도 못 찾고 어깨를 축 늘어뜨릴 수밖에 없었다. 그제야 수현의 옆에 서 있던 지혁이 그의 눈에 들어왔다. 두 사람이 함께 있는 걸 본 것만 벌써 세 번째였다. 아파트 근처에서 본 건 이웃에 산다니 그럴 수도 있겠다고 넘겼지만 이 자리에 함께 있는 건 앞의 두 번보다 훨씬 신경 쓰이는 일이었다. 수현이 누구에게도 쉽게 곁을 내주지 않는다는 걸 아는 까닭이었다.

"또 뵙네요?"

직전까지 수현에게 칭얼거리던 사람이 맞는지 의심스러울 만큼, 세진의 분위기는 백팔십도 달라져 있었다. 표정은 딱딱했고 목소리는 건조했다.

"그러게요. 자주 뵙습니다."

경계 본능이 발동된 세진과 달리 지혁은 여유로웠다. 물론 겉으로만 그렇게 보였을 뿐, 그의 속내는 그다지 평온하지 않았다. 자연스럽게 수현을 안으려던 세진의 행동이 언짢고 불쾌했다.

"오빠 친구 겸 이웃이라고 하셨죠?"

세진은 굳이 지난번에 수현이 했던 말을 꺼내어 확인하듯 물었다. 사실은 사실이었기에 부인할 수 없었던 지혁이 긍정인 듯 아닌 듯 모호한 말로 받아쳤다.

"그런데요?"

"어떻게 여기 계십니까?"

"오빠 친구 겸 이웃은 여기 수현이랑 같이 있으면 안 됩니까?"

세진과 지혁의 대화에는 답은 없고, 오로지 공격적인 질문만 있었다. 두 남자의 말싸움과도 같은 대화를 듣던 수현이 눈썹을 찡그렸다. 다 큰 성인 남자들이 이게 뭐 하는 건가 싶었다. 그런데 대립하고 있는 두 남자도 모자라 성가신 존재가 한 명 더 등장했다.

"언니."

뒤를 돌아보니, 유나가 방긋거리며 서 있었다.

"여긴 왜 나왔어?"

"그냥 바람이나 쐴까 하고."

물론 핑계였다. 유나는 매니저를 대동하지 않으면 사람이 많은 곳에 나다니지 않았다. 자신을 질투하는 누군가가 해코지를 하면 어떡하느냐는 게 그 이유였다. 그런 그녀가 혼자서 밖으로 나온 건 지혁을 보기 위해서였다. 일행 중 한 명이 화장실에 다녀오면서 수현의 사촌 오빠 친구가 집에 가는 것 같다는 말을 해주었기 때문이었다. 수현에게 알랑대느니 당사자와 직접 담판을 지으려고 따라 나온 것이었다.

"별로 바람직한 생각은 아닌 것 같은데?"

이목이 쏠리는 걸 좋아하지 않는 수현으로서는 졸지에 만남의 광장이 되어버린 상황이 반가울 리 없었다. 모여 있는 넷 중 둘이 유명인이니 사람들의 시선이 모일 수밖에 없었고, 그 사이에 끼어 있는 게 불편하고 부담스러웠다.

'흥! 바람직한지 아닌지는 내가 판단하는 거지.'

유나는 수현의 충고를 못 들은 척 세진을 돌아보았다.

"오빠는 여기서 뭐 해? 팬 서비스 중이야?"

유나의 퉁명스러운 질문을 세진이 떨떠름하게 받아졌다.

"너야말로."

지혁과 세진의 껄끄러운 대화가 간신히 끝났나 했더니, 이번엔 유나와 세진이 다시 시작할 기미를 보이고 있었다.

"여기서 이러지 말고 들어가라, 좀."

수현은 두 사람이 말싸움을 하든 몸싸움을 하든, 뭐든 간에 별로 관여하고 싶지 않았다. 두 사람이 만나기만 하면 으르렁거린다는 걸 알기에 새삼스러울 것도 없었다. 그렇지만 공개된 장소에 함께 있을 때 이러는 건 아주 못마땅했다. 수현은 인상을 찌푸리며 술집 입구와 주차장을 번갈아 바라보았다. 차라리 이 자리를 빨리 뜨는 게 이 꼴 저 꼴 안 보고 편할 것 같은데, 차도 호영도 나올 생각을 하지 않고 있었다. 유나는 수현이 뭐라고 하든 말든 아랑곳하지 않으며 지혁에게 시선을 옮겼다.

"안녕하세요, 변호사님."

지혁은 자신을 호기심 가득한 눈으로 바라보고 있는 여자가 수현이 말한 강유나라는 걸 대번에 알아차렸다. 붉은 기가 감도는 단발머리에 쌍꺼풀이 짙은 큰 눈이 발랄하고 귀여운 이미지였다. 받은 인사를 무시할 수는 없었기에 그는 일단 맞인사를 건넸다.

"안녕하십니까."

"수현 언니랑 친하게 지내는 동생이에요."

유나의 천연덕스러운 말을 가만히 듣고 있던 수현은 '너 필요할 때만'이라고 속으로 맞장구를 쳤다.

"명함 있으면 한 장만 주시겠어요?"

유나가 직장인에게 작업을 걸 때 주로 사용하는 방법이었다. 연예인들은 명함이 없으니 대놓고 휴대폰 번호를 물어봐야 하지만, 직장인들은 명함을 달라고 하면 되니 모양새가 훨씬 나았던 것이다.

"명함이 없습니다."

아직 제작 의뢰한 명함이 나오지 않은 상태였다.

'무슨 변호사가 명함도 없어?'

수현으로부터 그가 변호사라는 말만 들었지, 검사를 그만둔 지 얼마 되지 않았다는 사실까지 듣지는 못했던 유나로서는 의아할 수밖에 없었다. 그러나 그냥 물러날 그녀가 아니었다.

"그럼 휴대폰 번호 좀 알려주세요."

사실 유나에게는 직접 묻든, 돌려서 묻든 별반 다를 것도 없었다.

"제 번호가 왜 필요하십니까?"

"아, 그게…… 뭘 좀 여쭤보고 싶은 게 있는데……."

예상치 못한 지혁의 반응에 당황한 유나가 말을 더듬거렸다.

"제가 개인 정보 유출에 좀 민감합니다. 이해 부탁드립니다."

지혁과 유나의 대화를 들으며 수현은 속으로 회심의 미소를 짓고 있었다. 사람 무안하게 하는 데 일가견이 있는 그의 말본새가 오늘따라 아주 마음에 들었다. 유나의 민망해하는 모습도 아주 보기 좋았다.

"물어볼 게 있으시면 지금 하시죠."

"이런 자리에서 드릴 말씀은 아닌데……."

물어볼 건 당연히 없었다. 따로 만나기 위한 포석일 뿐이었다. 유나가 난감해하며 할 말을 궁리 중이던 그때, 수현의 차가 나왔다. 그와 거의 동시에 호영이 어슬렁어슬렁 나타났다.

"느려 터져서는."

"놓고 가려고 했어."

기다렸다는 듯, 지혁과 수현이 호영에게 차례로 한마디씩 던졌다.

"내, 내가 뭘⋯⋯."

갑작스러운 타박에 당황한 호영이 말끝을 늘이며 두 사람의 눈치를 살폈다. 세진과 유나 때문에 심기가 불편했던 지혁과 수현은 누가 먼저랄 것도 없이 차로 걸음을 옮겼다.

"쏭! 진짜 가는 거야?"

"그래. 진짜 가는 거야."

수현은 세진의 다급한 외침에 깔끔하게 답을 하고 운전석에 올랐다. 호영이 자연스럽게 조수석에 타려 하자, 지혁이 그를 슬쩍 옆으로 밀어냈다.

"내가 앞에 탈게. 뒷자리 답답해."

"어?"

뒷자리에 잘만 타던 놈이 뜬금없이 무슨 말인가 싶긴 했지만, 이미 물어볼 대상은 차에 타고 없었다. 놓고 가려고 했다는 수현의 말이 떠오른 호영은 얼른 뒷자리에 올라탔다. 그렇게 세 사람을 태운 차는 세진과 유나를 구경하기 위해 모여든 인파를 뚫고 사라졌다.

차가 도로에 접어들자, 지혁이 말문을 열었다.

"둘이 친해?"

수현이 능숙하게 차선을 바꾸며 반문했다.

"누구요? 세진이? 유나?"

"한세진이랑 친하다고 했던 말, 똑똑히 기억하고 있어."

"유나랑은 안 친해요. 비즈니스 관계예요."

호영이 운전석과 조수석 사이로 불쑥 고개를 들이밀며 설명을 보탰다.

"강유나 데뷔곡, 수현이 곡이야."

지혁은 부담스럽게 다가와 있는 호영의 얼굴을 피해 오른쪽으로 몸을 기울이며 물었다.

"인기 있었어?"

"빵 떴지. 요새 핫한 애들 노래도 죄다 수현이 거야."

"과장이 지나치네. 어떻게 죄다 내 노래래. 그냥 몇 곡 되는 거지."

수현이 끼어들어 설레발을 일축하자, 뻘쭘해진 호영이 은근슬쩍 화제를 돌렸다.

"강유나, 화면에서는 특별히 예쁜 줄 모르겠더니 실제로 보니까 연예인은 연예인이네."

지혁이 의아하다는 듯 고개를 갸웃거렸다.

"실물이 나은 거라고? 둘이 나란히 서 있으니까 누가 연예인인지 모르겠던데?"

수현과 유나를 두고 한 말이었다. 지혁은 조수석을 힐긋 돌아보는 수현에게 제 말의 의미를 단도직입적으로 설명했다.

"네가 더 예쁘다고."

"그래요?"

수현은 아무런 감흥도 느껴지지 않는 얼굴로 심드렁하게 고개를 돌렸다. 지혁은 그녀의 반응이 어이가 없었다.

"그래요? 반응이 뭐 이래? 남의 얘기 들은 사람처럼?"

"그럼 뭘 더 어떻게 해요? 환호성이라도 지를까요?"

"……."

물론 환호성을 지르라는 건 아니었다. 하지만 이런 반응을 예상하지는 못했다. 얼굴을 붉히는 모습을 보려고 한 말을 이런 식으로 눈도 깜빡하지 않고 태연하게 받을 줄이야……. 정작 당사자인 수현보다 호영이 더 우쭐해 있었다.

"맨날 집구석에 처박혀 있으면서 쓸데없이 예쁘고 난리지. 예전부터 싱어송라이터로 데뷔하자는 제의 많이 받았어."

지혁이 흥미롭다는 얼굴로 수현에게 물었다.

"노래는 좀 해?"

"잘해요."

이번에도 허를 찔린 지혁의 말문이 잠시 막혔다. 정신을 가다듬은 그가 다시 물었다.

"근데 왜 안 했어?"

"얼굴 팔리는 거 싫어서요."

지혁은 태어나서 한 번도 여자라는 존재에 대해 흥미를 느껴본 적이 없었다. 그런데 수현은 달랐다. 보면 볼수록, 알면 알수록 다음에는 어떤 모습을 보여줄까 기대하게 하는 묘한 매력이 있었다.

"잘했네."

창밖으로 시선을 돌리는 지혁의 얼굴에 엷은 미소가 걸려 있었다.

수현이 가버린 곳을 물끄러미 응시하던 세진은 손에 들고 있던 선글라스를 끼고 술집 입구를 향해 걸음을 옮겼다.

"안 가?"

유나의 질문에 멈춰 선 세진이 황당하다는 듯 되물었다.

"지금 왔는데 가긴 어딜 가?"

"보러 온 사람이 갔잖아. 그러니까 오빠도 가야지."

세진은 유나의 빈정거리는 말을 무시하고 술집 안으로 들어섰다. 유나가 그의 뒤를 따라 걸으며 핀잔하는 투로 눈을 흘겼다.

"오빠는 좀 남자답게 대시할 수 없어? 안 어울리게 무슨 짝사랑이야? 그것도 이렇게 오래?"

남자답게 대시해서 수현이 제 마음을 받아줄 것 같았으면 백번도 더 했을 거였다. 남의 속도 모르고 떠들어대는 유나가 못마땅했던 세진은 그녀에게 눈도 돌리지 않고 퉁명스럽게 대꾸했다.

"시끄러워. 네가 무슨 상관인데?"

"상관있어. 송수현이 자꾸만 거슬린단 말이야."

"앞에서는 언니고, 뒤에서는 송수현이냐?"

"내가 뭐라고 부르든 오빠가 무슨 상관인데?"

유나가 세진의 말을 따라 하며 깐족거렸다. 세진은 유나의 성격이 얼마나 안하무인인지 잘 알기에 입 아프게 나무라고 싶지도 않았다.

"말을 말자, 말을……."

그는 고개를 절레절레 저으며 걸음을 재촉했다.

"송 기사, 오늘 수고했다."

오는 내내 꾸벅꾸벅 졸던 호영은 잠이 덜 깬 얼굴로 1201호가 있는 왼쪽으로 몸을 틀었다. 별다른 대꾸 없이 오른쪽으로 발걸음을 옮기던 수현의 등 뒤에서 지혁의 목소리가 들려왔다.

"먼저 들어가라."

수현은 고개를 돌리고서야 그 말이 호영을 향한 것임을 알 수 있었다.

"넌?"

"난 잠깐 수현이랑 얘기 좀 하고."

"나 빼놓고 둘이 왜? 무슨 얘기 하려고? 설마 내 욕 하려는 거냐?"

호영이 의심스러운 눈초리로 연달아 질문을 쏟아내자, 지혁이 인상을 찌푸렸다.

"네 욕은 면전에다 대놓고 할 테니까 그런 걱정은 할 필요 없고, 들어가기나 해."

"욕은 뒤에서 하는 게 예의인 거 모르냐? 그냥 하는 밀도 욕처럼 들리게 하는 재주가 있는 너 같은 놈은 특히."

호영은 구시렁거리면서도 끝까지 할 말을 다 하고 집으로 들어갔다. 그제야 아무 말 없이 서 있던 수현이 입을 열었다.

"할 말 있으세요?"

호영을 먼저 들여보내고 따로 해야 할 말이 뭐가 있을까 생각하고 있던 수현에게 지혁이 맥락 없는 질문을 던졌다.

"왜 자꾸 껴안지?"

그의 뜻 모를 말에 수현의 눈동자에 물음표가 떠올랐다.

"한세진 말이야. 지난번에 아파트 앞에서 만났을 때도 그러더니 왜 자꾸 들러붙느냐고."

'세진이는 본인이 들러붙는다는 말까지 듣는다는 걸 알까?'

수현은 불현듯 궁금해졌다. 하지만 지혁은 그보다 더한 표현이 있다면 서슴지 않을 표정을 하고 있었다.

"세진이 버릇이에요."

"송수현에게만 하는?"

"모두에게 하는."

지혁은 포옹은커녕 유나에게 가까이 다가가지도 않던 세진을 떠올리며 다시 물었다.

"강유나한테는 안 그러던데?"

"정정할게요. 친한 사람한테만 하는 버릇이라고 하는 게 맞겠네요. 유나랑은 사이가 안 좋아요."

세진과 유나의 사이는 수현의 입을 통해 듣지 않았어도 조금 전 직접 눈으로 본 이상 모를 수가 없었다.

"왜 안 좋은데?"

사실 유나는 세진이 데뷔하기 전부터 그의 팬이었다. 세진 때문에 가수가 되었다고 해도 과언이 아닐 만큼 광적으로 따라다녔다. 그러나 세진은 적극적으로 구애하는 그녀를 무안할 정도로 단칼에 거절했고, 자존심에 상처를 입은 유나는 이제 그의 안티 팬으로 돌아서다시피 한 상태였다. '빠'가 '까'가 된 셈이었다. 수현은 이런 내막을 다 알고 있으면서도 지혁에게 그런 말까지 시시콜콜 떠들고 싶은 마음은 없었다.

"본인들한테 물어보세요."

궁금증은 해소하지 못했지만, 지혁은 수현의 대답이 마음에 들었다. 그는 내 얘기, 남의 얘기 할 것 없이 아무 말이나 입에 올리는 사람을 혐오했다. 그래서 차분하고 입이 무거운 그녀에게 더 끌리는지도 몰랐다.

"근데 세진이한테 왜 이렇게 날을 세우세요?"

"왜일 거 같아?"

지혁이 되물었다.

"제가 물었잖아요."

"답은 스스로 찾는 거야."

'선문답도 아니고, 뭐야……'

콧등을 찡그리고 있는 수현에게 한 걸음 다가선 지혁은 얼굴을 가까이 들이대고 빙긋 웃으며 속삭이듯 말했다.

"잘 생각해 봐. 내가 한세진한테 왜 날을 세우는 건지."

수현에게 했지만, 그 말은 지혁이 자기 자신에게 던진 것이나 다름없었다. 이제 수현에 대한 감정을 확실히 해야 할 때였다. 처음에는 그저 수현이 신기했다. 평범하지 않은 첫 만남과 흔히 볼 수 없는 것에 대한 흥미가 호기심을 자극했을 뿐이었다. 그런데 오늘에서야 확실히 알게 되었다. 자신이 수현의 주위에 있는 모든 남자에게 적의를 느낄 만큼 그녀에게 온 신경을 곤두세우고 있다는 것을 말이다. 류지혁이라는 남자의 인생에 처음 있는 일이었다.

수현은 어수룩하고 눈치 없는 여자가 아니었기에 지혁이 내준 문제의 답을 금세 찾았다. 확신이 없었을 뿐, 지혁이 왜 세진에게 유난스럽게 구는지 짐작은 하고 있었다. 그런데 막상 본인의 입으로 듣고 나니 조금 당혹스럽기도 했다. 지혁의 앞에서는 내색하지 않고 담담한 표정으로 집에 들어온 수현은 곧장 시은의 방으로 향했다.

"시은아."

시은은 의자 위에 책상다리를 하고 올라앉아 노트북을 두드리고 있었다. 눈꼬리까지 치켜 올라갈 정도로 힘껏 당겨 올린 머리에 한 올의 잔머리도 용납하지 않겠다는 듯 머리띠를 한 모양새가 상당히 전투적이었다. 드라마 작가 지망생인 그녀는 다음 주에 마감인 공모전을 앞두고 막판 스퍼트를 내는 중이었다.

"왔냐?"

시은은 고개도 돌리지 않고 입만 달싹였다.

"잘 써져?"

"안 써져."

새삼스러울 것도 없다는 듯, 시은의 목소리는 덤덤했다.

"그럼 나 방해 좀 해도 돼?"

"네가 내 방문을 연 그 순간 이미 방해한 거거든?"

시은의 구시렁대는 말을 못 들은 척, 수현은 방으로 들어가 침대에 걸터앉았다. 의자를 빙그르르 돌린 시은이 수현을 마주 보고 앉았다.

"왜? 뭔데?"

"네가 보기엔 호영 오빠 친구 어때?"

수현은 빙빙 돌리지 않고 단도직입적으로 물었다. 제 눈이 아닌 다른 사람의 눈에는 그가 어떻게 보일지 궁금했다. 그리고 그런 질문을 할 상대는 시은밖에 없었다.

"호영 오빠 친구라는 게 설마…… 지혁 오빠 말하는 거냐?"

시은의 눈이 가늘어졌다.

"어, 류지혁 씨."

"너도 참 어지간하다. 아직도 호영 오빠 친구가 뭐냐? 류지혁 씨는 또 뭐고."

시은이 황당하다는 듯 쏘아붙이자, 수현이 질 수 없다는 듯 받아쳤다.

"너야말로 지혁 오빠라는 말이 넙죽 나오고?"

"나온다. 잘만 나온다. 솔직히 호영 오빠보다 더 오빠 같지 않냐?"

"……"

수현은 반박할 수 없었다. 시은의 말대로 호영은 오빠라기보다는 철딱서니 없는 남동생 같았다.

"지혁 오빠든 류지혁 씨든, 네 맘대로 부르든지 말든지 내 알 바 아니고…… 뭐가 어떠냐는 거야?"

"그냥 뭐든."

남자 보기를 돌같이 하는 수현이 관심을 보이는 남자는 드물었다. 아니, 아무리 기억을 뒤져 봐도 처음이었다. 시은은 네가 웬일이냐는 말이 튀어나갈 뻔했지만, 가까스로 참아냈다. 지금 호들갑을 떨면 수현이 입을 다물어 버릴 것 같다는 판단에서였다.

"내 타입은 아니지만, 매력적이긴 하지. 온몸에서 페로몬을 뿜어내는, 섹시한 어른 남자 같은 느낌?"

시은은 솔직하게 제 의견을 내놓은 다음, 뒤늦게 한마디 넛붙였다.

"물론 싸가지가 바가지인 건 굳이 말 안 해도 알 테니 생략한다."

"다 해놓고 뭘 생략해, 생략하긴."

수현의 지적에 뜨끔한 시은이 황급히 칭찬으로 방향을 선회했다.

"직업이며 비주얼 면에서는 더할 나위 없이 훌륭하고…… 호영 오빠랑 그렇게 오랫동안 친하게 지내는 걸 보면 어느 정도 믿을 만한 사람인 것 같기도 하고……."

"호영 오빠랑 친하게 지내면 믿을 만한 거라고 누가 그래?"

시은은 연이어 지적하는 수현을 가자미눈으로 흘겨보면서 응수했다.

"유유상종이요, 초록은 동색이랬다. 그 사람을 보려면 그 주변 사람을 보는 것도 모르냐? 넌 나한테 고마워해야 해. 내 덕분에 너도 괜찮은 사람이라고 인정받는 거야."

난데없는 공치사로 마무리하지만 않았어도 수현도 수긍하고 넘어갔을 거였다. 그렇지만 이건 절대 그냥 넘어갈 수 없는 말이었다.

"내가 괜찮은 사람이라고 인정을 받는지 어떤지는 잘 모르겠다만, 그런 말을 하려거든 좀 씻고 해라. 누가 보면 너 때문에 나까지 안 씻는 사람 취급받을 것 같다."

기름이 반질반질 흐르는 머리카락과 요 며칠 사이 매일같이 본 분홍색 트레이닝복으로 짐작건대, 오늘도 씻지 않은 게 분명했다. 시은은 공모전 마감이 얼마 남지 않으면 늘 이렇게 폐인 모드로 지냈다.

"안 돼. 머리 감으면 머릿속을 떠다니던 참신한 아이디어들이 날아가."

시은이 단호하게 고개를 내저었다. 깨끗한 몸 상태로 마무리했던 작품들은 모두 떨어지고, 사람이 이렇게까지 지저분해질 수도 있구나 싶을 때 썼던 작품들은 소소한 상들을 받게 되면서 징크스로 굳어버린 것이었다.

"그럼 석 달 열흘 씻지 말고 대작 하나 뽑아라. 건투를 빈다."

떨떠름한 표정으로 응원인지 조롱인지 모를 말을 남긴 수현은 그대로 방을 휙 나가 버렸다. 시은은 치욕적인 말을 들은 사람답지 않게 흐뭇한 얼굴로 노트북 자판에 손을 올렸다.

"조짐이 좋은데?"

수현에게 더럽다고 인정받고 나니 왠지 수상에 성큼 다가선 것만 같은 기분에 사로잡힌 그녀는 근거 없는 믿음을 가지고 다시 작업을 시작했다.

예스

수현은 초인종 소리를 듣고 거실로 나갔다. 도어 모니터에 지혁의 얼굴이 비쳤다.

"웬일이지……?"

호영과 함께 온 적은 있어도 혼자 온 적은 한 번도 없었기에, 그 녀는 그의 방문이 의아할 수밖에 없었다. 현관으로 나가 문을 열어보 니 지혁이 외출하는 복장으로 서 있었다. 깔끔한 체크무늬 셔츠에 블 랙 슬랙스를 입고 있는 그는 편안하면서도 세련돼 보였다. 저도 모르 게 그를 위아래로 훑고 있던 수현에게 지혁이 다짜고짜 물었다.

"답은 찾았어?"

수현은 순간적으로 멈칫했다. 그가 굳이 집까지 찾아와 이런 질문 을 할 거라고는 생각지도 못했기 때문이었다. 그녀는 이내 평정심을 유지하고 반문했다.

"뭘요?"

"어제 내가 잘 생각해 보라고 한 거."

더는 모른 척하는 것도 우스워 보일 것 같았고, 모른 척하게 내버려 둘 그가 아니라는 것도 알았다. 그래서 수현은 솔직하게 대답하기로 했다.

"네."

"똑똑하네."

단어의 뜻 그대로라면 칭찬인데 왠지 모르게 자존심이 상한 수현이 빈정거리듯 받아쳤다.

"눈치가 없는 편은 아니라서요."

지혁이 소리 내어 웃었다. 그러나 그의 웃음은 이어진 그녀의 말로 곧바로 사라져 버렸다.

"근데 모른 척하려고요."

지혁은 수현의 반응을 어느 정도 예상했었다. 그런데 대놓고 모른 척하겠다는 말은 의외였다. 그녀의 담담한 얼굴을 물끄러미 바라보던 그가 차분하게 물었다.

"왜지?"

"계속 얼굴 봐야 하는데 어색해지기 싫으니까요."

수현은 어젯밤, 그의 말을 충실히 따랐다. 곰곰이, 아주 곰곰이 생각해 보고 내린 결론이었다.

"어색해지다니, 더 가까워져야지."

"그럴 생각 없어요."

진심이었다. 그에게 끌리고 있다는 걸 부인할 수는 없었지만, 수현은 여기서 멈출 생각이었다. 누군가와, 그것도 이성과 더 깊은 관계를 맺고 싶지 않았다. 그녀는 현재의 삶에 만족하고 있었으며 지금의 인간관계로 충분했다.

"왜 그럴 생각이 없는지 물어봐도 되나?"

'당신이 싫어요'라고 말하면 간단한 일이었다. 그렇지만 거짓말을 하고 싶진 않았다. 그렇다고 구구절절 제 마음을 설명할 생각도 없었다.

"대답하지 않아도 되나요?"

이도 저도 내키지 않은 수현이 선택한 절충안이었다.

"대답하지 않아도 돼. 안 물을 테니까."

수현은 그에게 고마웠다. 그가 고집스럽게 묻는다면 무슨 말이든 하게 될 테고, 그러다 보면 제 속내를 들키게 될지도 모르기에 차라리 아무 말도 하고 싶지 않았다.

"그 대신 내 말은 들어."

그녀는 지혁이 무슨 말을 할지 불안했지만, 하지 말라고 한들 안 할 사람도 아니라 일단 들어보기로 했다.

"하세요."

"난 있어."

"……."

"난 너랑 더 가까워질 생각이 있다고."

지혁의 어조는 그 어느 때보다도 단호했다. 잠시 그의 얼굴을 빤히 쳐다본 수현이 담담하게 입을 열었다.

"그러세요?"

이 반응은 또 뭐란 말인가. 차라리 시간 낭비하지 말라는 말이 더 수긍하기 쉬웠을 거였다.

"그게 다야?"

"뭐가 더 필요해요?"

수현이 태연하게 반문했다. 물론 속내는 복잡하기 그지없었다. 그가 아무리 적극적으로 나온다 한들 제 대답은 하나였기에 아무런 감흥도 없는 척을 하고 있을 뿐이었다.

"필요하지. 네 생각."

"안 묻겠다면서요?"

왜 딴말을 하느냐는 듯, 그녀의 이맛살이 찌푸려졌다.

"왜 그럴 생각이 없는지가 아니라, 언제까지 그럴 생각이 없을지가 궁금하다고."

말문이 막힌 수현은 머릿속으로 그의 말을 곱씹었다. 왜가 아니라 언제까지라…… 그 말인즉 언젠가는 마음을 달리 먹을 거라는 전제가 깔린 것이었다. 대체 저 자신감의 원천은 어디일까 생각하며 수현이 입을 열었다.

"제 생각을 말하면 반영이 되나요?"

지혁이 단호하게 고개를 저었다.

"아니."

수현은 그가 상대의 의견을 존중해 주는 사람이 아니라는 걸 다시한 번 확실히 깨달았다. 그는 원하는 결과가 나올 때까지 포기하지않는 스타일이었다. 그래서 그녀도 제 식대로 나가기로 했다.

"그럼 노코멘트."

지혁은 이제 당황하지 않았다. 수현과 마찬가지로, 그도 그녀에 대해 웬만큼 파악을 마쳤기 때문이었다.

그가 내린 결론은, 수현은 어려운 여자라는 것. 호락호락한 여자가 아니라는 것이었다. 그래서 서두르지 않기로 마음먹었다.

"좋아. 오늘은 여기까지만 하지."

'오늘은'이라는 말이 거슬리기는 했으나, 수현은 현관 앞에 서서 그와 이런 얘기를 계속하고 싶지 않았기에 따지지 않고 가만히 있었다.

"근데 한 가지만 약속해."

"약속이요?"

"앞으로도 잘 피하겠다고."

수현은 앞뒤 다 잘라먹고 본론만 얘기하는 그의 말투에 적응하기가 힘들었다.

"뭘 피해요?"

"한세진."

세진을 피하라니, 이건 또 무슨 말인가 싶었다.

'친구 관계를 끊으라는 뜻인가?'

수현이 지혁의 의도를 파악하기 위해 고심하고 있을 때, 그의 말이 이어졌다.

"안으려고 하면 잘 피하라고. 어제처럼."

수현이 황당한 요구에 할 말을 잃은 사이, 지혁은 고정되어 있던 도어 스토퍼를 발로 밀어 올렸다. 그러고는 문을 서서히 닫으며 그녀를 자연스럽게 뒷걸음질 치게 했다.

"문단속 잘해. 난 나가는 길이야."

그 말을 끝으로 문이 완전히 닫혔고, 수현은 닫힌 문을 멀뚱히 바라볼 수밖에 없었다.

지혁은 생각할수록 세진이 신경 쓰였다. 다른 사람은 세진의 행동을 장난으로 치부할지 몰라도, 지혁은 그의 마음이 진지하다는 것을 짐작하고 있었다. 말과 행동은 숨길 수 있어도 눈빛은 숨길 수 없는 법이니까. 진심을 장난으로 덮고 있는 이유는 고민해 볼 필요도 없었다.

'그렇게라도 수현이 곁에 있고 싶은 거겠지.'

인정하고 싶지 않지만, 세진은 생각보다 괜찮은 남자 같았다. 호영의 말에 따르면 데뷔 이래 이렇다 할 구설도 없었고 제 분야에서 탄탄

한 입지를 다진 가수라고 했다. 게다가 외모와 재력 등은 차치하고서라도 여자에게 잘할 스타일이라는 건 같은 남자로서 대번에 알 수 있었다. 그래서 수현의 곁을 맴도는 그가 더 거슬렸다.

"……혁아."

지혁은 깊은 생각에 빠져 있느라 여희가 부르는 것도 알아채지 못하고 있었다.

"류지혁."

여희의 목소리가 높아졌다.

"……어?"

그제야 정신을 차린 지혁을 여희가 못마땅한 얼굴로 바라보며 물었다.

"무슨 생각을 하길래 사람이 부르는 것도 못 들어? 너 요새 무슨 일 있어?"

요즘 지혁이 어딘지 모르게 이상했다. 그가 무언가에 몰두하면 그것밖에 보지 못하는 성격이라는 건, 대학 때부터 그를 보아온 여희도 잘 아는 사실이었다. 물론 그 무언가는 언제나 공부가 아니면 일이었고, 그 외의 것에 정신을 뺏기는 걸 본 적이 없었다. 그런데 매사에 완벽하고 철두철미했던 지혁이 최근 들어 딴생각에 빠져 있는 모습을 종종 보이니, 여희로서는 걱정스럽지 않을 수 없었다.

"아, 미안. 어디까지 했지?"

여희 대신 영민이 끼어들어 대답했다.

"한성그룹 둘째 아들 수임 의뢰 어쩌느냐고."

지혁이 수현과 이야기를 나누고 나서 온 곳은 영민의 오피스텔이었다. 로펌 오픈을 앞두고 있어 의논할 일이 많아졌기 때문이었다.

"어쩌긴 뭘 어째? 사실관계 확인해 볼 필요도 없을 만큼 명백한 강

간범 변호를 맡자는 거야, 지금?"

지혁이 미간을 확 찌푸리자, 괜히 나서서 면박을 당한 영민이 억울하다는 듯 구시렁거렸다.

"착수금만 십억인데 고민 정도는 해봐도 되지 않냐? 집행유예만 받아주면 이십억 추가라잖냐."

"처음부터 똥통에 발 담그고 시작하지 말자. 그딴 더러운 새끼들 면상만 봐도 토할 거 같으니까."

영민은 지혁의 싸늘한 눈빛을 보고 움찔했다. 동입은 생각지도 않던 지혁에게 먼저 제안을 한 건 영민과 여희였다. 하지만 지혁은 내켜하지 않았고, 두 사람은 끈질기게 그를 설득했다. 그리고 마음을 정한 그가 조건으로 내건 건 딱 한 가지였다. 수임의 기준을 수임료에 두지 말자는 것. 영민은 그게 뭐 어려운 일이겠냐고 철석같이 약속해 놓고 처음부터 막대한 수임료에 혹한 자신을 반성하며 우물거렸다.

"나도 네가 맡자고 할 거라는 생각은 안 했다⋯⋯."

"그렇게 생각했으면서 왜 물어?"

"혹시나 해서⋯⋯."

사람 마음이라는 게 언제 어떻게 바뀔지 모르니 물어본 것뿐이었다. 그런데 역시 지혁은 시종일관 변함이 없었다. 영민은 괜히 꺼내봐야 씨알도 먹히지 않을 거라고 경고한 여희의 말을 들을 걸 그랬다는 후회가 들었다. 머리를 긁적이는 그에게 지혁이 나직한 어조로 말했다.

"쓰레기들은 고민하지 말고 거르자."

"그래. 까짓것 돈 몇 푼 덜 벌면 어떠냐!"

돈 몇 푼이라고 하기엔 너무나 큰 액수였지만, 영민은 괜히 큰소리를 쳤다. 어차피 제 수중에 들어올 돈도 아닌데, 삼십억이든 삼백억이든 이제 아무 상관도 없었다. 두 사람을 가만히 지켜보고 있던 여희가 분위기 환기에 나섰다.

"지혁아, 오픈 파티 우리가 알아서 한다?"

조금 펴지나 싶던 지혁의 미간이 다시 좁아졌다.

"그거 꼭 해야 돼?"

"우리 홍 변이 꼭 해야 한대."

주눅 들어 있던 영민이 불쑥 나서서 말을 받았다.

"왜 나한테만 떠넘겨? 너도 적극 찬성이라며?"

머쓱해진 영민이 여희의 뾰족한 시선을 피하며 웅얼거렸다.

"내가 언제 반대했다고 했냐……."

여희는 탐탁지 않은 얼굴을 한 지혁을 돌아보며 달래듯 말했다.

"해서 나쁠 거 없어. 잠재적 의뢰인들하고 인사 나누는 자리라고 생각해. 넌 그냥 참석해서 얼굴만 비치면 돼."

"내가 연예인도 아니고 무슨 얼굴을 비치래."

지혁이 동업을 망설였던 이유가 바로 이런 것들 때문이었다. 아무리 서로 양보하며 배려한다고 한들 부딪칠 수밖에 없으리라는 건 알고 있었지만, 생각보다 더 많은 부분에서 의견이 갈렸다. 그는 벌써 두 사람과의 성향 차이를 실감하고 있었다.

"서초동에서는 네가 웬만한 연예인보다 유명하잖아. 대학교에 연수원까지 수석 입학, 수석 졸업이 어디 쉬워? 게다가 서울지검 스타 검사. 그뿐이야? 너희 집안……."

"그만하지?"

지혁이 끝날 생각을 하지 않는 여희의 말을 도중에 잘랐다.

"파티든 뭐든 알아서들 하고 오늘은 여기까지 하자."

새초롬한 표정을 짓고 있던 여희가 반색하며 목소리를 높였다.

"그럴까? 나가서 저녁 먹자."

"둘이 먹어라."

그녀의 어깨가 시무룩하게 처졌다.

"약속 있어?"

"지금 만들 예정."

여희의 의아해하는 시선을 아랑곳하지 않고 휴대폰을 꺼내 든 지혁은 수현에게 전화를 걸었다.

"어디야?"

[왜요?]

"내가 먼저 물었는데?"

유치한 반문이라는 걸 알지만, 이렇게 묻지 않으면 수현은 순순히 대답하지 않을 터였다. 어차피 그녀에게 제 이미지가 어떤지 모르는 것도 아니라 지혁은 딱히 민망하지도 않았다.

[녹음실이요.]

"언제 끝나?"

[글쎄요. 언제 끝난다고 똑 부러지게 대답할 수 있는 일이 아니에요.]

"그래도 굳이 대답한다면?"

영민과 여희는 지혁에게서 시선을 떼지 못했다. 대체 누구와 통화를 하는 건지, 뭐가 저리도 궁금한 건지 의아한 것투성이였다.

[지금 페이스대로면 앞으로 두 시간쯤…… 왜요?]

"저녁 먹게."

[누구랑요? 저는 아니죠?]

"너 맞아. 두 시간 뒤에 회사 앞에서 봐."

지혁은 수현이 정신 차릴 새 없이 몰아친 다음, 반항할 틈을 주지 않고 전화를 끊어버렸다. 통화에 귀를 기울이고 있던 영민이 휘둥그레진 눈으로 물었다.

"여자 목소리 같던데?"

영민은 제 질문에 답하지 않고 의자에서 몸을 일으킨 지혁을 올려다보며 다시 물었다.

"누군데? 너 여자 생겼냐?"

"알 거 없어."

"알고 싶다!"

지혁은 영민이 궁금해 죽을 것 같다는 표정으로 쳐다보거나 말거나 아랑곳하지 않았다.

"간다."

영민이 집요하게 들러붙었다.

"답은 좀 해주고 가라!"

지혁이 몸을 돌리며, 짧게 대답했다.

"예스."

데뷔를 앞둔 아이돌 그룹의 프로듀싱을 맡은 수현은 조정실에 있다가 지혁의 전화를 받았다. 그가 묻는 말에 왜 꼬박꼬박 답을 하게 되는 건지 이해가 가지 않으면서도, 너무 당연하다는 듯 물어오니 저도 모르게 뭔가에 홀린 듯 대답을 하게 되었다. 어디냐는 질문을 시작으로 해서 회사 앞에서 보자는 일방적인 통보로 끝나 버린 통화가 어이없을 뿐이었다.

"뭐야……."

전화가 끊긴 휴대폰을 멍한 얼굴로 바라보던 수현의 시선이 벽시계로 향했다. 흘긋 시간을 확인한 그녀는 다시 한 번 가자는 의미로 부스를 향해 집게손가락 하나를 치켜들었다. 갑자기 마음이 조급해졌다.

지혁은 수현과 전화를 끊고 정확히 두 시간 뒤 그녀에게 문자를 보냈다.

〈회사 앞이야. 서두르지 말고 하던 일 마무리 짓고 나와.〉

JM 엔터테인먼트 건물 앞에 도착한 건 삼십 분 전이었지만, 자신이 도착해 있다는 걸 알게 되면 부담스러울까 봐 일부러 시간을 맞춰서 연락한 것이었다. 그는 수현의 일에 지장을 줄 만큼 제멋대로는 아니었다. 자신이 일방적으로 잡은 약속에 맞추라고 강요할 만큼 개념이 없지도 않았다. 밖에서 수현을 기다려 볼까 하고 차에서 내린 지혁은 내리자마자 반갑지 않은 사람과 조우했다.

"어머, 변호사님!"

회사 건물 안에서 매니저와 코디를 대동한 채 걸어 나오던 유나였다. 지혁은 고개를 살짝 숙였다 드는 걸로 인사를 대신했다.

"여긴 어쩐 일로…… 아, 수현 언니 보러 오셨겠구나……."

질문을 하다가 스스로 답을 찾아낸 유나의 목소리가 급격히 시들해졌다.

"언니 아직 녹음실에 있던데요?"

갑자기 좋은 기회라는 생각이 든 그녀가 얼른 말을 이었다.

"녹음 들어가면 언제 끝날지 몰라요. 저랑 어디 가서 차 한잔하면서 기다리세요. 드릴 말씀도 있고. 언니한테 끝나고 그쪽으로 오라고 하면 되잖아요?"

"하실 말씀 있으시면 여기서 하시죠."

지혁의 망설임 없는 대답은 숨도 안 쉬고 주절주절 떠든 유나를 무색하게 만들었다. 하지만 유나는 지난번에 한 번 겪어보았기에 크게 당황하지 않았다.

"제가 광고 계약 문제로 자문 구할 게 있어서 마침 변호사를 알아보는 중이었거든요. 조만간 찾아뵙고 자세한 말씀을 드리고 싶은데 시간 어떠세요?"

천연덕스러운 유나의 말은 그를 다시 만날 때를 대비하여 준비해둔 것이었다. 변호사와 자연스럽게 만날 수 있는 이유에 이보다 더 적격인 건 없다는 판단에서였다.

"회사 법무팀과 상의하시는 게 좋지 않을까 싶습니다. 광고 계약이라면 회사 입장도 있을 테고, 결정적으로 전 형사 사건 전문이라 이쪽 분야를 잘 모릅니다."

너무나 완벽한 거절이라 유나로서는 다른 핑계를 댈 만한 게 없었다.

"아…… 그러시구나……."

"원하신다면 연예계 쪽 전문으로 하시는 변호사님을 소개해 드리겠습니다."

"아니에요. 그러실 것까지는 없어요……."

유나가 슬쩍 말을 돌렸다.

"언니랑 어디 가세요?"

"저녁 먹으러 갑니다."

그때, 유나의 뒤편으로 수현의 모습이 보였다.

"왔어?"

지혁의 목소리와 말투는 타고나길 냉소적이었지만, 수현에게만큼은 살짝 온기가 느껴지기도 했다. 물론 상대는 절대 눈치챌 수 없을 만큼 아주 미세한 차이였다. 수현은 그의 얼굴을 보자마자 막무가내로 찾아오면 어떡하느냐는 말을 하려고 했다. 그런데 예상치 못하게 유나가 함께 있어 하려던 말을 차마 할 수 없었다. 그의 체면을 생각하지 않을 수 없었기 때문이었다.

"가자. 시간 맞추려면 빨리 출발해야 돼."

유나의 매니저가 그녀를 재촉했다. 그제야 유나를 보고도 한마디도 하지 않았다는 걸 깨달은 수현이 예의상 물었다.

"스케줄 있어?"

유나가 시큰둥한 표정만 짓고 있자, 당황한 매니저가 대신 말을 받았다.

"유나가 보고 싶다고 노래를 부르던 영화가 있는데 마침 오늘 시간이 비어서 예매했어요. 그거 보러 가요."

그 순간, 유나의 뇌리를 번쩍 스치고 지나가는 생각이 있었다.

"언니! 우리 영화 보러 같이 가자!"

"싫은데?"

유나는 고려해 볼 여지도 없다는 듯 단칼에 거절한 수현의 팔을 잡아끌며 코맹맹이 소리를 냈다.

"언니이…… 제발 한 번마안……."

"너희들끼리 가. 왜 나한테 이래."

"그 영화, 저번에 언니도 보고 싶다고 했잖아."

수현은 '너랑 같이 보고 싶다고 한 건 아니거든?'이라는 말이 목구멍까지 치밀어 올랐다.

"변호사님도 같이 가요."

유나가 지혁을 향해 눈웃음을 치며 애교를 부렸다.

'아, 이거였구나.'

수현은 그제야 유나의 꿍꿍이를 간파했다. 하지만 '류지혁 꼬시기'에 호응해 줄 생각은 추호도 없었다.

"이 시간엔 가도 자리 없어."

수현의 완곡한 거절은 유나에게 통하지 않았다. 유나가 매니저를 돌아보며 태연하게 물었다.

"우리 다섯 자리 예매했지?"

"어."

"인호랑 세미, 갑자기 일 생겨서 못 간대. 아까 연락 왔었어."

"……너한테?"

"응."

유나가 거짓말을 하고 있다는 것을 대번에 간파한 매니저의 얼굴이 떨떠름해졌다. 유나는 모든 연락을 자신을 통해서 하지, 직접 연락하고 지내는 스태프들이 없었다. 대놓고 왜 거짓말을 하느냐고 몰아세울 수 없었던 매니저가 가만히 입을 다물자, 유나는 다시 수현에게 매달렸다.

"표도 남는데 같이 가자, 응?"

'아오, 이 진드기.'

유나를 떼어내려면 화를 내는 수밖에 다른 방법은 없어 보였지만 유나가 싫기는 해도, 영화를 보러 가자는 말에 버럭 화를 낼 수도 없어 난감할 따름이었다. 궁리 끝에, 수현은 지혁을 핑곗거리로 삼기로 했다.

"우리는……."

"저녁 먹으러 간다며?"

유나가 어림도 없다는 듯 말허리를 댕강 끊어버렸다. 마지막 핑계까지 막혀 버린 수현이 체념하듯 대답했다.

"그래. 가자, 가."

목적을 달성한 유나가 밝게 웃으며 지혁을 돌아보았다.

"변호사님, 제 밴으로 같이 이동해요."

"아닙니다. 수현이랑 저는 제 차로 따로 가겠습니다."

"……그러세요."

뭐 하나 그냥 따라 주는 법이 없는 지혁을 살짝 흘겨본 유나가 새초롬하게 밴에 올랐다. 뒤따라 운전석에 오른 매니저가 그제야 말문을 열었다.

"그런 거짓말까지 하는 이유가 뭔데?"

"자꾸 얼굴을 봐야 기회가 생기든 말든 할 거 아냐. 둘이 만날 명분이 없으니까 아쉬운 대로 송수현이라도 끌어들여서 보는 거야."

"변호사님은 너한테 전혀 관심 없어 보이던데?"

"알아."

유나가 짜증스럽게 쏘아붙였다.

"수현 누나 좋아하는 거 딱 보면 모르겠냐?"

"안다고."

사실 유나가 그에게 안달하는 건 류지혁이라는 남자에 대한 순수한 관심이라기보다는 수현에 대한 승부욕이었다.

"그래서 더 도전해 보고 싶단 말이야. 한세진은 실패했지만, 류지혁은 꼭 성공할 거야."

유나는 매사에 수현에 대한 열등감을 가지고 있었다. 남자 문제에서는 더욱 그랬다.

"내가 송수현보다 못한 게 뭔데?"

매니저는 유나의 혼잣말을 못 들은 척, 뒤따라 나오기로 한 인호와 세미에게 퇴근하라는 문자를 보내기 위해 휴대폰을 꺼내 들었다.

지혁과 수현, 그리고 유나와 매니저, 코디는 줄지어 상영관 안으로 들어섰다. 매니저가 앞장서서 자리를 찾아갔고, 지혁은 맨 끝에서 걸었다. 유나는 모자를 푹 눌러쓰고, 마스크까지 착용하고 있었다. 매니저는 코디를 안으로 들여보내고 그 뒤를 따라 들어가며 유나에게 손짓했다.

"들어와. 가운데 앉아."

그는 유나가 따라 들어오겠거니 생각하고 먼저 안쪽 자리로 들어갔지만, 그 말을 들을 유나가 아니었다. 그녀는 통로에 버티고 서서 수현을 바라보았다.

"언니가 안으로 들어가. 내가 여기 앉을게."

유나의 시선은 통로 옆 두 번째 자리를 가리키고 있었다. 수현을 들여보내고 지혁의 옆에 앉으려는 수작이었다. 어디에 앉든 별 상관도 없었던 수현이 걸음을 옮기려 하자, 지혁이 그녀의 팔을 잡아서 멈춰 세웠다.

"모르는 사람이 옆에 앉는 거 불편해."

지혁은 누구 들으란 듯이 말을 하고 수현의 팔을 잡은 채로 유나에게 시선을 옮겼다.

"들어가세요. 가운데 앉으시라는데."

그의 시선이 다시 수현에게로 향했다.

"내 옆이 네 자리야."

졸지에 모르는 사람이 되어버려 무안해진 유나가 안으로 쑥 들어가 버리자, 수현이 작게 웃음을 터뜨렸다. 아무래도 지혁은 유나의 천적이 분명했다.

유나는 영화를 보고 나와서까지 끈질기게 굴었다. 지혁은 저녁을 먹자고 조르는 유나를 매정하게 자르고, 수현을 차에 태워 바로 자리를 떴다.

"밥 먹으러 가자."

수현은 그 말을 끝으로 말없이 운전만 하고 있는 지혁을 흘긋 돌아보았다.

'잘생겼다.'

그의 옆모습을 보고 수현이 가장 먼저 떠올린 생각이었다. 그뿐만 아니라 쉽게 범접할 수 없는 위압감이 느껴졌다. 입을 굳게 다물고 무표정한 얼굴로 있을 때면 그로 인해 주위 공기까지 차가워지는 것 같았다.

"할 말 있으면 해."

지혁의 굵은 저음이 차 안에 흐르는 정적을 깨뜨렸다.

"유나가 어디에 끌렸는지 찾아볼까 해서요."

그를 보고 있었다는 것을 들켜 버려 당황한 수현이 입에서 나오는 대로 대강 둘러댔다.

"굳이 찾아볼 필요까지 있어? 그냥 딱 봐도 보일 텐데?"

틀린 말은 아니었다. 얼굴부터 키, 목소리까지 겉으로 드러나는 모든 것이 독보적으로 근사한 남자였다. 거기에 학벌과 직업까지 받쳐주니 본인이 잘난 걸 모르는 게 이상한 일일 거였다. 그러나 수현은 순순히 인정하고 싶지 않았다.

"딱 봤는데 안 보여서요."

"그래? 그럼 천천히 찾아봐."

"됐어요. 찾아서 뭐 하나 싶네요."

수현이 시큰둥하게 창밖으로 고개를 돌렸다.

"뭐 하긴. 찾아야 나한테 끌릴 거 아니야."

이럴 때 그는 마치 딴 사람 같았다. 농담이라고는 하지도 못할 것 같은 그가 능글맞게 한마디씩 툭툭 던질 때면 당황스럽기도 하고 신기하기도 했다. 그의 시선이 느껴졌지만, 수현은 돌아보지 않았다. 그렇게 얼마쯤 갔을까, 지혁이 입을 열었다.

"강유나, 회사랑 문제 있어?"

문제는 늘 있었다. 개념 없이 휴대폰을 끄고 사라져 버린다거나, 마음에 안 드는 출연자가 나오는 프로그램에 나가기 싫다고 버티는 일들은 하루가 멀다 하고 터지는 문제였다. 그러니 그가 말하는 문제가 어떤 문제인지 알 수 없었다.

"어떤 문제요?"

"곧 계약 만료가 된다든가."

"아니요. 그런 문제는 없어요."

계약 만료는 소속사 대표의 사랑하는 막내딸인 유나에게 해당 사항 없는 일이었다.

"CF 계약 문제로 변호사 알아보고 있다던데?"

"유나가 순발력은 좋은데 창의력이 떨어져요."

수현은 무슨 말이냐는 듯 돌아보는 지혁에게 설명을 덧붙였다.

"아버지가 JM 엔터 대표예요."

"아…… 그래?"

유나의 거침없고 거만한 행동이 어디에서 비롯되었는지 알게 된 그의 얼굴에 흥미롭다는 표정이 드리워졌다. 그의 긴 감탄사에 수현은 왠지 모르게 심기가 불편해졌다.

"왜요? 갑자기 호감이 생겨요?"

"그럼 잘 보여야 하는 건가?"

"저요?"

"그럼 나겠어?"

수현은 자신이 무슨 의미로 반문한 건지 뻔히 알면서 얄밉게 받아치는 지혁을 흘겨보며 반박했다.

"저 그 회사 소속 아니에요."

"아니야?"

"JM 소속 가수들한테만 곡을 주는 건 맞는데 프리랜서예요. 이사님한테 의리를 지키는 것뿐이지, 거기 매인 몸은 아니라고요."

"이사님이면 지난번에 한세진이 형이라고 부른 그 사람?"

지혁은 얼굴 한 번 본 적 없는 그의 존재가 막연하게 언짢았다.

"네, 강주성 이사. 강유나 친오빠예요."

그렇다면 강주성은 대표의 아들이라는 말이었다.

"몇 살인데?"

"서른셋이요."

그와 동갑이었다.

"그 나이에 이사라면 낙하산이겠네."

수현은 빈정거리는 그의 말을 부정하지 않았다.

"맞아요, 낙하산."

강주성이라는 남자를 옹호할 거라고 생각했던 지혁에게는 그녀의 대답이 의외였다. 그런데 수현의 말은 그게 끝이 아니었다.

"낙하산은 맞는데 잘 안착한 케이스죠. 공격적인 영입과 투자로 회사를 훌쩍 키웠거든요."

편을 든다기보다는 사실 전달에 가까웠지만, 지혁은 그조차도 못마땅했다.

"강유나랑은 비즈니스 관계고, 그 이사랑은 어떤 관계지?"

그의 질문에 잠시 고민한 수현이 입을 열었다.

"공적이면서도 사적인 관계?"

지혁의 미간이 좁아졌다. 단순한 비즈니스 관계가 아니라는 건 짐작하고 있었으나, 대체 어떤 친분이 있기에 '사적'이라는 말을 스스럼 없이 사용하는지 의아했다. 그런데 그때, 수현이 운전석을 향해 고개를 휙 돌렸다.

"생각할수록 기분 나쁘네. 회사에 매인 몸이라고 해도 잘 보이려고 애쓰지 않아도 되거든요? 내 발로 나간대도 버선발로 뛰어나와 잡을 판에……."

지혁은 입술을 삐죽이고 있는 수현을 돌아보며 작게 웃음을 터뜨렸다.

"오호, 그러세요?"

"저 꽤 쓸 만해요."

"알아."

그는 순순히 인정했다. 그렇지 않고서야 자신이 수현에게 이토록 무방비로 끌리지는 않았을 테니 말이다. 수현은 자신이 한 말과 그가 인정한 부분이 전혀 다르다는 걸 미처 알아차리지 못했다. 그저 그에게 인정받았다는 생각에 기분이 한결 나아졌을 뿐이었다. 그런데 갑자기 의문이 생겼다.

"왜 유나한테는 유독 냉랭해요?"

원래 성격이 그렇다는 걸 알면서도, 유나를 향한 눈빛이며 말투는 더했다. 무안을 주는 데 전혀 거리낌이 없었다.

"네가 싫어하니까."

전혀 예상치 못한 답이었다.

"너 강유나 싫어하잖아."

"……"

"네가 싫어하는 사람, 나도 싫다고. 대답이 됐어?"

수현에게는 그의 말이 '난 온전히 네 편이다'라는 말로 들렸다. 자신이 싫어하는 사람을 같이 싫어해 줄 만큼 전적으로 지지해 준다는 말이나 다름없었다. 당황해서 말문이 막혀 버린 수현에게 지혁이 갑작스러운 질문을 던졌다.

"남자친구 있어?"

수현은 얼른 정신을 가다듬었다.

"……참 빨리도 물어보시네요."

이미 고백 비슷하게 한 사람이 이제 와서 남자친구 유무를 묻다니, 이건 순서가 뒤바뀌어도 한참을 뒤바뀐 것이었다.

"당연히 없을 거라고 생각하고 있었는데, 혹시 또 모르니까."

"있고 없고에 따라 다르게 행동하실 거예요?"

"아니. 그냥 알아두려고."

그렇다면 거짓말을 할 필요가 전혀 없다는 의미였다.

"그럼 없어요."

지혁이 다시 물었다.

"혹시 짝사랑 중인 상대는?"

"짝사랑 같은 거 해본 적 없어요. 전 짝사랑을 받는 입장이지, 하는 입장이 아니라서요."

수현이 어깨를 으쓱이자, 낮게 웃음을 터뜨린 그가 그녀의 말을 장난스럽게 받아쳤다.

"은근히 잘난 척이 심하네."

"지혁 씨만 하겠어요?"

지혁이 놀란 얼굴로 수현을 돌아보았다. 이내 그의 얼굴에 흡족한 미소가 떠올랐다.

"은근히 말도 잘 듣고."

수현은 콧등을 살짝 찌푸리고는 오른쪽으로 고개를 돌렸다. 불쑥 튀어나온 말이긴 했지만, 이제 제대로 된 호칭이 필요하다는 생각을 하던 참이었다. 그쪽이라고 부르기는 좀 그렇고, 안 부르려고 용쓰는 것도 여간 불편한 게 아니었다. 지혁 씨라고 불러달라니 부르면 될 일이었다. 수현은 결국 오늘에서야 호칭 정리를 끝낼 수 있었다. 그런데 희한했다. 지혁에게는 '오빠'라는 호칭도 '지혁 씨'라는 호칭도 얼굴이 화끈거릴 만큼 민망했다.

'왜 다른 사람에게는 아무렇지 않게 해온 모든 것들이 그와 엮이면 어색해지는 걸까?'

수현은 그를 만나고 얼마 되지 않는 기간 동안 평생 붉힐 얼굴을 다 붉힌 것 같았다. 그녀가 창밖에서 시선을 떼지 못하고 있던 그 순간이었다.

"수현아."

흠칫 놀란 수현이 지혁을 돌아보았다. 남들과 말을 할 때 이름을 입에 올린 적은 있었어도, 그가 직접 이름을 부른 건 처음이었다. 하루에도 수십 번 듣는 이름인데 기분이 묘했다.

"처음이야."

"······뭐가요?"

"여자한테 성 빼고 이름만 부른 거."

그녀는 말만 번드르르한 사람은 남녀를 불문하고 딱 질색이었다.

"그게 가능해요?"

"불가능할 게 뭐야? 너도 호영이 빼고 아무한테도 오빠라고 부른 적 없다며?"

"그건 저고요."

"너는 되는데 나는 왜 안 된다고 생각해?"

수현은 자신을 스스로 별나다고 생각하고 있었다. 그래서 자신은 특수한 케이스라고 제쳐 놓는다 치고, 성격이 좀 까칠한 것 빼고는 멀쩡한, 아니, 훌륭한 그에게는 불가능한 일이라고밖에 볼 수 없었다.

"그냥 알고 지낸 친구나 지인들한테는 가능하다고 쳐도, 그동안 만났던 여자들한테도 성까지 붙여서 불렀다는 거예요?"

"어."

지혁의 망설임 없는 대답에도 불구하고, 수현은 여전히 믿을 수 없었다.

"거짓말."

"굳이 이런 거짓말을 할 필요가 있나?"

"……"

없었다.

"내가 지금 너한테 거짓말까지 해가면서 잘 보여야 할 만큼 절박해 보여?"

그렇게 보이지 않았다. 절박하기는커녕 아주 여유가 넘쳐흘렀다. 분명 호감을 표하는 건 그가 분명한데 전혀 그렇게 느껴지지 않았다. 지혁은 몸에 밴 특유의 당당함과 카리스마로 언제 어디서나 돋보이는 남자였다.

♪ ♩ ♪ ♬

세진이 헤어숍에 도착했을 때, 유나는 준비를 마치고 나오는 중이었다.

"잘 가라."

그는 건성으로 인사를 하고 프라이빗 룸으로 들어갔다. 그런데 당연히 간 줄 알았던 유나의 목소리가 등 뒤에서 들렸다.

"오빠."

뒤를 돌아보니, 유나가 사뭇 진지한 얼굴을 하고 서 있었다.

"나랑 얘기 좀 해."

"무슨 얘기?"

유나는 방 안에 있던 매니저, 코디, 숍 직원들을 휘둘러보며 퉁명스럽게 말했다.

"다들 좀 나가 있어요."

부탁은커녕 명령조였다. 유나의 버릇없는 행동을 처음 겪은 것도 아니라, 다들 별말 없이 방을 나갔다. 물론 나가서 유나를 욕하는 데 한마음, 한뜻이 된 건 두말할 필요도 없었다. 유나는 세진이 인상을 쓰고 있거나 말거나 개의치 않고 제 용건을 꺼내 놓았다.

"오빠, 우리 서로 돕는 게 어때?"

"뭘?"

"송수현하고 그 변호사 찢어놓자. 그리고 우리가 갖는 거야. 어때?"

"픕……."

그녀의 원대한 포부에, 세진의 입에서 웃음이 터져 나왔다.

"구체적으로 뭘 어떻게 하자고?"

빈정거리는 어조가 여실했지만, 그가 제 말에 맞장구를 쳐 준다고 착각한 유나의 눈이 기대감으로 반짝거렸다.

"이제부터 생각해 보자는 거지. 혼자보다는 둘이 낫잖아?"

"진짜 넌……."

마땅한 단어를 찾지 못한 세진이 말끝을 늘이다가 겨우 하나 찾아냈다.

"대단하다……."

"뭐가?"

'무식함이…….'

차마 대놓고 무식하다는 말까지 할 수는 없었기에, 세진은 속으로만 대답하고 겉으로는 빙긋 웃기만 했다.

"얘기 끝났으면 그만 가라."

"잘 생각 좀 해봐. 좋은 방법 있으면 바로 연락하고."

유나는 혼자서 세진을 동지라고 여기고 있었다. 눈을 찡긋거리며 방을 나가는 그녀를 물끄러미 바라보고 있던 세진이 헛웃음을 터뜨렸다.

"아, 진짜 강유나……."

동갑내기인 세진과 수현이 처음 만난 건 스물두 살 때였다. 데뷔하기 전부터 팬클럽이 있을 만큼 인기가 있었던 그는 다른 여자들과는 달리 자신을 소 닭 보듯 하는 수현이 신기했다. 특이한 캐릭터라 한번 사귀어볼까 하는 가벼운 마음으로 대시했고, 빛의 속도로 차였다.

"모든 여자가 너를 좋아할 거라는 생각을 버려."

수현이 무심한 눈빛으로 한 말이었다. 그 후로도 몇 번이고 들이대 보았지만 언제나 말을 꺼내기 무섭게 까였고, 이제 수현은 시큰둥하다 못해 대꾸도 하지 않았다. 장난 반, 오기 반으로 시작된 세진의 마음은 언젠가부터 진심이 되었다. 그러나 여지를 주지 않는 그녀에게 비집고 들어갈 틈은 없었다.

"좋은 방법이 있었으면 내가 여태 이러고 있겠냐……."

진지하게 제 마음을 표현하면 옆에 있는 것조차 못하게 할까 봐, 그는 친구처럼, 장난처럼 수현의 곁을 맴돌고 있었다. 중간중간 다른 여자들을 만나보기도 했지만 삼 개월을 넘긴 여자가 없었고, 그렇게 흐른 세월이 육 년이었다.

"큭……."

유나의 말에 찰나의 순간 흔들렸던 자신이 한심해 웃음이 났다. 세진의 얼굴에 떠오른 자조적인 미소는 그 후로도 한참을 사라지지 않았다.

♪ ♩ ♪♫

침대 어딘가에서 울리는 진동이 수현의 잠을 깨웠다. 새벽녘까지 작업을 하고 잠든 지 얼마 되지 않았을 무렵이었다. 무음으로 하고 잤어야 했다고 후회하면서 한참을 더듬거린 끝에 휴대폰이 손에 잡혔다. 수면 안대를 젖히고 발신자를 확인하니 세진이었다. 받지 말까 잠시 망설이다가 통화 버튼을 누른 수현이 선수를 쳤다.

"급한 일 아니면……."

웅얼대는 수현의 말을 세진이 가로막았다.

[수현아.]

심상치 않은 일임을 감지한 수현이 감고 있던 눈을 떴다. 그가 이름을 부르는 일은 그리 자주 있는 일이 아니었다. 자신만 부를 수 있다는 근거 없는 자부심을 가지고 '쏭'이라는 애칭을 고집하던 그였기에 무슨 일이 있다는 걸 대번에 알 수 있었다.

"무슨 일 있어?"

[열애설 터졌어.]

수현의 눈이 동그래졌다.

"열애설?"

사교적인 성격의 세진은 친하게 지내는 여자 연예인은 많았지만, 데뷔 이후 지금까지 단 한 번도 열애설이 난 적은 없었다.

"누구랑?"

[너랑.]

그의 대답을 기다리며 기지개를 켜던 수현은 그대로 굳었다.

"······나랑?"

[그래. 너랑 나. 한세진과 송수현.]

수현의 반듯했던 이마가 왈칵 구겨졌다.

수현이 세진의 전화를 받은 그 시각, 지혁은 엉민과 함께 인테리어 마무리 작업이 한창인 사무실로 향하는 중이었다. 지혁이 운전을 하는 동안 조수석에 앉아 인터넷 기사를 뒤적이던 영민의 눈이 커졌다.

"오······."

지혁은 그의 감탄사만으로도 흥미로운 기삿거리를 발견했다는 걸 알 수 있었다.

"정치권에 뭐 막을 일 있나?"

"왜?"

"따끈따끈한 열애 기사 떴어."

"누구?"

지혁은 반사적으로 질문을 해놓고서 당황했다. 이번에 가까스로 한세진과 강유나를 알았을 뿐이니, 어차피 들어봐야 아는 연예인일 리가 없었다.

"넌 말해도 모를 텐데. 한세진이라고······."

그런데 공교롭게도 아는 이름이었다.

"알아."

영민이 신기하다는 얼굴로 운전석을 돌아보았다.

"웬일이냐? 네가 연예인을 다 알고."

아는 사람인 데다가, 가뜩이나 신경 쓰이던 세진의 열애 기사라니 관심이 가지 않을 수 없었다.

"상대는 누군데?"

"연예인은 아니고, 작곡가라는데…… 캬! 겁나 예뻐. 비주얼은 연예인인데?"

영민은 휴대폰을 눈앞에 바짝 들이대고 사진을 들여다보느라 바빴다.

"작곡가?"

지혁의 목소리가 날카로워졌지만, 영민은 알아차리지 못했다.

"스타 작곡가래. 한세진 데뷔 때부터 쭉 함께한 여자라는데? 이름이……."

"송수현."

"어? 네가 그걸 어떻게 아냐?"

영민은 유명 연예인도 전혀 모르던 지혁이 자신도 몰랐던 작곡가의 이름을 알다니 놀라지 않을 수 없었다.

"어떻게 알아."

더는 말하지 않겠다는 의도가 명백했기에, 영민은 포기하고 말을 돌렸다.

"한세진 팬덤 어마어마하던데 난리 나겠네. 한 번도 열애설 터진 적 없다가 느닷없이 결혼할 여자가 딱……."

"결혼?"

"어. 기사에 결혼을 약속한 사이……."

"오보야."

영민이 휴대폰을 들어 올리며 하는 말을 지혁이 냉랭하게 잘랐다.

"오보?"

"둘이 그런 사이 아니라고."

지혁은 세진이 수현에게 어떤 대접을 받는지 누구보다 잘 알고 있는 사람이었다. 그런데 결혼을 약속한 사이라니…… 얼토당토않은 기사였다.

"여기 사진 실렸는데?"

"무슨 사진?"

영민은 신호등이 빨간 불로 바뀌는 것을 보고 차를 세운 지혁에게 휴대폰을 넘겨주었다. 기사에 실린 사진을 확인한 지혁의 안색이 확 달라졌다. 세진이 수현을 끌어안고 있는 사진이었다. 세진의 일방적인 행동이라는 걸 아는 지혁이 보기에도 굉장히 다정해 보일 정도였으니, 그 사진을 보고 둘이 아무 사이 아니라고 생각할 사람은 없을 것 같았다.

"이래도 아니야?"

지혁은 아무런 대답도 하지 않았다. 그의 머릿속은 허무맹랑한 기사를 작성한 신문사와 기자를 상대로 취할 수 있는 모든 조치를 나열해 보느라 바삐 돌아가고 있었다.

"이 말도 안 되는 열애설은 뭐야……."

세진과 전화를 끊은 수현은 구시렁거리며 곧장 포털 사이트에 접속했다. 연예 섹션은 이미 세진의 열애 기사로 후끈 달아올라 있었다. 그중, '단독'이라는 말머리를 달고 있는 기사를 클릭하는 순간, 방문이 부서질 듯 열리더니 시은이 뛰어들며 소리쳤다.

"수현아!"

수현은 시은이 흥분한 이유를 듣지 않아도 알 수 있었다.

"나 세진이랑 열애설 터졌다며?"

튀어나올 듯 커져 있던 시은의 눈이 순식간에 한 가닥 실처럼 가늘어졌다. 정작 당사자는 당혹스러워하는 기색도 없는데, 제삼자인 자신만 호들갑을 떤 셈이었다.

"남의 얘기 하냐, 지금?"

구시렁거리며 다가온 시은이 침대 위에 풀썩 주저앉았다.

"세진이한테 얘기만 들었지, 아직 기사는 못 읽었어. 조용히 좀 해 봐."

시은은 수현의 요구대로 조용히 입을 다물었다. 잠시 뒤, 기사를 다 읽은 수현이 휴대폰을 내려놓으며 입을 열었다.

"누가 봐도 사귀는 사이인데?"

시은이 떨떠름하게 되물었다.

"너 한세진이랑 사귀냐?"

"아니."

"근데 무슨 반응이 이러냐?"

"그럼 뭘 어쩌라고."

세진에게 열애설이 났다는 말을 들은 그 순간에는 물론 놀랐다. 당연히 짜증스러웠다. 하지만 어차피 터진 일, 안달복달한다고 해결될 건 아무것도 없다고 생각하니 평정심을 되찾을 수 있었다.

"말도 안 되는 기사를 쓴 기자를 족쳐야지."

"족치기까지 할지는 몰라도 회사에서 뭐든 하겠지."

시은은 당사자인 수현이 별것 아닌 듯 구니, 덩달아 큰일이 아닌 것처럼 느껴졌다. 그녀의 관심은 이내 다른 쪽으로 향했다.

"그나마 다행이다."

침대에 아예 등을 대고 누운 시은이 기사에 실린 사진을 빤히 들여다보며 혼잣말처럼 중얼거렸다.

"뭐가?"

"너 사진 되게 잘 나왔어."

기사에는 두 장의 사진이 실려 있었다. 한 장은 스키니 진에 힐을 신고 긴 생머리를 늘어뜨린 수현이 세진의 품에 안겨 있는 사진이었는데, 그녀의 늘씬한 몸매가 돋보였다. 그리고 다른 한 장의 사진은, 누구를 통해 입수한 건지는 몰라도 회사 사람들과 함께 찍은 사진이었다. 얼굴이 정면으로 찍힌 그 사진에는 수현의 백옥같이 하얀 피부와 신비한 회갈색 눈동자가 고스란히 드러나 있었다.

"한세진이야 워낙 많이 노출된 사람이니까 사진이 좀 별로라도 이상하게 찍혔네? 하고 말겠지만, 너처럼 일반인은 굴욕 사진 올라가면 그 사진 한 장으로 평가 끝나는 거야. 다른 사진을 보여줄 기회가 없잖냐, 기회가."

수현은 미처 생각지도 못했던 사실을 간파해 낸 시은을 보며 수긍하듯 고개를 끄덕였다.

"그러네."

두 사람은 본질은 잊고 쓸데없는 데 초점을 맞추고 있었다.

그로부터 한 시간 뒤, 수현은 세진에게 전화를 걸어서 따지듯 물었다.

"왜 해명 기사가 없어?"

[우리 쏭, 성질 되게 급하네.]

"나 한 시간이나 기다렸거든? 해명 기사는커녕 기사만 더 늘었던데?"

[조금만 더 기다려 주라. 곧 처리할게.]

수현이 못마땅하다는 듯 투덜거렸다.

"내가 진짜 너 제대로 사고 한 번 칠 줄 알았다."

[이건 내가 친 사고가 아니지. 난 무분별한 왜곡 보도에 희생된 희생양이라고.]

수현은 세진의 피해자 코스프레에 황당함을 감출 수 없었다.

"네가 빌미를 줬다는 생각은 안 들고?"

[난 내 감출 수 없는 사랑을 표현한 것뿐이야.]

"시끄러워. 성추행으로 고소 안 하는 걸 감사히 여겨."

세진의 말을 단칼에 잘라 버린 수현이 억울하다는 듯 구시렁거렸다.

"지금까지 한세진이 껴안은 여자만 몇인데, 왜 하필이면 나야……."

수현은 모르고 있었지만, 사실 포옹을 하는 세진의 버릇은 그녀를 만난 이후에 생겼다. 모두에게 하는 버릇이라는 핑계로 수현에게 스킨십을 하기 시작하면서 진짜 버릇이 되어버린 것이었다.

[지금 어디야?]

내심 찔리는 바가 있었던 세진이 슬쩍 화제를 돌렸다.

"어디긴 어디야. 집이지. 여기도 기자들 와 있어."

혹시나 해서 내려가 본 시은이 1층 입구와 지하 주차장에 기자로 보이는 무리가 여럿 있다고 전해주었다.

[회사 앞도 난리야.]

"난 네가 이렇게나 유명한 줄은 미처 몰랐다."

거의 매일 보는 데다가, 실없이 웃고만 다니니 그가 얼마나 유명한지 그동안 제대로 실감하지 못했던 것이다.

[이제라도 알게 돼서 다행이다. 이제 날 받아들여 줄 마음이 생긴 거야?]

"널 더 멀리해야겠다는 마음을 굳혔어. 이런 소란, 한 번이면 충분해."

헛소리 말라는 듯 세진의 말문을 막아버린 수현이 갑자기 고개를 갸웃거렸다.

"근데 기자들이 우리 집을 어떻게 알았지?"

[알려고 들면 못 알아낼 게 뭐가 있겠냐.]

"그렇긴 하지만 날 취재해서 뭐 하게?"

[한세진이랑 사귀는 여자가 누군지 궁금하겠지.]

"사귀는 여자? 우리끼리는 말 똑바로 하자."

[오케이. 사귀는 여자는 아니고, 한세진이 좋아하는 여자.]

"닥쳐."

수현은 그 말을 끝으로 전화를 뚝 끊어버렸다. 그리고 휴대폰을 세진의 얼굴인 양 노려보며 중얼거렸다.

"얘는 사태의 심각성을 전혀 모르고 있어."

시은이 어슬렁거리면서 수현이 있던 소파 근처로 다가오며 물었다.

"아까는 천하태평이더니 왜 갑자기 열을 내고 그러셔?"

"기자들까지 와 있을 줄은 몰랐지."

조금 전까지만 해도 남의 일인 듯 태연하기 이를 데 없던 수현은 기자들이 진을 치고 있다는 걸 알게 되니 뒤늦게 짜증이 치밀었다.

"내가 연예인도 아니고, 어떻게 사진을 떡하니 올릴 수가 있지? 고소할까?"

뒤늦게 발동이 걸린 분노는 고소라는 극단적 상황으로 치닫고 있었다.

"지혁 오빠한테 의뢰해."

하정의 파혼 문제로 도움을 받고 오빠라고 불렀던 순간을 떠올린 수현이 황급히 고개를 가로저었다.

"아니다, 고소는 무슨."

이번엔 수임료 대신 어떤 조건을 내세울지 생각만 해도 머리칼이 쭈뼛 서는 느낌이었다.

'혹시 '지혁 님'이라고 부르라는 거 아니야?'

수현이 엉뚱한 생각에 사로잡혀 있던 그때, 초인종 소리가 거실에 요란하게 울려 퍼졌다. 수현과 시은이 당황한 표정으로 서로를 마주 보았다.

"누구지?"

"설마 기자?"

두 사람의 걱정과 달리 수현의 집에 찾아온 건 호영과 지혁이었다. 같은 사안을 두고 두 남자의 반응은 극명하게 달랐다.

"이야, 송수현. 출세했다? 기사에 얼굴도 대문짝만 하게 실리고?"

호영은 분위기 파악 못 하고 희희낙락거리며 들어왔다.

"말도 안 되는 열애설의 주인공이 된 동생 앞에서 그게 오빠라는 사람이 할 말이야?"

"그래도 상대가 한세진이잖냐. 그것도 첫 열애설 상대……."

그제야 수현이 팔짱을 끼고 노려보고 있다는 걸 깨달은 호영이 슬 그머니 말꼬리를 흐렸다.

"조용히 할래? 나갈래?"

"이미 조용히 하고 있어."

호영은 수현의 눈치를 보며 후다닥 안으로 뛰어들었다. 호영의 뒤를 따라 들어온 지혁의 표정에서는 아무것도 읽을 수 없었다. 희로애락 중 어떤 감정도 드러나 있지 않았다. 수현은 현관에 서 있는 지혁을 흘긋 보며 몸을 돌렸다.

"들어오세요."

수현은 그의 심리 상태를 표정이 아닌 목소리로 알 수 있었다. 등 뒤에서 베일 듯 날카롭고 건조한 목소리가 들려왔다.

"내가 뭐 도와줄 거 없어?"

지혁은 지금 기사를 작성한 기자와 원인 제공을 한 세진에게 분노하고 있었다. 하지만 아직 대놓고 화를 낼 명분이 없어서 가까스로 참는 중이었다. 만약 수현과 연인 사이였다면 이미 법적 대응에 들어가고도 남았을 거였다.

"없어요."

수현은 거실을 향해 자박자박 걸으며 대답했다.

"이번엔 특별히 수임료 안 받을게."

인심 쓰는 척 말을 하면서도, 지혁은 돈을 주고서라도 나서고 싶은 심정이었다. 생각 같아서는 정정 보도에 명예훼손까지 걸 수 있는 건 다 걸어도 시원치 않았다.

"이번엔? 너 언제 수현이한테 수임료 받은 적 있었냐?"

소파에 자리를 잡고 앉아 있던 호영이 지혁이 하는 말을 듣고 끼어들었다. 그제야 수현과 지혁은 그가 하정이 파혼한 것만 알 뿐, 자세한 내막은 아는 게 없다는 사실을 깨달았다. 두 사람 다 굳이 호영에게 말해야 할 필요성을 느끼지 못했던 것이다.

"어."

수임료 대신 오빠라는 호칭으로 부르라고 했다는 말까지 하기엔 사회적 체면이라는 게 있는지라, 지혁은 더 이상의 언급을 피했다. 호영은 제 시선을 피하는 지혁을 의아하게 바라보다가 수현에게 시선을 옮겨서 다시 물었다.

"뭐야? 뭔데?"

"도움받은 게 좀 있었어."

지혁을 오빠라고 불렀다는 말을 하기가 왠지 민망했던 수현도 두루뭉술하게 말을 넘겼다. 두 사람의 뜨뜻미지근한 태도에 발끈한 호영이 언성을 높였다.

"이것들 봐라? 너희들끼리만 노닥거렸다 이거지? 너희 둘은 나 때문에 알게 된 사이야."

"근데?"

지혁의 퉁명스러운 반응에 찔끔한 호영의 목소리가 급격히 작아졌다.

"그, 그러니까 너희들끼리만 놀면 안 된다는 말이지……."

수현이 바통을 넘겨받았다.

"놀긴 뭘 놀아. 하정이 파혼 문제 때문에 법적인 조언이 필요했던 건데."

"아, 하정이…… 그, 그럼 논 건 아니라고 치고……."

호영은 죄지은 사람처럼 어찌할 바를 몰라 하며 웅얼거리다가 갑자기 고개를 번쩍 쳐들며 불만을 토해냈다.

"내가 하정이를 하루 이틀 봐온 것도 아니고, 너 코찔찔이 중학생 때부터 봐왔으니까……."

수현이 가차 없이 말허리를 잘랐다.

"내가 코찔찔이였다는 거 금시초문인데?"

물론 수현은 어렸을 때부터 깔끔하고 단정했다. 흐트러진 모습을 거의 본 적이 없었다.

"마, 말이 그렇다는 거지……. 아무튼……."

우물거리며 말을 돌린 호영이 버럭 성을 냈다.

"무슨 일이 있으면 같이 상의를 해야지! 왜 우리는 쏙 빼놓는데?"

가만히 돌아가는 상황을 주시하고 있던 시은이 말문을 뗐다.

"오빠, 혹시 그 '우리'에 저도 들어가는 거예요?"

"그렇지."

지혁과 수현에 이어 마무리는 시은이 지었다.

"전 빼주세요. 다 아는 얘기예요."

"……그, 그래?"

잠시 당황하는가 싶던 호영의 눈썹이 갑자기 하늘로 치켜 올라갔다.

"뭐야? 그럼 나만 따였어?"

빈말이라도 그렇지 않다고 해줄 만도 하건만, 세 사람 중 누구도 그런 호의를 베풀지 않았다. 그저 그걸 지금 알았느냐는 표정으로 호영을 바라볼 뿐이었다. 무안해진 호영이 황급히 화제를 바꿨다.

"야, 이 치사한 자식아. 넌 어떻게 내 동생한테 수임료를 받을 수가 있냐?"

"세상에 공짜는 없어."

지혁은 갑작스러운 호영의 공격을 태연하게 받아쳤다.

"돈독 오른 척하기는."

호영이 구시렁거리자, 시은이 검지를 좌우로 흔들며 동시에 고개를 절레절레 내저었다.

"돈독 아니에요."

"아니라고?"

조금 전 수임료라는 말을 제 귀로 똑똑히 들었던 호영으로서는 의아할 수밖에 없었다.

"돈독이 아니라, 오빠독."

"……?"

한국말이 분명한데, 호영은 시은의 말을 전혀 알아들을 수가 없었다. 오빠독이라는 말은 태어나서 처음 들어보았다.

"돈 말고 오빠라고 부르라고 했다고요."

시은은 지혁과 수현의 따가운 눈총을 받으며 끝까지 말을 마쳤다.

그제야 무슨 말인지 이해한 호영이 어이없다는 표정으로 지혁을 돌아보았다.

"너 요새 좀 신선하다?"

안 그래도 호영은 그가 어딘지 모르게 달라졌다는 것을 눈치채고 있었다. 검사 시절의 지혁이 머리부터 발끝까지 날이 서 있는 느낌이었다면, 요즘은 어딘지 모르게 편안해 보였다. 상대를 압도하는 카리스마는 여전했지만, 예전에 비할 바는 아니었다.

"죽을 때 됐냐? 왜 안 하던 짓을 하고 그래?"

호영은 지혁의 변화를 알고 있을 뿐, 그 원인이 수현이라고는 상상도 하지 못했다. 그다지 눈치가 있는 편도 아닌 데다가, 지혁과 수현은 거의 호영이 없을 때 따로 보는 날이 많았기 때문이었다. 그래서 일을 그만두고 심신이 편해진 덕분이겠거니 생각했을 뿐이었다.

"어? 이상하다?"

호영이 갑자기 고개를 갸웃갸웃하며 기억을 더듬듯 눈알을 이리저리 굴렸다.

"난 왜 수현이가 너한테 오빠라고 부르는 걸 들어본 적이 없지?"

아무리 생각해도 들은 적이 없었다. 다른 말이었다면 흘려들었다고 생각할 수도 있었겠지만, 이건 그럴 수 있는 말이 아니었다. 호영의 의문을 해소해 준 건 지혁이었다.

"내가 부르지 말라고 했으니까."

"대체 뭐가 어떻게 돌아가는 거냐⋯⋯. 부르라고 했다더니 또 부르지 말라고 했다는 건 무슨 말인데? 왜?"

"너랑 동급이 되고 싶지 않아서."

호영의 이마에 깊은 내 천 자가 생겨났다.

네 사람은 한자리에 모인 목적도 잊은 채 엉뚱한 주제에 몰입하고 있었다.

♪ ♩ ♪ ♫

음악 방송 녹화 때문에 방송국에 도착한 세진은 제 대기실이 아닌 유나의 대기실로 직행했다.

"강유나."

메이크업을 수정 중이던 유나가 반갑다는 듯 손을 팔랑거렸다.

"굿모닝!"

그녀에게 다가간 세진이 한숨을 푹 내쉬며 골치 아프다는 듯 이마를 짚었다.

"참 쓸데없는 짓 하고 다닌다."

"나 쓸데없는 짓 한 거 없는데?"

눈을 말갛게 뜨고 있는 유나를 내려다보는 세진의 얼굴이 신경질적으로 일그러졌다.

"그런 기사 내보낸다고 달라지는 거 아무것도 없어."

"왜 나라고 생각해?"

"너니까."

세진의 목소리는 확신에 차 있었다. 절묘한 시기에 터진 열애 기사, 다른 여자는 다 내버려 두고 수현만 타깃으로 잡은 것까지 아귀가 딱딱 맞아떨어졌다. 사실 세진의 지인들은 그가 수현을 일방적으로 좋아한다는 사실을 대부분 알고 있었다. 조금만 취재해 보았다면 열애라는 말을 쓸 수 없었을 터였다. 그런데도 결혼 약속 운운한 기사가 나왔다는 건 그렇게 몰아가고 싶다는 의도로밖에 볼 수 없었다.

"우리 서로 돕기로 한 거 아니야?"

"그런 적 없는데?"

"지난번에 그러기로 했잖아!"

유나가 눈을 치켜뜨며 언성을 높였다.

"그런 적 없어. 너 혼자 떠들고 가버린 거지."

"나 참, 도와줘도 고마운 줄을 몰라요."

짜증스럽다는 듯 고개를 팩 돌린 유나에게 세진이 기가 차다는 표정으로 물었다.

"나 도와준 거냐?"

"당연하지."

"어디가? 열애설이 대체 무슨 도움이 되는데? 수현이가 '기왕 이렇게 된 거 사실로 만들어봐야겠다' 이럴 거라고 생각한 건 아니지?"

"그건 아니더라도 주위에서 몰아붙이면 오빠가 다시 보일 수도 있잖아."

자신이 잘했다고 생각하는 사람에게 아무리 네가 틀렸다고 말해봐야 소용없다는 걸 알기에, 세진은 더 이상 뭐라고 하고 싶지도 않았다.

"수현이네 아파트도 네가 흘렸냐?"

알려고 들면 못 알아낼 것도 없었겠지만, 연예인도 아닌 수현의 집이 너무 빠르게 노출이 된 게 이상했다. 그래서 세진은 처음부터 유나가 의심스러웠다.

"사진도 넘겼는데 주소 넘기는 게 뭐?"

유나가 당당하게 반문했다.

"후우…… 앞으로는 나 돕겠다고 설치지 마라."

세진은 유나가 제발 아무것도 하지 않기를 바랐다. 하지만 그 순간에도 그녀의 머릿속은 끊임없이 애먼 생각 중임을 그는 알지 못했다.

열애 기사가 터지고 이십사 시간 동안 집에서 한 발짝도 나가지 않았던 수현은 외출을 감행하기로 마음먹었다. 대학 은사님의 칠순이라는, 기필코 나가야만 하는 이유가 있었다.

"잠깐 있어봐."

화장대 앞에 앉아서 선글라스와 마스크를 쓰고 있는 수현을 바라보던 시은이 갑자기 휙 방을 나갔다. 금세 돌아온 그녀의 손에는 야구 모자가 들려 있었다.

"내 모자라도 써."

수현은 시은이 눈앞에 들이민 야구 모자를 물끄러미 내려다보았다. 그리고 눈을 들어, 오늘도 머리를 감지 않은 게 분명한 시은을 보며 말문을 열었다.

"절교할까?"

시은의 눈매가 가늘어졌다.

"뜬금없이 사람의 호의를 절교로 받는 건 뭐지?"

"머리 안 감을 때마다 쓰는 그 모자를 나한테 쓰라고 내미는 건 절교하자는 거잖아."

정곡을 찔린 시은이 슬그머니 모자를 들고 있던 손을 내렸다.

"그거 언제 샀더라? 재작년이었나? 쓰는 건 봤는데 빠는 건 못 봤다?"

"원래 모자는 머리 안 감을 때 쓰는 거야. 어차피 더러워질 걸 뭘 빨아……."

"그러니까 너나 쓰라고. 나한테까지 호의 베풀지 말고."

수현은 입속말을 웅얼거리고 있는 시은에게 딱 잘라 말하고 의자에서 일어났다.

"나 간다."

거실로 나온 수현은 일단 도어 모니터를 켜서 문밖에 아무도 없다는 것을 확인했다. 어제저녁까지만 해도 초인종을 누르거나 집 앞을 어슬렁거리는 기자들이 있었는데, 다행히 오늘은 한 명도 보이지 않았다.

"철수했나?"

괜히 선글라스와 마스크를 꼈다고 생각하면서 현관문을 연 수현은 집 앞에 서 있는 지혁을 보고 흠칫 놀랐다. 팔을 들어 올린 모양새를 보아하니 초인종을 누르려던 것 같았다.

"나가게?"

"네."

수현이 마스크를 턱 밑으로 끌어내리며 대답했다.

"올라오면서 주차장에 기자로 추정되는 사람들 몇 명 봤어."

나가던 길인지, 들어오던 길인지 궁금했던 그녀의 궁금증을 풀어주는 답이었다. 그는 편안한 운동복 차림에 야구 모자를 쓰고 있었는데, 모자를 쓰니 서른세 살이 아니라 이십대라고 해도 믿을 정도로 어려 보였다. 저도 모르게 그의 얼굴을 빤히 쳐다보고 있던 수현은 눈앞에서 까딱거리고 있는 손가락 때문에 정신을 차렸다.

"웬만하면 집에 있지?"

그의 손가락은 그녀의 집을 향하고 있었다.

"안 돼요."

"성형 수술 막 마치고 나온 사람처럼 하고서까지 나가야 할 만큼 중요한 일이야?"

수현도 거울에 비친 제 모습을 보면서 똑같은 생각을 했었다.

"지도 교수님 칠순이에요."

지혁은 그녀가 꼭 나가야만 한다는 걸 인정하지 않을 수 없었다. 그런데 그때 의아한 것이 눈에 띄었다.

"원래 위장의 기본은 모자 아닌가? 모자 없어?"

"없어요."

어떻게 모자가 하나도 없을 수가 있느냐는 그의 눈빛에 담긴 의문을 읽은 수현이 해명하듯 구시렁거렸다.

"없을 수도 있죠. 모든 물건을 다 갖춰두고 살 수는 없잖아요?"

"그런 말이 적용될 만큼 일반적이지 않은 물건은 아니잖아?"

"취향을 존중해 주셨으면 좋겠는데요?"

"내가 존중해야 할 취향이 뭔데?"

두 사람은 한 치의 물러섬도 없이 질문을 질문으로 받아쳤다.

"시야 가리는 거 답답해서 모자 쓰는 거 안 좋아해요. 안 쓰니까 안 샀고, 안 샀으니 없는 게 당연하잖아요?"

"그렇긴 하네."

"어차피 여기에 모자 하나 더 쓴다고 알아볼 거 못 알아보지는 않을 거예요."

이미 얼굴이 공개된 이상 더 몸을 사릴 것도 없다는, 이판사판의 심정으로 나온 수현은 혹시 기자들이 제 얼굴을 알아본다고 해도 할 수 없다는 생각이었다.

"그래도 오늘은 답답함을 감수하고서라도 얼굴을 가려야 하는 날이라는 생각 안 들어?"

"들어요."

수현이 쿨하게 인정했다. 만약을 위해 비상용 모자를 하나 사둬야겠다는 생각을 하고 있던 참이었다.

"시은이 거라도 빌리지 그랬어?"

"절대 싫어요."

지혁은 정색하는 수현을 보며 고개를 갸웃거렸다.

"왜?"

"시은이, 머리 안 감는 날만 모자 써요."

지혁이 피식 웃음을 터뜨렸다.

"난 하루에 한 번은 꼭 감아."

"……?"

그의 말을 이해할 새도 없이, 수현의 머리 위로 지혁이 쓰고 있던 야구 모자가 내려앉았다. 모자챙이 시야를 가려 그의 모습이 보이지 않자, 수현은 고개를 잔뜩 뒤로 젖혔다. 모자에 눌려 있던 머리카락을 무심하게 툭툭 털고 있는 지혁이 보였다. 그녀는 직업의 특성상 많은 연예인을 봐오면서도 한 번도 남자가 섹시해 보인다고 생각해 본 적이 없었다. 외모와 실력을 갖추었다는 세진을 보면서도 객관적으로 잘생긴 얼굴이라고 인정할 뿐, 섹시하다는 느낌은 받아본 적이 없었다. 그런데 지혁의 흐트러진 머리카락과 길게 쭉 뻗은 손가락이 섹시해 보일 줄이야…….

"안 더러우니까 내 거 쓰라고."

수현과 눈이 마주친 지혁이 그녀의 침묵을 오해하고 한마디 덧붙였다. 그는 더럽다는 말과 전혀 어울리지 않는 사람이었다. 수현은 여자인 시은보다 지혁이 훨씬 더 깨끗할 거라고 확신했다. 슈트를 입고 있을 때도, 운동복을 입고 있을 때도 그에게서는 좋은 향기가 났다. 멍하니 서 있던 수현은 지혁의 투덜거리는 목소리에 정신을 차렸다.

"내 머리가 크지는 않을 텐데?"

이건 또 무슨 말인가 싶어, 수현의 얼굴에 또다시 의문이 떠올랐다.

"나한테 딱 맞는 모자가 왜 너한테는 이렇게 큰 건데?"

모자가 커서 거의 눈까지 가릴 기세인 수현을 보고 한 말이었다.

"별게 다 불만이네······. 지금 그게 중요해요?"

"사소하진 않지. 소두를 원한 적은 없지만, 대두도 썩 내키지는 않거든."

헛웃음을 터뜨리는 수현을 빤히 바라보던 지혁이 그녀에게 손을 뻗었다.

"선글라스까지 끼면 범죄자로 보일 것 같다. 마스크만 하자."

지혁은 수현이 쓰고 있던 선글라스를 빼서 그녀의 손에 쥐여주고, 턱을 감싸고 있던 마스크를 위로 끌어올려 입을 가려주었다. 그러고는 만족스럽다는 듯, 모자 위로 머리를 쓰다듬었다. 그의 다정한 손길에 당황한 수현은 아무 말도 못 하고 가만히 있었다.

"가자."

일련의 행동을 마친 그가 석상처럼 굳어 있는 수현의 손목을 잡아끌었다.

"어디 가는 거예요?"

지혁에게 손목이 잡힌 수현이 그를 종종걸음으로 따르며 물었다.

"주차장까지 데려다줄게."

그는 엘리베이터 앞에 도착해서야 그녀를 놓아주었다.

"그럴 거 없어요. 혼자 가도 돼요."

"혼자 나가는 것보다 나랑 같이 나가는 게 그나마 들킬 확률이 낮을 거야."

수현이 무슨 말이냐는 듯 지혁을 올려다보았다.

"아직 해명 기사 안 나갔잖아. 다들 너랑 한세진이랑 사귀는 줄 알 텐데, 다른 남자랑 다정하게 걸어 나올 거라고 누가 생각이나 하겠어? 여자 혼자 나오면 유심히 보겠지만, 나랑 나가면 흘려보고 말 거야."

말을 하는 지혁의 눈썹이 신경질적으로 꿈틀거렸다. 아무리 사실이 아니라 해도 제 입으로 수현과 세진이 사귄다는 말을 하는 것 자체가 불만스러웠던 것이다.

수현은 반신반의하는 마음이었다. 그가 제시한 방법은 이렇게 보면 그럴듯하기도 하고, 저렇게 보면 과연 통할까 싶기도 했다.

"등잔 밑이 어둡다는 말이 괜히 나온 게 아니거든."

쐐기를 박은 지혁은 도착한 엘리베이터에 수현을 밀어 넣고 뒤따라 탔다.

"업힐래?"

"······네?"

수현의 눈이 휘둥그레졌다. 평소에도 똑바로 정신을 차리지 않으면 그의 페이스에 끌려가기 일쑤였지만, 오늘은 도저히 그의 속도를 따라잡을 수가 없었다. 이 생각을 하고 있으면 저 말을 하고, 이 말에 대답하려고 하면 다른 말로 금세 화제를 바꿨다. 갑자기 업히라는 건 또 뭔가 싶었다.

"아까는 성형외과에서 나온 사람 같았는데, 지금은 내과를 가야 할 것 같단 말이지? 딱 감기 걸린 사람처럼 보여. 그러니까 아픈 척 내 등에 업혀서 나가면 완벽한 위장이 가능할 것 같다고."

수현은 그 누구에게도 업혀본 적이 없었다. 어린 시절 한 번쯤은 엄마나 아빠가 업어준 적이 있었을지도 모르지만, 기억에는 없었다.

"업혀."

지혁은 아예 수현을 향해 등을 내보였다. 운동선수를 방불케 하는 넓은 어깨와 등을 보면서 그녀는 저도 모르게 그의 등에 업히는 상상을 해보았다. 시은의 말대로 그는 어른 같았다. 믿음이 가고 기대고 싶은 어른······. 잠시 말도 안 되는 상상을 하던 수현은 다시 현실로 돌아왔다.

"그냥 인터뷰를 하는 편이 낫겠네요."

"좋은 방법을 알려줘도 써먹질 못한다, 너는."

지혁의 불만 가득한 목소리에 수현은 기가 막혔다.

'업히란다고 내가 업힐 거라고 생각한 거야? 말도 안 되는 말을 해놓고 적반하장도 유분수지.'

수현이 새초롬하게 되받아쳤다.

"써먹을 수 있는 방법을 알려주셔야죠."

"이것보다 더 유용한 방법이 어디 있지?"

수현은 말도 안 되는 말을 들었다는 듯한 그의 반응에 실소를 금치 못했다.

"어딜 봐서요?"

"어딜 봐도."

그가 하도 단호하게 말하니 썩 나쁘지 않은 방법 같기도 했다. 지혁은 수현이 흔들리고 있다는 걸 알아차리고 한 번 더 강조했다.

"네가 업히기만 한다면, 현재로서는 가장 유용한 방법이야."

그제야 그의 말에 말려들고 있다는 걸 깨달은 그녀가 살짝 눈을 흘겼다.

"전제 조건부터가 말이 안 되잖아요."

"너한테만 말이 안 되는 거야. 내 등에 업히면 큰일 나?"

수현은 정신을 똑바로 차리고 당차게 받아쳤다.

"큰일이야 안 나겠지만, 모르는 남자 등에 덥석 업힐 만큼 급하지도 않거든요?"

지혁이 못마땅하다는 듯이 한쪽 눈썹을 추켜세웠다.

"모르는 남자야, 내가?"

수현은 태연하게 그의 지적을 받아들였다.

"실수. 안 친한 남자요."

"그러니까 내가 가까워지자고 했잖아. 그럴 생각이 없다고 한 건 너야."

"그 얘기가 지금 왜 나와요? 논점을 흐리지 마시죠?"

지혁은 수현이 눈을 흘기거나 말거나 아랑곳하지 않고, 다른 부분에 초점을 맞췄다.

"친해지면 업힐 거야?"

안 친한 남자 등에 덥석 업힐 만큼 급하지도 않다는 말은 두 가지로 해석할 수 있었다. 한 가지는 친한 남자 등에는 업힐 수도 있다는 것, 다른 한 가지는 급하면 안 친한 남자 등에도 업힐 수 있다는 것. 지혁이 노리는 건 전자였다.

"상황에 따라 다르겠지만……."

지혁이 더 들을 필요도 없다는 듯 그녀의 뒷말을 잘랐다.

"알았어."

'그럴 일은 아마 없을 거예요'라고 말하려던 수현은 졸지에 가능성을 열어준 꼴이 되어버렸다. 못다 한 말을 마저 하기 위해 그녀가 입술을 달싹이는 순간, 엘리베이터가 지하 1층에서 멈춰 섰다. 결국 말할 타이밍을 놓쳐 버린 수현은 하는 수 없이 고개를 앞으로 돌리고 바깥의 동태를 살폈다. 열린 문 너머로 보이는 건 맞은편 벽뿐, 인기척은 없었다.

"아까도 차에 타 있거나, 차 근처에 있었어."

수현의 안도한 표정을 본 지혁은 경계를 늦추지 말라는 듯 짐짓 심각한 어조로 말했다. 그러고는 오른팔로 그녀의 어깨를 감싸 안았다.

"내리자."

자연스럽게 어깨를 감싸는 그의 행동에 당황한 수현이 고개를 치켜

들었다. 날카로운 턱선이 가장 먼저 눈에 들어왔다. 고개를 조금 더 뒤로 젖히니 그늘이 질 만큼 긴 속눈썹이 보였다. 쌍꺼풀 없이 길게 뻗은 눈매에 긴 속눈썹의 조화가 오만하면서도 우아한 느낌을 주고 있었다. 수현이 움직일 생각을 하지 않자, 지혁이 그녀를 내려다보며 물었다.

"뭐 해? 안 나가?"

그와 눈이 마주친 수현이 얼른 시선을 내리깔며 웅얼거렸다.

"……꼭 이렇게 하고 나가야 해요?"

지혁은 불편하다는 듯 살짝 몸을 비트는 그녀를 제 쪽으로 더 강하게 끌어당겼다.

"그럼 데면데면하게 떨어져서 가려고?"

당연히 그럴 거였다.

"내가 아까 분명 '다정하게'라고 말했는데?"

흘려들었는지 기억에 없었다.

"업히는 것도 아닌데 뭐가 문제야?"

업히는 것도 아닌데 문제 될 건 없지…… 라고 생각하며 은연중 고개를 끄덕이던 수현이 갑자기 멈칫했다.

'하마터면 또 말릴 뻔했어…….'

그는 처음부터 큰 걸 던진다. 말도 안 된다고 발끈하면 그보다 더 작은 걸 내주면서 '이 정도는 괜찮잖아?'라고 설득한다. 그럼 그걸 수 궁하게 되는 거였다. 지혁은 사람을 쥐락펴락하는 데 도가 튼 사람이었다.

"지금 우리 콘셉트는 연인이야. 다정하게 나가야 주목을 받지 않아."

지혁은 머뭇거리고 있는 수현을 데리고 엘리베이터에서 내렸다. 그녀도 더는 반발하지 않고 그의 보폭에 맞춰 걸음을 옮겼다.

"차 어디에 대났어?"

"A 구역이요."

"고개 숙이고 나만 따라와."

"네."

앞이 보이지 않는 건 아무런 문제가 되지 않았다. 수현은 그가 안전하게 이끌어줄 거란 믿음이 있었기에 아예 눈을 감고 걸으라고 해도 할 수 있을 것 같았다. 지혁은 얌전히 제 옆에서 걷고 있는 수현을 한 번 내려다보고 슬쩍 주변으로 시선을 옮겼다. 그냥 건성으로 고개를 돌린 듯 보이지만, 그의 눈은 빠르게 차 안을 살피고 있었다. 예상대로 몇몇 차 안에 사람들이 타고 있었다. 그들은 지혁과 수현을 흘긋 살피긴 했지만, 차에서 내리지는 않았다. 두 사람은 누가 봐도 연인으로 보였고, 자신들이 기다리는 한세진의 연인 송수현일 리 없다고 생각했다. 지혁이 모자로라도 얼굴을 가리고 있었다면 혹시 세진으로 오해받았을 수도 있었겠지만, 얼굴을 당당히 내보이고 있어 그럴 여지도 없었다. 지혁이 이끄는 대로 걷던 수현은 갑자기 그가 제 쪽으로 몸을 기울이는 바람에 움찔했다. 그의 팔이 등 뒤를 스쳐 지나가는 느낌이 나는가 싶더니 오른쪽 재킷 주머니가 묵직해졌다가 이내 가벼워졌다.

'아, 차 키…….'

그녀는 그제야 그가 제 주머니에 들어 있던 차 키를 빼 갔다는 것을 깨달았다. 지혁은 수현의 차를 한눈에 알아보고 망설임 없이 차로 다가가 조수석 문을 열었다. 수현은 어리둥절해하면서도 일단 그가 리드하는 대로 조수석에 탔다. 그가 차 앞을 돌아 운전석에 오를 때까지 눈을 떼지 않고 있던 그녀는 그제야 입술을 열 수 있었다. 하지만 말은 지혁의 입에서 먼저 나왔다.

"어디만큼 가서 내려줄게."

"뭐 하러 그래요. 아무도 못 알아본 거 같은데."

"아직 안심하긴 일러."

수현은 주변 상황을 보지 못하고 왔기 때문에 그의 말에 토를 달수 없었다. 어차피 그가 하겠다고 마음먹은 이상 거절을 해봐야 소용없다는 걸 알기에 더 이상 사양하지 않기로 했다.

"그럼 조금만 가다가 세워주세요."

지혁이 시동을 걸고 차를 출발시키자, 수현의 시선이 사이드미러로 향했다. 따라오는 차는 없었다. 차가 도로에 접어들고서야 사이드미러에서 시선을 뗀 그녀가 지혁을 돌아보며 물었다.

"차 키, 오른쪽 주머니에 들어 있다는 건 어떻게 알았어요?"

"나랑 밀착돼 있던 왼쪽 주머니에서는 걸리적거리는 느낌이 안 났거든."

지혁이 어떤 의미를 부여해서 한 말이 아니라는 걸 알면서도, 수현은 '밀착'이라는 단어에 왠지 모르게 얼굴이 달아올랐다. 지혁은 운전하느라 그녀를 보지 못하고 말을 이었다.

"그러니까 오른쪽에 있겠구나 한 거지. 볼 때마다 차 키를 주머니에서 꺼내길래 가방에 넣어뒀을 거라는 생각은 안 했어."

"섬세하시네요."

지혁은 일에 관련한 것에는 그 누구도 따라올 수 없을 만큼 철두철미했지만 그 외의 것에는 무심의 극치였다. 관심 없는 것에는 눈길도 주지 않았다. 그건 본인도 인정하는 바였다.

"별로 섬세한 성격은 아닌데?"

"그렇게 사소한 걸 흘려 보지 않는 게 섬세한 거예요."

"그렇다고 할 수도 있겠네."

지혁이 고개를 끄덕이며 수긍하자, 수현은 웬일인가 싶어 그를 돌아보았다.

"송수현에게 한정된 섬세함이라고 해두지."

그가 덧붙인 말에 당황한 수현의 고개가 황급히 반대쪽으로 돌아갔다. 괜한 말을 꺼냈다고 후회하며 창밖으로 시선을 던진 그녀는 휙휙 지나가는 상점들을 보면서 정신이 번쩍 들었다.

"그만 세워주세요. 너무 많이 왔어요."

그는 한마디씩 툭툭 던지는 말로 사람을 당혹스럽게 하기 일쑤인데다가, 한마디도 지지 않는 말발로 사람을 쥐고 흔들었다. 그런데 왜 그와 함께 있는 게 불편하기는커녕 오히려 시간이 어떻게 가는 줄 모르겠는 건지 신기할 따름이었다. 하마터면 칠순 잔치가 열릴 호텔까지 갈 뻔했다는 생각을 하고 있는데, 차가 갓길에 멈춰 섰다. 지혁과 수현은 각각 운전석과 조수석에서 내렸다.

"걸어가실 거예요?"

왔던 길을 되돌아가야 할 그에게 미안한 마음이 들어 예의상 건네 본 수현의 말을 지혁이 장난스럽게 받았다.

"기어갈 수는 없잖아?"

그녀의 입가에 웃음이 맺혔다.

"기어가지 마시고, 버스 타고 가세요."

"지갑을 안 가지고 나왔네."

지혁이 양쪽 주머니를 툭툭 터는 시늉을 해 보였다.

"차비 드려요?"

"얼마 줄 건데?"

"얼마긴요. 딱 버스비만큼이죠."

"치사해서 안 받아."

수현은 미련 없이 돌아서는 그의 등 뒤에 대고 말했다.

"오늘 도움, 감사했어요."

사실 도움이라기보다는 강요받은 기분이긴 했지만, 도움을 주고자
한 그의 의도 자체는 고마웠다. 지혁이 그녀를 돌아보며 구시렁거렸다.

"나 같은 고급 인력이 이런 개나 소나 다 할 수 있는 도움이나 주고
있으니, 참……."

왜 법적 절차를 밟지 않는 거냐는 의미임을 알아들었지만, 모른 척
운전석으로 걸어간 수현은 차에 타기 전, 싱긋 웃으며 한 마디를 남겼
다.

"개나 소는 이런 거 못 해요."

회사에 거의 도착할 무렵, 시트에 기대어 골똘한 생각에 빠져 있던
세진이 운전 중인 매니저를 불렀다.

"동욱아."

"네, 형."

"걔 좀 데려와 봐."

"누구요?"

동욱이 룸미러로 세진을 흘긋 보며 물었다.

"사생 애들 중에 몇 년째 대포 들고 따라다니는 애 있잖아."

"걔는 왜요?"

"부탁할 게 있어서."

"부탁이요?"

스토커 수준으로 사생활을 감시하는 사생팬에게 부탁할 게 뭐란
말인가. 동욱은 세진이 무슨 생각을 하고 있는지 알 수는 없었지만,
이유가 있겠거니 생각하며 입을 다물었다.

동욱은 세진이 말한 학생을 어렵지 않게 찾아서 회사 접견실로 데려왔다. 오늘도 어김없이 세진의 얼굴을 보겠다며 회사 앞에 진을 치고 있었기 때문이었다. 기다리고 있던 세진이 물었다.

"이름이 뭐야?"

"김…… 미영…… 이요."

"미영아, 오빠를 위해서 뭐 하나만 해줄래?"

세진의 다정한 말투에 얼굴이 빨개진 미영이 황급히 고개를 끄덕였다.

"말씀만 하세요. 다 할게요."

"어제 기사 뜬 거 알고 있지?"

"……네."

미영의 목소리가 급격히 시무룩해졌다. 고등학생 때부터 삼 년을 광적으로 따라다녔는데 그의 열애 기사가 탐탁할 리 없었다.

"나 그 작곡가 친구랑 사귀는 사이 아니야. 진짜 친구야."

"정말요?"

미영은 세진이 왜 자신에게 그런 해명을 하는지 알 수는 없었지만, 일단 그가 아니라고 하니 날아갈 듯 기뻤다.

"네 카메라에 내 사진 많지?"

미영의 눈동자가 불안하게 떨렸다. 일거수일투족을 감시하듯 몰래 찍은 사진이었기에 당사자 앞에서 당당하게 그렇다고 할 수가 없었다.

"그중에 내가 다른 사람들하고 포옹하는 사진도 많지?"

"네……."

"그거 잘 정리해서 팬카페에 올려줄래? 내가 시켰다는 말은 빼고."

"왜, 왜요……?"

"부인하는 보도 자료보다 그게 더 확실한 해명이 될 테니까."

"네, 오빠."

세진의 미소에 도취된 미영은 큰 임무를 하사받은 사람처럼 비장하게 고개를 끄덕였다. 그리고 몇 시간 뒤, 임무를 충실히 이행한 그녀 덕분에 세진의 열애설은 '한세진은 남녀를 불문하고 포용하는 버릇이 있다'라는 결론으로 훈훈하게 마무리되었다.

그날 저녁, 수현은 세진의 전화를 받았다.

[쏭! 나 집 근처야. 잠깐 내려와.]

"미쳤어? 여길 왜 또 와!"

수현이 버럭 소리를 질렀다.

[오! 우리 쏭, 오늘따라 야성적인데?]

"헛소리 그만하고, 좋게 말할 때 차 돌려라."

기자들은 다 철수한 듯해도 아직은 불안했다. 그런데 정작 자신보다 더 열애설에 신경을 곤두세워야 할 당사자는 태평하기만 하니 속이 터질 지경이었다.

[지나가는 길에 잠깐 얼굴만 보고 가려는 거야.]

"지나가는 길이면 그냥 지나가시지?"

[어? 너희 아파트 보인다.]

세진은 그 말만 하고 전화를 뚝 끊어버렸다.

"아오, 한세진……."

수현은 주위에 하나같이 제멋대로인 남자밖에 없다고 투덜거리면서 지하 주차장으로 내려갔다. 세진은 이미 도착해 있었다.

"기사 봤지?"

세진이 칭찬해 달라는 듯 씩 웃었다.

"동욱이가 그러던데, 고소하려고 벼르던 애라며?"

"너무 따라다녀서 노이로제 걸릴 지경이었거든. 근데 이렇게 도움이 될 줄은 몰랐네. 고소했으면 큰일 날 뻔했어."

"아무튼 수고했다. 깔끔하게 처리했네."

멋대로 찾아온 건 마음에 들지 않아도 열애 기사에 대한 해명 방식은 마음에 들었다. 자연스럽고 거부감 없는 대처였다고 인정하지 않을 수 없었다.

"난 네가 생각하는 것보다 훨씬 멋진 남자거든."

세진이 눈을 찡긋거리며 장난스럽게 웃었다.

"알아."

수현이 순순히 맞장구를 쳐 주었다. 이성으로 보이지는 않아도 그는 멋진 남자, 괜찮은 친구였다. 세진이 자신을 위해서 가장 좋은 방법을 고심했다는 것도 잘 알고 있었다.

"안다고?"

당연히 뭐라고 할 줄 알았던 수현의 입에서 예상치 못한 대답이 나오자, 세진의 눈이 커졌다.

"그럼 조금만 더 노력하면 넘어올 거야?"

수현은 기대에 부푼 그의 얼굴을 똑바로 바라보며 예쁘게 웃었다. 그리고 입을 열었다.

"노력하지 마. 안 넘어가."

실망한 세진을 뒤로하고 수현이 손을 팔랑팔랑 흔들었다.

"다음부터는 그냥 지나가라. 회사에서 보자."

슈퍼맨의 등장

　수현의 삶은 다시금 평온을 되찾았다. 세진과의 열애설이 해프닝으로 마무리되고 며칠이 지난 어느 날, 수현은 신곡에 관련한 회의를 위해 이사실을 찾았다. 스케줄이 없는 날이라며 회사에 나와 있던 세진과 함께 이사실로 들어서니, 「이사 강주성」이라고 쓰인 명패가 놓인 책상에 앉아 있던 남자가 고개를 들었다. 앞머리를 깔끔하게 빗어 넘기고 딱 떨어지는 고급 슈트를 입은 주성은 준수한 외모에 정갈한 이미지가 돋보이는 남자였다. 그는 부드러운 인상만큼 목소리도 다정했다.

　"왔어?"

　수현에게 닿아 있던 그의 시선이 세진에게로 옮겨갔다.

　"넌 오라고 한 적 없는데 어떻게 같이 와?"

　"왜? 같이 오면 안 돼?"

　"누가 안 된대?"

　"나도 신곡 들어볼 거라고."

주성은 세진이 자신만 보면 투덜댄다는 걸 알기에 개의치 않고 소파로 걸음을 옮겼다.

"앉자."

수현과 세진도 뒤따라 소파에 앉았다.

"빨리 틀어봐. 애들이 노래 좋다고 난리더라."

정작 수현을 부른 건 주성인데 오히려 세진이 나서서 재촉했다.

"괜히 하는 말이야."

담담하게 받아넘긴 수현이 가지고 온 노트북에서 노래를 재생시켰다. 두 남자는 리드미컬하면서도 몽환적인 느낌이 전체를 관통하고 있는 팝 알앤비 곡에 진지하게 귀를 기울였다. 그들이 숨소리조차 죽이며 집중한 지 일 분쯤 지났을까, 갑자기 이사실 문이 벌컥 열렸다. 세 사람의 고개가 일제히 문을 향해 돌아갔다.

"오빠!"

씩씩거리면서 안으로 들어선 사람은 유나였다.

"노크를 했으면 기다려야지. 바로 열고 들어올 거면 노크는 왜 해?"

유나는 주성의 핀잔에도 아랑곳하지 않았다.

"오빠, 글쎄 최 실장이 날……."

"강유나, 내가 공과 사는 구분하라고 했지?"

"이 자리에 강주성 이사가 강유나 친오빠인 거 모르는 사람 있어?"

유나가 새침하게 쏘아붙이자, 주성이 인상을 찡그리면서 말을 돌렸다.

"무슨 일이야?"

"최 실장이 거지 같은 프로 잡았어. 나 거기 출연하래."

세진이 불쑥 끼어들어 물었다.

"거지 같은 프로? 뭔데?"

"이름이 뭐더라…… 에이씨, 기억도 안 나네. 암튼 여기저기 돌아다니면서 막 빌붙는 거야. 먹는 거, 자는 거 다. 이게 말이 돼? 내가 거지야?"

"그럼 거기 출연하는 사람은 다 거지냐?"

유나는 고개를 절레절레 내젓는 세진을 쳐다보지도 않고 주성에게 하소연했다.

"난 싫어. 안 해. 오빠가 말 좀 해줘. 최 실장 미쳤나 봐."

수현은 흥분해서 불만을 토로하고 있는 유나를 한심하게 바라보았다. 아무리 곱게 자랐다고 해도 어떻게 저런 사고방식을 가질 수 있는지 이해가 가지 않았다. 더군다나 속 깊고 매너 좋은 주성과 친남매라는 건 도저히 믿을 수가 없었다.

"내가 지난번에 경고했지? 어린애처럼 굴지 말라고."

'어린애도 이렇게는 안 해요.'

수현은 속으로 주성의 말을 반박했다. 유나가 이렇게 안하무인이 된 데는 그의 책임도 컸다. 아무리 여덟 살이나 어린 여동생이라고는 해도, 주성을 비롯한 온 가족이 똘똘 뭉쳐 오냐오냐해 주니 눈에 뵈는 게 없는 것이었다.

"그런 말 하려거든 때려치워. 아무도 너한테 이 일 하라고 강요한 사람 없어."

유나는 오늘따라 유난히 세게 나오는 주성을 원망스러운 눈으로 바라보았다.

"안 나가? 우리 얘기 중인데?"

"안 나가. 나도 들을래."

허락 같은 건 필요하지 않다는 듯 당당하게 소파로 걸어간 유나는 세 사람과 멀찌감치 떨어진 곳에 털썩 주저앉으며 인심 쓰듯 말했다.

"하던 얘기 계속해."

한숨을 푹 내쉰 주성이 수현을 돌아보며 입을 열었다.

"다시 틀어봐."

수현이 재생 버튼을 누르자, 끊겼던 노래가 다시 흘러나왔다. 이분 여 동안 이사실 안의 네 사람은 아무 말 없이 노래에 집중했다. 유나도 귀를 쫑긋 세우고 들었다. 노래가 흘러나오는 내내 뭔가를 골똘히 생각하고 있던 수현이 혼잣말처럼 중얼거렸다.

"듣다 보니까 좀 심심하네. 싱커페이션을 넣어볼까······."

"괜찮을 거 같다."

"내 생각도."

주성과 세진이 차례로 맞장구를 쳤다.

'싱커페이션? 나만 모르는 거야?'

유나는 음악적 지식이 전무했지만 제 무식함을 제 입으로 공개할 만큼 바보는 아니었기에 가만히 있었다. 이 방에서 나가면 꼭 검색해 보리라는 다짐을 하고 있던 그녀의 머릿속에 갑자기 기발한 아이디어가 떠올랐다.

"언니, 한 번 더 듣자."

유나의 명령조에 기분이 상한 수현이 한마디 하려는데 눈치 없게 세진이 끼어들었다.

"그래, 쏭. 우리 한 번 더 들어보자. 이번에는 설마 도중에 누가 쳐들어와서 맥을 끊어놓지는 않겠지."

수현은 세진까지 그렇게 말하니 뭐라고 할 수가 없어서 말없이 노래를 틀었다. 네 사람은 처음부터 끝까지 누구의 방해도 받지 않고 집중해서 들었다. 노래가 다 끝나고 가장 먼저 입을 연 건 유나였다.

"언니."

유나의 까랑까랑한 목소리에 나머지 세 사람의 시선이 그녀에게 모였다.

"요새 자기 복제 심한 거 알아? 노래들이 어떻게 죄다 비슷해?"

수현은 다리를 꼬고 앉아 거만하게 지적하는 유나를 무표정하게 바라보며 반문했다.

"그러니?"

"응. 그러네."

유나는 수현이 해탈한 사람처럼 구는 게 못마땅했다. 항상 눈을 내리깔고 자신을 한심하게 바라보는 것만 같아 불쾌했다. 이번에도 수현을 도발하는 데는 실패한 것 같았지만 이대로 포기할 수 없다는 생각에 더 세게 한마디 덧붙였다.

"갖다 버려. 별로야."

"별로야?"

수현이 담담한 어조로 되물었다.

"응. 별로야."

"다른 사람들 반응은 나쁘지 않던데?"

나쁘지 않은 게 아니라 다들 너무 좋다고 극찬을 했고, 수현 자신도 꽤 마음에 드는 곡이었다.

"그럼 언니 앞에서 별로라고 하겠어?"

"넌 하잖아."

"나야 워낙 솔직하니까."

'하고 싶은 말, 필터링 없이 다 하는 애들이 본인은 솔직하다고 말하지.'

수현은 어이가 없었다.

"본인이 별로라니 하는 수 없네."

"······?"

무슨 말인지 몰라서 고개를 갸웃거리는 유나에게 수현이 어깨를 으쓱해 보였다.

"네 곡이었어."

"······내 거?"

"이제 아니고."

유나의 얼굴에 당혹감이 스치고 지나갔다. 사실 노래 자체는 너무나 마음에 들었지만, 수현을 깎아내리기 위해 트집을 잡은 것뿐이었다.

"이사님이 네 싱글에 넣을 곡, 신경 좀 쓰라고 하셔서 신경 좀 썼는데 괜한 짓 했네."

유나는 주성이 제 싱글 앨범을 계획 중이었다는 사실을 미처 모르고 있었다.

"네가 소화해 내기 힘든 곡인 것 같아서 걱정했는데 잘됐다."

유나는 다른 건 몰라도 뜰 노래를 고르는 직관력만큼은 귀신같았다. 이 노래는 분명 히트를 칠 거라는 감이 왔다.

"······내 거면 나 줘."

"굳이 안 그래도 돼. TL에서 자꾸 연락 오는데 거기 줘야겠네. 되게 좋아하겠다."

수현이 자리에서 일어나자, 주성과 유나가 다급하게 그녀를 불렀다.

"수현아!"

"언니!"

수현의 시선이 유나에게 잠시 머물다가 주성에게 옮겨갔다.

"이건 유나뿐만 아니라, JM 소속 누구랑도 작업 안 해요."

수현은 그 말을 끝으로 몸을 돌려 이사실을 나갔다. 흥미롭다는 얼굴로 돌아가는 상황을 지켜보고 있던 세진도 소파에서 몸을 일으켰다.

"아, 아깝다. 노래 좋던데 누구한테 가려나……."

그는 혼잣말처럼 빈정거리며 수현의 뒤를 따랐다.

수현이 유나를 다시 만난 건 며칠 뒤, 회식 자리였다.

'얘는 요새 왜 이렇게 회식에 참석하는 거야…….'

수현은 일부러 유나와 멀찍이 떨어진 자리에 앉았다. 일부러 유나가 앉은 쪽으로는 고개도 돌리지 않고 피했건만, 화장실 앞에서 떡하니 마주치고 말았다. 유나는 한눈에 보아도 술이 많이 취한 듯 보였다. 얼굴이 붉게 달아올라 있었고 눈에 초점이 풀린 상태였다.

"술 많이 마셨어?"

그냥 지나치기가 뭐해서 한마디 건넨 수현의 말을 무시하고 걸음을 옮기던 유나가 나직한 목소리로 중얼거렸다.

"꼭 가진 거 쥐뿔 없는 것들이 자존심만 세지."

유나는 주성을 졸라서 제 싱글 앨범에 넣으려고 했다던 곡을 달라고 재차 부탁했지만, 수현은 요지부동이었다. 아무리 노래가 별로라고 생트집을 잡았기로서니, 굳이 제 노래로 만든 걸 안 주겠다는 심보는 뭔지 생각할수록 분통이 터졌다. 유나는 제 행동은 생각지도 않고, 강경한 수현이 못마땅하기 그지없었다.

"강유나, 나한테 하는 말이니?"

수현이 실소를 터뜨리며 뒤로 돌아섰다. 사실 화장실 앞 복도에는 두 사람뿐이었으니 물어볼 필요도 없었다. 걸음을 멈추고 수현을 향해 몸을 돌린 유나가 비웃는 듯 반문했다.

"혼잣말한 건데 왜? 뭐 찔리는 거 있어?"

"찔리는 건 없는데 눈치는 있지."

수현은 스트레스 지수를 높이는 사람과는 알아서 거리를 두는 성격이었다. 그래서 유나와 될 수 있으면 엮이고 싶지 않았다. 지금까지는 마주칠 일이 많이 없기도 했고, 유나가 자신에게는 그나마 덜 건방지게 군다는 걸 알기에 크게 부딪칠 일이 없었는데 요즘 들어 슬슬 맞먹으려고 들어 상당히 심기가 불편하던 차였다.

"강유나답지 않게 뭘 돌려서 말하고 그래? 너 잘한다고 소문난 거 있잖아?"

'잘하는 거?'

유나의 고개가 갸우뚱 기울었다.

"다시는 안 볼 사람처럼 막말하기."

"……"

"솔직한 척하면서 개소리하기."

수현은 몸을 파르르 떠는 유나를 보면서 표정 하나 바뀌지 않았다. 지금까지는 귀찮아서 피한 것뿐, 겁나서 참은 게 아니었다.

"내숭 백 단 붙여시."

유나가 독살스러운 얼굴로 한 자 한 자 힘주어 내뱉었다. 수현은 더 해보라는 듯 팔짱을 끼고 유나를 여유롭게 바라보았다. 대놓고 욕을 먹어본 적이 없어서 색다른 경험이라는 생각까지 들었다.

"왜 매번 내가 좋아하는 남자한테 꼬리 치는 건데?"

유나는 세진과 지혁은 물론이거니와 친오빠인 주성조차 수현을 더 아끼는 것 같아 늘 불만이었다. 수현에게 남자를 홀리는 뭔가가 있다는 생각밖에 들지 않았다.

"말은 똑바로 해. 네가 하고 다니는 게 꼬리 치는 거야. 누구한테 뒤집어씌워, 씌우길. 세진이랑 지혁 씨, 너보다 내가 먼저 알았어."

몰라서 한 말이 아니었다. 수현에게 졌다는 걸 인정하고 싶지 않아 억지를 부려본 것이었다.

"사랑받고 싶으면 사랑받게끔 행동해."

"그렇게 말씀하시는 분께서는 본인이 사랑받게 행동한다고 생각하나 보죠?"

노골적으로 이죽거리는 유나를 보며 수현이 픽 웃음을 터뜨렸다.

"아니."

"……."

"사랑받으려고 노력하지 않아도 내가 좋다는데 어쩌니. 근데 넌 아니잖아. 그러니까 노력이라도 하라는 말이야."

명백한 조롱에 유나가 눈꼬리를 위로 치켰다.

"난 말이야. 적어도 너처럼 내가 사랑받지 못하는 이유를 남 탓으로 돌리지는 않아."

수현은 그 말을 하면서, 십 년 가까이 연락 한 번 없었던 아빠와 일 년에 한두 번 전화를 거는 걸로 할 일을 다 했다고 생각하는 엄마를 떠올렸다. 그녀는 그런 부모님을 원망하지 않았다. 자기 비하를 하지도 않았다. 그저 묵묵히 받아들이고 살아갈 뿐이었다.

"어리광 부릴 나이는 지났잖아? 징징대지 마."

부들부들 떠는 유나를 지나치는 수현의 얼굴에 씁쓸한 미소가 걸려 있었다.

저녁 약속을 마치고 집으로 향하던 중, 지혁은 문득 수현이 생각났다. 누군가가 어디서 뭘 하고 있는지 궁금해진 건 그녀가 처음이었다. 그는 블루투스 이어폰을 끼고 수현에게 전화를 걸었다.

[네.]

언제나 그렇듯 시크한 듯 무심한 어조였다. 지혁은 수현이 '여보세요'라는 말을 하지 않는 게 마음에 들었다. 그 보편화된 말이 수현의 입에서 나온다면 왠지 가깝지 않은 사람이라고 선을 긋는 것처럼 느껴질 것 같았기 때문이었다. 다른 사람에게는 더 매정하게 들릴 수도 있는 '네'라는 말이 그에게는 수현이 제 존재를 알고 있다는 의미로 받아들여졌다.

"아직 집에 안 들어갔던데 지금 어디야?"

[제 뒷조사하세요?]

"아직 너한테 그 정도로 미치지는 않았어."

지혁이 피식 웃으며 대답했다.

"호영이가 좀 전에 전화 했어. 너 아직 안 들어왔다고 시은이랑 밖에 나가서 밥 먹는다고 하길래 알게 된 것뿐이야."

머쓱해진 수현이 순순히 그의 질문에 답했다.

[회사 사람들이랑 술 한잔하고 있어요.]

"어디?"

[지난번에 마주쳤던 데요.]

"잘됐네. 나 근처야. 데리러 갈게."

그냥 지금 어디에 있는지만 물어보려던 건데 공교롭게 가까운 거리에 있다는 걸 알게 되니 꽤나 반가웠다.

[차 있어요.]

"술 안 마셨어?"

[마셔서 대리 불렀어요. 먼저 들어가세요.]

"일단 알았어."

지혁은 이미 수현의 위치를 알게 되자마자 차를 돌린 상태였다. 그가 한 대답은 먼저 들어가라는 말에 대한 것이 아니라, 그녀의 상황을 알았다는 의미에 불과했다. 각자 차가 있어서 같은 차로 움직이지 못하는 게 좀 아쉽기는 했지만, 수현의 차를 뒤따르는 것도 그다지 나쁘지는 않을 것 같았다. 그는 그렇게라도 수현을 눈앞에 둬야 마음이 놓이는 이 심정을 뭐라고 설명해야 할지 스스로도 알 수 없었다.

도착한 대리운전 기사에게 차 키를 건네주고 뒷자리에 탄 수현은 유나가 한 말을 떠올리며 헛웃음을 웃었다.

'내숭 백 단 불여시?'

누가 누구에게 하는 말인지 어이가 없을 따름이었다. 불쾌한 기분을 떨쳐 내려고 창밖으로 눈을 돌린 수현은 차가 멈춰 서 있다는 걸 알아차렸다. 앞에 신호등이 있는 것도 아니고 장애물이 있는 것도 아니었다. 무슨 일인가 싶어 운전석을 바라본 수현의 눈에 대리 기사가 안전띠를 푸는 게 보였다.

"왜요, 기사님?"

"화장실이 급해서요. 금방 갔다 올게요."

"네?"

당황한 수현의 눈이 커졌다. 일방통행로에서 갑자기 차를 세우고 화장실에 가겠다는 사람이 정상으로 보일 리 없었다. 얼마 마시지도 않은 술이 확 깨는 기분이었다.

"그렇다고 여기서 세우시면 어떡해요. 제대로 주차를 해주고 가시든 하셔야죠."

뒤따르던 차들이 경적을 울리기 시작했다. 경적 소리가 점차 커짐에 따라, 수현의 당혹감도 점점 커졌다.

"죄송해요. 쌀 것 같아요."

"기사님!"

기사는 수현이 부르는 소리를 못 들은 척하며 황급히 차에서 내렸고, 결국 차는 도로 한복판에 방치되어 버리고 말았다. 수현은 정신을 가다듬고 뒷좌석에서 내렸다. 뒤를 돌아보니 언뜻 보아도 세 대 이상의 차들이 줄지어 서 있었다. 운전석 창문을 내리고 소리를 지르는 사람도 보였다. 지금 그녀의 머릿속에는 빨리 차를 빼야 한다는 생각뿐이었다. 급한 대로 눈에 보이는 점포 앞에 잠깐 댔다가 새로운 대리기사를 부르면 될 것 같았다. 지금 당장은 그 방법 말고는 생각나는게 없었다. 다급하게 운전석에 올라탄 수현이 문을 닫고 기어에 손을 올린 순간, 갑자기 차 문이 벌컥 열렸다. 커다란 손이 그녀의 어깨 위에 닿은 것과 동시에 익숙한 목소리가 귓전을 파고들었다.

"내려."

무뚝뚝하지만 걱정이 담겨 있는 목소리, 차갑지만 부드러운 손길. 지혁의 얼굴을 확인한 수현은 저도 모르게 안도했다.

"뭐 해? 안 내리고?"

아무 말도 하지 못하고 눈만 동그랗게 뜨고 있던 수현은 지혁의 재촉에 퍼뜩 정신을 차렸다. 그와 동시에 자신이 지금 처해 있는 상황에 생각이 미쳤다.

"비켜 보세요. 차 좀 빼고요."

지혁은 문을 닫으려는 듯 내뻗은 그녀의 왼쪽 팔을 붙잡았다.

"그럼 도로교통법 위반이야."

"……네?"

그를 올려다보는 수현의 눈동자는 술을 마신 탓에 평소와 달리 흐릿했다. 얼굴에도 당황한 기색이 역력했다.

"음주 운전이라고."

수현은 그제야 술을 마신 이상, 10m를 가도 1km를 가도 음주 운전이라는 사실에는 변함이 없다는 걸 깨달았다. 교통을 방해하는 제 차를 옆으로 빼려던 것뿐이라고는 해도 결과는 달라지지 않을 터였다.

"자세한 얘기는 이따 하자."

수현이 얼떨떨해하는 걸 이해 못 하는 건 아니었지만, 지금은 차분하게 설명할 시간이 없었던 지혁은 그녀의 팔을 잡고 밖으로 나오게 한 다음 곧바로 운전석에 올랐다.

"저쪽에 가 있어."

멍했던 정신이 돌아온 수현은 차 앞을 돌아 인도에 발을 디뎠다. 지혁은 그녀가 안전한 곳에 멈춰 선 것을 확인하고서야 차를 출발시켰다. 수현의 차로 인해 막혔던 도로는 다시 평온을 되찾았다. 수현의 심장 박동노 정상 속도를 회복했다. 반대로, 조이고 있던 나사가 풀어지듯 맥이 탁 풀려 버린 수현은 그 자리에 털썩 쪼그려 앉았다. 대체 뭐가 뭔지 정신이 하나도 없었다. 그렇게 몇 분이나 지났을까.

"반성 중이야?"

지혁의 목소리에 고개를 돌린 수현의 눈에 칼 주름이 잡힌 슈트 바지가 들어왔다. 고개를 한껏 뒤로 젖혀보니 간신히 지혁의 얼굴이 보였다. 위급한 상황에서 마주쳐서 그런지, 오늘따라 그가 더 크고 강해 보였다. 언제나 여유롭고 당당했지만, 오늘따라 더 그렇게 보였다.

"목 부러져."

몸을 일으키려던 수현은 그만 삐끗하여 무게중심이 뒤로 쏠리고 말았다. 영락없이 엉덩방아를 찧을 상황이었다. 그런데 그 순간, 단단한 무언가가 등에 와 닿았다. 그것이 등을 받쳐주는 사이 지혁은 얼른 수현의 어깨를 잡아 일으켜 세웠다. 제 등을 받치던 것이 무엇이었는지 궁금했던 수현이 두리번거리자, 지혁이 무심하게 툭 말했다.

"내가 반사 신경이 좋아. 특히 다리."

수현은 그제야 자신이 뒤로 넘어가려던 순간에 그가 다리를 뻗어 중심을 잡아주었다는 것을 깨달았다.

"오늘따라 왜 이렇게 어리바리하지? 송수현답지 않게?"

그가 그렇게 말하는 것도 무리는 아니었다. 사실 아직도 머릿속이 멍하고 혼란스러웠다. 하지만 그에게만큼은 인정하고 싶지 않았다.

"······아닌데요."

지혁은 시인을 받아내기라도 하려는 듯, 말꼬리를 물고 늘어졌다.

"아니긴 뭐가 아니야, 울 거 같던데?"

"말도 안 되는 소리 하지 마시죠?"

그의 입꼬리에 매달린 웃음을 보고 지혁이 자신을 놀리고 있다는 걸 알아차린 수현은 톡 쏘아붙이고서 재빨리 화제를 돌렸다.

"뭐가 어떻게 된 거예요?"

"그걸 나한테 묻는 거야?"

수현은 그의 말에 십분 공감했다. 하지만 당사자인 자신이 아는 바가 하나도 없으니, 그에게 묻는 수밖에 다른 방법이 없었다.

"저보다 더 많이 알고 있는 것 같아서요."

"아무래도 그런 것 같네."

지혁이 수긍하듯 고개를 끄덕였다. 그도 수현이 아무것도 모른다는 건 짐작하고 있었다. 그렇지 않고서야 술을 마시고 운전할 생각을 하지는 않았을 테니 말이다.

"차 안에서 있었던 일부터 말해 봐. 사소한 거라도 전부."

수현은 차근차근 기억을 더듬어보았으나 이렇다 할 만한 게 없었다.

"별거 없었어요. 대리 기사가 갑자기 차를 세우더니 화장실이 급하다고 내려 버린 게 다예요."

지혁의 짐작대로였다.

"화장실이 급하다던 대리 기사, 사진 찍으려고 숨어서 기다리고 있었어."

사진을 찍어? 뭘? 왜? 수현은 혼란스러웠다. 도로에 떡하니 차를 내버려 두고 가버릴 만큼 화장실이 급하다던 사람이 사진을 찍으려 했다니 이게 무슨 말인가 싶었다.

"……무슨 사진이요?"

그에게 묻는 게 우습다는 생각이 들면서도, 왠지 지혁이라면 모든 질문에 답을 해 줄 수 있을 것만 같았다.

"너 운전하는 사진."

그제야 어떻게 돌아가는 상황인지 감을 잡은 수현이 흠칫 놀랐다. 할 말을 잃은 그녀에게 지혁이 담담하게 덧붙였다.

"네가 음주 운전을 하는 사진이라고 해야 정확하겠네."

무슨 상황인지는 알았지만, 왜인지는 여전히 알 수가 없었다.

'내가 음주 운전을 해서 그 사람이 얻게 되는 게 뭐지?'

순순히 차를 빼줄 테니 돈을 더 달라고 했다면 몰라도, 음주 운전을 유도하려 했다는 건 이해가 가지 않았다. 갈피를 잡지 못하고 이리저리 흔들리고 있는 수현의 눈을 보면서 지혁이 말을 이었다.

"다음 행동을 예상해 보자면 112에 신고를 하지 않았을까 싶네."

"대체 왜……."

수현은 여전히 어안이 벙벙한 얼굴이었지만, 지혁은 이미 전후 사정을 파악한 후였다.

"짐작 가는 게 있어."

그의 눈빛이 형형하게 빛나고 있었다.

"뭔데요?"

"강유나랑 같이 극장에 갔던 날, 함께 있었던 코디 있지?"

"정아가 왜요?"

수현은 그가 왜 뜬금없이 전혀 상관없는 질문을 하는지 의아했다.

"그 코디가 네가 나온 술집 앞에서 어떤 남자한테 돈을 주고 있는 걸 봤어."

지혁은 수현과 전화를 끊고 얼마 지나지 않아 그녀가 있다는 술집 근처에 도착했다. 일단 수현에게 전화를 걸어볼 요량으로 갓길에 잠시 차를 세웠다가 그 모습을 목격한 것이었다.

"어떤 남자요?"

"아까 그 대리 기사."

"정아가 그 사람한테 왜 돈을 줬지……?"

수현은 아직 지혁이 알려준 단서들을 제대로 끼워 맞추지 못하고 있었다.

"네가 곧바로 술집에서 나와서 대리 기사에게 차 키를 건네길래, 그때는 정아라는 코디가 대리비를 대신 내준 거라고 생각했어. 달리 생각할 수 있는 게 없었으니까. 근데 사실은 그게 아니었다는 거지."

그제야 무슨 상황인지 알아차린 수현의 얼굴이 딱딱하게 굳었다. 그렇지만 나머지 이야기까지 그의 입으로 듣고 싶었다.

"그게 아니면요?"

"기사에게 돈을 줘야만 하는 이유가 있었겠지. 이를테면 널 음주 운전을 할 수밖에 없는 상황에 몰아놓고 사진을 찍어서 신고해라, 뭐 이런?"

"강유나, 이게 진짜……."

수현이 입술을 잘끈 깨물며 중얼거렸다.

"강유나야?"

"정아가 저한테 앙심을 품을 이유가 없어요. 강유나라면 그럴 이유가 충분하죠."

"무슨 일 있었어?"

"징징대지 말라고 한마디 해줬어요."

"고작 그 말 정도로 이런 짓을 벌였다고?"

"물론 그 말을 하기 전에 개소리, 노력해라, 어리광 등등의 말로 한 껏 빈정거리긴 했어요."

"큭……"

지혁의 입에서 웃음이 터져 나왔다.

"그 웃음의 의미는요?"

수현이 미간을 찌푸리며 눈을 흘겼다.

"키워드만 들어도 얼마나 짜증이 났는지 알 것 같아서."

"지금 강유나 편드는 거예요?"

"아니. 네 편 드는 거야. 네가 얼마나 짜증이 났으면 그런 말을 했을까 싶어서."

발끈했던 게 무안해진 수현이 슬쩍 시선을 내리깔았다.

"아무튼 대단한 애네. 그 나이에 이렇게 독살스럽기 쉽지 않은데."

"아마 심각하게 생각 안 하고 벌인 일일 거예요. 나한테 뭐라도 하고 싶었는데 마침 내가 대리를 부르는 걸 알게 돼서 이거다 싶었던 거 겠죠."

"그게 더 문제지. 죄의식이 없다는 거잖아. 소시오패스야, 뭐야……"

수현은 그의 말을 듣고 나니 섬뜩해졌다. 다른 것도 아니고 음주 운전을 유도하다니…… 이건 명백한 범죄였다.

"아마 그 대리 기사는 몰랐을 거야. 자기가 음주 운전 방조로 처벌 받을 수도 있다는 거."

"……음주 운전 방조요?"

"방금 전 상황은 차량 정체가 있긴 했어도 사고의 위험이 있다거나 하는 위급 상황은 아니었어. 형법에서 말하는 긴급피난에는 해당하지 않는다고 봐야 한다는 거지. 따라서 네가 운전을 했다면 음주 운전이 되는 거고, 그 사람은 음주 운전 방조가 되는 거야."

"아……."

수현은 그가 모든 것을 알고, 어떤 것도 해결해 줄 수 있는 슈퍼맨처럼 보였다. 말도 안 되는 트집을 잡고 밉살스러운 말을 툭툭 던지던 평소와 사뭇 달랐다. 이게 그의 본모습이구나, 일할 때는 이런 모습이겠구나, 생각하고 있던 수현은 지혁의 목소리에 정신이 들었다.

"내가 두 사람을 구제해 준 건데 고맙다는 말 안 해?"

슈퍼맨은 벌써 사라지고 없었지만 잘난 척하는 남자도 썩 나쁘지는 않았다. 잘난 척이 아니라 정말 잘났으니까.

"고마워요."

수현이 순순히 제 말에 따르자, 지혁이 의외라는 듯 눈을 크게 뜨더니 이내 픽 웃었다.

"나도 고마워."

"뭐가요?"

"내 눈에 띄어줘서."

"……."

수현은 지혁이 이럴 때마다 당혹스러웠다. 그는 천성이 차가운 남자였다. 직접 느낀 바로도 그랬고, 호영에게 들은 바로도 그랬다. 그런데 순간순간 너무나 따뜻하고 다정하며 달콤했다. 수현은 심장 박동이 빨라지고 얼굴이 달아오른 걸 들키지 않기 위해 괜히 주위를 두리번거리는 척 화제를 돌렸다.

"제 차는 어디에 세워두셨어요?"

"코너 도니까 바로 공영 주차장 있더라. 일단 내 차로 거기까지 가서 대리 부르고 네 차는 뒤따라오라고 하는 게 어때?"

"그렇게 해요."

지혁은 점포 앞에 잠시 세워둔 제 차로 걸음을 옮겼다. 그런데 차에 가까워질수록 앞 유리에 붙어 있는 뭔가가 눈에 걸렸다. 그것이 주차 위반 딱지라는 것을 확인한 그의 눈썹이 신경질적으로 휘었다. 오늘은 그가 수현의 음주 운전과 자신의 주차 위반을 맞바꾼 날이었다.

다음 날, 녹음실에 있던 수현에게 유나의 코디네이터인 정아가 찾아왔다. 그녀는 지혁이 말한, 대리 기사에게 돈을 주었다는 당사자였다.

"저, 언니⋯⋯."

수현은 쭈뼛거리는 정아를 평소와 다름없이 대했다.

"왔니?"

"드릴⋯⋯ 말씀이 있어요⋯⋯."

정아는 수현과 눈을 마주치지도 못했다. 얼마 전, 협찬 받은 옷을 잃어버리고 곤경에 처했을 때 아무에게도 말하지 말라면서 백만 원을 선뜻 내준 수현에게 면목이 없었다. 독이 오른 유나가 시키는 대로 하지 않으면 당장 잘라 버리겠다고 협박을 했어도, 그러면 안 되는 거였다. 수현이 아무렇지 않게 회사에 나온 걸 보고 다행이라고 생각하면서도 죄책감에 그냥 묻어둘 수가 없어서 찾아온 것이었다.

"뭔데?"

정아가 차마 입이 떨어지지 않는 듯 머뭇거리자, 수현이 차분하게 달랬다.

"괜찮아. 해."

"죄송해요⋯⋯."

정아는 울면서 어제 유나가 시킨 일을 낱낱이 털어놓았다. 사실 수현은 조금 전까지만 해도 집안의 가장이나 마찬가지인 정아가 곤란할까 봐 덮고 가려고 했었다. 그런데 아무래도 그래서는 안 될 것 같았다. 언제 또 해고를 빌미로 협박할지 모르는 유나에게 정아가 더는 휘둘리지 말았으면 했다.

"유나 지금 어딨어?"

"언니……"

정아가 간절한 눈으로 수현의 팔을 잡았다. 유나에게는 말하지 말아 달라는 무언의 사정이었다.

"유나랑 계속 같이 일하고 싶어?"

"아니요. 근데……"

수현은 정아가 뭘 걱정하는지 잘 알고 있었다.

"그럼 됐어. 가자."

유나는 야외 휴게실에서 바람을 쐬면서 콧노래를 흥얼거리고 있었다.

"강유나."

수현의 목소리가 들려온 쪽으로 고개를 돌린 유나가 순간적으로 움찔했다. 계획이 실패했다는 건 알고 있었으나, 수현이 왜 정아와 함께 나타난 건지는 알 수 없어 당황스러웠다. 하지만 유나는 금세 표정을 관리하며 활짝 웃었다.

"왜, 언니?"

유나의 가증스럽기 그지없는 행동에 수현이 실소를 터뜨렸다. 내숭 백 단 붙여시란 말까지 해 놓고 이 웬 같잖은 연기란 말인가.

"누가 보면 굉장히 돈독한 사이인 줄 알겠네. 친한 척하지 말고."

유나의 얼굴에서 웃음기가 싹 사라졌다.

"무슨 짓을 꾸미려면 혼자 해. 괜히 다른 사람 끌어들이지 말고."

"내가 뭘?"

수현은 무슨 말인지 알아들을 수 없다는 듯 어깨를 으쓱하고 있는 유나가 소름이 끼칠 정도였다. 사람이 이렇게까지 뻔뻔스러울 수 있다는 게 놀라웠다.

"정아한테 다 들었어."

"다?"

유나는 자신이 한 짓이 들통났다는데도 태연했다.

"그래. 네가 시킨 짓 전부 다."

"그렇구나."

남의 일인 양, 고개까지 끄덕이던 유나가 돌연 정아에게 시선을 옮겼다.

"너 내가 한 말 잊었니?"

나긋나긋한 말투와 달리 유나의 눈빛은 매섭기 그지없었다. 정아가 겁을 먹었다는 것을 알아차린 수현이 그녀의 등허리를 가볍게 토닥였다.

"정아, 네가 자르기 전에 먼저 그만둘 거야. 하다 하다 별 시답잖은 협박까지 다 하네."

유나가 표독스럽게 눈을 치켜떴다.

"뭐라고?"

"알 텐데? 나한텐 네 갑질 안 통한다는 거."

유나는 수현의 말에 반박할 수 없었다. 그녀가 자신이 쥐락펴락할 수 있는 존재였다면 진즉에 눈앞에서 치워 버렸지, 여기까지 오지도 않았을 거였다. JM 엔터를 떠올리면 자연스럽게 작곡가 송수현이 연상될 정도였으니, 회사 내에서 수현의 입지는 대표의 딸인 자신조차도 함부로 건드릴 수 없을 만큼 공고했다. 유나는 하는 수 없이 타깃을 다시 정아로 바뀠다.

"네 주제에 어디 취직이나 제대로 하겠니?"

유나의 공격은 이번에도 수현에게 막혔다.

"어딘들 너랑 일하는 것보다 못할까? 내가 지금보다 훨씬 더 조건 좋은 데 소개해 줄 거니까 신경 좀 꺼줄래?"

"……."

유나의 말문이 막혔다.

"이런 쓸데없는 짓 꾸밀 시간에 노래 연습을 더 해. 재능이 없으면 노력으로라도 채워야지 이 치열한 바닥에서 살아남지. 소속사 등에 업고가는 걸 네 실력이라고 착각하지 마. 넌 노력해야 할 게 왜 이렇게 많니."

차라리 분노에 차서 악담을 퍼붓는 거라면 덜 자존심이 상했을지도 몰랐다. 하지만 수현은 너무나 담담했고, 유나는 그래서 더 수치스러웠다. 발가벗겨진 기분이었다.

"나 너한테 관심 없으니까 너도 나한테 관심 좀 끊어주라, 제발."

수현은 무심한 눈으로 유나를 한번 쳐다보고 정아와 함께 유유히 사라졌다. 굴욕감에 온몸을 부들부들 떨고 있던 유나가 빽 소리를 질렀다.

"악! 짜증 나!"

유나의 발에 차인 의자가 바닥에 나뒹굴었다.

♪ ♩ ♪ ♫

수현은 젖은 머리를 수건으로 감싸고 욕실에서 나왔다. 부엌으로 향하던 그녀를 멈춰 세운 건 소파에 앉아 있던 시은이었다.

"수현아."

"왜?"

"여기저기서 전화 여러 번 왔어."

"그래?"

고개를 갸웃거린 수현은 소파 테이블에 두고 들어갔던 휴대폰을 확인하기 위해 발걸음을 돌렸다. 부재중 전화를 확인하니 주성과 세진을 비롯한 회사 사람들의 이름이 주르륵 떠 있었다.

"무슨 일 있나?"

"아마 이거 같은데?"

수현의 시선이 시은에게로 향했다. 시은은 대답 대신 휴대폰으로 노래 한 곡을 재생시켰다. 어리둥절해하던 수현의 얼굴이 순식간에 딱딱하게 굳었다.

"완전 똑같지?"

휴대폰에서 수현이 작곡한 노래와 너무도 흡사한 노래가 흘러나오고 있었다.

책상에 앉아 사건 기록을 훑어보고 있던 지혁은 스트레칭하듯 고개를 이리저리 돌리며 의자에서 일어났다. 방문을 열자, 현관을 향해 걸어가는 호영이 보였다.

"어디 가?"

"맥주 사러."

"같이 가."

"왜?"

"너무 오래 앉아 있었더니 몸이 찌뿌듯해."

두 사람은 편의점에서 가서 맥주와 안주 등을 바리바리 사서 돌아왔다. 물론 지혁이 고른 건 술뿐이었고, 안주는 호영의 몫이었다. 12층을 향해 올라가는 엘리베이터 안에서 호영이 지혁에게 물었다.

"사무실 오픈이 언제라고?"

"다음 주 금요일."

"고사는 안 지내냐?"

"그런 거 안 해. 고사까지 지내자고 하면 동업이고 뭐고 엎을 거야."

지혁은 점, 굿, 고사 등 비과학적인 것들을 질색했다.

"고사까지? 그럼 고사 말고 뭔가 있다는 말인데?"

"오픈 기념 파티."

지혁의 표정이 눈에 띄게 구겨진 것과 반대로, 호영의 안색은 급격히 밝아졌다.

"파티? 나도 초대할 거냐?"

"아니."

호영이 시무룩하게 어깨를 늘어뜨리자, 지혁이 인심 쓴다는 듯 말을 이었다.

"초대는 안 할 거지만 오려면 오든지. 내치지는 않을게."

"치사한 놈……."

"안 온다는 말이지?"

"아니. 꼭 가겠다는 말이야."

호영의 다짐과 동시에 12층에 도착한 엘리베이터 문이 열렸다. 걸음을 떼려다가 갑자기 멈칫한 호영의 눈이 둥그레졌다. 수현이 엘리베이터를 기다리며 서 있었기 때문이었다. 호영이 반사적으로 그녀를 위아래로 훑어보았다. 청바지와 재킷을 걸치고 지갑과 휴대폰을 손에 들고 있는 걸 보니, 외출하려는 걸로 보였다. 그런데 뭔가 이상했다. 얼굴은 민낯으로 많이 다니는 편이니 그러려니 해도, 머리카락이 완전히 젖어 있었던 것이다.

"어디 가?"

"회사."

"이 시간에?"

자정을 넘긴 시각에 머리카락도 못 말리고 나가는 걸 보면 급한 일일 게 분명했다. 호영이 다시 질문하려는데 수현이 선수를 쳤다.

"오빠, 일단 좀 내려봐. 나 바빠."

호영은 그제야 엘리베이터에서 내리지 않고 있었다는 걸 깨닫고 한 걸음 앞으로 나가 복도에 발을 디뎠다. 지혁이 뒤따라 내렸다.

"뭐야? 무슨 일인데?"

수현이 호영의 질문에 답하려는 순간, 집 쪽에서 시은의 목소리가 들려왔다.

"수현아, 차 키."

"아……."

엉겁결에 지갑과 휴대폰만 들고 나왔던 수현은 시은이 건네준 차 키를 받아들고는 곧장 엘리베이터에 올라 닫힘 버튼을 누르며 말했다.

"문제가 좀 생겼어. 자세한 얘기는 시은이한테 들어."

지혁은 그때까지 한마디도 하지 않았다. 자신이 묻고 싶었던 걸 호영이 대신 물어주기도 했고, 아닌 척하고는 있어도 어딘지 모르게 초조해 보이는 수현에게 제 질문까지 보태고 싶지 않아서였다. 데려다주고 싶었지만, 그것도 귀찮게 하는 것 같아 꾹 참았다. 문이 닫히고 엘리베이터가 아래로 내려가자 그제야 지혁의 말문이 열렸다.

"무슨 일이야?"

"들어가서 말씀드릴게요."

지혁과 호영을 집으로 데리고 들어간 시은은 곧장 거실로 향했다.

"앉으세요."

두 사람이 소파에 앉자, 그녀는 테이블 위에 놓여 있던 휴대폰을 집어 들었다.

"일단 이 노래부터 들어보세요."

휴대폰에 저장되어 있던 노래를 찾아 재생시키자, 청아한 여자의 목소리가 흘러나왔다. 무슨 상황인지 몰라서 어리둥절해하면서도, 두 사람은 잠자코 들었다. 노래가 끝나자, 시은이 다시 입을 뗐다.

"한 곡 더 틀어볼게요."

시은은 음원 사이트에 접속해서 실시간 1위를 달리고 있는 노래를 클릭했다. 지혁과 호영은 이번에도 말없이 노래에 귀를 기울였다. 두 번째 곡을 다 듣고 난 호영이 고개를 갸웃거렸다.

"같은 노래를 가사랑 보컬만 바꿔서 부른 거야?"

가사도 다르고 목소리도 달랐지만, 멜로디는 거의 똑같았다. 적어도 호영이 듣기에는 그랬다. 아무 말도 하지 않았지만, 지혁도 같은 생각이었다. 그가 첫 번째 노래를 부른 가수의 목소리를 어디서 들어본 것 같다는 생각을 하고 있을 때, 시은이 호영의 질문에 답했다.

"첫 번째로 들려드린 건 수현이가 작사, 작곡, 가이드까지 한 노래예요."

"어쩐지! 어디서 들어본 목소리더라."

호영이 놀랍다는 듯 눈을 크게 떴다.

"너는 어떻게 수현이 목소리를 못 알아듣냐."

"못 들어봤으니까 못 알아듣는 게 당연하지."

지혁의 타박에도 불구하고 호영은 당당했다.

"흥얼거리는 건 가끔 들어봤어도 정식으로 노래 부르는 건 방금 처음 듣는 거라고."

음악에 별다른 관심이 없는 그는 수현이 구체적으로 어떤 작업을 하는지까지는 알지 못했다. 당연히 가이드 보컬을 직접 하는 줄도 모르고 있었다.

"노래 곧잘 하네……."

호영이 감탄하듯 혼잣말을 중얼거렸다. 노래를 잘한다는 수현의 말을 반신반의했었던 지혁은 비로소 의심을 거둘 수 있었다. 그녀는 '곧잘' 하는 정도가 아니라 웬만한 가수 뺨치는 실력이었다. 두 사람은 각자 딴생각에 빠져 있다가 시은의 목소리에 현실로 돌아왔다.

"두 번째 곡은 조금 전 자정에 발표된 가수의 노래고요."

대번에 상황 파악을 마친 지혁이 물었다.

"표절이라는 건가?"

"표절이라고?"

뒤늦게 무슨 상황인지 알아차린 호영이 멍한 얼굴로 시은을 바라보았다. 시은이 고개를 끄덕이자, 지혁이 이해할 수 없다는 표정으로 다시 물었다.

"내가 막귀라 그런가? 멜로디가 똑같던데?"

"저도 수현이 곡이랑 너무 똑같아서 깜짝 놀랐어요."

수현은 노래를 완성하면 늘 시은에게 가장 먼저 들려주었다. 이번 곡이 유난히 마음에 들어 휴대폰에 저장하고 틈틈이 들어왔기에, 시은은 오늘 발표된 신곡을 듣자마자 제 귀를 의심했다.

"막귀 아닌 수현이가 듣기에도 거의 똑같대요."

"표절을 이렇게 대놓고 하나? 대부분 몇 소절 따오는 정도 아니야? 그래서 표절 시비도 붙고 하는 거지, 이렇게 똑같이 베끼면 시비를 가릴 게 없잖아? 그냥 복사지."

"그래서 어이없는 거죠."

지금까지도 수현의 곡을 교묘하게 베끼는 일은 종종 있었다. 심증은 있어도 법적으로 표절 판정을 받기가 얼마나 어려운지 알기에 묵인해 왔을 뿐이었다. 그런데 오늘 같은 일은 보다보다 처음이었다.

"뭐 이런 일이 다 있냐……."

지혁과 시은은 호영의 말에 동의한다는 듯 묵묵히 고개를 끄덕였다.

회사에 도착한 수현은 곧장 이사실로 향했다. 이사실에는 생각지도 못한 세진이 함께 있었다.

"넌 어떻게 여기 있어? 집에 들어가는 길이라며?"

부재중 전화의 가장 첫 번째는 세진이었다. 당혹스러운 마음을 추스르고 있을 때 그가 다시 전화를 걸어왔고, 짧게 통화를 마쳤다. 이어서 주성의 전화를 받았다. 그가 얼굴을 보고 이야기를 하는 게 좋겠다고 하여 곧장 회사로 나온 것이었다.

"형한테 전화하니까 너 회사로 불렀다더라고. 그 말 듣고 곧바로 차 돌렸어."

수현은 고개를 끄덕이며 두 사람이 마주 앉아 있는 소파로 다가갔다. 세진의 옆자리에 털썩 주저앉는 그녀의 입술 사이로 웃음이 터져 나왔다.

"보다보다 이런 화끈한 도둑놈은 또 처음 보네."

수현의 곡을 고스란히 베낀 작곡가의 이름은 고철용이었다. 꽤 이름이 알려진 작곡가임에도 불구하고 신곡이 나올 때마다 늘 표절 시비에 휘말려 업계에서는 악명이 높았다.

"변형시키기도 귀찮았나 보지? 어떻게 멜로디가 똑같냐."

세진이 말을 받았다. 지난주에 바로 이 방에서 들었던 노래가 신곡으로 발표된 걸 알고 수현이 그새 다른 가수에게 곡을 넘겼나 생각했다. 그런데 작곡가의 이름이 그녀가 아니었다.

"가사는 다르잖아."

수현이 태연하게 어깨를 으쓱거렸다. 평정심을 되찾고 나니 당혹스럽기보다는 어이가 없다는 생각밖에 들지 않았다. 어느 경로로 곡을 입수했는지, 무슨 생각으로 이런 일을 벌인 건지 궁금할 뿐이었다. 갑자기 그녀가 미간을 찌푸렸다.

"생각해 보니까 기분 나쁘네. 가사는 별로라 안 따간 거야, 뭐야."

주성이 신기하다는 듯 수현을 바라보았다.

"자기 곡 도둑맞은 사람 맞아?"

"무슨 배짱으로 이렇게 과감한 짓을 했나 싶어서요. 시한부 선고받았나?"

"시한부?"

"하는 짓이 딱 내일이 없는 사람 같잖아요. 아닌가? 내가 호구로 보여서 뺏기고도 가만히 있을 줄 안 건가?"

수현이 진지하게 고개를 갸우뚱거렸다. 그제야 엉뚱한 이야기만 하고 있었다는 걸 깨달은 주성이 가장 중요한 문제를 짚었다.

"그나저나 누구를 통해서 유출된 거지?"

그의 말이 끝나기 무섭게 수현이 매서운 눈초리로 주성과 세진을 번갈아 바라보았다.

"두 사람 다 용의 선상에 있는 거 아시죠?"

"난 절대 아니야!"

세진이 눈을 크게 뜨고 손사래를 쳐댔다.

"강한 부정은 강한 긍정이라던데?"

"와, 나 미치겠네. 어떻게 증명하지?"

눈꼬리를 치켜뜨고 있던 수현이 갑자기 빙그레 웃었다.

"증명 안 해도 돼. 네가 유출한 거면 내 손에 장을 지진다."

"……그건 네가 아니라 내가 해야 할 말 아니냐?"

"너 대신 내가 해준 거잖아."

육 년째 수현을 보아온 세진은 그녀가 위기의 순간에 더 침착해진 다는 걸 잘 알고 있었다. 속은 어떨지 몰라도 겉으로 보기에는 여유를 잃지 않았다. 이런 상황에서 농담을 하는 수현이 대단해 보임과 동시에, 자신은 무한한 신뢰를 받고 있다는 사실에 뿌듯해졌다. 비록 남녀 관계로 발전하지는 못했지만, 함께해 온 세월이 헛것은 아니라는 생각만으로도 위안이 되었다.

"나도 아니다, 수현아."

주성이 심각한 표정으로 입을 열었다.

"진짜 이 사람들 왜 이러지? 농담도 구분 못 하실 거예요?"

"어떻게 유출됐는지 알아보라고 지시했어. 조금만 기다려 보자."

수현은 두 사람을 조금도 의심하지 않았다. 그렇다고 딱히 의심 가는 사람이 있는 것도 아니었다. 엔지니어를 비롯한 녹음실에 드나드는 직원들까지 노래가 완성되고 들려주었던 이들을 몇몇 떠올려 보기는 했으나, 다들 그럴 리 없는 사람들이라는 생각밖에 들지 않았다. 주성은 그제야 수현의 머리가 젖어 있다는 것을 알아차렸다.

"씻다 말고 뛰어나온 거야?"

"다 씻고 걸어 나왔어요."

끝까지 태연한 수현을 보면서 주성과 세진이 동시에 웃음을 터뜨렸다.

수현이 지혁으로부터 문자를 받은 건 그날 오후였다.

〈편한 시간에 집에 좀 들러.〉

"왜 오라 가라야……."

그녀는 구시렁거리면서도 곧장 앞집으로 향했다. 문을 열어주고 거실로 걸어가는 지혁의 뒤를 따르며 수현이 투덜거렸다.

"이렇게 아무 때나 막 부를 거예요?"

그 순간, 지혁이 갑자기 뒤돌아섰다. 다급하게 걸음을 멈췄지만, 수현은 제 속도를 이기지 못하고 그와 살짝 부딪치고 말았다. 얼른 한 발짝 뒤로 물러선 수현이 당황한 얼굴로 그를 올려다보았다.

"난 분명히 편한 시간에 오라고 했고, 지금 온 건 너야. 여자들만 사는 집에 가는 게 실례일 거 같아서 이리로 오라고 배려한 거고. 내가 뭐 실수한 거 있어?"

"……없네요."

승리의 미소를 띤 지혁이 다시 부엌으로 발걸음을 돌렸다. 그는 뒤따라오는 수현에게 식탁 의자를 빼주고 맞은편으로 걸어갔다.

"앉아."

그는 순간순간 예상치 못한 매너로 사람을 놀라게 했다. 그의 의외의 면을 또 한 가지 발견한 수현은 속으로 신기해하며 그가 빼준 의자에 앉았다.

"커피 마실래?"

"커피까지 타주시게요?"

지혁이 긴 다리를 우아하게 꼬고 앉으며 어깨를 으쓱거렸다.

"커피 마실 거냐고 물었지 타주겠다고 한 적은 없는데? 마시겠다고 하면 우리 집 커피를 기꺼이 내주겠다는 의미였어. 사람 말을 대강 듣는 안 좋은 버릇이 있네?"

그의 얼굴에 보일 듯 말 듯 장난기 어린 미소가 걸리자, 수현이 뾰로통한 얼굴로 화제를 바꿨다.

"왜 오라고 하셨어요?"

"표절 사건 어떻게 진행되고 있어?"

어차피 수현이 먼저 말을 꺼낼 것 같지 않아 부른 것이었다.

"자정에 터진 일이라 아직 진행이라고 할 만한 게 없죠. 이사님이 유출 경로 알아보겠다고 하셨고, 전 저 나름대로 생각 중이에요."

"의심 가는 사람은 없어?"

지혁은 당연히 없다는 대답이 나올 줄 알았다. 의심 가는 사람이 있다면 이토록 침착할 수는 없을 테니 말이다. 그런데 수현의 입에서 그의 예상과 다른 대답이 나왔다.

"있어요."

"있다고?"

지혁의 표정에서 의심 가는 사람이 있으면서 왜 이러고 있느냐는 뒷말을 읽은 수현이 고개를 천천히 내저었다.

"심증만 있지, 물증이 없어요. 누군가에게 도둑이라고 하려면 심증만으로는 부족하잖아요."

수현은 새벽녘에 집에 돌아와 표절곡을 처음부터 끝까지 다시 들어보았다. 그리고 간과했던 결정적 사실을 발견했다. 비로소 범인이 누군지 짐작이 갔다.

"역시 내 말이 맞았어."

"……뭐가요?"

"내가 언젠가 말했었지? 넌 감성보다 이성이 더 발달했다고. 지금이라도 적성에 맞는 일을 찾아보는 게 어때?"

지혁은 이런 상황에서조차 감성에 휘둘리지 않고 이성적인 수현의 마음가짐을 칭찬한 것이었다. 그런데 문제는 칭찬처럼 들리지 않는다는 데 있었다.

"그거 칭찬이에요……?"

"당연히 칭찬이지. 내 말이 칭찬으로 들리지 않았다면 네 청각에 심각한 문제가 있는 거야."

지혁이 단언하듯 말했다.

"호영 오빠 말이 정확하네."

"무슨 말?"

"그냥 하는 말도 욕처럼 들리게 하는 재주가 있다던 말이요. 칭찬인데 왜 칭찬 같지가 않을까요?"

그는 심지어 수현을 청각에 심각한 문제가 있는 사람으로 만들어 버린 것이다.

"최선을 다한 거야. 알아서 들어."

수현의 미간이 좁아지자, 이번엔 지혁이 말을 돌렸다.

"그래서 물증은 어떻게 구할 생각인데?"

"그게 문제예요. 일단 그 작곡가, 아니 작곡가라는 말도 아까운 그놈한테 자백을 받는 게 가장 빠를 거 같은데 어디에 있는지 알 수가 없대요."

조금 전, 주성과 통화하면서 들은 말이었다.

"경찰은 뒀다 뭐해?"

"해볼 거 다 해보고 마지막 방법으로 생각하고 있어요."

아직 그에게 말할 단계는 아니지만, 수현에게는 이번 일을 공론화시키기 곤란한 이유가 있었다.

"좀 더 고민해 봐야겠어요."

지혁은 의아해하면서도 그녀에게 무슨 생각이 있겠지 싶어 더는 묻지 않기로 했다.

"고민하지 마."

대신 자신이 할 수 있는 일을 하면 되는 것이었다.

"그 물증, 내가 찾아줄게."

"……네?"

"내가 찾아주겠다고."

어리둥절해하는 수현에게 지혁이 질문을 던졌다.

"용의자가 곡을 넘겼다고 추정하는 시기가 있어?"

물증을 찾는 데 걸리는 시간을 단축하려면 꼭 필요한 질문이었다.

"지난 일주일 내라고 생각해요."

지혁이 자리에서 몸을 일으키자, 수현이 반사적으로 고개를 치켜들었다.

"연락할게."

그는 그대로 수현의 옆을 지나쳐 부엌을 나가 버렸다. 잠시 뒤, 방문이 열렸다가 닫히는 소리가 들렸다. 남의 집 부엌에 홀로 남겨진 수현은 '연락할게'가 가라는 의미임을 뒤늦게 깨닫고 조용히 몸을 일으켰다.

방으로 들어온 지혁은 현역에 있는 후배 검사에게 전화를 걸었다.

"부탁 하나만 하자. 이름은 고철용. 작곡가. 지난 일주일간 통화 내역하고 통화 상대방 신원 좀 알아봐 줘."

후배 검사는 알겠다는 대답 외에 다른 어떤 사족도 달지 않고 전화를 끊었다. 회신은 오래 걸리지 않았다. 두 시간이 채 되지 않아 이메일을 확인해 달라는 문자가 도착했고, 이메일을 확인한 지혁은 다시 그에게 전화를 걸었다.

"추가로 확인하고 싶은 게 있어."

몇 가지 추가 사항을 전달한 뒤 세 시간이 지나서 후배 검사로부터 전화가 걸려왔다.

"고맙다. 언제 한번 보자."

필요로 했던 결과를 전해 들은 그는 곧장 수현에게 전화를 걸었다. 신호음이 가는 동안 지혁의 시선이 창문으로 향했다. 어느새 해가 뉘엿뉘엿 지고 있었다.

[네.]

"좀 건너와."

[집 아니에요. 회사에 나왔어요.]

"물증 찾았어."

[네?]

수현의 깜짝 놀란 목소리가 휴대폰을 타고 전해졌다. 물증을 찾아주겠다고 한 지 고작 다섯 시간이 지났을 뿐이니 그녀가 놀라는 것도 무리는 아니었다.

"만나서 얘기해. 내가 그쪽으로 갈게."

JM 엔터테인먼트 건물 앞에 차를 세운 지혁은 수현에게 도착했다는 전화를 걸고 차에서 내렸다. 일 분 남짓 지났을까, 건물 안에서 나온 수현이 빠른 걸음으로 다가왔다.

"정말 찾았어요?"

이런 상황에서조차 그녀의 동그랗게 뜬 눈이 예뻐 보였다. 먹이를 기다리는 어린 새처럼 대답을 기다리고 서 있는 수현을 물끄러미 바라보던 지혁이 말문을 열었다.

"찾아주겠다고 했잖아."

"이렇게 빠를 줄은 몰랐죠."

주성이 동분서주하고 있었지만, 물증은 고사하고 고철용의 얼굴도

볼 수 없었다. 집에 틀어박혀 있는 것 같기는 한데 강제로 문을 열고 들어갈 수가 없으니, 제 발로 나오기를 기다리는 수밖에 없는 노릇이었다.

"사건 해결의 기본은 속도야. 증거 인멸할 시간을 주면 안 되니까."

저도 모르게 그의 말을 경청하며 고개를 끄덕이던 수현의 눈이 갑자기 커졌다.

"근데 찾은 게 뭐예요?"

수현은 속으로만 의심하고 있었을 뿐 누군가를 지목하지도 않았고, 어떤 증거를 찾아달라고 말하지도 않았다. 그런데 그는 아무것도 묻지 않고 뭔가를 찾아왔다고 말하고 있었다. 지혁이 입을 열려는 순간, 고급 세단 한 대가 들어오더니 그의 차 옆에 멈춰 섰다. 지혁과 수현의 시선이 동시에 차로 향했다. 운전석 문이 열리고 가장 먼저 보인건, 반질반질 광이 나는 갈색 구두였다. 곧이어 진한 감색 슈트를 입은 남자가 차에서 내리며 수현을 바라보았다.

"수현아."

지혁은 그녀의 이름을 친근하게 부른 남자가 누군지 본능적으로 알 수 있었다. 그의 짐작은 수현의 입에서 나온 말로 확실해졌다.

"이사님."

강주성 이사……. 말로만 듣던, 그런데도 왠지 모르게 신경 쓰이던 그를 드디어 만나게 된 것이었다. 본능이 그를 경계하라는 경고를 보내오고 있었다. 지혁은 주성이 제 감정을 안으로 숨기는 데 능숙하다는 것을 한눈에 알아보았다. 본인의 감정을 여과 없이 겉으로 드러내는 세진과는 사뭇 달랐다. 그는 여유로운 시선과 몸짓으로 상대방이 저절로 경계를 풀게 하는 타입이었다.

"여기서 뭐 해?"

누구냐고 묻는 듯, 주성의 시선이 지혁에게 향했다. 지혁은 그의 눈빛에 일순간 떠올랐다가 사라진 적의를 놓치지 않았다.

"강주성 이사님이세요. 이쪽은 류지혁 변호사님."

수현은 두 사람을 번갈아 쳐다보며 서로를 소개했다. 그녀의 소개에 먼저 알은체를 한 건 주성이었다.

"아, 수현이 앞집으로 이사 오셨다는 오빠 친구분이시군요."

'그런 시시콜콜한 얘기까지 나누는 사이인가?'

지혁은 그가 제 정체를 알고 있다는 사실에 신기가 불편했다. 맞는 말이라는 걸 알면서도 '오빠 친구'라는 말이 주성의 입에서 나왔다는 사실 자체가 불쾌했다. 그동안 쌓인 경험을 토대로, 수현은 지혁의 좁아진 미간이 무슨 의미인지 짐작할 수 있었다.

"어제 소송 얘기가 잠깐 나왔는데 하게 되면 맡아주실 변호사님이 계시다고 말씀드렸어요."

지혁이 의외라는 표정으로 바라보자, 머쓱해진 수현은 그의 시선을 슬쩍 피했다. 지혁을 물끄러미 보고 있던 주성이 수현에게 고개를 돌렸다.

"여기는 무슨 일로 오신 거야?"

"이번 일과 관련해서 해주실 말씀이 있다고 하셔서요."

"그럼 왜 여기서 이러고 있어? 안으로 모셔야지."

주성은 친절했다. 하지만 지혁은 그의 친절에 내포된 의미를 대번에 알아차렸다. 우리는 주인, 너는 손님이라고 선을 확실히 긋는 어조였다.

"여기서 얘기하면 돼요. 먼저 들어가세요."

"생각해 보니까 강 이사님도 함께 들으시는 게 좋을 거 같네."

지혁이 주성에게서 시선을 떼지 않으며 수현에게 말했다.

"아, 저 그게……."

수현이 난감하다는 듯 말끝을 흐렸다. 찾았다는 물증이 뭔지는 몰라도, 그는 제대로 된 증거를 찾아왔을 게 분명했다. 아직 주성에게 알릴지 말지 마음을 정하지 못한 그녀로서는 당황하지 않을 수 없었다. 그렇지만 지혁과 주성은 망설이지 않았다.

"제 방으로 가시죠."

"네."

수현은 의견의 일치를 본 두 남자의 뒤를 따를 수밖에 없었다.

이사실에 들어선 주성이 정중하게 소파를 향해 손을 내뻗었다.

"앉으십시오."

지혁이 창문을 등지고 앉았다.

"앉아, 수현아."

안절부절못하고 있던 수현은 어쩔 수 없다고 생각하면서 지혁의 맞은편 소파에 앉았다. 책상으로 다가간 주성이 인터폰으로 차를 준비해 달라고 부탁하고 소파로 걸음을 옮겼다. 지혁은 방주인인 그가 상석인, 가운데 자리에 앉을 거라고 생각했다. 그런데 그의 예상을 비웃기라도 하듯, 주성은 자연스럽게 수현의 옆자리에 앉았다. 주성과 수현이 나란히 앉고 그 맞은편에 지혁이 앉은 구도가 되어버린 것이다. 지혁은 못마땅한 기색을 숨기고 곧바로 본론으로 넘어갔다.

"수현이 곡, 누가 빼돌려서 고철용에게 넘긴 건지 확인했습니다."

주성의 얼굴이 딱딱하게 굳었다. 무슨 이유에서인지는 몰라도 수현은 경찰에 신고하기를 거부했고, 그는 따를 수밖에 없었다. 경찰력을 동원할 수 없었기에 마땅히 할 수 있는 게 없었는데 자신이 어찌할 방도를 찾지 못하고 있는 동안, 일개 변호사인 그가 범인을 확인했다니 당혹스럽지 않을 수 없었다. 일단 누가 수현의 곡을 빼돌린 건지부터 확인하는 게 먼저라고 판단한 주성은 당혹감을 감추고 물었다.

"그게 누굽니까?"

"강유나."

"……!"

주성이 흠칫 몸을 떨었다.

"강주성 이사님 동생이라고 알고 있습니다."

예상이 적중한 수현의 이마에 깊은 주름이 잡혔다.

어제부터 고철용의 휴대폰은 꺼져 있었고, 이번에도 예외는 아니었다. 초조하게 그에게 전화를 건 유나는 휴대폰이 꺼져 있다는 안내 음성을 들으며 신경질적으로 종료 버튼을 눌렀다.

"나하고도 연락을 끊으면 어쩌자는 거야."

유나는 생각보다 커져 버린 사태에 안절부절못하고 있었다.

"누굴 엿 먹이려고 그걸 고대로 베껴, 베끼길……."

이사실에서 수현의 신곡을 듣고 떠올린 기발한 아이디어가 바로 이거였다. 유나는 한 번 더 듣자는 핑계를 대고 노래를 틀게 한 다음, 휴대폰을 보는 척하면서 몰래 녹음했다. 언제 써먹게 될지는 몰라도 일단 확보해 두자는 차원에서 감행한 것이었는데 이렇게 바로 사용하게 될 줄은 몰랐다. 그 녹음 파일을 고철용에게 넘긴 건 그와 약간의 친분이 있기 때문이었다. 또 그가 수현의 곡을 알게 모르게 베낀다는 걸 눈치채고 있었기에 더 적격이라고 생각했던 것이었다. 법적으로 걸리지 않을 만큼만 베끼되, 수현을 분노하게 하는 것이 목표였다. 그런데 생각지도 않게 복사해서 붙여넣기를 한 것처럼 똑같이 찍어낼 줄이야……. 이건 유나의 계획에 없던 일이었다.

"미치겠네……."

유나가 손톱을 물어뜯으며 전전긍긍하고 있을 때, 매니저가 휴게실로 들어왔다. 그녀는 상황이 어떻게 돌아가는지 살피기 위해 온종일 회사에 죽치고 있는 중이었다.

"변호사님이 이사실에는 왜 들어가지?"

매니저가 혼잣말을 하며 고개를 갸웃거렸다.

"변호사? 무슨 변호사?"

"류 변호사님."

"그 사람이 왜?"

유나의 눈이 휘둥그레졌다.

"나야 모르지. 지금 이사님이랑 수현 누나랑 같이 이사실로 들어가더라고. 이사님이랑도 친분이 있으신가?"

왠지 모를 불안감이 밀려든 유나의 안색이 어두워졌다. 일이 점점 복잡해지고 있었다. 그 순간, 고철용으로부터 전화가 걸려왔다.

"오빠, 나 통화 좀 하게 나가 있어."

매니저를 내보낸 유나는 입단속을 시킬 마지막 기회라고 생각하며 전화를 받았다.

"미쳤어요? 누가 그걸 통째로 베끼래?"

[누군 그러고 싶었는 줄 알아? 부분적으로 따니까 느낌이 안 살아서 할 수 없었어.]

"요새 아주 맛이 갔다는 소문이 있던데 진짠가 보네. 적당히 따서 쓰고 나머지는 그래도 본인 창의력을 발휘해야 하는 거 아니에요?"

[지금 누가 누구한테 큰소리야? 신인 거라며? 문제 생길 일 없게 한다며? 근데 송수현 거였어?]

"……."

그건 망설이는 그에게 힘을 실어주기 위해 그냥 해본 말이었다.

[우리 한배를 탄 거 알지? 나 유나 씨랑 통화한 거 다 녹음해 뒀어. 어차피 이메일도 유나 씨 계정이니까 빼도 박도 못할 거고.]

유나는 매사에 즉흥적이고, 무슨 일을 벌일 때 그로 인해 벌어질 결과를 유념하는 성격이 아니었다. 수현의 신곡을 몰래 녹음할 때, 그 곡이 회사 소속 누군가에게 갈 거라는 생각을 하면서도 전혀 개의치 않았다. 회사에 손해가 가는 것도 아랑곳하지 않을 만큼 그녀는 철저하게 자기중심적이었다. 그런데 일 처리는 어처구니가 없을 만큼 허술했다.

"무명 작곡가 곡이라니까 자존심도 없이 넙죽 받더니, 왜? 송수현이 만든 거라니까 겁나요?"

[당연한 거 아니야? 이름 없는 것들하고 업계 톱이 같아?]

'뭐 이런 뻔뻔스러운 놈이 다 있어?'

유나는 기가 막혀 할 말을 잃었다.

[나 이거 밝혀지면 이 바닥에서 매장되는 건 물론이고, 법적 처벌도 피할 수 없어. 어떻게 좀 해봐. 같이 죽을 거야?]

"재수 없는 소리 하지 말아요. 지금 어떻게 해야 할지 생각 중이니까."

[명심해. 난 절대 혼자 안 죽어.]

전화를 끊은 유나의 얼굴이 볼썽사납게 구겨져 있었다. 입단속을 시키려고 했더니 협박만 받은 꼴이었다.

"아, 짜증 나! 이래서 머리 나쁜 것들하고는 상종하지 말아야 한다니까."

유나가 허공에 대고 빽 소리를 질렀다.

주성에게 유나는 까다롭고 철은 없지만, 애교 많고 귀여운 동생이었다. 이런 짓까지 벌이리라고는 감히 상상해 본 적도 없었다. 지혁은 멍하니 앉아 있는 주성에게서 시선을 떼고 수현을 바라보았다.

"고철용, 사람들하고 교류가 거의 없는 놈이던데? 그래서 더 용의자를 특정하기 쉬웠지만."

지혁의 눈이 다시 주성에게 향했다.

"수현이가 추정한 일주일 동안의 통화 기록을 알아봤습니다. 고철용이 그동안 통화한 사람은 단 세 명. 어머니, 음반 제작사 대표, 그리고 강유나."

다시 유나의 이름이 언급되자 주성이 움찔했다. 하지만 지혁은 그의 반응을 아랑곳하지 않았다.

"어머니와 한 번, 대표와 세 번, 강유나와는 일곱 번. 이 정도면 합리적 의심이 가능하죠. 참고로 그 일곱 번을 제외하고는 지난 육 개월간 단 한 차례도 통화한 적이 없었습니다."

지혁의 말은 막힘이 없었다.

"다음으로 고철용의 아파트 CCTV를 확인했습니다. 일주일 동안 밖에 나온 적이 한 번도 없었습니다. 그렇다면 직접 만나서 넘겨받은 게 아니라는 말이죠. 매개자가 있거나 배송을 받는 등의 다른 방법도 있긴 하지만, 일반적으로 무형의 창작물일 경우 인터넷을 통해 파일을 넘겼을 확률이 가장 높다고 봅니다. 물건을 주고받기 전에 조건을 조율하는 과정도 거쳤겠죠. 전화나 문자, 이메일 등으로 말입니다."

수현은 그의 반듯한 얼굴에서 시선을 떼지 못했고, 그의 차분한 목소리에서 귀를 떼지 못했다.

"더 알아보려면 알아볼 수도 있었습니다만, 수현이의 곡에 접근하기 쉬운 강유나가 공교롭게도 그 시기에 고철용과 일곱 번이나 통화를 했다…… 이걸로 충분하지 않습니까?"

"⋯⋯충분하네요."

주성이 침통하게 고개를 끄덕였다.

"전혀 짐작하지 못하셨습니까?"

"부끄럽지만, 못했습니다. 유나가 대체 왜 그런 짓을⋯⋯."

주성은 여전히 이해가 가지 않았다. 돈이 필요해서 팔아먹은 것도 아닐 텐데 대체 무슨 이유로 이런 일을 벌인 건지 알 수가 없었다. 지혁은 주성이 한 말을 수현에게 넘겼다.

"왜일 것 같아?"

"아마도 내가 싫어서?"

수현이 천연덕스럽게 대꾸했다.

"⋯⋯."

주성은 다시 한 번 말문이 막혀 버렸다. 피는 물보다 진하다는 걸 알기에 유나의 안하무인 행동을 아무도 그에게 귀띔해 주지 않았다. 그래서 그는 유나의 진면목을 알지 못하고 있었다. 수현은 피해자인 자신이 미안해해야 할 하등의 이유가 없음에도 미안한 마음이 드는 게 불편했다. 귀여운 막냇동생의 만행을 알게 된 지금, 주성이 받은 충격이 어떨지는 묻지 않아도 알 수 있었다. 이런 반응을 예상했기 때문에 유나가 범인이라는 생각을 하면서도 쉽게 말을 꺼낼 수 없었던 것이었다.

"더 해줄 말씀, 있으세요?"

"다 했어."

"그럼 가요."

수현이 자리를 털고 일어나자, 지혁도 묵묵히 몸을 일으켰다.

"수현아⋯⋯."

주성이 안타까운 눈빛으로 그녀를 올려다보았다.

"저 그만 들어갈게요."

담담한 표정으로 이사실을 빠져나온 수현은 별말 없이 지혁과 함께 걸었다. 건물 밖으로 나와서야 그녀의 말문이 열렸다.

"집으로 가실 거예요?"

"어."

"그럼 저 좀 태워주세요."

"차 안 가지고 왔어?"

"가지고 왔어요. 두고 가죠, 뭐."

생각지도 못한 수현의 제안에 기분이 좋아진 지혁의 얼굴에 엷은 미소가 걸렸다.

"타."

두 사람은 각각 운전석과 조수석에 올라탔다.

"다음부터는 태워달라고 하지 마."

수현은 그가 한 말의 진의를 단숨에 파악하지 못했다. 차를 태워주기 싫다는 말로 해석될 여지가 충분한 말이었다.

"그냥 타."

수현의 시선을 느낀 지혁이 고개를 돌려 그녀와 눈을 맞췄다.

"넌 언제든 환영이니까."

'환영'이라는, 어찌 보면 형식적이고도 의례적인 단어가 그의 입에서 나오니 왠지 모를 친밀감이 느껴졌다. 그를 물끄러미 응시하고 있다가 정신이 번쩍 든 수현이 황급히 시선을 돌리며 화제를 바꿨다.

"근데 고철용 통화 기록이며 CCTV 같은 건 어떻게 알아냈어요?"

"공권력을 좀 이용했지."

그걸 몰라서 물은 게 아니었다. 검찰에 있었던 사람이라 가능했을 거라는 건 짐작하고 있었다.

"아는 사람한테 부탁한 거예요?"

"후배."

"그래도 돼요?"

수현의 목소리가 한층 조심스러워졌지만, 지혁은 처음부터 끝까지 태연했다.

"당연히 안 되지."

그는 흡사 남의 이야기를 하는 사람 같았다.

"안 되는데 왜 그랬어요?"

그때 마침 신호가 걸렸다. 운전을 하느라 앞을 보고 있던 지혁의 고개가 수현에게 향했다. 그리고 나직한 저음이 그녀의 귓가에 감겨 들었다.

"네 일이니까."

"……."

"네 일이라서 안 되는 거, 되게 했다고."

그의 깊고 뜨거운 눈빛은 수현에게서 좀처럼 떨어질 줄을 몰랐다. 올가미에 걸린 듯 미동도 할 수 없었던 그녀는 그의 고개가 제자리로 돌아가고서야 간신히 마른침을 삼켰다. 그 뒤에도 수현은 여전히 두 방망이질하는 심장을 진정시키기 위해 입술을 힘껏 깨물어야만 했다.

"왜 강유나 짓이라고 생각했어? 그 노래를 강유나만 들은 건 아닐 거고, 단순히 강유나가 널 싫어한다는 이유만으로 그런 판단을 했을 것 같지는 않은데?"

작게 숨을 고른 수현이 동요했던 기색을 말끔히 지우고 입술을 열었다.

"그 표절곡이 제 원곡이랑 결정적으로 다른 부분이 있어요."

"그게 뭔데?"

수현이 확신에 찬 목소리로 대답했다.

"싱커페이션."

"……."

지혁이 알아듣지 못할 거라는 생각을 미처 하지 못한 수현이 아차 싶어 얼른 설명을 덧붙였다.

"당김음이라는 뜻이에요."

"……음을 당긴다는 건가?"

"맞아요. 당김음을 사용하면 노래가 좀 더 리드미컬…… 아니, 그런 것까지는 모르셔도 되고, 아무튼…… 이사님, 세진이, 유나랑 함께 있었던 자리에서 당김음을 넣어보면 어떨까 하는 얘기가 나왔었어요."

지혁은 그녀의 말을 귀 기울여 들었다.

"세 사람 말고는 누구에게도 그 말을 한 적이 없는데, 표절곡에 떡하니 반영돼 있으니 유나 짓이라고밖에 볼 수가 없었죠. 이사님이랑 세진이는 의심할 여지도 없으니까요. 그날 휴대폰으로 몰래 녹음해 간 것 같아요."

본인이 불러야 할 노래도 여러 번 듣기 싫어하는 유나가 웬일로 한 번 더 들어보자는 건가 했더니 이런 꿍꿍이가 있었을 줄이야……. 수현은 생각할수록 기가 막혔다. 그 찰나의 순간에 녹음할 생각을 하다니 어찌 보면 감탄스럽기도 했다.

'하여튼 나쁜 머리는 잘도 돌아가지.'

왜 수현이 유나를 의심하는지 알지 못했던 지혁은 그제야 모든 의문을 말끔하게 해소할 수 있었다. 의심하지 않으려야 않을 수 없는 정황증거였다. 그런데 수현의 말에 한 가지 거슬리는 부분이 있었다.

"강 이사랑 한세진은 왜 의심할 여지가 없는데?"

"믿을 만한 사람들이니까요."

"사람 함부로 믿는 거 아니야. 뒤통수 맞을 수도 있으니까 조심해."

수현이 어이없다는 듯 되물었다.

"알아온 세월이 몇 년인데요. 그런 사람들을 안 믿으면 대체 누굴 믿어요?"

지혁은 하마터면 '나'라는 말이 튀어나갈 뻔했다. 그러나 너무나 주관에 치우친 견해라는 걸 알기에 차마 입 밖으로 꺼낼 수는 없었다.

"오래 알았다고 다 믿을 만하다고 누가 그래? 몇 십 년 동안 가족처럼 지내다가도 한순간에 돌변해서 뒤통수를 치는 게 사람이야. 그런 사건 비일비재해. 순진하게 생각하지 마."

각종 범죄를 가장 가까이에서 보아온 사람이 한 말인 데다가, 비슷한 사건을 뉴스에서도 자주 보았기에 반박할 수가 없었다. 하지만 순순히 인정하고 싶지 않았던 수현은 구시렁거리는 걸로 불만을 표현했다.

"피곤하시겠어요. 모든 사람을 의심하면서 살려면……."

"별로."

"그렇게 치면 호영 오빠도 의심하겠네요? 난 말할 것도 없겠고."

어쩌다가 트집거리를 발견한 수현의 목소리가 높아졌다.

"두 사람은 의심 안 해."

"어째서요?"

"난 내 안목을 믿거든."

수현이 실소를 터뜨렸다.

"그 궤변은 뭐예요?"

"어디가 궤변인지 모르겠네."

"사람 함부로 믿지 말라는 사람이 호영 오빠랑 나는 믿는다는데 그게 궤변이 아니고 뭐예요? 아무도 믿지 말고 본인만 믿고 살아야죠."

"누가 뭐래? 내 안목을 믿으니까 두 사람을 믿는다는 거잖아. 나는 나 자신을 믿는다는 말인데?"

뭔가 이상한 논리인데 어디가 이상하다고 해야 할지 딱 꼬집을 수가 없었다. 오늘도 그에게 말려든 수현은 입술만 몇 번 달싹거리다가 체념하듯 시트에 몸을 기댔다. 자신을 바라보는 지혁의 얼굴에 엷은 미소가 걸려 있는 줄은 모르고 있었다.

"그나저나 그 소시오패스가 이번 일을 벌인 이유는 뭐야?"

그가 말한 소시오패스는 물론 유나였다.

"둘이 또 무슨 일 있었어? 이번엔 징징거리지 말라는 말보다 더 심한 말을 퍼부었나?"

"글쎄요. 더 심한 말을 한 기억은 없는데…… 나한테 관심 끊어달라고 한 것 정도?"

"원래 그런 애들이 관심 끊어달라고 하면 악착같이 들러붙는 법이야."

"아, 재능이 없으면 노력이라도 하라는 말도 했네요."

지혁은 그 자리에 없었지만 어떤 분위기였을지 짐작이 갔다. 수현이 조곤조곤 하는 말은 악다구니를 쓰면서 달려드는 것보다 더 모멸감을 느끼게 했을 테고, 가뜩이나 죄의식이 없는 유나를 도발했을 게 분명했다.

"처음부터 강유나는 널 싫어했어?"

"아마도요?"

"왜?"

"질투?"

남의 말 하듯 받아친 수현이 말을 이었다.

"유나가 세진이를 데뷔 전부터 죽기 살기로 좋아했어요. 근데 세진이는……."

"널 죽기 살기로 따라다녔고?"

"그 정도는 아니에요. 그냥 소소하게 꾸준히 따라다녔죠."

수현은 언제 어디서나 과장을 허용하지 않았다.

"세진이 때문에 날 눈엣가시처럼 생각했을 거예요. 내가 다른 사람처럼 자기 비위를 맞춰주지 않으니까 더 재수 없었을 거고. 거기에 지혁 씨도 일조했고요."

"왜 날 끌어들여? 난 아무것도 안 했어."

지혁이 왜 자신을 엮느냐는 듯 재깍 반발했다.

"누가 뭘 했대요? 나도 아무것도 안 했어요. 내가 뭘 해서 유나가 날 싫어하는 게 아니에요."

"여자들이 싫어하는 타입인가?"

지혁은 예쁜 여자들에게 시기와 질투가 따른다는 게, 이런 경우를 두고 하는 말인가 싶었다. 그녀 정도면 그럴 만도 하다고 생각하고 있던 그의 귓가에 수현의 혼잣말이 흘러들었다.

"아…… 내가 말을 잘못했구나……."

"뭘?"

"연상연하 할 거 없이 좋아하는 스타일이라고 한 거요. 연상연하, 남녀노소 할 거 없이 좋아하는 스타일로 정정할게요."

"큭……."

지혁의 입에서 참지 못한 웃음이 새어 나왔다.

"뒤에서는 어떨지 몰라도 이렇게까지 날 싫어하는 사람, 유나밖에 없었어요."

"사람이 살면서 모든 사람한테 사랑받을 수는 없는 거야. 개의치 마."

"신경 안 써요. 나도 강유나 싫으니까."

수현은 마치 잔잔하고 고요한 호수의 물 같았다. 지혁은 다른 사람에게 휘둘리지 않는 그녀가 내심 대견했다.

"이제 어떻게 할 생각이야? 고소해. 내가 진행해 줄게."

신각하게 뭔가를 궁리하던 수현이 한참 만에 입을 열었다.

"고철용이 자기 혼자 뒤집어쓰진 않을 테니까 강유나까지 엮일 거예요. 그럼 곤란해요."

"곤란한 이유는?"

지혁은 수현이 왜 유나를 감싸고도는지 이해할 수가 없었다.

"어쨌든 이사님 친동생인데 그렇게까지 할 수는 없어요."

"공적이면서 사적인 관계라고 했지? 공적인 건 알겠고, 강주성이랑 어떤 사적인 관계가 있길래 그렇게 신경을 쓰는 거지?"

그의 목소리가 티 나게 퉁명스러워졌다. 강 이사라는 호칭도 어느새 강주성으로 바뀌어 있었다.

"대학 선배예요."

"단순한 대학 선배는 아닌 것 같은데?"

그렇게 물으면서도 의아한 건, 수현이 주성에게 거리를 두는 게 느껴진다는 것이었다. 유달리 마음을 쓰면서도 겉으로는 내색하지 않는 게 이상했다.

"선배 덕분에 제대로 작곡 일 시작했어요. 많이 고마운 사람이에요."

"너한테는 강주성이 고마운 사람이고, 강주성한테 너는 좋아하는 사람인 건가?"

주성이 수현을 바라보던 눈빛은 좋아하는, 아니 사랑하는 여자를 향한 것이었다. 다른 사람에게는 일상적인 친절함으로 보일지 몰라도, 같은 감정을 품고 있는 지혁은 한눈에 알아볼 수 있었다. 주성을 떠올리고 있던 그에게 수현이 담담한 어조로 말했다.

"결혼했어요."

당황한 지혁이 자신을 돌아보자, 그녀는 다시 한 번 강조했다.

"유부남이라고요."

지혁이 믿기지 않는다는 듯 다시 물었다.

"유부남? 결혼했다고?"

"네. 이 년 전에."

그의 얼굴이 불쾌감으로 일그러졌나.

"결혼한 남자가 부인 아닌 다른 여자한테 딴마음을 품는다……."

"내놓고 표현한 적 없어요."

수현이 잘라 말했다.

"그래도 알고는 있잖아?"

"알고 있으면서 뭐 하는 거냐고 절 비난하고 싶으신가 본데, 직접적으로 어떤 말도, 어떤 행동도 한 적 없는 사람한테 내가 무슨 말을 할 수 있겠어요? 결혼도 한 분이 이러시면 안 된다고 경고라도 할까요?"

마음속으로는 살인을 백 번쯤 해도 벌할 수 없고, 불륜을 천 번쯤 저질러도 죄가 되지 않는다. 모든 것은 겉으로 드러날 때 문제가 되는 것이었으니, 유부남이라 한들 제 마음을 고백하지 않거나 남다른 행동을 하지 않는 이상 먼저 나서서 거절할 수는 없는 노릇이었다. 지혁은 괜히 애꿎은 수현에게 날 선 질문을 한 것 같아 미안해졌다.

"내 생각이 짧았다. 미안."

기분이 상하긴 했지만, 수현은 아무 말도 하지 않았다. 자기 잘못을 순순히 인정하고 사과하는 사람에게 무슨 말이 더 필요할까 싶어서였다.

"한 가지 궁금한 게 있어."

지혁은 제 생각을 확인해 보고 싶었다.

"뭔데요?"

"결혼 전에도 꼬박꼬박 이사님이라고 불렀어?"

수현의 입에서 선배라는 호칭을 들어본 기억이 없었다.

"그때는 거의 선배라고 불렀죠."

지혁은 제 착각이 아니라 실제로 수현이 주성에게 거리를 두고 있다는 것과, 그녀의 철벽 기질은 사람을 가리지 않는다는 것을 다시 한 번 확실히 알게 되었다.

주성은 수현과 지혁이 가고 난 뒤, 곧장 유나에게 전화를 걸었다.

"당장 내 방으로 와."

몇 분 지나지 않아, 유나가 뭉그적거리며 이사실로 들어왔다.

"오빠……."

"너라며?"

쭈뼛거리며 주성이 앉아 있는 책상으로 다가가던 유나가 제자리에 우뚝 멈춰 섰다. 그가 지금 떠보는 게 아니라는 게 여실히 느껴졌다. 그렇다면 괜히 아니라고 잡아떼느니 이실직고하는 게 나을 것 같았다.

"오빠…… 한 번만 봐줘. 다시는 안 그럴게……."

"다시는 안 그런다는 말로 넘어갈 상황이 아니야. 이건 엄연한 도둑질이라고."

"어차피 송수현도……."

주성의 눈빛이 사나워지자, 유나가 얼른 말을 바꿨다.

"……수현 언니도 돈 받고 곡 파는 거잖아. 오빠가 돈 줘. 예상되는 저작권료도 계산해서 줘버려. 그럼 되잖아."

말을 할수록 유나의 표정이 밝아졌다. 이토록 간단하게 해결할 방법이 있는데 왜 고민을 했나 싶었다.

"정말 그러면 된다고 생각하는 거야? 그래?"

주성이 책상을 쾅 내리치며 자리에서 일어났다.

"그러면 되지, 안 될 게 뭐 있어? 돈 받고 물건 파는 사람한테 물건값 내는 거랑 다를 거 없잖아."

"수현이가 만든 작품을 그딴 취급하지 마."

주성의 목소리가 급격히 싸늘해졌다.

"아무리 고상한 척해도, 송수현은 돈 받고 곡 파는 장사꾼…… 꺄!"

유나는 자신에게 날아오는 휴대폰을 피해 주춤 뒷걸음질 쳤다. 휴대폰은 그녀의 발 앞에서 박살이 났다.

"오, 오…… 빠……."

책상 위에 놓여 있던 휴대폰을 집어 던진 주성이 나직하게 경고했다.

"입 다물어."

소름이 돋을 만큼 한기가 배어나는 목소리였다. 그는 겁을 먹어 바들바들 떨고 있는 유나를 아랑곳하지 않은 채 말을 이었다.

"너 무기한 활동 중지야. 잡아놓은 스케줄도 모두 취소할 거니까 그렇게 알아."

주성에게 이런 모습이 있으리라고는 상상해 본 적도 없었던 유나는 너무 놀라 아무 말도 할 수 없었다. 제가 알던 오빠가 아니었다.

수현은 이 일을 어떻게 마무리 짓는 게 좋을지 밤새도록 고민했다. 아침이 되어서야 마음의 결정을 내린 그녀는 유나에게 문자를 보냈다.

〈오늘 오후에 고철용이랑 같이 회사로 와. 그나마 쉽게 끝날 일, 어렵게 만들고 싶으면 안 와도 되고.〉

오후 2시, 평소와 다름없이 녹음실에서 믹싱 작업 중이던 수현에게 유나와 철용이 찾아왔다. 고개를 빳빳이 들고 올 거라는 수현의 예상과 달리, 유나는 어딘지 모르게 기가 죽어 있었다.

"앉아."

두 사람은 수현이 눈으로 가리킨 소파에 나란히 앉았다. 수현은 앉아 있던 의자를 백팔십도 돌려 두 사람을 마주 보았다. 소파의 높이가 더 낮았기에 수현이 두 사람을 내려다보는 모양새가 되었다. 수현의 시선이 먼저 유나에게 향했다.

"넌 생각이 없는 거니, 자신이 있는 거니?"

"……."

유나는 대답하지 않고 슬쩍 시선을 내리깔았다. 어제 주성으로 인해 받은 충격이 아직 가시지 않아 대거리할 기운도 없었다. 오늘 온 것도 수현이 겁나서가 아니라, 주성이 알게 되면 가만히 두지 않을 것 같아서 온 것뿐이었다.

"안 걸릴 거라고 생각한 거야? 아니면 걸려도 수습할 자신이 있었던 거야? 진짜 궁금하다."

어차피 표절 시비가 붙었던 곡 중에 제대로 판결이 난 걸 본 적도 없었고, 이렇게 대놓고 똑같이 내놓을 줄은 생각도 하지 못했지만 굳이 따지자면 전자였다.

"내가 싱커페이션 얘기한 것까지 외워서 알려줬어? 무슨 단어인지 모르잖아, 너. 그거 외우느라 돌아가지도 않는 머리 굴리느라 얼마나 힘들었을까 싶더라."

유나는 입이 붙어버린 사람처럼 한마디도 하지 않았다. 수현은 유나가 오늘 침묵으로 일관하기로 했다는 걸 알아차리고 철용에게 시선을 옮겼다. 그는 얼굴이 꺼칠하고 수염이 덥수룩했으며, 한동안 머리를 안 감았는지 어깨에 비듬이 하얗게 내려앉아 있었다.

"고철용."

움찔한 그를 보며 수현이 입꼬리를 비틀어 올렸다.

"왜 놀라? 설마 내가 너한테 '씨' 자까지 붙여줄 줄 알았어?"

나이가 많다고 해도 쌍욕이 나갈 만한 상황인데, 하물며 두 사람은 동갑내기였다. 몇 번쯤 스치듯 만났을 때는 서로 예의를 지켜 존대와 존칭을 했지만, 오늘 같은 날 그에게 예의까지 갖추고 싶지는 않았다.

"너 청음 실력 좋은 건 인정해. 근데 그렇게 실면 좋니?"

리듬이나 멜로디, 하모니 등을 듣고 그것을 악보에 받아쓰는 것을 뜻하는 청음 능력이 뛰어난 철용은 그 재주를 표절에 십분 활용하고 있었다.

"네가 내 노래 살짝살짝 베끼는 거 이 바닥에 모르는 사람 없어. 재능이 없으면 다른 기술을 배워. 아등바등 버티지 말고."

"……."

그는 아무 말 하지 못하고 고개만 푹 숙였다.

"아직 음원 판매 중지 안 했더라?"

"제가 경황이 없어서……."

"나 더 열 받게 하지 말고 빨리 처리해. 이 쓰레기 같은 새끼야."

그의 같잖은 변명에 짜증이 치솟은 수현이 싸늘하게 말했다. 철용은 다시 고개를 숙였다.

"그리고 너, 강유나."

유나가 슬쩍 눈을 들어 수현을 쳐다보았다.

"난 살다 살다 너처럼 못된 건 처음 본다."

유나의 눈가가 파르르 떨렸다. 가까스로 참고는 있지만, 그녀는 수현 때문에 오빠에게 험한 꼴을 당했다는 생각으로 분노하고 있었다.

"고맙다. 세상에 너처럼 이상하고 집요한 인간도 있다는 걸 알려줘서."

수현은 더 이상 할 말이 없었다. 잘못했다는 말 정도는 들을 수 있을 줄 알았는데 그것도 할 생각이 없어 보이니, 더는 두 사람과 얼굴을 마주하고 있을 필요가 없었다. 자리에서 일어난 그녀는 녹음실을 나와 버렸다. 그런데 나오자마자 복도에서 주성과 마주쳤다.

"수현아, 아까 내가 한 말……."

주성은 오늘 오전, 회사에 나온 수현을 불러 예측 가능한 모든 손해를 배상하겠다고 말했고, 그녀로부터 거절의 말을 들었다. 하지만 아무리 생각해도 이렇게 끝내면 안 될 것 같아서 수현을 다시 한 번 설득해 보기 위해 녹음실로 내려온 것이었다. 그는 유나가 와 있는 줄도 모르고 있었다.

"이사님한테 곡 하나 선물한 셈 친다니까요?"

경제적으로 가장 어려울 때 그로 인해 데뷔한 것에 대한 보답이라고 생각하기로 했다.

"그러지 말고 작곡료랑 손해 본 것까지……."

"그럼 선물이 아니죠."

수현의 말이 너무나 단호해서 주성은 더 우겨볼 수가 없었다.

"고맙다. 미안하고."

수현을 바라보는 그의 얼굴에서 유나를 대하던 싸늘함은 찾아볼 수도 없었다. 같은 사람이 맞는지 의심스러울 만큼 다른 모습이었다.

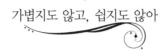

가볍지도 않고, 쉽지도 않아

비밀번호를 누르고 집에 들어선 주성은 어두운 복도를 지나 곧장 서재로 향했다. 결혼 직후 한 달 정도는 아내인 성혜와 같은 방을 쓰기도 했지만, 그 이후부터 거의 이 년 가까이 침실에서 잔 적이 없었다. 서재에 들어서서 불을 켜니, 책상 위에 익숙한 종이 한 장이 놓여 있는 게 보였다. 「협의이혼의사확인신청서」였다. '처' 란에만 아무것도 적혀 있지 않았다. 그가 오늘 아침, 침실 화장대 위에 놓아두고 간 그대로 되돌아온 것이었다.

"하아……."

한숨을 내쉰 주성은 종이를 집어 들고 침실로 걸음을 옮겼다. 문을 열어보니, 성혜가 침대에 기대어 앉아 와인을 마시고 있었다.

"소송으로 가자는 거지?"

주성이 손에 든 종이를 흔들며 물었다. 감정이 전혀 느껴지지 않는 건조한 어조였다.

"아니. 이혼하지 않겠다는 말이야."

성혜가 입꼬리를 비틀어 올리며 웃었다.

"난 할 거야."

"왜? 당신이 죽고 못 사는 그년이 받아주겠대? 이혼하고 오래?"

결혼한 지 얼마 되지 않았을 무렵 주성이 인사불성이 될 정도로 술을 마시고 들어온 날이 있었다. 그는 그날 끊임없이 한 여자의 이름을 불렀다. 집안끼리 이해타산이 맞아 한 결혼이었지만, 성혜는 소박한 행복을 꿈꿨었다. 하지만 그 이름을 두 번째 들었을 때, 그녀의 꿈은 박살났다. 그 이름을 떠올리는 것만으로도 이가 갈릴 정도였다. '수현'이라는 이름을 가진 여자에 대해 알아보지 않은 건 성혜의 마지막 자존심이었다.

"말 함부로 하지 마."

주성이 나직하게 경고했다.

"이럴 거면 나랑 왜 결혼했어? 아예 처음부터 하지 말지?"

"미치게 후회하고 있어."

그는 아버지의 뜻을 거스르지 못해서 사랑하는 여자에게 마음을 표현해 보지도 못한 것이 미치도록 후회스러웠다. 그런데 그보다 지금 더 미치겠는 건, 한발 늦은 것 같다는 거였다. 주성은 수현의 옆에 서 있던 지혁을 떠올리고 있었다.

"소송 들어간다. 변호사가 곧 연락할 거야."

몸을 돌린 그의 뒤로 유리가 박살나는 소리가 들렸지만, 그는 돌아보지 않고 침실을 빠져나왔다.

지혁은 JM 빌딩 앞에 차를 세우고 밖으로 나와 수현에게 전화를 걸었다.

"나야."

[알아요.]

"집에 안 가?"

[저 집 아닌 거 어떻게 아세요?]

"시은이한테 들었어."

하정이 만들어주고 간 밑반찬을 가져다주러 온 시은은 수현이 아직 회사에 있으며 한 시간 이내로 작업이 끝날 것 같다는, 묻지도 않는 말을 술술 털어놓고 돌아갔다. 그래서 바람도 쐴 겸, 겸사겸사 수현을 데리러 온 것이었다.

"나 지금 회사 앞이야."

[아직 일 안 끝났어요.]

"천천히 하고 나와. 기다릴게."

[누가 기다리면 부담스러워서 집중이 안 돼요. 먼저 들어가세요.]

"그래, 그럼."

지혁은 수현의 말을 순순히 받아들이고 전화를 끊었다. 창작 활동을 하는 사람에게 집중이 안 되는 것만큼 치명타가 없다는 생각이 들었기 때문이었다. 수현에게 괜한 부담을 줬다고 반성하며 차에 타려던 그의 옆으로 차 한 대가 와서 섰다. 지난번과 흡사한 상황이었다. 그리고 차에서 내린 사람은 지난번과 같은 사람인, 주성이었다.

"변호사님께서 여긴 또 어쩐 일이십니까? 수현이 만나러 오셨습니까?"

성혜와 같은 공간에 있고 싶지 않아 집을 나와 버린 주성은 술집으로 갈까 하다가 마음을 바꿔 회사로 돌아왔다. 그런데 오자마자 반갑지 않은 사람과 마주치니 저도 모르게 말이 비꼬듯 튀어나왔다.

"수현이가 아니면 제가 여기 올 이유가 없죠."

두 남자의 시선이 허공에서 얽혔다. 그들은 서로 한 치의 물러섬도 없이 날카로운 눈빛을 주고받았다. 먼저 말문을 연 건 지혁이었다.

"강주성 이사님."

그의 말투는 정중했지만, 매섭기가 얼음장 같았다.

"결혼하셨다고 들었습니다."

"그런데요?"

싸늘한 표정을 짓고 있는 주성을 보며 지혁이 단도직입적으로 물었다.

"수현이한테 다른 마음이 있으십니까?"

질문의 의도를 확신하지 못한 주성은 섣불리 입을 열지 못했다. 침묵하고 있는 그 대신 지혁이 말을 이었다.

"제가 잘못 봤다면 사과드리겠습니다."

그제야 주성의 입이 열렸다.

"사과하실 거 없습니다."

지혁의 말을 인정하는 것이나 다름없었다.

"결혼하신 분께서 수현이한테 과한 관심을 보이시는 것 같네요."

지혁은 결혼이라는 제도에 특별한 관심이나 환상이 있지 않았다. 하지만 한 사람만을 바라볼 자신이 없으면 결혼을 해서는 안 된다는 생각만큼은 그 누구보다 확고했다. 결혼을 한 이상 다른 사람이 마음에 들어온다고 해도 절대 내색하지 말아야 한다고 생각했다. 그러니 결혼은 결혼대로 하고, 수현에게 다른 마음을 품고 있는 주성이 혐오스러울 수밖에 없었다.

"강 이사님 때문에 수현이가 괜한 오해를 사는 일이 없었으면 좋겠습……."

"이혼합니다."

주성이 지혁의 말을 자르고 끼어들었다.

"······."

지혁이 아무런 대꾸도 하지 않자, 왠지 모르게 조바심이 난 주성은 굳이 한마디 덧붙였다.

"곧 서류 정리가 끝날 겁니다."

성혜가 동의하지 않아 시간이 좀 걸릴 수도 있겠지만, 주성은 지혁의 앞에서 미적거리는 모습을 보이고 싶지 않았다. 그에게만큼은 당당하게 수현에 대한 제 마음을 드러내고 싶었다.

"끝나면요?"

"정식으로 수현이한테 제 마음을 표현할 생각입니다."

"수현이가 받아줄 거라고 생각하십니까?"

"그건 류지혁 씨가 상관할 바가 아닙니다."

주성이 불쾌하다는 듯 인상을 찌푸렸다. 비꼬는 게 아니라 정말 궁금해서 물어보는 것 같았기에 더 기분이 상했다. 지혁은 무슨 생각을 하는지 알 수 없는 무표정한 얼굴로 주성을 물끄러미 응시했다. 그의 눈빛은 일견 담담하고 차분해 보였지만, 주성은 왠지 모르게 오싹 소름이 끼쳤다. 사람을 압도하는, 그래서 피해야만 할 것 같은 그런 눈이었다. 결국, 먼저 몸을 돌린 건 주성이었다.

"그럼 전 이만 실례하겠습니다."

지혁 덕분에 수현이 아직 회사에 있다는 사실을 알게 된 그는 이사실 대신 녹음실로 향했다. 녹음실 문에 달린 유리를 통해 안을 들여다보니, 수현이 혼자 있었다. 그녀는 손끝과 발끝을 동시에 까딱거리며 박자를 맞추고 있었는데, 아무도 없어서인지 평소보다 편안해 보였다. 그는 문을 열고 녹음실 안으로 들어섰다.

"10시가 넘었는데 왜 아직 안 갔어?"

깜짝 놀란 수현이 허리를 곧추세우고 고개를 돌렸다.

"에디팅 마무리가 다 안 끝나서요. 근데 이 시간에 어쩐 일이세요?"

"그냥 갈 데도 없고······."

수현은 주성이 어딘지 모르게 쓸쓸해 보인다고 생각했다.

"부부 싸움 하셨어요?"

"······."

"이사님도 그런 거 하시는구나."

수현은 장난스럽게 말하면서 의자에 걸쳐 두었던 재킷과 가방을 집어 들었다. 아무래도 오늘은 그만 가는 게 좋을 것 같았다.

"전 막 가려던 참이었어요. 이사님도 얼른 들어가세요."

말을 마친 수현이 문을 향해 몸을 돌린 순간, 주성이 뒤에서 그녀를 와락 끌어안았다. 흠칫 놀라 멈춰 선 수현의 귓가에 그의 속삭임이 들려왔다.

"수현아, 예전처럼 선배라고 불러주면 안 될까?"

두 사람은 구 년 전, 기타 동아리에서 신입생과 복학생으로 처음 만났다. 그날 주성은 수현에게 첫눈에 반했다. 바라만 보아도, 옆에만 있어도 행복했다. 그래서 수현이 재능을 펼칠 수 있게 적극적으로 도왔고, 항상 그녀의 주위를 맴돌며 지내왔다. 하지만 당시부터 그의 아버지는 사업에 도움이 될 만한 혼처를 물색하는 데 여념이 없었고, 주성은 결국 수현에게 제 마음을 고백하지 못한 채 아버지가 골라준 여자와 결혼했다. 그러나 이제 한계였다. 아버지가 회사에서 쫓아내더라도 더는 마음 없는 결혼 생활을 유지하고 싶지 않았다.

"너랑 편하게 지내던 때가 그립다."

수현은 아무 말도 하지 않았다.

"유나가 벌인 짓 알게 되고 처음 든 생각이 뭐였는지 알아? 네가 날 안 보겠다고 하면 어쩌나 하는 거였어."

주성은 진심으로 두려웠고, 그래서 유나가 더 미웠다.

"그런 생각 안 했어요. 강유나는 강유나고, 강주성은 강주성이니까."

수현의 말 한마디에 안도하는 자신이 우습다는 생각이 들면서도, 그는 한결 마음이 놓였다. 그런데 그녀의 말은 그게 다가 아니었다.

"근데 이제 이사님을 그만 봐야겠다는 생각이 드네요."

주성이 흠칫 놀라는 게 느껴졌지만, 수현은 아랑곳하지 않았다. 그녀의 건조한 말이 이어졌다.

"이러시면, 저 이제 이사님 안 봐요."

그제야 수현을 감싸고 있던 주성의 팔에 스르르 힘이 풀렸다. 그녀라면 충분히 그럴 수 있다는 걸 알기에 더는 잡아둘 수 없었다. 볼 수도 없다는 건 그에게 너무나 가혹한 벌이었다.

망연자실 서 있는 주성을 뒤로하고 녹음실을 빠져나온 수현은 엘리베이터에 올라탔다. 그에게 너무 매정하게 군 것 같아 미안하다는 생각이 들기도 했고, 이런 불편한 관계를 만든 것에 대해 화도 났다. 말로 설명할 수 없는 복잡한 심경이었다. 1층에 도착한 엘리베이터에서 내려 건물 밖으로 나간 수현은 차에 기대어 선 채 골똘한 생각에 빠져 있는 지혁을 보고 멈칫했다. 인기척을 느낀 그가 고개를 돌렸다.

"일 다 끝났어?"

수현은 대답을 떼어먹고 질문으로 받아쳤다.

"왜 아직도 안 가셨어요?"

"가려던 참이었어."

일 분만 빨리 출발했다면 수현과 엇갈렸을 테니, 지혁에게는 천만다행이 아닐 수 없었다.

"한참 더 있을 것처럼 말하더니 왜 금세 나왔어?"

"갑자기 집에 가고 싶어졌어요."

수현이 별다른 이유는 없다는 듯 어깨를 으쓱였다.

"혹시 강주성 봤어?"

"네."

지혁은 그녀가 마음을 바꾼 이유가 주성 때문이라는 사실을 눈치챘다. 하지만 주성이 들어가고 수현이 금세 나왔기 때문에 그녀가 알아서 자리를 피했다고 예상할 뿐이었고, 그 짧은 시간 동안 둘 사이에 어떤 이야기가 오고 갔는지는 짐작도 하지 못하고 있었다.

"누구 차로 갈래?"

"전 제 차로 갈게요."

수현은 지금 혼자만의 시간이 필요했다.

"그렇게 해."

지혁은 두말하지 않고 그녀의 말을 받아들였다. 그는 수현의 차를 먼저 보내고, 호위하듯 그 뒤를 따랐다.

다음 날 오후, 수현은 느지막이 회사에 나왔다. 주성의 얼굴을 보기가 껄끄러울 것 같아 당분간은 집에 있고 싶었지만, 프로듀싱을 맡은 앨범 작업이 마무리 단계라 그럴 수도 없었다. 주차를 하고 차에서 내린 수현을 누군가 불렀다.

"송수현 씨?"

고개를 돌린 수현의 눈에 세련된 보브 커트를 한 젊은 여자가 들어왔다. 얼핏 보아도 입고, 들고, 신고 있는 모든 것이 명품이라는 것을 알 수 있을 정도였다.

"누구시죠?"

처음 보는 얼굴이었다.

"강주성 씨 와이프예요. 잠깐 얘기 좀 해요."

"저한테 무슨 하실 말씀······."

성혜가 끼어들어 수현의 말허리를 잘랐다.

"자리 옮겨요. 여기서 할 얘기 아니에요."

수현은 할 얘기라는 게 좋은 얘기가 아니라는 걸 직감했다. 처음부터 여자의 목소리에는 은근히 날이 서 있었고, 온몸으로 적의를 발산하고 있었다. 그래서 더욱 그 일방적인 요구에 순순히 응하고 싶지 않았다. 자신을 내려다보는 듯한 여자의 고압적인 태도가 꽤나 거슬렸다.

"제가 일이 좀 바쁩니다. 할 얘기가 있으시다면 다음에······."

이번에도 수현은 말을 끝까지 다 마칠 수 없었다.

"똑똑한 편은 아닌가 봐요. 여기서 할 수 없는 얘기라고 하면 알아들을 줄 알았는데."

수현은 기가 막힌 나머지 말문이 막혀 버렸다. 무례하다는 말도 아까운 여자는 사람이 말을 하는데 중간에서 톡톡 끊어버리는 것도 모자라, 처음 만난 사람에게 대놓고 똑똑한 편은 아니라는 말까지 서슴지 않고 있었다.

"망신당하고 싶지 않으면 내가 점잖게 말할 때 가는 게 좋을 텐데요?"

망신이라······. 성혜를 담담한 얼굴로 바라보던 수현이 천천히 입을 열었다.

"들어보죠."

수현은 망신당할 게 두려워서가 아니라 성혜가 무슨 말을 하려는지가 궁금했다.

두 사람은 수현이 자주 가는 근처 카페로 자리를 옮겼다. 수현과 인사를 하고 지내는 직원이 주문을 받으러 다가왔다.

"주문하시겠습니까?"

"아이스 아메리카노."

직원을 돌아보지도 않고 명령조로 말하는 성혜 때문에 난감해진 수현이 눈빛으로 직원에게 미안함을 전했다.

"전 블루베리 주스 주세요."

직원이 어색하게 웃으며 자리를 벗어나자, 기다렸다는 듯 성혜의 말문이 열렸다.

"송수현 씨, 내가 여기……."

"잠시만요."

수현이 제 말을 도중에 끊자, 성혜가 미간을 찌푸렸다.

"성함이 어떻게 되시죠?"

"내 이름은 왜요?"

'네가 내 이름은 알아서 뭐 하게?'라고 말하는 듯했다.

"그쪽은 제 이름 알고 계시잖아요. 저도 대화 상대의 이름 정도는 알아야 하지 않을까요?"

성혜가 귀찮다는 표정으로 말을 툭 내뱉었다.

"김성혜."

"김성혜 씨, 이제 말씀하세요."

수현은 처음부터 빈정거리듯 제 이름을 부르는 성혜가 불쾌했다. 그래서 똑같이 돌려준 것이었다. 성혜의 얼굴이 붉으락푸르락해지는 걸 보니 자신과 같은 기분을 느낀 것 같았다. 눈꼬리를 파르르 떨던 성혜가 앙다물고 있던 입을 열었다.

"주성 씨가 이혼하재요."

예상치 못한 말을 들은 수현의 눈이 커졌다. 깜짝 놀란 것도 잠시, 왜 그 말을 굳이 자신을 찾아와서 하는 걸까 의아스러웠다. 입을 굳게 다물고 생각에 잠겨 있는 수현을 바라보며 성혜가 입꼬리를 비틀어 올렸다.

"왜 놀라요? 이혼하라고 시킨 사람이?"

"누가 뭘 시켜요?"

수현이 황당하다는 듯 되물었다. 도무지 무슨 말인지 알아들을 수가 없었다.

"모른 척하는 것 좀 봐, 가증스럽게."

"모른 적이 아니라 무슨 말인지 정말 모르겠습니다. 그러니까 알아듣게 말씀하세요."

"네가 이혼하라고 주성 씨 꼬신 거잖아. 왜? 나랑 이혼하면 둘이 결혼이라도 하게?"

수현은 어이가 없었지만, 일단 그녀의 오해를 풀어주는 게 급선무라고 생각했다.

"뭔가 오해가 있으신 것 같네요."

"오해? 놀고 있네."

성혜가 비웃듯 코웃음을 쳤다.

"말 놓지 마시죠. 불쾌합니다."

"불쾌? 난 유쾌하겠니?"

직원이 다가오는 걸 본 수현은 흥분을 가라앉히기 위해 입술을 잘근 깨물었다. 살벌한 분위기를 감지한 직원은 가져온 음료를 테이블에 후다닥 내려놓고 도망치듯 가버렸다.

"부부 문제는 두 분이 해결하세요. 생사람 잡지 마시고."

수현은 최대한 인내심을 발휘하는 중이었다.

"생사람?"

"화풀이 대상이 필요하신 거 같은데 사람 잘못 고르셨네요. 난 이런 말도 안 되는 응석을 받아줄 만큼 마음이 넓은 사람이 아니······."

촤악!

눈 깜짝할 사이에, 성혜가 앞에 놓인 물컵을 집어 들어 수현에게 뒤집어씌웠다. 수현의 얼굴을 타고 흘러내린 물이 옷으로 뚝뚝 떨어졌다.

"하······."

수현의 입술 사이로 실소가 터져 나왔다. 기가 막히니 웃음밖에 나오지 않았다.

'올해는 물을 조심해야 하나?'

아무래도 물벼락을 맞을 팔자였나 하는 생각도 들었다. 갑자기 석환이 뿌리려던 물을 막아준 지혁의 얼굴이 눈앞에 아른거렸다. 하지만 쓸데없는 생각을 계속하고 있을 수는 없었다. 해야 할 일이 남아 있으니까. 수현은 테이블로 시선을 내렸다. 눈앞에 물과 블루베리 주스가 보였다. 망설일 필요가 없었다. 원래 복수는 받은 것 이상으로 돌려줘야 하는 법이었다. 주스 컵을 집어 든 수현의 표정은 일견 차분해 보였으나 손놀림은 더할 나위 없이 빨랐다.

촥!

"꺅!"

블루베리 주스를 뒤집어쓴 성혜의 새하얀 블라우스가 진한 보랏빛으로 물들었다. 얼핏 보면 피로 범벅이 된 것처럼 보이기도 했다. 군데군데 건더기까지 들러붙어 있었다. 성혜의 얼굴에 컵에 가득 담겨 있던 주스를 몽땅 끼얹어 버린 수현은 여전히 담담했다.

"말했잖아요. 난 마음이 넓은 사람이 아니라고."

성혜의 몰골은 참혹했다. 도도했던 모습은 온데간데없이 사라지고 놀라움에 덜덜 떨고 있는 여자만 남아 있을 뿐이었다. 젖은 건 수현도 마찬가지였지만, 두 사람의 기세는 확연히 달랐다. 허리를 꼿꼿이 세우고 있는 수현은 당당했고, 어깨를 움츠리고 있는 성혜는 초라했다.

"누군가를 파렴치한으로 만들 때는 적어도 사실 여부는 확인해 보세요."

성혜는 수현의 행동이 의미하는 바가 둘 중 하나라고 생각했다. 조금도 거리낄 게 없어서 당당하거나, 죄책감을 느끼지 못할 만큼 뻔뻔하거나. 그런데 왠지 전자일 것 같은 불길한 예감이 들었다. 그렇지만 너무 많이 와버렸다. 여기서 사과를 하고 일어설 수는 없는 노릇이었다.

"……주, 주성 씨가 오래전부터 그쪽을 좋아했다는 기 알고 있어요."

성혜는 지금 제 행동에 정당성을 부여하기 위해 최선을 다했다.

"아가씨도…… 두 사람 사이가 심상치 않다고…… 그쪽이 이혼을 부추겼을 거라고……."

어제저녁, 주성의 이혼 선언에 집이 발칵 뒤집혔다. 부모님은 유나에게 같은 여자끼리 말이 통할 테니 성혜를 달래주라는 분부를 내렸고, 유나는 하는 수 없이 성혜를 찾아갔다. 그리고 성혜로부터 그동안의 이야기를 들으면서 주성이 왜 그렇게 수현을 아끼는지 알게 되었다. 어쩌면 수현에게 복수를 할 수도 있겠다는 생각이 들어, 주성과 수현이 매일같이 얼굴을 보는 사이이며, 두 사람 사이가 남다르다는 등의 없는 말까지 지어내어 성혜를 도발했던 것이다.

"강유나……."

수현이 나직한 어조로 중얼거렸다. 최근에 벌어진 나쁜 일은 전부 유나가 주도하고 있다고 해도 과언이 아니었다. 악연도 이런 악연이 있을까 싶을 정도였다. 수현은 이제 유나에게 휘둘린 눈앞의 여자가 측은해 보이기까지 했다.

"제가 이사님을 좋아하나요?"

수현의 목소리에서는 어떤 감정도 읽을 수 없었다.

"그걸 왜 나한테……."

"김성혜 씨의 이런 행패는 이사님과 내가 서로 좋아한다는 전제하에 용납되는 행동이에요."

"……."

일침을 맞은 성혜는 입을 열 수가 없었다.

"난 김성혜 씨한테 미안한 일, 한 번도 한 적이 없어요. 이런 몰상식한 행동, 참아줄 이유는 더더욱 없고요."

"……그 사람 마음 몰랐어요?"

성혜가 어렵사리 꺼낸 말에, 수현은 다시 언짢아졌다. 지혁이 했던 말이 떠올라서 더 기분이 상했다.

"그래도 알고는 있잖아?"

수현은 지혁에게 했던 말을 이 자리에서 반복해야 한다는 사실이 피곤하고 짜증스러웠다.

"아니요. 알고 있었어요. 하지만 이사님의 일방적인 감정까지 제가 책임져야 하는 건가요? 누가 어떤 마음을 갖고 있든, 겉으로 드러내지 않는 이상 뭐라고 할 수 없다고 생각합니다. 지레 정색하면서 이러지 마시라고 할 수는 없으니까요."

성혜는 수현의 거침없는 대답에 아무런 대꾸도 할 수 없었다.

"이사님과는 결혼하신 이후로 개인적인 연락을 주고받은 적, 한 번도 없었습니다. 물론 단둘이 밖에서 만난 적도 없고요. 설마 회사에서 일 얘기를 하는 것, 회식하는 것까지 하지 말았어야 했다면 그건 제 잘못이겠네요."

성혜는 들으면서도 놀랐다. 수현이 그렇게까지 했으리라고는 상상도 하지 못했기 때문이었다.

"결혼한 지 이 년 좀 넘으셨죠?"

갑작스러운 질문을 받은 성혜가 반사적으로 고개를 주억거렸다.

"저랑 이사님, 알고 지낸 지 햇수로 구 년이에요. 그런데 결혼했다고 해서 인연을 끊어야 하나요? 그게 도리라면 미혼일 때 알았던 사람들, 결혼하면 다 보지 말아야겠군요."

"……"

"제가 달리 어떻게 처신을 해야만 했는지 알려주세요. 다른 방법이 있었다면 사과드리겠습니다."

수현의 말투는 정중했다. 그래서 성혜는 더 자괴감이 들었다. 아무리 생각해도 무조건 주성의 옆에 얼씬도 하지 말았어야 했다는 억지밖에 부릴 게 없었다.

"애꿎은 사람 잡지 마세요. 저한테 이혼의 책임을 떠넘길 생각도 하지 마시고요."

"……"

성혜는 수현에게 완전히 압도당했다. 한마디도 받아칠 말을 찾지 못할 만큼, 수현이 한 말은 반박의 여지가 전혀 없었다.

"한 가지만 더 말씀드리죠. 유나가 절 아주 싫어합니다."

성혜는 무슨 뜻인지 바로 알아들었다. 천연덕스럽게 이간질하던 유나의 얼굴을 떠올린 그녀는 치가 떨렸다. 유나가 거짓말을 잘하고 교활하다는 건 알고 있었지만, 이 정도일 줄은 미처 생각지도 못했던 것이다.

"그럼 전 이만 일어나겠습니다."

담담하게 자리에서 일어난 수현은 입이 붙어버린 사람처럼 아무 말도 하지 못하는 성혜를 뒤로하고 카페를 빠져나왔다. 회사로 들어갈까 잠시 고민했지만, 도저히 일할 기분이 아니었다. 그래서 엔지니어에게 전화를 걸어 녹음 스케줄을 미뤄달라고 부탁하고, 회사 주차장에 세워둔 차를 빼서 곧장 집으로 향했다. 성혜의 앞에서는 일말의 동요도 없는 척했지만, 사실 속내는 그렇지 않았다. 기가 막히고 화가 났다. 주성에게 따지고도 싶었다. 대체 왜 가만히 있는 사람을 상간녀라는 오해까지 받게 하는 거냐고 화를 내고 싶었다. 그렇지만 그런 말을 입에 올리는 것조차 불쾌했고, 이제 강 씨 남매와 엮이는 것조차 싫었다.

아파트에 도착한 수현은 엘리베이터에서 내려 12층 복도를 걸었다. 이런저런 생각을 하면서 고개를 숙이고 걷던 그녀는 누군가에게 양어깨를 잡히는 바람에 제자리에 멈춰 서야만 했다. 깜짝 놀라 고개를 드니 의아한 얼굴을 하고 서 있는 지혁이 보였다.

"정수리에 눈 달렸어?"

"……."

갑작스러운 그의 등장에 당황한 수현은 무슨 말인지 알아듣지 못했다. 눈만 깜빡이고 있는 그녀에게 그가 다시 물었다.

"정수리에 눈 달린 것도 아니면서 무슨 배짱으로 그러고 다니는데?"

'앞을 보고 다니라고 하면 될 걸, 참 잔소리도 자기같이 하네.'

수현은 속으로 투덜거리면서 퉁명스럽게 받아쳤다.

"알아서 피해가세요."

갑자기 상체를 앞으로 기울인 지혁이 수현을 빤히 보면서 물었다

"밖에 비 와?"

수현의 머리카락과 재킷이 젖어 있는 걸 보고 한 질문이었다. 재킷의 색상이 회색이라 젖은 게 눈에 잘 띄었다. 지혁은 비가 오느냐고 물

었지만, 정말 비를 맞았다고 생각하지는 않았다. 젖은 위치로 짐작건
대 비를 맞은 게 아니었다. 위가 아니라 앞쪽에서 맞은 것이 분명했다.

"아니요."

지혁은 제 짐작이 맞았음을 확인받고 다시 물었다.

"그럼 왜 젖었어?"

"누가 물을 뿌려서요."

수현은 제 입으로 말해놓고 순간적으로 당황했다. 이런 치욕적인
일을 다른 사람도 아닌 그에게 왜 꺼냈는지 자신도 이해가 가지 않았
다. 그에게 털어놓고 싶은 이 마음이 뭔지 당혹스러웠다.

"최석환?"

지혁의 머릿속에 가장 먼저 떠오른 사람은 석환이었다. 수현에게
물을 뿌리려던 그의 모습을 상기한 지혁의 목소리에 살기가 묻어나고
있었다. 그가 맞다면 할 수 있는 모든 방법을 동원해서 응징하리라
다짐하고 있는 지혁을 보며 수현이 픽 웃음을 터뜨렸다.

"뜬금없이 최석환은 왜 소환하고 그래요."

"아니야?"

그가 아니라면 더 문제였다. 사람이 살면서 누군가에게 물을 맞는
경우는 그리 흔한 일이 아닐 터였다.

"아니에요."

이번 일은 묻지 않고 넘길 수 있는 경우가 아니었다. 무슨 일이 있었
는지 꼭 들어야겠다고 생각한 지혁이 수현의 손목을 덥석 잡아챘다.

"일단 우리 집으로 들어가자."

"나가려던 길 아니에요?"

수현이 그를 위아래로 훑어보며 물었다. 지혁은 화이트 셔츠에 블
랙 면바지를 입고 갈색 로퍼를 신고 있었는데, 멋스러우면서도 편안해

보였다. 그의 옷차림은 늘 튀지 않으면서도 세련되고 깔끔했다. 출근할 때 입는 슈트 말고는 돈 주고 샀을까 싶은 옷만 입고 다니는 호영과는 사뭇 달랐다. 저도 모르게 그의 패션 센스에 감탄하고 있던 수현은 지혁의 목소리에 정신이 들었다.

"상관없어."

수현은 그가 잡아끄는 손을 뿌리치지 않았다. 오히려 그의 손에서 느껴지는 온기에 서늘했던 마음이 따뜻해지는 기분이었다. 집에 들어온 지혁은 수현을 거실 소파에 앉히고 그녀를 내려다보며 물었다.

"따뜻한 거 줄까?"

고작 물 한 컵을 맞았을 뿐인데 열 대야는 맞은 듯한 그의 반응에 수현은 웃음이 나왔다.

"누가 들으면 머리부터 발끝까지 홀딱 젖은 줄 알겠어요."

머쓱해진 지혁이 수현의 옆에 자리를 잡고 앉으며 물었다.

"대체 무슨 일이 있었던 거야?"

그가 심각해질수록 수현은 무거웠던 기분이 한결 가벼워졌다. 누군가 대신 걱정을 해주고, 화를 내주는 것만으로도 착잡했던 감정이 차분히 가라앉는다는 게 신기했다.

"올해 마가 끼었나 봐요. 꽃뱀에, 물벼락에, 골고루 다 하고 있네요."

"꽃뱀은 혹시…… 나야?"

지혁의 말투가 평소와 달리 상당히 조심스러웠다. 멀쩡한 여자를, 그것도 천하의 철벽녀를 꽃뱀으로 매도한 제 죄를 제가 알고 있기 때문이었다.

"모른 척하면 화내려고 했어요."

수현이 과장되게 콧등을 찡그렸다.

"이제 모른 척할 거야."

지혁은 어이없는 말을 당당하게 내뱉고, 정말로 모른 척 말을 돌렸다.

"누구한테 왜 물벼락을 맞은 건지 말해봐."

흡사 보고를 해보라고 명령하는 것 같은 말투였다. 예전 같았으면 뭐 이런 사람이 다 있나 했겠지만 이제 그에게 익숙해질 만큼 익숙해진 수현은 '또 나왔네. 저 직업병……' 하는 게 다였다. 오히려 육하원칙 중 두 가지만 물어봐 줘서 고맙기까지 했다.

"이사님 와이프가 찾아왔었어요."

시은과 하정에게도 제 속내를 시시콜콜 털어놓는 성격이 아닌 수현이 지혁에게 이런 말까지 하는 건 결코 흔한 일이 아니었다. 그녀 자신도 제 행동이 어색했다. 하지만 속상하다고, 억울하다고 말하고 싶었다.

"왜?"

무슨 이유인지 짐작을 하면서도, 지혁은 아무런 내색도 하지 않고 담담하게 물었다.

"이혼한대요."

"알아."

수현의 눈이 휘둥그레졌다.

"어떻게 아세요? 나도 오늘 들었는데?"

"어제 너 데리러 갔다가 강주성이랑 회사 앞에서 마주쳤어. 본인 입으로 한 말이야. 얘기 계속해."

두 사람이 왜 그런 얘기를 주고받았을까 의아해하면서도, 수현은 그가 시키는 대로 하던 말을 계속했다.

"내가 이혼하라고 이사님을 꼬드겼다고 생각했나 봐요. 오해와 해명 속에서 가벼운 마찰이 있었죠."

지혁이 미간을 찌푸리며 수현의 젖은 머리카락과 옷으로 시선을 옮겼다.

"가벼운 마찰이라고 하긴 좀 그런 것 같은데?"

수현은 블루베리 주스를 뒤집어쓴 성혜를 떠올렸다. 성혜에 비하면 제 상태는 가볍다는 말도 아까울 정도였다.

"하나도 안 그래요."

본인이 괜찮다는데 더 우길 수가 없었던 지혁이 말을 돌렸다.

"억울했겠네. 누굴 유혹할 만한 재주가 없는 사람이 그런 오해를 받았으니."

위로인지 뭔지 아리송한 말이었지만, 수현에게는 그의 단언이 다른 어떤 말보다 위안이 됐다. 그런데 그의 말을 곱씹을수록 은근히 자존심이 상했다. 재주가 없다니? 이건 한 여자의 여성성을 비웃는 것이나 다름없는 말이었다.

"그 확신에 찬 말은 뭐예요? 나도 마음먹으면 가능하거든요?"

수현이 토라진 걸 알면서도 지혁은 제 주장을 굽히지 않았다.

"가능하지 않아."

"가능해요."

수현도 물러서지 않았다.

"그래? 그럼 나한테 먹어봐. 내가 판단해 주지."

"그……"

수현은 하마터면 그러겠다고 대답할 뻔했다.

'이 여우…….'

그녀가 눈을 가늘게 뜨고 그를 흘겨보며 말을 바꿨다.

"다른 사람한테 먹을게요."

"먹지 마."

"……."

기가 막혀서 말문이 막힌 수현에게 지혁이 경고하듯 재차 강조했다.

"절대 먹지 마."

그는 모든 것을 다 할 수 있을 것만 같은, 그래서 기대고 싶은 마음이 들게 하는 어른이었다. 그런데 이렇게 한 번씩 말도 안 되는 고집을 부릴 때면 말 안 듣는 아이 같았다. 아무튼, 종잡을 수 없는 캐릭터라는 건 분명했다. 수현이 헛웃음을 치며 입술을 떼려는 순간, 지혁이 먼저 말문을 열었다.

"하지 마."

"……뭘요?"

"지금 하려던 말, 하지 말라고."

"내가 무슨 말을 할 줄 알고 다짜고짜 하지 말래요."

"무슨 말을 할 줄은 몰라도, 듣기 좋은 말이 아닐 거라는 건 알아."

'아무튼 눈치도 빠르지.'

지혁을 타박하려던 수현은 마음을 바꿨다. 속내를 들킨 이상 그의 말대로 따라주고 싶지 않았다.

"고맙다는 말을 듣기 싫어할 줄은 몰랐네요."

지혁은 제 빗나간 예측에 당황했다.

"……고맙다고 할 거였어?"

그는 자신이 고맙다는 말을 들을 만큼 한 일이 있다고 생각하지 않았다. 하지만 해주겠다는데 마다할 생각까지는 없었다.

"얘기 들어줘서 고맙다고 할 거였는데 듣기 싫어하시니 안 할게요."

지혁은 뭔가를 받기 직전, 코앞에서 뺏긴 기분이었다.

'은근히 사람을 들었다 놨다 하는 재주가 있단 말이야.'

마음을 먹지 않아도 이 정도인데 수현이 제대로 마음을 먹으면 안 넘어갈 남자가 없을 것 같았다. 엉뚱한 생각 중인 그를 의아하게 바라보고 있던 수현이 자리에서 몸을 일으켰다.

"갈게요."

지혁은 그녀의 뒤통수에 대고 큰 소리로 외쳤다.

"내 말 명심해."

수현은 집에 들어오자마자 곧장 씻으러 들어갔다. 깨끗한 물이라 저절로 마르게 돼도 상관없었지만, 오늘 일을 씻어버린다는 의미가 더 컸다. 그녀는 씻으면서 유나를 어떻게 할까 고민했다. 사실 유나에게 미친 듯한 분노가 일지는 않았다. 이런저런 일을 하도 많이 겪었더니 익숙해진 모양이었다. 그렇지만 이대로 그냥 둘 수는 없었다. 언제 또 이런 말도 안 되는 일에 자신을 끌어들일지 알 수 없으니 최후통첩 정도는 해야 할 것 같았다. 수현은 휴대폰에서 유나의 매니저 번호를 찾아 전화를 걸었다.

"혹시 유나 지금 어디 있는지 아니? 아, 그래? 나 집 주소 좀 알려줄래?"

유나의 매니저는 별다른 말없이 주소를 문자로 보내주었다. 머리카락을 꼼꼼히 말리고 옷을 갈아입은 수현은 다시 집을 나섰다.

유나가 혼자 사는 아파트에 도착한 그녀는 1층 공동 현관문에서 유나의 집을 호출했다. 끈질기게 이어지던 초인종 소리가 어느 순간 뚝 멎었다. 인터폰에서는 아무 말도 나오지 않았지만, 수현은 유나가 도어 모니터로 자신을 보고 있다는 걸 느꼈다.

"문 열어."

아무런 반응이 없었다.

"문 열라고."

재차 말했지만, 여전히 유나는 묵묵부답이었다.

"문 안 열면 나 이 길로 경찰서 갈 거야. 앞으로 너한테 벌어질 일들, 감당할 수 있겠어?"

띠릭.

그제야 굳건히 닫혀 있던 문이 열렸다.

유나는 갑작스럽게 찾아온 수현을 보고 식겁했다.

"아씨, 왜 집까지 찾아오고 지랄이야……."

집에 없는 척하려고 했건만, 시끄럽게 울리는 초인종 소리를 죽이려고 매너 모드를 누른다는 게 그만 스피커 버튼을 누르고 말았던 것이다. 문을 열어주고 싶지 않았지만, 경찰서에 가겠다고까지 하니 다른 방도가 없었다. 얼마 전까지는 주성이 해결해 줄 거라고 믿어 의심치 않았는데, 이제 전적으로 그에게 의지할 수 없는 상황이라는 것을 깨달았기 때문이었다.

"되는 일이 없네."

몇 분 뒤, 수현은 현관 앞에 놓인 실내용 슬리퍼까지 챙겨 신고서 여유롭게 거실에 들어섰다.

"우리 집은 어떻게 알았어?"

다리를 꼬고 소파에 앉아 있던 유나가 거만하게 물었다. 철용과 함께 녹음실에서 대면했을 때와는 사뭇 다른 분위기였으나, 수현은 새삼스럽지도 않았다. 맑았다가 흐렸다가, 시시각각으로 변하는 유나의 감정 기복을 잘 알고 있어서였다. 소파로 걸어간 수현은 유나의 앞에서 걸음을 멈췄다.

"어떻게 알았는지가 아니라 왜 왔는지가 궁금할 텐데?"

유나가 아무런 대꾸도 하지 않자, 수현이 말을 이었다.

"아, 내가 왜 왔는지 이미 알고 있는 거니?"

유나는 조금 전 성혜의 전화를 받았다. 올케언니가 욕을 잘한다는 사실을 처음으로 알게 된 통화였다. 분노에 차서 욕을 퍼붓기에 전화를 끊어버리고 휴대폰을 꺼두었다. 이미 한바탕 난리를 겪었으니 수현이 왜 여기까지 찾아왔는지 모르려야 모를 수가 없었다.

"올케언니가 내 말을 오해한 것 같아."

"오해?"

참 쉽고 무책임한 말이었다. 한 사람을 상간녀에 파렴치한으로 만들어놓고 오해라는 말로 넘어가려는 유나의 행태에, 수현은 혀를 내둘렀다.

"난 그렇다고 딱 부러지게 말한 게 아니라, 그럴 수도 있지 않을까 하는 내 개인적인 생각을 말한 것뿐이야."

"개인적인 생각?"

"내가 어떻게 느끼는지는 내 자유 아니야?"

수현은 청산유수로 개소리를 지껄이는 유나를 빤히 쳐다보며 실소를 터뜨렸다.

"네 머리랑 네 입은 너무 자유로운 거 아니니? 미친년 널뛰는 것도 너보다는 낫겠다."

유나가 오만상을 찌푸렸다. 차분하게 사람 열 받게 하는 걸로 수현을 따라올 사람이 없다는 건 이미 경험해서 알고 있었지만, 겪을 때마다 머리칼이 곤두설 만큼 짜증이 솟구쳤다.

"기분 내키는 대로, 즉흥적으로, 하고 싶은 대로 다 하는 거 강유나 전매특허라는 건 알지만, 적당히 좀 해. 장난으로 던진 돌에 개구리는 맞아 죽어."

수현이 잊을 뻔했다는 듯 한마디 덧붙였다.

"다행히 난 개구리가 아니라 안 죽었지만."

유나는 못 들은 척 시선을 창밖으로 돌렸다.

"언제까지 이렇게 치졸하고 악의적으로 살래? 차라리 무슨 일을 벌이고 싶으면 네가 직접 해. 다른 사람 통해서 장난치지 말고. 너처럼 제정신 아닌 애한테 이용당하는 사람들은 무슨 죄니?"

참지 못하고 자리에서 벌떡 일어난 유나가 서슬 퍼런 눈빛으로 수현을 쏘아보았다.

"발에 치이게 많은 작곡가 따위가 감히. 오빠 믿고 눈에 뵈는 게 없어?"

"난 지금 JM에 네 오빠 뒷배로 있는 게 아니야. 회사에 도움을 주고 있는 거라고. 제발 현실 파악은 좀 하고 떠들어."

"……."

유나는 홧김에 발끈했을 뿐 수현이 한 말이 현실이라는 걸 잘 알기에 더는 받아칠 말이 없었다.

"발에 치이게 많은 작곡가들 다 놔두고 왜 회사에서는 내가 딴 데랑 작업할까 봐 불안해하겠니? 왜라고 생각해?"

"내, 내가 알 게 뭐야……."

"알고 싶지 않아도 알아라, 좀. 무식이 충만한 줄은 알고 있었지만, 보면 볼수록 가관이네."

수현은 입술을 잘근잘근 깨물고 있는 유나를 보면서 한숨을 푹 내쉬었다.

"알았어. 네가 원하는 거 들어줄게."

"내가 원하는 게 뭔 줄 알고?"

"너 나 보기 싫지? 이제 나랑 볼 일 없게 해 주려고."

"그래주면 나야 고맙지."

유나의 입꼬리가 하늘로 향했다.

"내가 할 건 딱히 없는데?"

"······?"

유나는 수현이 하는 말을 알아듣지 못했다.

"네가 내 앞에 안 나타나 주면 되거든. 그럼 우리 안 봐도 되잖아."

"······."

"못 알아들었니? 조금 반성하는 척하다가 활동 시작할 생각을 하고 있다면 꿈 깨라는 말이야."

당연히 그럴 생각이었다. 유나는 주성이 친동생인 자신을 이대로 방치할 거라고는 생각지 않았다. 길어야 한 달이면 오빠의 화도 풀릴 거고, 그동안 휴식을 취하는 셈 치자고 생각했다. 그런데 활동을 하지 말라니?

"······뭐라고?"

"그래도 나는 이성과 배려라는 게 있는 사람이라 영원히 활동하지 말라고는 안 해. 딱 일 년만 쉬어."

"일 년 같은 소리 하고 자빠졌네. 네가 뭔데 내 활동을 간섭해?"

"내가 뭐냐고? 네 약점 잡고 있는 사람."

"······!"

유나의 몸이 크게 움찔했다.

"멍청한데 부지런하면 최악이라는 말, 너 같은 애들을 두고 하는 말이야. 그러니까 앞으로는 나대지 말고 조용히 살아. 만약 한 번만 더 이상한 짓 하면, 지금까지 네가 벌였던 일들 다 터뜨릴 테니까. 나 음주 운전으로 몰아가려고 사주한 거, 내 곡 훔쳐서 고철용한테 넘긴 것까지 전부 다. 싹 다."

굳이 지나간 일을 언급하고 싶지는 않았지만, 하늘 아래 무서울 것 하나 없어 보이는 유나에게 할 수 있는 경고는 이것뿐이었다.

"세진이랑 내 열애설 실어달라고 기자랑 접촉한 거나, 없는 얘기 지어내서 날 상간녀 만든 건 명예훼손이나 모욕죄가 되는지 안 되는지는 잘 모르겠다. 근데 연예인이라는 직업이 꼭 법적인 잣대로 평가되는 직업은 아니잖니? 네가 한 짓거리들을 널리 알릴 수만 있다면 인터뷰도 마다하지 않을 생각이야. 법적으로든 사회적으로든, 난 뭐든지 할 용의가 있다는 것만 알아둬."

수현은 잠시 말을 끊고 숨을 몰아쉬었다.

"원체 말귀를 못 알아먹어서 구구절절 설명하느라 입 아프다."

이렇게 일방적으로 혼자 떠들어본 건 난생처음인 것 같았다.

"그러니까 결론은 일 년 푹 쉬라고. 책도 좀 보고. 종교를 가져 보는 것도 좋을 것 같네."

어찌나 꽉 깨물었는지 유나의 입술에서 피가 배어나고 있었다. 하지만 수현이 정말로 법적 절차를 밟을지도 모른다는 두려움 때문에 입도 뻥긋하지 못했다.

"다시는 보지 말자, 강유나."

유나에게 얼굴을 가까이 대고 싱긋 웃으며 속삭인 수현은 몸을 돌려 왔던 길을 되돌아가기 시작했다. 유나가 허탈한 심정으로 소파에 털썩 주저앉은 순간이었다. 도도하게 걸어가던 수현이 갑자기 그 자리에 우뚝 멈춰 섰다.

"아 참."

뒤로 돌아 다시 소파로 향한 그녀는 주먹 쥔 손으로 유나의 머리통을 후려갈겼다.

퍽!

"악!"

얼마나 세게 때렸는지 둔탁한 소리가 거실을 울릴 정도였다.

"말로만 넘어가자니 나도 좀 억울해서 말이야."

차라리 따귀를 맞았다면 자존심이 덜 상했을지도 몰랐다. 주먹으로 머리통을 맞은 건 유나에겐 일생일대의 굴욕이었다. 수현은 부들부들 떨고 있는 유나를 무심한 눈으로 내려다보고 서 있다가 거실의 장식장을 향해 걸음을 옮겼다. 그러고는 장식장 문을 열고 크리스털로 만든 사슴 장식품을 집어 들었다. 유나가 프랑스 여행 중에 샀다면서 세상에 하나뿐인 작품이라고 입에 침이 마르도록 자랑했던 것이었다. 얼마인지는 몰라도, 정교하기 그지없는 자태로 보건대 보통 값나가는 물건이 아니라는 건 짐작이 갔다. 그제야 수현이 무엇을 하려는 건지 알아차린 유나의 얼굴이 사색이 되었다.

"안 돼!"

수현은 들은 척도 하지 않고 장식품을 바닥에 힘껏 내던졌다.

쨍그랑!

날카롭고 경쾌한 소리가 귓전을 때렸다.

"금전적인 부분은 이걸로 상계하자."

철용에게 뺏긴 곡은 이 일을 덮기로 한 이상 다시 세상에 내놓을 수 없는 곡이었다. 그가 돈을 벌게 놔둘 생각은 없지만, 수현도 그 곡으로 수익을 낼 수 없다는 의미였다. 그렇기에 이 정도 분풀이가 과하다고 생각하지 않았다.

"이번엔 진짜 안녕."

수현은 빙그레 웃으며 몸을 돌렸다.

개운하게 유나의 아파트를 나온 수현이 다음으로 찾아간 사람은 주성이었다. 책상에 앉아 결재해야 하는 서류를 들여다보고 있던 주성이 이사실에 들어선 그녀를 보고 자리에서 일어났다.

"수현아."

주성의 얼굴에 미소가 떠오른 것과 반대로 수현은 그를 보자마자 미간을 찌푸렸다.

"전 유부남 꼬신 천박한 여자 취급, 받고 싶지 않아요."

수현이 다짜고짜 내뱉은 말에 주성이 어안이 벙벙한 얼굴로 되물었다.

"그게 지금…… 무슨 말이야……?"

"이사님 이혼에 엮이는 일 없었으면 좋겠어요."

"……무슨 일 있었어?"

수현이 이렇게까지 정색하는 걸 처음 본 주성으로서는 당황하지 않을 수 없었다.

"김성혜 씨가 찾아오셨어요. 저와 이사님 사이를 오해하신 모양이에요."

주성의 얼굴이 분노로 일그러졌다. 그는 지금 제 손에서 서류가 구겨지고 있는 줄도 모르고 있었다.

"강유나 단속 좀 하세요. 하도 이 말 저 말, 말 같지도 않은 말들만 떠들고 다녀서 제가 아주 곤란해요."

지금까지 한 번도 유나의 만행을 제 입으로 얘기해 본 적 없었던 수현이 단도직입적으로 말을 꺼낸 이유는 통제와 관리가 필요한 유나를 그냥 내버려 둬서는 안 된다고 판단했기 때문이었다.

"하아…… 강유나……."

유나가 성혜를 들쑤셨다는 것을 알게 된 주성이 나직한 탄식을 토해냈다.

"조용히 일만 할 수 있게 해주세요."

"수현아, 일단 앉아서……."

"나가보겠습니다."

주성의 말을 끊어버린 수현은 깍듯하게 인사를 하고 이사실을 빠져나갔다.

유나는 거실에 울려 퍼지는 초인종 소리에 화들짝 놀랐다. 매니저나 코디는 비밀번호를 누르고 조용히 들어오기 때문에 초인종이 울리는 건 한 달에 한두 번이나 될까 말까였다. 그런데 오늘만 두 번째였다. 수현이 다시 왔나 싶어서 다급하게 도어 모니터로 달려간 유나는 저도 모르게 안도의 한숨을 내쉬었다. 모니터에 비친 얼굴은 수현이 아니라 주성이었다.

"오빠가 웬일이지?"

유나는 갑작스러운 주성의 방문이 의외였지만, 마침 잘됐다 싶었다. 수현이 그에게 자신이 한 짓을 말했으리라는 생각은 미처 하지 못하고, 수현의 만행을 일러바칠 생각뿐이었다. 문을 열어주고 그가 집에 들어오기를 안달하며 기다리던 유나는 주성을 보자마자 쪼르르 달려갔다. 그런데 뭔가 분위기가 이상했다. 유나가 그의 표정이 심상치 않다고 느낀 순간, 주성은 그녀의 뺨따귀를 세차게 올려붙였다.

"깍!"

유나가 그의 힘을 이기지 못하고 바닥에 나동그라졌다. 겁을 먹은 유나는 벌벌 떨기만 할 뿐 아무 말도 할 수 없었다. 제 앞에서 휴대폰이 박살났던 것도 충격이었지만, 따귀를 맞은 것에 비할 바는 아니었다. 태어나서 처음으로 따귀를 맞은 것이었다. 하물며 다른 사람도 아니고 친오빠였다. 주성이 차가운 시선으로 유나를 내려다보며 말문을 열었다.

"수현이 건드리지 말고 죽은 듯이 지내. 봐주는 건 이걸로 끝이야."

그는 할 일을 끝냈다는 듯 싸늘하게 몸을 돌려 집을 나가 버렸다. 유나는 바닥에 주저앉아 주성이 나간 현관을 멍하니 바라보았다. 그녀의 코에서 피가 줄줄 흘러내리고 있었다.

♪♩♪♬

녹음실에 들어선 수현은 묘한 분위기를 감지했다. 녹음실에는 음향 엔지니어와 세진의 코디네이터인 영주, 모든 활동이 정지된 유니 덕분에 한가해진 그녀의 매니저까지 셋이 함께 있었다. 낮은 목소리로 뭔가를 속닥거리던 그들은 수현을 보자마자 일제히 꿀 먹은 벙어리가 되었다. 순간적으로 어색한 정적이 녹음실 안을 가득 메웠다.

"언니…… 오셨어요……?"

영주가 어물거리며 말문을 열었다.

"내 욕하던 중이었으면 자리 피해줄까?"

수현이 담담하게 꺼낸 말에 영주가 펄쩍 뛰며 손사래 쳤다.

"언니 욕한 거 아니에요!"

"욕은 아니라니 다행이다. 그래도 내 얘기한 건 맞는 거 같은데?"

뜨끔한 세 사람은 서로에게 미루듯 눈치만 살폈다. 이번에도 총대를 멘 건 영주였다.

"여기 좀 앉아보세요."

소파에서 벌떡 일어난 영주는 수현을 끌어다가 제 옆에 앉혔다.

"언니…… 저기…… 그 소문…… 아니죠……?"

영주는 어렵게, 어렵게 말을 마쳤다.

"무슨 소문?"

수현은 대체 무슨 소문이기에 이렇게 뜸을 들이나 싶어 어리둥절했다. 영주는 망설이기만 할 뿐 섣불리 대답하지 못했다.

"말을 꺼냈으면 끝까지 해. 무슨 소문인데 그래?"

수현이 답답하다는 듯 채근하자, 영주가 조심스럽게 입을 열었다.

"이사님하고…… 언니하고…… 그런…… 사이라고……."

"그런 사이?"

무슨 의미인지 몰라서 되물은 건 아니었다. 하도 기가 막혀서 저절로 나간 말일 뿐이었다.

"이사님 사모님이랑 언니가 만나는 걸 본 사람이 있대요. 서로 머리채 잡고 다투셨다고……."

영주는 기왕 말을 꺼낸 김에 솔직하게 돌고 있는 소문을 털어놓았다.

"머리채를 잡아?"

가까이 다가간 적도 없는데 머리채를 잡았다니, 수현은 어이가 없었다. 원거리 공격을 주고받았을 뿐이라고 말하고 싶은 마음이 굴뚝같았지만, 사실을 말할 수는 없는 노릇이었다. 일단은 제 입에서 무슨 말이 나올까 눈을 빛내고 있는 세 사람에게 명확한 해명을 하는 게 우선일 것 같았다.

"만난 건 맞지만, 머리채를 잡은 적은 없어. 그분이 뭔가 오해하신 거야."

수현은 어제와 오늘에 걸쳐, 지금까지 살아오면서 거의 쓴 적이 없던 '오해'라는 단어를 자꾸만 입에 올려야 했다. 언짢고 억울했다.

"그렇죠? 전 아니라고 생각했는데…… 소문이…… 언니가 아무도 안 만나시는 게 이사님 때문이라고……."

만나는 남자가 없다는 게 이런 소문에 신빙성을 더해준다면, 까짓것 남자를 만들면 될 것 아닌가.

"만나는 사람 있어."

수현이 단호한 어조로 말했다.

"정말요?"

세 사람의 눈이 동시에 커졌다. 한세진이라는 마성의 남자에게도 눈길을 주지 않던 수현이 누군가를 만난다는 것만으로도 놀라운 소식이었다. 이미 세 사람의 머릿속에서 불륜이라는 소문은 사라지고 없었다.

"그럼 거짓말이겠어?"

물론 거짓말이었지만, 제 평판을 지키기 위해서 이 정도 거짓말쯤이야 못 할 것도 없었다.

"혹시 그 잘생긴 변호사님이세요?"

지혁의 존재는 벌써 회사에 소문이 쫙 퍼져 있었다. 유나가 들이댔다가 눈길 한 번 못 받고 나가떨어졌다는 얘기부터, 회사까지 찾아오며 지극정성을 보이고는 있지만 수현이 거들떠보지도 않는다는 등 여러 가지 말이 돌고 있었다. 특별히 틀린 말은 없었다.

수현은 갑자기 난감해졌다. 가상의 남자를 설정한 것뿐인데 대뜸 지혁이 지목되다니 이건 계획에 없던 것이었다.

"맞구나! 어쩐지!"

수현의 침묵을 긍정으로 간주한 영주가 호들갑을 떨어댔다.

"정말요? 둘이 엄청 잘 어울리시던데."

유나의 매니저가 한마디 거들자, 엔지니어가 섭섭하다는 듯 울상을 지었다.

"나만 모르는 거야? 그분 저도 좀 보여주세요. 누나가 어떤 분 만나시는지 되게 궁금하다."

아니라고 말할 타이밍을 놓쳐 버린 수현의 얼굴에 낭패감이 드리워졌다.

"……나중에."

철석같이 지혁이라고 믿고 있는 그들에게 지금 그녀가 할 수 있는 말은 그게 전부였다.

"누나, 진짜 축하드려요."

"그 변호사님 대박 멋지시던데 너무 부러워요."

"행쇼!"

세 사람은 한마음, 한뜻으로 수현을 축하했다. 얼떨결에 축하 인사를 받은 수현은 졸지에 지혁과 애인 사이가 되어버렸다. 이제 아니라고 무르는 건 도저히 불가능해 보였다. 그렇다면 좋게 생각하기로 했다.

'지혁 씨랑 같이 볼 일만 없으면 되지, 뭐. 내가 무슨 얘기를 했는지 자기가 어떻게 알 거야.'

하지만 그 말은 불과 열 시간도 채 가지 않았다.

그날 저녁, 수현은 지혁의 연락을 받고 회사 밖으로 헐레벌떡 뛰어나가야만 했다.

"나 기다렸어? 왜 뛰어나와?"

"기다리긴 누가 기다려요."

말을 하면서도 그녀는 연신 주위를 두리번거렸다. 이미 오전에 한 말이 회사 전체에 빠르게 퍼져나갔고, 지나가다가 마주치는 사람마다 축하 인사를 건네 왔다. 덕분에 주성과 얽힌 소문은 쏙 들어갔지만, 이건 이거대로 난감할 따름이었다.

"여긴 왜 자꾸 오시는 거예요?"

수현의 타박을 지혁이 태연하게 받아쳤다.

"왜겠어. 너한테 잘 보이려는 거지."

그는 하루가 다르게 능글맞아지고 있었다.

"……빨리 가세요."

"아직 일 끝나려면 멀었어?"

사실 지혁이 여기까지 또 온 건 수현이 걱정되어서였다. 어제보다 더 험한 일을 겪고 있지는 않을까 온종일 신경이 쓰여서 와본 것이었다.

"네. 그러니까 빨리 가세요."

"내가 여기 더 있으면 안 되는 이유라도 있어?"

별일은 없어 보여 다행이라고 생각하면서도, 지혁은 수현이 자신을 잡상인 취급하듯 몰아내려고 하는 것 같아 기분이 상했다.

"……직원들 나올 때 됐단 말이에요."

저녁을 먹고 헤어지자면서 어디를 갈까 의논하던 모습을 보고 나왔기에 마음이 급했다. 이제 최소 일곱 명 이상의 직원들이 밖으로 나올 텐데 지혁을 보게 되면 낭패였다. 하지만 수현의 조급한 심경을 그가 알 리 없었다.

"근데?"

지혁은 대답을 꼭 들어야겠다는 듯 물러서지 않았다. 수현은 '제발 좀 가주세요!'라고 소리치고 싶었다. '어쩌다 보니 당신이 내 애인이 됐어요!'라고 말할 수는 없지 않은가. 할 말을 찾지 못하고 머뭇거리는 수현에게 지혁이 다시 물었다.

"동료들한테 보이면 안 될 만큼 내가 부끄러운 존재야?"

세상천지에 그를 부끄러워할 사람이 있을지를 의심해야 할 만큼, 그는 자랑하고 싶은 남자이지, 결코 숨겨야 할 남자는 아니었다. 전후 사정을 모르는 지혁이 그렇게 생각하는 것도 무리가 아니라는 생각은 들었으나, 수현으로서는 어찌할 도리가 없었다.

"그런 게 아니라……."

"그런 게 아니면?"

일단 대충 둘러대고 그를 보낸 후에 대응책을 고심해 볼 요량으로 수현이 입을 열려는 순간, 저만치에서 호들갑스러운 목소리가 들려왔다.

"어머, 변호사님!"

직원들과 함께 밖으로 나오던 영주가 지혁을 한눈에 알아보고 달려온 것이었다.

"아, 변호사님은 제가 누군지 모르시겠구나. 저 세진 오빠 코디예요. 전 오며 가며 변호사님 얼굴도 뵙고, 얘기도 듣고 했어요."

지혁이 인사를 건네려는 순간, 어느새 다가온 직원들이 너나 할 것 없이 한마디씩 쏟아냈다.

"축하드립니다!"

"이분이셔?"

"진짜 축하드려요."

지혁은 무슨 상황인지 어리둥절할 뿐이었다. 대체 뭘 축하한다는 건지 목적어를 듣고 싶었다. 수현에게 시선을 돌려보니, 언제나 차분하고 담담한 수현이 어쩔 줄 몰라 하는 게 보였다. 뭔가 있는 건 분명한데 그게 뭔지 도통 알 수가 없었다. 하지만 그는 무슨 일이냐고 묻지 않았다. 돌아가는 상황을 모를 때는 입을 열지 않는 게 최선이라는 걸 알기 때문이었다. 기다리는 자에게 복이 온다고 했던가? 직원 중 한 남자가 실마리를 던져주었다.

"어떻게 누나처럼 예쁘고, 능력 있고, 성격 좋은 여자를 차지하셨는지 부럽습니다, 정말."

모든 퍼즐이 한 방에 맞춰졌다. 직원들은 자신과 수현을 연인 관계라고 생각하고 있는 게 분명했다. 수현은 당황해하고 있을 뿐, 아니라고 부인하지 않았다. 그렇다면 결론은 하나, 수현이 이 상황을 만들었다는 의미였다. 지혁으로서는 손해 볼 것 없는, 아니, 아주 바람직한 상황이었다.

"감사합니다."

천연덕스러운 지혁의 대답에 수현은 흠칫 놀랐다. 대번에 어떻게 돌아가는 상황인지 파악하고 장단을 맞춰주는 그가 새삼 또 대단해 보였다. 속으로는 어땠을지 몰라도, 겉으로는 처음부터 끝까지 동요하는 기색이 전혀 보이지 않았다. 그의 포커페이스는 감탄스러울 정도였다.

"저희 지금 삼겹살 먹으러 갈 건데, 변호사님도 같이 가세요."

지혁은 영주의 권유를 마다하지 않았다.

"그러시죠. 제가 대접하겠습니다."

"정말요? 변호사님이 쏘시는 거면 삼겹살은 좀 약한 거 같은데. 한우로 바꿔도 돼요?"

"됩니다."

모두 열렬한 환호로 그의 통 큰 제안에 화답했다. 못마땅한 건 수현뿐이었다.

'성인 열 명이 한우를 먹으면 돈이 얼만데……'

사무실 개업 자금으로 집까지 처분한 사람이 이런 쓸데없는 데에 돈을 쓰는 게 불만스러웠다. 그렇지만 모두 자신으로 인해 비롯된 일이었기에 뭐라고 할 수도 없었다.

'내 카드로 계산하라고 하면 거절하겠지?'

그가 받지 않으리라는 건 굳이 시도해 보지 않아도 예측 가능했다. 다른 방법을 고심 중이던 수현은 뒤늦게 주위가 조용해졌다는 사실을 깨달았다. 직원들은 이미 저 앞으로 걸어가고 있었고, 제 옆에 서 있는 건 지혁뿐이었다.

"나한테 이 상황을 어떻게 설명해야 하나 고민 중이야?"

"아, 그게……."

지혁이 말끝을 흐리는 수현의 등허리를 가볍게 툭 쳤다.

"가면서 얘기하자. 뒤따라간다고 했어."

두 사람은 나란히 걸음을 옮겼다.

"굳이 다른 설명은 안 해도 될 거 같고, 한 가지만 말하면 되겠네."

수현이 고개를 돌려 그를 올려다보았다. 그녀의 눈이 그 한 가지가 뭐냐고 묻고 있었다.

"거짓말을 한 이유."

불가피한 사정이 있지 않고서야 수현이 이런 거짓말을 했을 리 없었다.

"회사에 저랑 이사님이랑 부적절한 관계라는 소문이 돈대요."

정작 당사자인 수현은 남의 이야기를 전달하듯 담담했지만, 지혁은 대놓고 불쾌함을 내비쳤다.

"부적절한 관계?"

그의 이마에 핏줄이 불끈 치솟았다.

"해명을 하다가 만나는 사람이 있다는 말이 나오게 됐는데, 뜻하지 않게 지혁 씨가 등판하게 된 거죠. 내 입으로 말한 건 아니었어요."

굳이 덧붙이지 않아도 짐작했던 바였다.

"그랬겠지."

"금방 해결할 테니까 불편하더라도 오늘만 참아주세요. 죄송해요."

"나 불편한 거 아주 싫어해."

지혁의 단도직입적인 말에 무안해진 수현이 얼굴을 붉혔다. 그녀는 내심 그가 자신에게 호감을 느끼고 있으니 이런 거짓말에 크게 기분 상해할 거라고 생각하지 않았다. 그런데 그건 제 착각인 모양이었다.

"그, 그럼 지금 바로……."

지혁은 지금 당장 진실을 밝혀야겠다는 생각으로 걸음을 재촉하는 수현의 손목을 덥석 붙잡았다.

"사람 말 좀 끝까지 듣지?"

강제로 멈춰선 수현이 지혁을 돌아보았다.

"불편한 거 아주 싫어하고, 싫어하는 건 안 해. 근데 내가 지금 장단을 맞춰주고 있는 건 싫지 않다는 거야."

'싫지 않다…….'

수현은 속으로 그의 말을 되뇌었다. 좋다는 말도 아닌, 싫지 않다는 말이 왜 듣기 좋은지 모를 일이었다.

"알아들었어?"

"……."

못 알아들을 수가 없었다. 그의 말, 그의 눈이 명확히 알려주고 있었다. 수현의 침묵 또한 지혁에게 충분한 대답이 되었다.

"이러다 놓치겠다. 서두르자."

두 사람이 한우 전문점에 들어섰을 때, JM 직원들은 이미 자리를 잡고 앉아 있었다. 지혁과 수현이 자리에 앉자마자 기다렸다는 듯 영주의 질문이 시작되었다.

"두 분은 어떻게 알게 되신 거예요? 소개팅?"

"수현이가 친구 동생입니다."

영주가 호기심 가득한 눈으로 다시 물었다.

"그럼 친구네 집 드나들면서 점점 사랑이 싹튼, 그런 케이스예요?"

지혁이 망설임 없이 대답했다.

"아니요. 첫눈에 반했습니다."

지혁의 단호한 대답에 여기저기서 탄성이 터져 나왔다. 그러나 수현의 얼굴은 떨떠름하기 그지없었다.

'첫눈에 반했다고?'

장단을 맞춰줘서 고맙긴 한데, 이건 좀 과하다 싶었다. 거짓말로 이런 상황을 만든 자신이 누굴 지적할 입장은 아니었지만, 그가 이토록 천연덕스럽게 거짓을 말하는 사람인 줄은 미처 알지 못했기에 내심 실망스러웠다. 주문한 고기가 나오면서 두 사람은 일단 화제의 중심에서 벗어날 수 있었다. 고기는 굽는 족족 흔적도 없이 사라졌고, 술은 금세 바닥을 드러냈다. 변호사라는 직업의 특성상 돈을 잘 번다는 인식이 있었기에, 다들 추가 주문에 전혀 거리낌이 없었다. 수현은 제발 꿀떡꿀떡 삼키지 말고 좀 씹고 나서 넘기라고 말하고 싶은 심정이었다. 결국, 지혁은 이천 원이 빠지는 사십만 원을 결제해야만 했다. 함께 2차를 가자는 제의를 완곡하게 거절한 지혁과 수현은 차를 가지러 다시 회사로 향했다. 수현이 먼저 말문을 열었다.

"거짓말이 아주 능숙하시던데요?"

"거짓말한 기억이 없는데?"

고개를 갸웃거리는 지혁에게 수현이 빈정거리듯 반문했다.

"첫눈에 반하셨다면서요?"

"그게 왜?"

"설마 꽃뱀한테 반하셨을 리가요."

그제야 수현이 무슨 말을 하는지 알아들은 지혁이 피식 웃으며 받아쳤다.

"그날 말고."

"……그날이 아니면요?"

"우리가 정말 처음 본 날."

그는 얼마 전까지만 해도 수현을 처음 만났던 날의 기억이 아직도 지워지지 않는 이유가 뭔지 알지 못했다. 그러다가 불현듯 자신이 그 날 수현에게 반했다는 사실을 자각했던 것이다.

"정말 처음 본 날……."

수현은 저도 모르게 그의 말을 따라 하며 기억을 더듬었다. 그와 처음 본 건 십오 년 전…… 당시 지혁은 고등학교 2학년이었고 자신은 초등학교 6학년이었다. 갑자기 수현이 인상을 찡그렸다.

"저 그때 초등학생이었는데요?"

"그게 뭐?"

"초등학생한테 반했다는 건 좀……."

"갑자기 변태가 된 기분인데? 그때 내가 뭘 하자고 한 것도 아니고, 그냥 그랬다는 건데 뭐가 문제야? 누가 그때부터 예쁘래?"

"……."

이건 핀잔인가 칭찬인가. 수현은 오늘도 역시 그의 의도를 명확히 파악하지 못했다. 어느 쪽인지 잘은 몰라도, 듣기 민망한 말이라는 것만은 확실했다. 그래서 은근슬쩍 화제를 넘겼다.

"오늘 고깃값 제가 드릴게요."

"내가 쏘기로 한 건데 네가 왜?"

"저 때문에 쓰신 거잖아요."

"아니. 내가 쓰고 싶어서 쓴 거야."

사십만 원이나 되는 큰돈을 쓰고 싶을 이유가 전혀 없는 자리였다.

"쓰고 싶기는……."

수현이 혼잣말처럼 중얼거렸다.

"애인이 술값 계산해 주면 여자들 기가 확 산다면서? 너 그거 하라고."

제 기를 살려주기 위해 한 행동이라는 걸 알게 된 수현은 감동했지만, 겉으로는 괜히 퉁명스러운 척 툴툴거렸다.

"……그런 거 안 해도 기죽어 본 적 없어요."

"지난번에 못 들었던 말, 오늘 듣자."

"……?"

"그냥 고맙다고 한마디 하면 된다고."

고마울 땐 고맙다고 하면 되는 거였다. 수현은 이치를 거스르려 한 자신을 반성하며, 그가 원하는, 그리고 자신이 느끼는 감정을 솔직히 털어놓았다.

"고마워요."

집으로 돌아온 지혁은 곧장 호영의 방으로 향했다.

"호영아."

휴대폰으로 웹툰을 보면서 침대를 뒹굴던 호영이 슬금슬금 일어나 앉았다.

"……왜 그렇게 부르는데? 네가 친한 척하면 무섭다, 인마."

"어떤 여자가 좋아졌어."

"어?"

호영의 눈이 금방이라도 튀어나올 듯 커졌다. 갑작스럽기도 했고, 지혁을 알게 된 이래로 처음 들어본 말이기 때문이었다.

"누구야? 어떤 여잔데?"

싫은 것과 싫지 않은 것이 세상에 전부인 것 같은 지혁의 입에서 좋아졌다는 말까지 나오게 한 여자가 누군지 궁금하지 않을 수 없었다.

"수현이."

"……수현이?"

멍하게 되물은 호영은 이내 지혁과 자신이 '수현이'라고 부를 수 있는 사람은 한 사람뿐이라는 데에 생각이 미쳤다.

"……설마 우리 수현이?"

"우리가 아는 사람 중에 수현이가 또 있어?"

믿을 수 없다는 듯 눈을 부릅뜬 호영이 벌컥 소리를 질렀다.

"수현이가 좋아졌다고?"

지혁은 여전히 태연했다.

"그렇다고."

지혁과 수현이 티격태격하는 것만 봐왔던 호영에게는 청천벽력과도 같은 말이었다.

"나 모르게 만나고 있었던 거야? 언제부터?"

"네가 말한 '만나고'의 의미가 사귄다는 의미라면 아직이야."

"……그럼?"

"난 수현이가 좋아졌다는 말밖에 안 했는데 앞서 나가지 좀 말지?"

"설마 너 혼자만 좋아하는 거냐?"

호영에게는 지금 지혁이 하는 모든 말이 '설마'였다.

"지금은."

아직은 그렇게밖에 말할 수 없었다.

"류지혁이 짝사랑 중이라고?"

"뭐, 일단은."

호영은 요즘 들어 달라진 지혁의 행동들이 이제야 이해되었다.

"와, 송수현 대박이네."

그를 달라지게 한 여자가 수현이라는 사실이 놀라울 따름이었다.

"근데 지혁아."

돌연 호영의 표정과 목소리가 심각해졌다. 조금의 장난기도 찾아볼 수 없었다.

"말해."

"난 너희 둘, 반대하고 싶다."

호영이 놀랄 줄은 알았어도 반대하고 싶다는 말까지 할 거라고는 예상치 못했던 지혁은 내심 당황했지만 내색하지 않고 담담하게 물었다.

"이유는?"

"넌 나쁜 놈이니까."

이런 대답이 나올 줄은 더더욱 짐작하지 못했다.

"내가 아무리 오빠라도, 수현이도 성인인데 이런 말 하는 거 오버라는 거 알아. 아는데······."

"네가 무슨 말 하고 싶은지 알아."

"넌 친구로서는 괜찮은 놈이야. 근데 여자한테는 아니야. 나는 수현이 옆에 좋은 남자가 있었으면 좋겠다."

지혁은 호영의 말을 곰곰이 되새긴 다음, 진지하게 입을 열었다.

"내가 그렇게 나쁜 놈이냐?"

"그럼 아닌 줄 알았냐?"

"좋은 남자라고는 생각하지 않았지만 나쁜 남자인 줄도 몰랐다."

"제 할 일 다 하고 남는 시간에 만나주고, 여자가 그걸로 잔소리 좀 하면 바로 정리하고, 대체 이게 나쁜 거 아니면 어떤 게 나쁜 거냐?"

"······나쁜 놈 맞네."

순순히 인정한 지혁이 호영에게 다시 질문했다.

"우리가 안 지 얼마나 됐지?"

"고2가 열여덟이고······ 지금 서른셋이니까······ 만으로 십오 년? 햇수로 십육 년?"

왜 뜬금없는 걸 묻는지 의아해하면서도 호영은 열심히 손가락을 꼽아가며 계산했다.

"내가 수현이한테 장난치는 것처럼 보여?"

장난으로 보이지 않았다. 그랬다면 자신에게 말할 이유도 없었을 테니 말이다.

"나 지금 수현이한테 너와의 그 세월도 같이 걸었어."

호영은 오랜 세월 보아왔기에 누구보다 지혁을 잘 알았다. 지혁은 제 마음에 확신이 없다면 함부로 이런 말을 입에 올릴 성격이 아니었다.

"너 내가 수현이 가볍게 만나고 헤어지면 나 볼 거냐? 안 볼 거잖아."

"당연히 안 보지. 안 보기만 할까 봐? 가만히 안 두지."

"나 네가 생각하는 것보다 훨씬 더 진지해. 가볍지도 않고, 쉽지도 않아. 그러니까 반대하지 마라."

두 사람 사이에 잠시 정적이 감돌았다. 지혁은 인내심을 가지고 호영의 말문이 열리길 기다렸다.

"내가 반대하면 우리 수현이 포기할 거냐?"

"아니."

호영은 망설임 없이 대답하는 지혁을 노려보다가 갑자기 혼잣말을 중얼거렸다.

"수현이…… 쉽게 마음 열지 않을 텐데……."

"그건 내가 알아서 할 문제고."

지혁의 의연한 대답에도 불구하고, 호영은 걱정스러운 표정으로 그를 바라볼 뿐이었다.

어려운 여자

이른 아침, 지혁은 출근 준비로 부산을 떠는 호영과 달리 식탁에 앉아 커피를 마시며 조간신문을 읽고 있었다. 아무리 인터넷 뉴스가 발달했다고 해도 그는 종이에 인쇄된 활자를 좋아했다. 여유로운 시간을 보내고 있던 지혁의 귀에 호영의 목소리가 들려왔다.

"오늘 저녁에 엄마 온대."

눈을 들어보니 출근 준비를 마친 호영이 식탁 의자를 짚고 서 있었다.

"내일이 친구 딸 결혼식이라나 뭐라나."

호영의 부모님은 수현이 고등학교를 졸업함과 동시에 서울 생활을 정리하고 제주도로 내려갔다. 그 시기와 호영의 입대가 맞물리면서 수현은 학교 근처 고시원에서 살기 시작했고, 호영도 제대 후 원룸을 얻어 혼자 살게 되었다. 그렇게 따로 살다가 각자 돈을 벌게 되면서 지금에 이른 것이었다.

"수현이네로 먼저 갈 거 같긴 한데, 분명히 반찬 바리바리 싸왔을 거라 여기도 건너올 거야. 집에 있을 거면 문 좀 열어줘. 비번 아니까 너 집에 없어도 상관은 없다."

"네가 모시러 안 가고?"

"우리 엄마 두 다리 튼튼한데?"

지혁이 어이없다는 눈으로 쳐다보자, 호영이 해명하듯 웅얼거렸다.

"요새 부장 저기압이라 칼퇴근 못 해⋯⋯. 공항 리무진 타고 편하게 올 텐데 뭘⋯⋯."

"수현이는?"

호영은 출퇴근 시간이 정해져 있는 회사에 다니니 그러려니 해도 수현은 프리랜서라 시간 조정이 가능할 텐데 왜 모시러 나가지 않는 건지 지혁으로서는 의아할 수밖에 없었다.

"엄마가 수현이한테는 오는 거 말하지 말랬어."

"왜?"

"알면 당연히 수현이가 나갈 거거든. 우리 엄마가 좀 독립적이고 주 체적인 신식 아줌마라서 바쁜 사람들 도로에서 시간 낭비하는 거 되 게 싫어해."

"넌 당연히 안 나올 거 아시고 말씀하신 거고?"

"그거지."

당당하게 대답해 놓고 뒤늦게 머쓱해진 호영이 휙 몸을 돌렸다.

"나 출근한다."

그날 저녁, 차에 두고 온 서류가 생각난 지혁은 집에서 나와 엘리베 이터로 향했다. 그런데 누군가 커다란 장바구니를 한쪽 어깨에 메고 다른 한 손에는 꽤 무거워 보이는 상자를 든 채 걸어오는 모습이 보였다. 대번에 호영의 어머니임을 알아본 지혁이 한달음에 달려갔다.

"주세요."

깜짝 놀라 순간적으로 몸을 움츠린 인화가 금세 지혁을 알아보고 환하게 웃었다.

"어머! 지혁이구나!"

"네, 어머니."

"고등학교 졸업식 날 보고 처음이지? 어쩜, 더 잘생겨졌네."

"그동안 안녕하셨죠?"

"나야 늘 그렇지, 뭐. 아줌마 많이 늙었지?"

"여전히 고우신데요."

입에 발린 말이 아니었다. 인화는 화장을 전혀 하지 않고 차림새도 수수한데도 불구하고 단아하고 고왔다. 누가 모자간 아니랄까 봐 서글서글한 눈매가 호영과 판박이처럼 닮아 있었다.

"여기서 이러지 말고 일단 수현이네로 가자. 연락을 안 하고 와서 집에 있는지 모르겠네."

지혁은 인화의 짐을 들고 앞장서서 걸어가 1202호의 초인종을 누르고 옆으로 비켜섰다. 잠시 후 현관문을 열고 나온 수현이 인화를 보고 순간적으로 멈칫했다. 눈도 깜빡이지 못하고 그대로 굳어 있던 그녀가 갑자기 큰 소리로 외쳤다.

"이모!"

지혁은 수현의 목소리가 그렇게 높아지는 걸 처음 들었다. 그녀가 강아지처럼 쪼르르 달려가 누군가의 품에 폭 파묻혀 안길 수 있다는 것도 처음 알았다.

'부러우면 지는 거다.'

그렇게 생각하면서도 지혁은 이미 자신이 졌다는 걸 알고 있었다.

"연락 좀 하고 오란 말이야."

놀랍고 반가운 마음도 잠시, 수현은 인화의 품에서 빠져나오며 인상을 팍 썼다. 인화가 토라진 척하는 수현의 뺨을 다정하게 어루만지며 웃었다.

"오면 오는 거고, 가면 가는 거지, 연락은 무슨."

그제야 이모를 문밖에 세워뒀다는 걸 깨달은 수현이 그녀의 손을 잡아끌었다.

"빨리 들어와."

"잠깐만."

인화가 지혁을 돌아보자, 수현은 그제야 그의 존재를 알아차렸다.

"두 사람…… 알지?"

지혁과 수현 둘 다 성격이 그다지 수더분하지 않다는 걸 알기에 혹시나 싶어 물어본 것이었다.

"그럼요. 아주 친합니다."

지혁의 대답에 안도한 인화의 표정이 밝아졌다.

"지혁이도 같이 들어가자."

"호영이 퇴근하면 같이 올게요. 수현이랑 시간 보내고 계세요."

지혁은 두 사람의 시간을 방해하고 싶지 않았다.

"그럼 이따가 수현이네서 저녁 먹자. 아줌마가 맛있는 거 많이 싸 왔어."

"이따 오세요."

한마디 거드는 수현을 향해 보일 듯 말 듯한 미소를 지어 보인 지혁은 인화가 가져온 짐을 안으로 옮겨주고 돌아갔다.

두 시간 뒤, 지혁과 호영은 수현의 집으로 건너갔다. 식탁 위는 여유 공간이라고는 찾아볼 수 없을 만큼 각종 음식으로 가득했다. 불고기에 잡채, 전까지 잔칫집을 방불케 하는 상차림이었다.

"이걸 다 만들어 온 거야?"

호영이 휘둥그레진 눈으로 식탁 위를 둘러보며 물었다.

"만들어 온 것도 있고, 와서 한 것도 있고. 자, 어서 먹자."

인화의 신호로 식사가 시작되었다.

"요새 마트에서 파는 음식들이 얼마나 맛있는데 뭘 이렇게 손수 만들어. 전자레인지에 뚝딱 데워먹으면 엄마가 만들어주는 거랑 별 차이도 없어."

구시렁거리는 말이 무색하게 허겁지겁 젓가락질을 하던 호영은 왠지 모를 싸한 분위기를 감지하고 슬쩍 고개를 들었다. 인화, 수현, 지혁에 시은까지 자신을 뚫을 듯한 눈빛으로 바라보고 있었다.

"아니, 나는…… 엄마가 고생스러우니까……."

다시 식사가 재개되자, 호영이 또 생각 없이 주절거리기 시작했다.

"엄마, 귤 가지고 왔다며?"

호영의 부모님은 제주도에서 작게 귤 농장을 하고 있었다.

"건너갈 때 좀 가져가."

"엄마는 아직도 아들 식성을 모르나? 내가 언제 귤 먹어?"

"전 먹어요, 어머니."

지혁의 말에 호영이 코웃음을 쳤다.

"야, 인마. 네가 무슨 귤을 먹어. 빈말하지 마."

분위기 파악에 소질이 없는 호영은 쉴 새 없이 말을 이었다.

"엄마, 인터넷에서 10kg짜리 귤 한 상자를 만 원에도 팔더라. 앞으로는 끙끙거리면서 들고 오지 말……."

퍽!

"악!"

호영의 머리를 정통으로 가격한 귤이 터지며 바닥으로 굴러 떨어졌다. 인화가 식탁에 놓아둔 귤 바구니에서 귤 하나를 집어 들어 호영의 머리에 냅다 던진 것이었다.

"아들, 시끄럽다."

한 대 맞고서야 정신을 차린 호영이 엄숙하게 대답했다.

"······조용히 먹겠습니다."

하지만 네 사람의 표정은 여전히 험악했다. 눈동자를 이리저리 굴리며 눈치를 보던 호영이 다시 입을 열었다.

"무릎 꿇고 먹을까요, 어머니······?"

지혁과 호영은 저녁을 먹고 금세 집으로 돌아왔다.

"어머니랑 얼마 만에 본 거야?"

호영이 기억을 더듬듯 고개를 갸웃거렸다.

"두 달? 석 달? 너 이사 오기 좀 전에 내가 한 번 내려갔다 왔어."

"좀 더 같이 있지, 뭘 이렇게 빨리 건너와."

"됐어. 엄마는 나보다 수현이랑 같이 있는 걸 더 좋아해."

호영이 심드렁하게 대꾸했다. 그는 무심한 아들의 전형이었다.

"어머니랑 수현이, 사이가 각별한가 봐?"

수현이 초등학생일 때부터 함께 살았다는 걸 알기에 남다른 정이 있을 거라는 생각은 했지만, 오늘 본 모습은 상상 이상이었다. 이모에게 이 정도면 엄마에게는 얼마나 애틋할까 싶기도 했다.

"그럼. 웬만한 모녀간 뺨을 후려치고도 남지."

지혁이 호영의 말에 동의하듯 고개를 끄덕였다.

"엄마들한테는 딸이 있어야 한다잖아. 딸 노릇, 수현이가 톡톡히

하고 있어. 실질적인 효도는 물론이고."

"실질적인 효도가 뭔데?"

"제주도에 근사한 이층집 지어드렸어. 얼만지는 몰라도 매달 꼬박
꼬박 돈도 보내는 거 같고."

호영은 마치 자신이 한 것처럼 우쭐거렸다. 그에게 수현은 부모님의
사랑을 나눠 가져야 할 질투의 대상이 아니라 기특하고 대견한 존재
였다. 호영은 진심으로 수현을 친동생이라고 생각하고 있었다.

"수현이가 딸 노릇 잘하는 건 알겠고, 그래서 넌 아들 노릇 언제부
터 할 거라고?"

불시에 약점을 공격당한 호영이 지혁의 시선을 외면하며 구시렁거
렸다.

"경제적 효도는 돈 잘 버는 자식이 하면 되는 거지……. 난 아직 무
리다."

"난 경제적 효도를 말한 게 아닌데?"

"……그럼?"

"말이나 좀 예쁘게 하지?"

"그, 그럴까……?"

호영이 멋쩍은 듯 허허 웃었다.

침대에 누워 있던 수현은 세수를 하고 방으로 들어온 인화를 보면
서 제 옆의 베개를 탁탁 내리쳤다.

"이모, 피곤할 텐데 얼른 자."

인화는 불을 끄고 침대로 걸어가 수현을 마주 보고 누웠다.

"요새 바쁘다면서? 일 안 해?"

"이모가 왔는데 일은 무슨 일이야."

갑자기 수현의 목소리가 시무룩해졌다.

"몇 달 만에 올라와 놓고 어떻게 내일 바로 내려가냐……."

"이모부 혼자 있잖아. 나 없으면 너희 이모부 굶어 죽어."

걱정도 팔자라고 한마디 하고 싶었지만, 수현은 지금까지 그렇게 생각하면서 살아온 이모에게 굳이 싫은 소리를 하고 싶지 않아 꾹 참았다.

"일 좀 한가해지면 네가 내려와."

"응."

고개를 끄덕이는 수현에게 인화가 조심스레 물었다.

"엄마랑은…… 언제 통화했어……?"

"언제였더라…… 작년 시월이었나……."

수현은 환절기마다 감기를 심하게 앓고 지나갔다. 열이 40도 넘게 올라서 이틀을 꼬박 물 한 모금 넘기지 못했던 날, 몇 달 만에 전화를 걸어온 엄마는 형식적인 안부 인사만 하고 전화를 끊었다. 목이 쉬어 말을 제대로 못 하는데도 감기에 걸린 거냐고 지나가듯 물었을 뿐이었다.

"벌써 일 년이 다 돼 가네. 이모한테는 전화 와?"

"가끔……."

수현이 피식 웃음을 터뜨렸다.

"나한테보다는 많이 하나 보네."

인화는 기왕 말을 꺼낸 김에 한 가지 더 하기로 했다.

"수현아……."

"응?"

"너희 아빠 말인데……."

수현이 미간을 찌푸렸다. 별로 하고 싶지 않았던 엄마의 이야기도 모자라. 난데없이 아빠까지 언급하는 이모를 이해할 수가 없었다.

"당뇨가 심해져서 여기저기 합병증이 많이 오나 봐. 특히 신장이 많이 안 좋대. 투석하는 게 여간 힘든 일이 아니라던데……."

"십 년 가까이 연락 한 번 없었던 아빠한테 건강은 어떠시냐고 연락이라도 해보라는 말이야?"

"아니…… 이모는 그냥 네가 알고는 있어야 할 거 같아서……."

"모르고 살아도 될 것 같으니까 이제 아빠 소식 나한테 전하지 마, 이모."

수현의 아빠는 부산에서 호텔, 주유소, 대형 식당 등을 운영하는 집안의 외아들이었다. 수현의 엄마와 집안의 반대를 무릅쓰고 결혼을 하는 바람에 집에 발을 들이지 못하다가 이혼하고 돌아가 사업을 물려받았다. 그 지역에서는 모르는 사람이 없을 정도로 유명해서, 인화는 부산에 사는 친구를 통해 종종 소식을 전해 듣곤 했다. 지금까지는 듣고만 말았지만, 몸이 안 좋다니 그냥 혼자만 알고 있기가 꺼림칙해서 말을 꺼내본 것이었다.

"알았어. 이모가 잘못했어."

인화가 멋쩍게 웃자, 그제야 수현이 굳었던 표정을 풀었다.

"세진이랑은 아직도 그대로야?"

"아직도라니, 영원히 그대로지."

"이모는 세진이 마음에 드는데."

재작년 겨울, 수현이 제주도에 내려가 있을 때 갑자기 쳐들어온 세진은 농장에 남아 있던 귤 삼백 상자를 한 번에 사주고 돌아갔다. 그날 이후 인화는 두 사람이 연인 사이로 발전했으면 하는 마음을 노골적으로 내비치고 있었다.

"나도 마음에 들어, 친구로는."

수현이 다시 한 번 확실하게 못을 박았다.

"그럼 눈에 들어오는 다른 남자는 없어?"

반사적으로 지혁이 떠올랐지만, 수현은 태연하게 거짓말을 했다.

"없어."

"이모는 네가 좋은 남자 만나서 연애도 하고 결혼도 했으면 좋겠어."

"난 모든 사람이 그렇게 살아야 한다고 생각하지 않아."

"왜 시작도 안 해보고 그렇게 생각해. 너희 엄마 아빠가 결혼에 실패했다고 너까지 그렇게 될 거라고 지레 겁먹지 마."

수현은 아무 말도 하지 않고 가만히 있다가 한참 만에 입을 열었다.

"이모는 행복해……?"

예상치 못한 질문을 받은 인화가 머뭇거리며 대답했다.

"……나쁘지는 않아."

늘 궁금했다. 십 년 전, 외도를 한 이모부를 용서하고 사는 이모는 과연 행복할까? 수현이 보기에는 그다지 행복해서 사는 것 같지는 않았다. 그런데 왜 끊임없이 연애와 결혼을 권하는 건지 항상 의아했다.

"넌 네 엄마나 나보다 행복했으면 좋겠어."

어린 시절의 기억들이 수현의 머릿속에 주마등처럼 스쳐갔다. 죽고 못 살아 모든 걸 내던지고 결혼했던 엄마와 아빠는 십이 년 만에 결혼 생활의 종지부를 찍었다. 물론 그보다 한참 전부터 욕하고 싸우는 게 일상이었다. 이모가 울며불며 이모부에게 소리치던 모습도 생생하게 떠올랐다. 그동안 잊고 지냈던 것들이 한꺼번에 우르르 들이닥친 기분이었다.

"사랑하는 걸 두려워하지 마, 수현아. 누가 그러더라. 사랑이 변하는 게 아니라 사람이 변하는 거라고."

수현이 소리 없이 웃었다.

"아니, 사랑도 변하고 사람도 변해."

"……."

"다 변해, 이모. 안 변하는 건 없어."

그건 잠시 지혁에게 흔들렸던 자신에게 한 말이었다. 인화가 오늘 수현을 설득하기 위해 꺼낸 말은 오히려 느슨해졌던 마음을 더 굳게 닫아걸게 만들었을 뿐이었다.

다음 날 오전, 수현은 이모가 싸준 반찬을 가지고 앞집으로 향했다. 초인종을 누르고 기다리면서 호영이 나왔으면 하고 바랐지만, 문을 열어준 건 지혁이었다.

"이모가 갖다 주라고 해서요."

수현이 내민 반찬 통을 보고 지난날의 기억을 떠올린 그가 옆으로 비켜서며 말문을 열었다.

"들어와."

그의 눈빛에는 장난기가 서려 있었다.

"왜요?"

"반찬 통 씻어서 돌려주기 귀찮으니까 덜어주고 도로 가져가."

지혁은 수현이 픽 웃으며 곱게 눈을 흘길 줄 알았다. 그런데 그녀의 반응은 전혀 예상치 못한 것이었다.

"안 주셔도 돼요. 그냥 가지세요. 버리시든지."

수현은 떠넘기듯 그에게 반찬 통을 안겨주고 뒤돌아섰다. 얼떨떨한 얼굴로 서 있던 지혁은 왔던 길을 되돌아간 수현이 현관문 손잡이를 잡기 직전 그녀의 어깨를 잡아 돌려세웠다.

"갑자기 왜 이래?"

"뭐가요?"

수현은 마치 어제와 다른 사람 같았다. 무심한 표정이야 크게 달라진 게 없다 해도, 눈빛에서조차 아무런 감정도 느껴지지 않는다는 건 이상했다. 이유는 알 수 없어도 어제와는 분명 달랐다.

"나한테 뭐 화난 거 있어?"

"아니요."

"그럼 뭔데?"

"제가 뭘요? 좀 놔주세요."

수현은 몸을 살짝 비틀어 그에게 잡힌 어깨를 빼고 집으로 들어가 버렸다. 닫힌 문을 바라보는 지혁의 표정에 당혹감이 일렁였다.

지혁은 수현이 하루아침에 달라진 이유가 뭔지 전혀 감이 잡히지 않았다. 아무리 고민해도 답을 찾지 못할 때 할 수 있는 건 한 가지뿐이었다. 답을 줄 수 있는 사람에게 물어보는 것. 고민을 끝낸 그는 수현에게 문자를 보냈다.

〈잠깐 얘기 좀 해. 우리 집으로 와도 좋고, 밖에서 봐도 좋고, 편한 대로.〉

한 시간이 넘도록 답은 오지 않았다. 다른 때였다면 아직 문자를 확인하지 않았을 거라는 생각을 했을지 몰라도, 오늘은 그런 가능성을 염두에 두지 않았다. 확인하고도 무시하는 거라고 확신할 수 있었다. 오전 11시밖에 되지 않았으니 정오에 예식장으로 출발한다던 인화는 아직 수현의 집에 있을 터였다. 하지만 더는 기다릴 수가 없었다. 잠깐이라도 수현을 봐야겠다는 생각에, 지혁은 그녀의 집으로 향했다. 초인종을 누르고 기다리니 수현이 문을 열고 나왔다.

"내가 보낸 문자 확인했어?"

"네."

제 짐작이 맞다는 사실을 확인한 지혁의 얼굴에 씁쓸함이 스쳤다.

"얘기 좀 했으면 하는데?"

"전 별로 할 얘기가 없어서요."

"내가 무슨 얘기 하려는 건지는 아는 모양이네."

모를 리 있겠는가. 수현은 그가 지금 어이없어하는 게 전혀 이상하지 않았다. 지금 자신이 얼마나 이기적이고 제멋대로 굴고 있는지도 잘 알고 있었다. 하지만 이렇게라도 하지 않으면 스스로 마음을 다잡을 수 없을 것 같아서 일부러 더 냉랭하게 구는 것이었다.

"내가 이대로 물러서지 않으리라는 것도 알지?"

그 순간, 수현의 뒤편에서 인화의 목소리가 들려왔다.

"지혁이 왔구나?"

수현은 뒤를 돌아보았고, 지혁은 고개를 숙여 인사했다.

"왜 안 들어오고 거기 서 있어?"

뭔가 심상치 않은 분위기를 감지한 인화가 수현과 지혁을 번갈아 바라보며 물었다.

"수현이랑 잠깐 할 얘기가 있어서요."

"들어와서 하지."

"아닙니다."

"그래. 그럼 얘기들 나눠."

인화는 자리를 피해 주려다가 갑자기 걸음을 멈추고 지혁을 돌아보았다.

"지혁아."

"네."

"너 혹시 우리 수현이 좋아하니?"

어제부터 지혁을 유심히 살핀 끝에 내린 결론이었다. 볼 때마다 지혁의 눈은 수현에게 향해 있었고, 인화는 그게 무엇을 뜻하는지 모를 만큼 둔하지 않았다. 그래서 어젯밤에 수현을 더 자극했던 것도 있었다.

"이모!"

당황한 수현의 눈이 튀어나올 듯 커졌다. 그렇지만 지혁은 당황하지도, 머뭇거리지도 않았다.

"네. 좋아합니다."

지혁의 단호한 대답에 인화의 얼굴에 함박웃음이 걸렸다.

"어머! 박력 있다, 얘."

두 사람이 같이 있으면 더한 말도 나올 수 있을 것 같아 불안해진 수현이 황급히 인화의 팔을 잡아끌었다.

"이모는 왜 이상한 말을 하고 그래."

"이게 왜 이상한 말이야. 궁금해서 물어본 거지."

"빨리 들어가."

수현은 발에 힘을 주고 버티는 인화를 몸으로 밀며 지혁에게 말했다.

"이따 얘기해요."

지혁이 고개를 끄덕였다.

"지혁아, 다음에 또 보자. 제주도 한번 내려와."

인화는 수현에게 밀려 안으로 들어가며 지혁에게 손을 흔들었다. 힘내라는 의미로 눈을 찡긋거리는 것도 잊지 않았다. 어제까지만 해도 수현이 세진과 잘됐으면 하고 바랐지만, 이제 지혁이 더 마음에 들었다. 부모나 마찬가지인 입장에서 얼굴이 널리 알려진 연예인보다는 전문직인 변호사가 더 끌리기도 했고, 호영의 오랜 친구인 만큼 어떻게 살아왔는지 의심할 필요가 없다는 것도 만족스러웠다. 그러나 그런 걸 다 차치하고 가장 마음에 드는 건, 수현의 행동이었다. 그녀가 지혁을 대하는 태도는 세진을 대할 때와는 확실히 달랐다. 인화는 가능성이 있는 쪽에 손을 들어줄 생각이었다.

"조심해서 내려가세요."

지혁은 문을 닫아주고 집으로 돌아왔다.

그가 수현의 전화를 받은 건 네 시간쯤 흐른 뒤였다.

[집에 계세요?]

"어."

[아파트 건너편에 마고라는 카페가 있어요. 거기서 봬요.]

집으로 오지 않고 밖에서 만나자는 걸 보니 이야기가 쉽지 않을 거라는 예감이 들었다.

"지금 갈게."

곧바로 집에서 나와 카페에 도착한 지혁은 수현이 앉아 있는 자리로 다가갔다.

"잘 모셔다 드렸어?"

"네."

수현은 인화를 예식장에 내려주고 근처 카페에서 기다리다가, 예식이 끝나고 나온 그녀를 김포공항까지 데려다주고 오는 길이었다. 인화는 괜히 바쁜 사람을 성가시게 했다고 미안해하며 제주도로 돌아갔다.

"할 말 있으면 하세요."

지혁이 수현의 말을 여유롭게 되받아쳤다.

"난 할 말이 아니라 들어야 할 말이 있어. 자, 이제 해봐."

수현의 영롱한 회갈색 눈동자가 순간적으로 파르르 떨렸다. 지혁이 왜 보자고 한 건지 모르고 나온 건 아니었지만, 막상 그의 꿰뚫어보는 듯한 눈을 마주하니 기껏 다잡았던 마음이 흔들렸다. 수현은 평정심을 유지하려고 애쓰며 입을 열었다.

"사과할게요."

지혁의 얼굴에 이채가 스치고 지나갔다.

"사과?"

"그동안의 제 행동들을 돌이켜 봤어요. 충분히 오해할 수 있다고 생각해요. 앞으로는 이런 일 없도록 할게요."

지혁은 수현이 어떻게 나올지 어느 정도 예상했기에 별로 당황하지 않았다.

"나한테 여지를 줬다고 후회하는 거면, 그럴 거 없어. 난 네가 일말의 여지를 주지 않았다고 해도 똑같이 했을 테니까."

뭐가 됐든 결과는 같았을 거라는 의미였다.

"그냥 지금처럼 지냈으면 좋겠어요."

수현은 그를 설득하듯 차분한 어조로 말했다.

"지금처럼이 뭔데?"

"이웃사촌이자 친구 동생."

지혁이 피식 웃음을 터뜨렸다.

"늦었어."

"……."

"너랑 그런 거 안 해."

느긋한 미소를 띠고 있었지만, 그의 눈빛만큼은 단호하고 흔들림이 없었다.

"네 얘기를 듣고 싶었는데, 내 얘기부터 먼저 해야겠네."

"……하세요."

"처음엔 그냥 흥미로웠어. 옛날에 봤던 꼬맹이가 여자가 돼서 내 눈앞에 나타났다는 게. 다른 여자들하고 달라서 신기했고, 놀리면 재밌었어. 근데 자꾸만 네가 눈앞에 없어도 생각나. 네가 뭘 하고 있을지 궁금하고 다른 놈이랑 있을까 봐 걱정돼."

수현은 그를 물끄러미 응시했다. 겉으로는 아무렇지 않은 척하고 있으면서도 이미 심장이 주체할 수 없을 만큼 쿵쿵 뛰고 있었다. 일상적인 말을 하듯 담담하기 그지없는 그의 목소리가 가슴 깊숙이 파고드는 느낌이었다. 지금까지 들어본 그 어떤 고백보다도 설레고 떨렸다.

"처음 느껴보는 감정이라 좀 당황스럽긴 했는데, 난 인정하고 받아들이기로 했어."

지혁은 잠시 말을 끊었다가 뒷말을 이었다.

"널 좋아한다는 거."

무심한 듯 진심을 고백한 그가 자연스럽게 수현에게 공을 넘겼다.

"내 얘기는 이게 다야. 이제 말해 봐."

"……뭘요?"

"나한테 자꾸만 선을 긋는 이유. 날 한사코 밀어내려는 이유."

수현은 솔직해지기로 했다. 어설픈 변명을 해봐야 그에게 통하지 않으리라는 것을 알기도 했고, 자기감정을 숨김없이 드러낸 그의 앞에서 거짓말을 한다는 게 내키지 않았기 때문이었다.

"변해 버릴 게 분명한 감정에 매달려서 시간 낭비하고 싶지 않아요. 그래서 아무것도 시작하고 싶지 않을 뿐이에요."

수현에게는 사랑에 대한 믿음도, 결혼에 대한 환상도 없었다.

"구더기 무서워서 장 못 담근다는 말, 알아?"

"구더기 무서워요. 차라리 장을 안 담그겠어요."

"보기보다 겁이 많네."

수현은 그의 말을 부인하지 않았다. 아니, 할 수 없었다.

"왜 변해 버릴 게 분명하다고 생각하지? 변하지 않을 수도 있잖아."

불과 얼마 전까지만 해도 수현과 비슷한 생각을 가지고 살아온 자신이 그녀를 설득한다는 게 우습긴 했지만 지혁은 제 생각이 바뀌었으니 수현의 생각도 충분히 바뀔 수 있으리라고 믿었다. 그리고 그건 제 역할이라는 것도 잘 알고 있었다.

"막연히 그렇게 생각하는 게 아니라 직접 본 거니까요. 짧게 끝나든, 조금 오래 가든 내가 본 남녀관계의 엔딩은 대부분 새드였어요."

연인 간의 이별, 부부간의 이혼처럼 확실한 관계의 정리가 아니라 할지라도, 서로에게 실망하고 서로를 미워하면서 하는 수 없이 유지해 나가는 관계도 수현이 보기에는 비극이나 마찬가지였다.

"네가 본 게 전부는 아닐 텐데?"

"물론 세상 어딘가엔 변함없는 사랑도 있을 거예요. 그 사실 자체를 부정하는 건 아니에요. 다만 내가 그 희박한 확률에 포함될 거라는 기대를 안 할 뿐이죠."

지혁은 수현의 확고한 비관주의가 의아하면서도 안타까웠다.

"언제부터 그런 생각을 하게 된 거지?"

"엄마랑 아빠가 지긋지긋하게 싸우고 갈라선 때부터?"

언제부터라고 딱 꼬집어 말할 수는 없지만, 아마도 그때쯤이지 않았을까 싶었다. 당시에는 어렸기 때문에 부모님이 싸우는 게 무섭기만 했지만 지금 돌이켜 보면 많은 생각이 들었다. 부모님의 반대를 무릅쓰고 결혼을 감행할 만큼 사랑했던 사이에 대체 무슨 일이 있어야 부모를 죽인 원수처럼 욕하고 싸울 수가 있을까? 수현은 여전히 이해가 가지 않았다.

"나에 대해 얼마나 알고 있어요?"

수현은 문득 호영이 그에게 어디까지 말했을지 궁금해졌다.

"송수현. 여자. 스물여덟 살. 작곡가."

지혁의 태연한 대답에 수현이 가라앉은 분위기를 깨고 피식 웃었다.

"많이 알고 있네요."

"내가 더 알아야 할 게 있다면 알려줘."

수현은 그가 정말 제 부모님에 관해서 아는 게 없는 건지, 알면서도 모른 척하고 있는 건지 판단이 서질 않았다.

"호영 오빠한테 못 들었어요, 내 얘기?"

"부모님이 이혼하시고 호영이네로 오게 됐다는 말만 들었어. 그것도 고등학교 때 너 처음 본 날, 친동생도 아닌데 왜 같이 사느냐고 누가 물어봐서 옆에서 들은 얘기였고."

"왜 안 물어봤어요?"

"네가 나한테 온전히 마음을 열면 그때 직접 물어보려고 했어. 네 사적인 얘기, 호영이한테 물어보고 싶지 않았으니까."

수현은 그의 배려가 고마웠다. 반대 입장이었다면 자신은 그렇게 하지 못했으리라.

"그동안 많이 궁금했겠네요."

"다른 사람이었다면 전혀 궁금하지 않았을 텐데, 너라서 궁금했어. 네 어린 시절은 어땠는지, 어떻게 살아왔는지 알고 싶었으니까."

수현은 망설임 없이 이야기를 시작했다.

"아빠는 바람을 피웠고, 엄마는 술과 사치를 좋아했어요."

차분한 목소리와 걸맞지 않은 파격적인 내용이었다.

"누가 먼저 잘못을 했는지, 누구 잘못이 더 큰지는 여전히 모르겠어요. 열두 살 때 결국 두 분은 이혼했고, 난 엄마랑 같이 살게 됐어요. 아빠는 어차피 딴살림을 차리고 있었으니 호적 정리만 하면 됐고, 엄마는 이혼하고 일 년쯤 있다가 미국 시민권자랑 재혼했어요. 그리고 그분이 반기지 않는다는 이유로 미련 없이 날 이모네 집에 맡기고 미국으로 떠났죠. 그때부터 이모네 군식구가 된 거예요."

지금 수현이 한 이야기는 이모와 이모부, 호영을 제외하고는 시은과 하정만 아는 것이었다. 그것도 오랜 시간 함께해 왔기에 자연스럽게 알게 된 것이지 수현이 제 입으로 이렇게 시시콜콜 말해본 적은 없었다.

"아빠는 열두 살 때부터 지금까지 딱 두 번 봤어요. 그러고 보니까 엄마도 미국으로 간 이후로 두 번밖에 못 봤네요. 그래도 엄마랑은 일 년에 한두 번쯤 전화 통화는 해요."

지혁은 그제야 수현이 왜 사랑과 결혼에 대해 유별난 회의감을 가지고 있는지, 왜 자신을 밀어내려고 하는지 이해할 수 있을 것 같았다. 상처받지 않기 위해 모든 가능성을 차단하며 사는 수현이 안쓰러웠지만 그녀가 동정과 위로를 원할 것 같지 않아 그 어떤 감정도 내비치지 않았다.

"네가 왜 그런 생각을 하게 됐는지는 알겠어. 이해도 돼. 하지만 일어나지도 않은 일에 감정 소모, 시간 낭비, 하지 마."

십 수 년을 다져온 가치관이 그의 한마디에 달라질 수는 없었다. '일어나지도 않은 일'이 아니라 '일어날 일'이라는 수현의 생각은 변함없었다.

"상처를 미리 준비하지 마. 깨지는 건지 안 깨지는 건지는 부딪쳐 보기 전에는 모르는 거야."

"유리는 떨어뜨리면 깨져요. 어린아이도 다 아는 사실이에요."

수현이 조곤조곤하게 반박했다.

"그렇게 의심할 여지가 없는 것들 말고. 겉으로 보기엔 같은 것처럼 보여도 일반 유리와 강화 유리는 엄연히 달라. 내가 고민해 볼 필요도 없을 만큼 못 미더운 놈은 아니잖아."

"지혁 씨를 믿고 못 믿고의 문제가 아니에요. 난 상대의 감정뿐만 아니라 내 감정도 온전히 믿지 못해요. 오늘은 좋았다가 내일은 싫어질 수도 있는 게 사람 마음이에요."

"매일매일 단 한순간도 변함없이 좋을 수는 없겠지. 다투기라도 하면 밉기도 하고 꼴 보기 싫기도 할 거야. 그런 소소한 것들이야 어쩔 수 없겠지만, 난 내 감정에 확신이 있어."

지혁은 수현의 눈을 똑바로 바라보며 한 자, 한 자 힘주어 말했다.

"너에 대한 마음, 변치 않으리라는 거."

뭘 믿고 그런 확신을 하느냐고, 말은 누가 못 하느냐고 쏘아붙여야 하는데, 수현은 아무 말도 할 수 없었다. 터무니없는 말이 분명하건만, 왜 그의 입에서 나오면 정말 그렇게 될 것만 같은 기분이 드는지 모를 일이었다.

"네가 변하지 않으리라는 것도 내가 확신할게."

"······네?"

이건 또 무슨 말인가 싶었다. 본인의 마음을 확신하는 것까지야 누가 뭐라고 할 수 없는 일이라 쳐도 상대의 마음까지 확신하겠다는 말에는 당황하지 않을 수 없었다.

"나 같은 남자를 만난 이상, 마음이 변할 리가 없잖아?"

수현의 미간이 좁아졌다. 입꼬리가 위로 향해 있는 걸 보니 농담인 것 같긴 한데, 또 어떻게 보면 진담 같기도 했다. 오늘도 역시 그의 진의를 파악하는 건 그녀에게 무리였다.

"이러지 말아요······."

수현이 사정하듯 말했다.

"지금처럼 지냈으면 좋겠다고 했지? 나도 원하는 바야."

늦었다고 할 때는 언제고 갑자기 원한다는 건 뭐지? 혼란스러워하는 수현에게 지혁이 태연하게 물었다.

"우리 지금 연인 사이 아닌가?"

지혁은 수현이 하루아침에 달라질 거라고 생각하지 않았다. 그래서 그녀 스스로 마음을 열 시간을 주기로 했다. 하지만 다른 생각을 하지 못하게, 항상 자신을 의식해야 할 명분은 필요했다.

"그건……."

"본인이 한 말에 책임을 져."

수현이 인상을 찌푸리며 되물었다.

"이해해 준 거 아니었어요?"

"이해했어. 그래서 너도 날 이해해 달라는 말이야."

"뭘 이해해 달라는 건데요?"

"시작은 네가 했으니까 끝은 내가 낼게. 내 제안, 이해해 줄 거지?"

"……."

당혹스러운 말에 수현의 말문이 막혀 버렸다. 제안이라고 말했지만, 명백한 협박이었다.

"그래야 공평하지 않겠어?"

공평하다고 생각하지는 않았지만, 자신이 먼저 빌미를 주었기에 단칼에 거부하기도 쉽지 않았다. 입을 꾹 다물고 있는 수현을 보며 지혁이 싱긋, 치명적인 미소를 지었다.

지혁은 수현에게 제안을 빙자한 협박을 하고 바로 카페를 나왔다. 수현이 거절할 여유를 주지 않기 위함이었다. 그리고 그는 곧장 영민의 오피스텔로 향했다. 지혁이 도착하고 얼마 지나지 않아 여희까지 합류했다.

"온다는 말도 없이 어떻게 왔어?"

여희의 등장에 영민이 의아하다는 듯 물었다.

"지혁이한테 전화했더니 여기 오는 중이라길래."

"난 또 나 보러 온 줄 알았네."

여희는 너스레를 떠는 영민을 무시하고 오피스텔 안을 사뿐사뿐 걸으며 혼잣말을 했다.

"여기도 오늘이 마지막이네."

"드디어 우리 집이 다시 나만의 공간이 되는구나. 고생 많았다, 영민아."

장소 제공을 하고도 집이 좁다느니 지저분하다느니 별의별 불만을 다 들었던 영민이 여희 들으라는 듯 중얼거렸다. 여희는 도리어 콧방귀를 뀔 뿐이었다.

"홀아비 냄새 풀풀 나는 집에 아리따운 여자의 향기를 뿌려줬으면 고마운 줄 알아야지."

영민이 입술을 씰룩거리며 화제를 돌렸다.

"그나저나 너는 잘돼 가냐?"

그의 타깃은 지혁이었다. 지혁은 영민의 능글맞은 웃음이 무슨 의미인지 잘 알고 있으면서도 모른 척 되물었다.

"뭐가?"

"예스녀랑 잘돼가느냐고."

"……예스녀?"

지혁의 눈썹이 못마땅함을 가득 싣고 꿈틀거렸다. 어디에서 비롯된 호칭인지 짐작은 갔으나, 어감이 상당히 마음에 들지 않았다.

"그, 그럼 뭐라고 불러……."

눈치를 보며 웅얼거리는 영민에게 지혁이 딱 잘라 말했다.

"수현이."

"오, 수현 씨……."

영민이 의미심장한 미소를 지으며 말끝을 늘였다. 지혁이 제 입으로 이름까지 말할 정도면 빠져도 단단히 빠진 게 틀림없었다. 영민은 수현이라는 여자가 더 궁금해졌다.

"언제 보여줄 거야?"

"보여주긴 뭘 보여줘."

"잘돼가고 있으면 친구들한테 소개도 하고 그러는……."

"잘돼간다고 한 적 없어."

지혁이 영민의 말을 도중에 끊었다.

"……잘 안 돼가?"

"어."

창가에 서서 두 사람의 대화를 듣고 있던 여희가 은근슬쩍 소파로 다가왔다.

"뭐가 문젠데?"

"나."

예상치 못한 지혁의 대답에 정작 질문을 한 영민이 당황했다.

"……너 무슨 문제 있냐?"

"나한테 문제가 있는 게 아니고 나 자체가 문제라고."

"……어?"

영민의 얼굴에 당혹감이 더 짙게 드리워졌다. 그때 말없이 듣고만 있던 여희가 끼어들었다.

"왜? 너 싫대?"

"아니."

지혁은 수현이 자신을 싫어한다고 생각하지 않았다. 끌리고는 있지만, 지금까지 고수해 온 가치관을 부정할 만큼 좋아하지는 않는다고 생각할 뿐이었다. 차라리 자신에게 어떤 문제가 있는 편이 나을 것 같기도 했다. 그렇다면 그 부분을 고칠 수도 있을 테니 말이다. 하지만 그것도 아니니, 그녀의 마음을 돌리지 못한 자신이 문제라고밖에 할 수 없었던 것이다.

"그럼?"

지혁이 그만하자는 듯 입을 다물어 버렸다. 적극적인 그와 달리 여자 쪽에서 뜨뜻미지근하게 굴고 있다는 걸 짐작했기에, 여희도 더는 묻지 않았다. 그녀는 반길 만한 상황임에도 불구하고 막 기쁘지가 않았다. 도리어 짜증이 났다. 내가 좋아하는 남자를 딴 여자가 홀대한다는 건, 상당히 불쾌한 일이었다.

"대체 어떤 여자길래……."

저도 모르게 튀어나온 여희의 말을, 지혁이 나직한 어조로 받았다.

"어려운 여자."

수현은 그에게 어려운 여자였다.

그날 저녁, 방에서 초인종 소리를 들은 수현은 의자에서 엉덩이를 살짝 뗐다가 거실에서 느껴지는 시은의 인기척에 도로 앉았다. 잠시 뒤 문이 열리더니 시은이 고개를 빼꼼 들이밀었다.

"손님."

"손님? 나?"

"그럼 내 손님 왔다고 너한테 달려와서 보고하겠냐?"

시은은 심드렁하게 되묻고 몸을 돌렸다. 어리둥절한 얼굴로 거실로 나간 수현의 눈에 소파에 앉아 있는 지혁이 보였다. 몇 시간 전 카페에서 자기 할 말만 하고 휙 가버린 그가 난데없이 왜 찾아왔는지 당혹스러웠다.

"와서 앉아."

지혁은 손님이라는 시은의 말이 무색하게 주인 같은 포스를 풍기고 있었다. 그와 멀찍이 떨어진 곳에 앉으며 수현이 물었다.

"무슨 일이세요?"

"잊고 말 안 한 게 있어서."

수현은 그가 또 무슨 말을 할까 싶어 본능적으로 긴장했다. 굳어 있는 그녀를 보며 지혁이 피식 웃음을 터뜨렸다.

"긴장할 거 없어. 로펌 오픈 파티 초대하러 온 것뿐이니까."

"로펌 오픈 파티요?"

수현의 눈이 동그랗게 커졌다.

"내일 저녁 7시야. 와."

"로펌도 그런 거 하는구나……."

수현이 신기하다는 듯 중얼거렸다.

"시대가 변했으니까."

"파티 같은 거 좋아하는 줄 몰랐어요."

지금까지 보아온 그는 파티는커녕 어지간한 모임도 싫어할 것만 같은 이미지였다.

"안 좋아해."

"그럼 왜 해요?"

"난 안 좋아하는데 동업자 둘이 좋아해. 셋 중 둘이 원하니 다수의 의견에 따르는 수밖에."

"아……."

"올 거지?"

수현의 입에서 어떤 대답이 나올지 짐작한 지혁이 선수를 쳤다.

"너만 특별히 부르는 거 아니야. 호영이 올 거니까, 너도 시은이랑 같이 와서 밥 먹고 가. 유 간호사도 불러도 되고."

"생각 좀 해보고요."

혼자만 오라는 것도 아닌데 정색하며 싫다고 하기가 뭐해서 한 말이었다.

"밥 먹으러 오라는데 무슨 생각이 필요해? 아무 생각도 하지 말고 그냥 와."

그때, 부엌에서 커피를 타면서 두 사람의 대화를 듣고 있던 시은이 끼어들었다.

"수현이 안 가면요? 그래도 가도 돼요?"

"물론."

망설임 없이 고개를 끄덕인 지혁이 뒷말을 덧붙였다.

"근데 크게 반기지 않을 거라는 건 각오하고 와."

"와, 진짜 서럽다."

"서럽긴. 인생사 다 그런 거야. 그러니까 수현이 데려와."

할 말을 다 했다는 듯 자리에서 일어나는 지혁을 올려다보며 수현이 물었다.

"로펌 이름이 뭐예요?"

여태 이름도 모르고 있었다는 걸 지금에서야 깨달았던 것이다.

"혜윰."

"……혜윰?"

"생각이라는 뜻을 가진 순우리말."

"아, 생각……."

왜 수현이 말끝을 흐리는지 대번에 알아차린 지혁은 아무 생각도 하지 말라던 사람이 누구였느냐고 쓰여 있는 그녀의 표정을 못 본 척하며 황급히 집을 빠져나갔다.

♪ ♩ ♪ ♬

"안 가."

수현은 시은을 돌아보지도 않고 단호하게 고개를 저었다.

"왜 안 가!"

건반 앞에 앉은 수현의 옆에 팔짱을 끼고 서 있던 시은이 언성을 높였다.

"내가 거기 가서 뭐 하게?"

"나는 할 거 있어서 가는 줄 아냐? 아니지. 할 거 있지. 개업 축하. 가서 돈 많이 벌라고 덕담 좀 해주고 오자고."

설득으로 급선회했지만, 수현에게는 통하지 않았다.

"내 몫까지 둘이 하고 와."

"널 데려가야 크게 반겨준다잖아."

시은이 그제야 본심을 털어놓았다.

"너나 오빠나 안 반겨준다고 기죽을 사람들도 아니면서 뭘 새삼. 쫓아내지는 않을 거 아니야. 둘이 가라고."

"굳이 안 가겠다는 이유가 뭔데?"

지혁이 어떤 곳에서 어떤 사람들과 일을 하는지 보고 싶기도 했지만, 수현은 그의 마음을 받아들이지 않을 거라면 여지를 줘서도 안 된다고 마음을 다잡고 있었다.

"오버하지 마."

건반을 통통 두드리며 딴청을 피우던 수현이 고개를 들어 시은을 올려다보았다.

"네가 지금 무슨 생각을 하고 있는지는 알겠는데, 이러는 게 더 이상하니까 자연스럽게 좀 해. 온몸으로 '난 지금 당신을 밀어내는 중'이라고 티 내는 거 좀 유치하지 않냐? 오늘은 호영 오빠도 나도 있는데 너만 빠지는 게 더 튄다고."

시은은 처음으로 누군가를 남자로 느낀 수현이 이대로 뒷걸음질 치게 내버려 두고 싶지 않았다. 결과는 장담할 수 없어도, 적어도 제 마음을 숨긴 채 도망가는 걸 보고 싶지 않아서 일부러 더 강하게 나가는 것이었다.

"삼십 분 남았다. 얼른 준비해."

설득이 아닌 지시를 내린 시은은 수현의 대답을 듣지도 않고 거실로 휙 나가 버렸다. 그런데 뭉그적거리며 작업실에서 나와 방으로 들어간 수현이 십 분도 채 되지 않아 거실로 나왔다.

"준비 다 했어."

수현의 목소리에 고개를 돌린 시은이 오만상을 찌푸렸다. 수현은 머리를 포니테일로 묶고, 청바지에 엉덩이를 가리는 길이의 야상 점퍼를 입고 있었다. 언뜻 보니 비비크림만 바른 것 같았다. 수수하고 예뻤다. 본바탕이 받쳐 줘서 뭘 입어도 세련되게 소화해 낸다는 건 잘 알고 있지만, 문제는 때와 장소에 전혀 어울리지 않는 차림새라는 데 있었다.

"파티라잖아, 파티. 파티의 뜻, 모르냐?"

"파티라고 막 꾸미고 가는 것도 웃기잖아."

수현이 태연하게 응수했다.

"누가 막 꾸미래? 조금만 꾸미면 되잖아."

"조금 꾸몄잖아."

"시끄러워. 날 봐."

갑자기 소파에서 벌떡 일어선 시은이 제자리에서 한 바퀴 빙그르르 돌았다.

"나를 보고도 느껴지는 바가 없냐?"

시은은 베이지 계열의 트위드 원피스를 입고, 어깨까지 오는 머리카락의 끝을 C컬로 말아 발랄한 이미지를 강조했다. 떡 된 머리에 트레이닝복을 입고 있을 때와 비교해 보면 생판 딴 사람 같았다.

"이렇게까지 외모에 기복이 있을 수가 있을까, 난 저렇게 살지 말아야지, 라는 걸 느꼈다."

"……."

"제발 극단을 오가지 말고 평균적인 모습으로 살면 안 되겠니?"

"시끄러워. 들어가."

눈을 부라리면서 수현을 돌려세워 제 방으로 떠다민 시은은 수현을 화장대 의자에 앉히고 책상 의자를 끌어다가 그 옆에 붙어 앉았다.

"눈 감아."

시은의 눈빛에서 반항하면 가만두지 않겠다는 경고를 읽은 수현이 얼른 눈을 감았다. 집에서 엉망으로 있는 걸 보면 믿기 어렵지만, 사실 시은은 손재주가 좋아서 화장이며 머리 손질을 잘했다.

"오늘은 너로 정했다."

시은이 집어 든 건 펄이 들어간 짙은 갈색의 아이섀도였다. '너'의 정체가 궁금해진 수현이 빼꼼 눈을 뜨자, 시은은 손가락을 위아래로 작게 까딱거렸다.

"눈동자에 바르기 전에 얼른 눈 감아라?"

"내 얼굴에 바를 거면서 뭐로 정했는지 나도 좀 알려주지?"

도로 눈을 감으며 입술을 삐죽거리는 수현을 본체만체하며, 시은은 아이섀도를 바르고 아이라이너와 마스카라까지 꼼꼼히 칠했다. 블러셔와 섀딩, 립글로스까지 마무리한 시은의 얼굴에 그제야 흐뭇한 미소가 떠올랐다.

"눈 떠라. 다 했다."

수현은 기다렸다는 듯 눈을 번쩍 뜨고 몸을 구십도 돌려 거울을 바라보았다. 오늘 시은이 잡은 콘셉트는 스모키 메이크업이었다. 눈을 강조한 대신 입술은 누드 톤으로 차분함을 주어 깊은 눈매가 더욱 돋보였다. 수수하고 청초했던 모습은 온데간데없고, 고혹적이고 세련된 이미지로 돌변해 있었다.

"어떠냐, 내 실력이."

수현은 입을 열지 않았지만, 시은은 그게 긍정의 의미임을 알고 있었다. 그런데 어깨를 들썩이며 우쭐해하던 시은이 갑자기 인상을 확 찌푸렸다.

"내 화장보다 네 화장이 더 잘된 거 같지 않냐?"

두 얼굴 다 제 손으로 완성했건만, 수현의 얼굴이 훨씬 더 보기 좋다는 게 시은이 구시렁거리는 이유였다. 시은은 한 듯 안 한 듯 투명 메이크업을 하고 있었는데, 수현의 눈에는 아주 예뻤다.

"너랑 나랑은 본판이 다르잖아."

두 사람은 대놓고 오그라드는 말을 하는 사이가 결코 아니었다.

"죽을래?"

분기탱천한 시은이 수현의 목을 두 손으로 잡고 격렬하게 흔들었다. 바람에 가랑잎이 나부끼듯 속절없이 흔들리던 수현은 시은의 격해진 감정이 진정되고 나서야 벗어날 수 있었다.

"이러고 있을 때가 아니야. 머리 해야지."

시은은 수현의 포니테일을 얼른 풀고 고데기를 이용해 전체적으로 굵은 웨이브를 주었다. 느슨하게 반 묶음까지 하고 나니 여성미가 배가되었다.

"자, 이제 옷 갈아입으러 가자."

수현은 그 말을 남기고 휙 나가 버린 시은을 조용히 뒤따랐다. 시은이 이렇게 의욕을 보일 때는 잠자코 따르는 게 속 편하다는 걸 다년간의 경험으로 체득했기 때문이었다. 수현이 제 방으로 들어갔을 때, 시은은 이미 옷장 앞에 팔짱을 끼고 서 있었다. 옷장 문을 활짝 열어놓은 채 왼쪽부터 오른쪽으로 차근차근 눈을 돌리면서 매의 눈으로 옷을 고르고 있었는데, 그 표정이 사뭇 비장했다. 고민 끝에 시은이 옷 하나를 꺼내어 뒤로 돌아섰다.

"이거 입어라. 딱 어울리겠다."

시은의 손에 들린 건 클래식한 검은색의 바지 정장이었다. 수현은 초미니스커트를 골라주지 않은 걸 다행으로 여기며 순순히 갈아입었다. 시은은 옷을 다 갈아입고 검수를 받듯이 제 앞에 차렷 자세로 선 수현을 위에서 아래로 꼼꼼히 훑어보았다. 몸에 은근히 밀착된 옷 덕분에 잘록한 허리와 굴곡 있는 골반이 도드라져 보였다. 옷과 메이크업, 헤어스타일의 삼박자가 골고루 맞아떨어져서 지적이면서도 섹시한 느낌을 동시에 주었다.

"역시 각선미는 바지를 입어야 제대로 알 수 있지."

시은은 수현이 치마보다 바지를 입는 걸 더 좋아했다. 바지를 입었을 때 태가 나야 진정 잘 빠진 몸매라는 확고한 믿음을 가지고 있기 때문이었다. 시은은 그냥 마르기만 한 일명 '초딩 몸매'였지만, 수현은 날씬하면서도 들어갈 데 들어가고 나올 데 나온 몸매였다. 아무리 친한 친구 사이라 할지라도 가끔은 질투가 날 법도 하건만, 시은은 언제나 쿨했다. 그녀는 제 미적 욕구를 충족시켜 주는 생명체를 귀히 여길 줄 아는 아량이 있었다.

"이제 됐냐?"

수현의 볼멘소리를 시은이 의기양양하게 받아쳤다.

"됐다 뿐이냐? 누구 솜씨인지 감탄이 절로 나온다."

"내가 원래⋯⋯."

"닥쳐."

다시 한 번 같은 장난을 쳐보려던 수현은 시은의 경고에 나머지 말을 삼켜야만 했다. 수현의 말문을 막은 시은이 벽시계를 흘긋 돌아보며 시간을 확인했다.

"시간 딱이다. 나가⋯⋯."

다시 수현을 향해 고개를 돌린 시은의 눈이 갑자기 휘둥그레졌다.

"야, 너 코피!"

"코피?"

수현은 본능적으로 목을 뒤로 젖혔고, 시은은 번개처럼 달려가 휴지 한 장을 뽑아왔다.

"일단 좀 앉자."

수현을 침대에 앉힌 시은이 걱정스러운 표정으로 중얼거렸다.

"요새 좀 뜸하더니⋯⋯."

수현은 피곤하거나 스트레스를 많이 받으면 코피를 자주 흘렸다. 머릿속이 복잡해서 이틀 동안 거의 한숨도 자지 못했더니 몸이 재깍 신호를 보내온 것이었다.

"네가 하도 들들 볶아서 스트레스받았나 봐."

수현의 농담을 곧이곧대로 받아들인 시은의 안색이 어두워졌다. 심각한 표정으로 뭔가를 고민하던 시은이 무겁게 입을 열었다.

"안 되겠다. 넌 집에 있어라."

류지혁의 송수현

「혜윰」은 변호사 세 명과 사무장을 포함한 직원 다섯 명으로 이루어진 소규모 법무법인임에도 불구하고, 오픈 파티에 참석한 이들의 면면을 보면 여느 중견급 못지않았다. 전·현직 법조계와 정·재계 인사들을 초대하여 위세를 과시한 건, 소위 말하는 '영업'에 능한 여희의 작품이었다.

"이야, 역시 홍여희."

영민이 나직한 탄성을 터뜨렸다. 그는 블랙 슈트에 보타이로 파티 복장을 갖추고 있었는데, 목을 꽉 조인 보타이 때문에 퉁퉁한 턱살이 더 두드러져 보였다. 반면, 영민과 같은 색상, 비슷한 디자인의 블랙 슈트를 입은 지혁은 차이나 칼라 셔츠를 매치시켜 격식을 갖춘 듯하면서도 자연스러운 멋스러움을 발산하고 있었다.

"청장님, 네 손님 아니냐?"

영민이 여희와 화기애애한 대화를 나누고 있는 서울지방경찰청장을 보며 지혁에게 물었다.

"아마도?"

사무실 창가에 나란히 기대어 서 있는 두 사람의 시선은 여기저기 인사를 하고 다니는 여희를 따라다니고 있었다. 지혁과 영민은 흡사 관망자 같았다.

"네가 초대했냐?"

"아니."

지혁의 성격상 아무리 도움이 되는 인맥이라도 넉살 좋게 파티에 초대했을 리 없다는 생각에 물어본 것이었다.

"역시……."

고개를 끄덕이던 영민은 지혁이 자신을 보고 있다는 것을 알아차리고 그를 돌아보았다.

"왜?"

"너 너무 한껏 꾸민 것 같다?"

지혁의 시선은 노골적으로 영민의 보타이를 향해 있었다. 손님맞이로 정신이 없어서 이제야 그의 복장이 눈에 들어온 것이었다. 지금 당장 결혼식을 진행해도 손색없을 만큼 완벽한 신랑의 자태였다.

"파뤼잖아, 파뤼."

영민은 과장되게 혀를 굴리며 양쪽 손바닥을 하늘로 치켜들었다. 지혁의 표정이 구겨지자, 영민이 살그머니 화제를 바꿨다.

"수현 씨는 초대했어?"

"했어."

"오! 그럼 오늘 얼굴 볼 수 있는 거야?"

지혁은 반사적으로 사무실 입구를 바라보았다. 일곱 시까지 오라고 했건만, 여덟 시가 넘도록 수현은 고사하고 호영도 오지 않고 있었다.

자신에게 거리를 두려고 애쓰는 수현에게 직접 연락을 하자니 부담스러워할 것 같고, 그렇다고 호영에게 전화를 걸어서 어디까지 왔느냐고, 수현과 함께 오는 거냐고 물어보자니 안 하던 짓을 한다고 비웃음을 당할 것 같아서 아무것도 할 수 없었다. 그가 지금 할 수 있는건 기다리는 것뿐이었다.

"글쎄."

지혁의 모호한 대답에 영민이 고개를 갸웃거렸다.

"글쎄는 뭔데?"

"오라고는 했지만 올지 안 올지 모르니까."

"들으면 들을수록 궁금해 미치겠다."

"뭐가 그렇게 궁금해 미치겠는지 내가 더 궁금하다."

친구들이 어떤 여자를 만나는지 궁금해한 적이 한 번도 없었던 지혁은 영민의 호기심을 이해하지 못했다.

"어떤 여자가 널 이렇게 안달하게 하는지 내 눈으로 보고 싶다고."

그런데 그때, 지혁의 얼굴에 허탈함이 스치고 지나갔다.

"오늘 네 눈으로 못 보겠다."

그의 시선은 문을 열고 들어온 호영과 그의 뒤에 서 있는 시은에게고정되어 있었다. 수현의 모습은 보이지 않았다.

"왜? 왜? 안 왔어?"

영민이 호들갑을 떨며 입구로 눈을 돌린 것과 반대로 지혁은 씁쓸하게 눈을 내리깔았다. 확답은 하지 않았어도 내심 올 거라고 기대했던 수현이 오지 않았다는 사실에 기운이 빠졌다. 그가 미처 호영과시은을 맞으러 가야 한다는 생각도 하지 못하고 있던 그 순간이었다.

"어? 한세진이랑 열애설 났던 작곡가네?"

영민의 말에 지혁이 고개를 번쩍 치켜들었다. 조금 전까지만 해도 분명 보이지 않았던 수현이 한눈에 들어왔다. 평소 셔츠나 니트 등 심플하고 편안한 옷을 즐겨 입는 수현은 꾸미지 않아도 자연스럽게 묻어나오는 그녀 특유의 아름다움이 있었다. 그런데 오늘은 여느 때와 사뭇 달랐다. 지혁은 여성스러우면서도 시크한 블랙 슈트를 입은 그녀의 모습에서 눈을 뗄 수가 없었다.

"사진보다 열두 배는 더 예뻐."

영민은 기사에 실렸던 사진을 한 번 본 것만으로도 수현을 알아볼 만큼 눈썰미가 좋았다.

"홍 변이랑 아는 사인가?"

수현에게 정신이 팔려 있던 지혁은 그제야 영민의 목소리가 귀에 들어왔다.

"아니, 내 손님."

지혁의 얼굴에 보일 듯 말 듯한 미소가 걸렸다.

"네 손님?"

"네가 궁금해 미치겠다던 사람."

지혁은 그 말을 끝으로 자리를 벗어났다. 홀로 남겨진 영민이 얼떨떨한 얼굴로 혼잣말을 중얼거렸다.

"예스녀의 이름이 수현이…… 작곡가 이름이…… 송수현!"

그는 기사에서 보았던 이름을 가까스로 기억해 내고서야 두 사람이 동일인이라는 사실을 깨달았다. 열애설이 터진 날, 지혁이 왜 그렇게 못마땅해했는지도 이제야 이해가 되었다. 어떻게 아는 사이인데 오보라고 단언하는 거냐고 캐물어도 묵묵부답이기에 더 묻지 않았는데, 이런 내막이 있었을 줄이야……. 영민은 이 흥미로운 이야기를 공유할 상대가 필요했다. 그의 눈에 마침 혼자가 된 여희가 보였다.

차 한 대가 법무법인 혜윰이 입주해 있는 건물 1층 필로티 주차장으로 들어섰다. 주차를 마친 차의 운전석에서는 호영이, 뒷자리에서는 수현과 시은이 내렸다.

"내가 무슨 운전기사도 아니고 한 사람은 조수석에 타주는 게 예의 아니냐?"

툴툴거리는 호영을 보며 시은이 울상을 지었다.

"수현이 또 코피 나면 어떡해요."

시은은 오늘 내내 안절부절못하며 수현의 상태를 살폈다. 호영은 웬 호들갑이냐고 타박했지만, 유난히 피를 무서워하는 그녀에게는 통하지 않는 말이었다. 차라리 열이 나는 거라면 몰라도 피는 봐도, 봐도 적응이 되지 않았다.

"코피 좀 난다고 큰일 안 나, 글쎄."

수현과 시은을 태워서 함께 오기 위해 조금 이른 퇴근을 한 그는 수현이 지혈을 하고 있을 때 도착했다. 시은은 수현을 집에서 쉬게 하자고 했지만 호영은 코피가 뭐 별거냐며 강경하게 밀어붙였고, 결국 수현은 따라나설 수밖에 없었다.

"수면 부족이나 스트레스 때문에 콧물 분비 기능이 떨어지면 코 안쪽 점막이 건조해져서 혈관이 손상되고, 그래서 코피가 나는 거야."

어려서부터 툭하면 코피를 쏟는 수현을 병원에 데려갔을 때 의사로부터 직접 들은 말이었기에 호영의 말투는 전문가 뺨칠 정도였다.

"왜? 옛날처럼 몰래 코 파서 그런 거 아니냐고 우겨보시지?"

옛 기억을 떠올린 수현이 빈정거리자, 시은이 가세했다.

"오빠, 어딜 봐서 쟤가 몰래 코를 파겠어요."

"시은이 네가 아직 어려서 사람 볼 줄을 몰라요. 사람은 겉만 봐선 모르는 법이란다."

수현은 시은을 세상 물정 모르는 어린아이 취급하는 호영을 향해 코웃음을 쳤다.

"하긴. 오빠가 집에서 그렇게 추레하게 하고 있는지는 아무도 모를 거야, 그치?"

호영은 갈색 슈트에 블루 계열의 격자무늬 타이를 하고 있었는데, 집에서 무릎과 엉덩이가 동시에 나온 트레이닝복을 입고 있을 때와는 사뭇 다르게 깔끔하고 단정해 보였다. 그도 시은처럼 안과 밖에서의 차림이 상당히 이질적이었다.

"방금 한 말, 그대로 시은이한테 전달해 주라, 동생아."

마음의 준비도 없이 날벼락을 맞은 시은의 표정이 불만스럽게 구겨졌다.

"우씨…… 가만히 있다가 봉변당했어……."

"시은아, 오빠 말은……."

호영의 진의는 시은이 평소와 달리 매우 예쁘다는 것이었지만, 칭찬은커녕 깐족거리는 것처럼 들릴 뿐이었다. 그냥 하는 말도 욕처럼 들리게 하는 재주가 있다고 지혁을 몰아붙이던 호영에게도 그 못지않은 재주가 있었던 것이다.

"예쁘다고. 몰라보게 예뻐졌다고 칭찬한 거라니까?"

호영이 다급하게 해명에 나섰으나, 시은의 주름진 이마는 펴질 생각을 하지 않았다.

"오빠, 몰라보게 예뻐졌다는 말을 여자들이 좋아할 거라고 생각하는 거예요?"

"……시, 싫어?"

예쁘다는데, 그것도 몰라볼 정도라는데 싫을 리가 없다고 호영은 확신했다. 조금 전까지는 그랬다. 그런데 시은의 반응을 보니 아무래도 아닌 모양이었다.

"평소에는 구리다가 꾸미면 예뻐진다는 말이 좋겠어요? 여자는 늘, 언제나, 한결같이 예쁘다는 말을 좋아하는 거라고요."

"그래……?"

시은은 큰 이치를 깨우쳤다는 표정을 짓는 호영을 신기하다는 듯 바라보았다.

"여자에 대해 하나도 모르는 사람이 어떻게 여자는 끊이질 않지?"

비아냥거린 시은의 말을, 호영은 진담으로 받았다.

"외모지, 외모. 수현이랑 나랑 외탁했잖아."

호영과 수현은 사촌이 아닌 친남매라고 해도 믿을 만큼 많이 닮았다. 하지만 두 사람은 생김새 빼고는 거의 모든 게 달랐다. 가장 큰 차이를 보이는 건 성격이었다. 차분하고 무심한 수현과 달리 호영은 촐랑대고 오지랖이 넓었다.

"잘 봐. 똑같지?"

성큼 수현에게 다가선 호영이 무릎을 굽혀 그녀와 키를 맞췄다. 졸지에 호영과 얼굴을 나란히 하고 시은의 판단을 기다리는 꼴이 되어 버린 수현이 정색하며 옆으로 한 걸음 물러났다.

"외탁이든 친탁이든, 그게 지금 남의 회사 주차장 한복판에 서서 해야 할 얘기야?"

"그럼 앉아서 할……."

"아이고, 오빠……."

시은이 분위기 파악 못 하고 말장난을 치려는 호영을 잡아끌었고, 수현은 고개를 절레절레 내저으며 두 사람의 뒤를 따랐다. 연신 외가 쪽의 우월한 유전자에 관해 설파하는 호영을 끌고 와 간신히 엘리베이터에 태운 시은이 지친 표정으로 휴대폰 시계를 확인했다. 그녀의 눈이 갑자기 동그래졌다.

"어머, 우리 한 시간이나 늦었어요."

수현의 코피가 완전히 멎을 때까지 기다린 데다가, 퇴근 시간과 겹쳐 차가 막히는 바람에 늦게 도착한 것이었다.

"시간 딱 맞춰서 와야 하는 자리도 아닌데, 뭐. 원래 중요한 사람들은 느지막이 나타나는 거 몰라?"

의기양양한 호영의 태도에 당황한 시은이 조심스레 물었다.

"……누가 중요한 사람들인데요?"

"우리."

시은은 흔쾌히 동의할 수 없었다.

"……지혁 오빠 생각은 다를 것 같지 않아요?"

"수현이 데려왔으니까 우린 묻어가면 돼."

자신만만하게 대답한 호영이 제일 먼저 엘리베이터에서 내렸다. 성큼성큼 걸어가 사무실 안에 들어선 그의 눈이 휘둥그레지더니 입에서는 저절로 감탄사가 튀어나왔다.

"오……."

호영의 뒤를 따라 들어선 시은이 입을 떡 벌렸다.

"와……."

드라마에서 본, 책상 두세 개 놓인 삭막한 변호사 사무실과는 분위기 자체가 달랐다. 생각보다 훨씬 넓었고, 블랙 앤 화이트로 모던하게 꾸며진 실내장식이 눈길을 사로잡았다. 나른한 재즈 선율이 들려오는 쪽을 돌아보니, 드레스를 입은 여가수가 피아노와 베이스, 드럼으로 이루어진 밴드에 맞춰 재즈곡을 부르고 있었다. 술과 핑거 푸드 등의 간단한 음식들이 곳곳에 마련되어 있어서, 사람들은 자유로운 분위기 속에서 파티를 즐기고 있었다. 사실 이 공간은 파티가 끝난 이후 본격적인 업무가 시작될 월요일 전까지 직원들이 사용할 책상과 책장 등의 사무 집기가 갖춰질 예정이었다.

"왔어?"

사무실 안을 휘둘러보고 있던 호영과 시은은 지혁의 목소리가 들려온 쪽으로 동시에 고개를 돌렸다. 그리고 그 말이 자신들에게 한 것이 아니었음을 알게 되었다. 지혁의 시선은 두 사람보다 한 발짝 늦게 사무실 안에 발을 들인 수현에게 향해 있었다.

"오빠, 약속이 틀린데요?"

시은이 새초롬하게 말문을 열었다.

"무슨 약속?"

"수현이 데려왔잖아요. 반겨주는 척은 하셔야죠."

시은의 불만이 뭔지 알게 된 지혁은 어려울 거 없다는 듯 한마디 툭 내뱉었다.

"반갑다."

시은은 엎드려 받은 절도 절은 절이라고 위안 삼으며 수현에게 시선을 옮겼다.

"역시 내 선견지명이란……."

혼잣말을 중얼거린 시은은 고개를 갸웃거리는 수현을 밀어 지혁의 옆에 나란히 세웠다. 얼떨결에 밀려간 수현은 물론이거니와 지혁과 호영도 의아한 얼굴로 시은을 바라보았다. 시은이 씩 웃으며 세 사람의 의문에 답했다.

"커플 룩의 정석!"

시은의 말대로 지혁과 수현은 미리 의논해서 옷을 맞춰 입은 게 아닐까 싶을 만큼 잘 어울렸다. 차도남과 차도녀의 표본처럼 도회적인 느낌이 물씬 풍기는 커플 같았다. 지금 당장 화보를 찍어도 손색없을 정도였다. 하지만 수현은 그 말에 수긍할 수 없었다. 수긍해서는 안 되는 것이었다.

"우리가 커플 파티에 온 게 아닐 텐데?"

수현이 지혁의 곁에서 한 발짝 떨어져 서며 시은을 노려보았다.

"그게 무슨 상관이야. 커플처럼 보인다는 게 중요한 거지."

"그렇게 치면 나는 여기 있는 남자의 대다수와 커플처럼 보일걸?"

대부분의 남자들이 블랙 슈트를 입고 있었으니 수현의 말에도 일리는 있었으나, 시은은 논리에 크게 연연하는 타입이 아니었다.

"외모는 둘이 제일 잘 어울려."

시은은 검지로 수현과 지혁을 차례로 콕콕 찍는 시늉을 하며 능청스럽게 대꾸했다. 눈치 없는 척, 지혁과 수현을 밀어주는 게 오늘 시은이 자발적으로 맡은 임무였다. 그때 갑자기 지혁이 시은에게 불쑥 손을 내밀었다.

"격하게 반긴다, 임시은."

"진작 그러셨어야죠."

시은이 씩 웃으며 그의 손을 맞잡았다. 수현이 떨떠름한 표정을 짓거나 말거나 관심 없다는 듯 시은과 악수를 한 지혁은 그제야 호영에게 눈을 돌렸다.

"왜 이렇게 늦게 왔는데?"

시간 개념이 그다지 철저하지 않은 호영을 질책하기 위해 꺼낸 말이었다. 그런데 지혁의 예상을 깨고, 호영과 시은이 동시에 수현을 바라보았다. 수현이 늦은 장본인이라는 걸 알려주는 행동이었다. 세 사람의 시선을 한 몸에 받은 수현은 억울한 마음도 없지는 않았지만, 자신 때문에 늦었다는 걸 부인할 수는 없었기에 일단 해명에 나섰다.

"……그럴 일이 좀 있었어요."

"그럴 일이 뭔데?"

수현이 선뜻 대답하지 못하고 망설이자, 시은이 넙죽 끼어들었다.

"피 봤어요."

"피? 어디 다쳤어?"

지혁은 다친 곳을 찾기 위해 수현의 몸 이곳저곳을 빠르게 훑었다. 특별히 눈에 띄는 상처는 보이지 않았다.

"다친 거 아니에요."

수현은 고작 코피 좀 난 걸로 엄살을 부리고 싶지 않았다. 그렇지만 지혁은 물러서지 않고 대답을 채근했다.

"아니면?"

지혁의 걱정스러운 얼굴을 보고 있기가 민망해진 수현이 사실대로 말했다.

"……코피 났어요."

"코피?"

수현은 지혁의 찌푸린 미간을 설핏 보았다. 그리고 갑자기 눈앞이 어두워졌다. 순식간에 벌어진 일이라 상황 파악을 하지 못하고 멍하게 서 있던 수현의 귀에 호영의 불퉁한 목소리가 흘러들었다.

"코피 나면 열도 나냐?"

그녀는 그제야 지혁의 손이 제 얼굴을 덮고 있다는 사실을 알아차렸다. 열이 나는지 이마를 짚어보려는 의도였으나, 지혁의 길고 큰 손이 수현의 눈까지 가려 버린 것이었다. 지혁은 제 반사적인 행동에 스스로 당황했다. 언제부터인지 몰라도 수현에게는 머리가 아닌 몸이 먼저 반응했다. 생각이라는 걸 하기도 전에 말과 행동이 먼저 나가니 자신도 멋쩍고 난감할 뿐이었다. 하지만 제 심리 상태를 고스란히 드러낼 생각이 없었던 지혁은 일부러 의도했던 것처럼 손을 쓱 거둬들이며 무심하게 한마디 툭 던졌다.

"혹시 날까 했는데, 안 나네."

보수적이고 엄격한 법조계에 몸담고 있으면서도, 여희는 화려하고 자유분방한 삶을 추구했다. 치장과 유흥에 크게 관심이 없는 여타 여자 변호사들과는 달리 머리부터 발끝까지 공들여 꾸미기를 좋아했고, 음주가무도 상당히 즐겼다. 일을 소홀히 하는 것도 아니었기에, 능력과 미모를 겸비한 변호사로 유명했다. 세련된 커트 머리와 속눈썹 한 올 한 올까지 공들인 완벽한 화장, 육감적인 몸매를 강조하는 원피스까지…… 그녀는 언제나 그랬지만, 오늘은 여느 때보다 더욱 아름다웠다. 파티에 참석한 여자 중에서 여희와 견줄 만한 외모는 없었다. 본인도 그 사실을 잘 알고 있었다. 그런데 외모에 대한 우월감과 파티를 성공적으로 이끈 성취감에 젖어 있던 그녀의 눈앞에 갑자기 한 여자가 등장했다.

'누구지?'

자신이 초대한 손님은 아니니 지혁이나 영민의 손님일 거였다. 그런데 두 사람의 주위에 저런 미모의 여자가 있다는 건 들어본 적이 없었다. 여희의 눈이 여자를 위아래로 꼼꼼히 훑고 지나갔다. 모르는 여자에게 질투를 느끼는 자신이 못마땅했지만, 이성으로 제어할 수 없는 본능적 감정이었기에 어찌할 도리가 없었다.

'어? 호영 씨네?'

뒤늦게 호영의 얼굴을 알아본 여희는 그제야 그와 여자가 일행이라는 사실을 깨달았다. 언젠가 지혁과 함께 있던 호영과 인사를 나눈 적이 있었기에, 그녀도 두 사람이 가장 친한 친구라는 걸 알고 있었다. 호영을 향해 걸어가는 지혁을 보면서 자신도 인사를 하러 가야겠다는 생각을 하고 있던 여희에게 영민이 잽싸게 다가왔다.

"드디어 수현 씨 등장."

"수현 씨? 그게 누……."

고개를 갸웃거리던 여희가 순간적으로 멈칫했다. 여자의 정체를 알아차린 것과 동시에 호영의 앞이 아닌 여자의 앞에 멈춰 선 지혁이 눈에 들어왔다.

"류지혁이 푹 빠진 여자."

영민은 여희가 굳이 듣고 싶지 않은 설명까지 덧붙였다.

"진짜 예쁘지 않냐?"

여희는 호들갑을 떠는 영민이 못마땅했다. 언제 어디서나 자신이 가장 주목받아야 직성이 풀리는 그녀는 사람들의 시선을 잡아끄는 게 다른 여자라는 사실을 인정하고 싶지 않았다. 더군다나 그 여자가 지혁의 애를 태우는 장본인이라니 더더욱 곱게 보일 리가 없었다.

"난 잘 모르겠는데?"

여희가 시큰둥하게 받아치자, 영민이 어리둥절한 얼굴로 혼잣말을 중얼거렸다.

"여자가 보기엔 안 예쁜 얼굴인가? 남자들은 환장할 얼굴인데……."

영민은 여희의 질투를 곧이곧대로 믿을 만큼 순진한 구석이 있었다. 그녀가 지혁에게 남다른 감정이 있는 것도 당연히 알지 못했다.

"환장할 것도 많다."

아무리 남녀 간에 시각 차이가 존재한다고 해도 공통분모는 있게 마련이었고, 수현이라는 여자는 성별에 따라 평가가 갈릴 외모가 아니었다. 그러나 여희는 제 입으로 그 사실을 인정하고 싶지 않았다.

"뭐, 그렇다고 치고…… 인사나 하러 가자."

"너나 해. 난 아직 인사드려야 할 분들 많아."

군이 먼저 찾아가 인사까지 하고 싶지는 않았던 여희가 영민의 제
안을 딱 잘라 거절했다.

"오케이. 그럼 난 인사하러 간다."

영민은 미련 없이 발걸음을 뗐다. 그가 여희의 곁을 떠나 수현에게
다가갔을 때, 지혁은 막 도착한 검찰청 사람들을 맞느라 다른 쪽에
가 있었다.

"수현 씨?"

배가 고프다는 호영의 성화에 음식이 놓인 쪽으로 걸어가던 수현은
제 이름을 부르는 소리에 뒤돌아섰다. 멈춰 선 호영과 시은도 덩달아
뒤를 돌아보았다. 세 쌍의 눈동자가 영민에게 모였다. 처음 본 남자가
친한 척 이름을 부르니, 당사자인 수현은 물론이거니와 호영과 시은까
지 의아할 수밖에 없었다.

"지혁이 친구이자 동업자인 김영민이라고 합니다."

"아, 안녕하세요."

수현의 인사에 이어, 호영이 불쑥 손을 내밀었다.

"김호영입니다. 지혁이랑 같이 살고 있어요."

"아! 반갑습니다!"

영민과 호영은 서로 얘기만 들었지, 얼굴은 처음 본 것이었다. 두
사람은 사교적이고 서글서글한 성격이 매우 비슷했는데, 심지어 눈치
없는 것까지 닮은꼴이었다.

"또 다른 친구 한 명은 지금 손님 맞느라 정신이 없어서요. 조금 이
따가 소개시켜 드릴게요."

시은을 마지막으로 세 사람과 차례로 인사를 나눈 영민은 다시 수
현에게로 시선을 돌렸다.

"수현 씨, 정말 뵙고 싶었습니다."

"저를 어떻게 아시는지……."

"지혁이한테 들었어요."

그걸 몰라서 물은 게 아니었다. 그녀가 궁금한 건 지혁이 자신을 누구라고 말했을 지였다. 영민은 수현이 물을 필요도 없이 알아서 술술 불기 시작했다.

"지혁이가 전화 통화하는 걸 듣고 수현 씨 존재를 알게 됐어요. 그날, 제가 여자 생겼냐고 물었거든요? 그랬더니 지혁이가 딱 한마디 하더라고요. 뭐라고 했게요?"

질문을 했으면 답이 나올 때까지 얼마간 기다릴 법도 하건만, 영민은 곧바로 답을 내놓았다.

"예스."

수현은 류지혁다운 대답이었다고 생각하며 쉴 새 없이 이어지는 영민의 말에 귀를 기울였다.

"어제까지만 해도 수현 씨 이름을 몰랐어요. 그래서 예스녀라고 불렀더니 지혁이가 도끼눈을 뜨는 거예요. 그러면서 수현 씨 이름을 알려줬죠."

수현의 모든 의문이 풀렸다. 지혁이 이 말, 저 말 떠벌리고 다닐 성격이 아니라 이상하다고 생각했는데 내막을 들어보니 충분히 이해가 되었다.

"근데 조금 전에 알았지 뭐예요. 지혁이가 알려주기 전부터 제가 수현 씨를 알고 있었다는 걸요."

수현은 영민을 분명 오늘 처음 보았다. 자신이 그를 모르는데, 그가 자신을 안다니 의아할 수밖에 없었다.

"얼마 전에 기사에서 봤어요. 가수 한세진이랑 열애 기사."

"아……."

지금까지 기사의 파급력을 제대로 체감하지 못했던 수현은 오늘에
서야 비로소 기사에 얼굴이 실린다는 게 어떤 의미인지 알게 되었다.
내가 모르는 누군가가 날 알고 있다는 것…… 불편하고 거북했다.

　"그 수현 씨가 지혁이의 수현 씨일 줄은 상상도 못 했네요."

　'지혁이의 수현 씨……'

　당혹스러운 표현에 수현의 얼굴이 붉어졌지만, 영민은 목청을 높이
느라 바빴다.

　"한세진 같은 톱스타의 열애설 상대에, 천하의 류지혁이 목매는 수
현 씨, 리스펙트!"

　왜 그의 존경을 받아야 하는지 알 수 없었지만, 굳이 사양하는 것
도 이상할 것 같아 수현은 어색하게 웃고 말았다. 정신 사납게 굴던 영
민은 누군가 부르는 소리에 황급히 자리를 벗어났다. 금방 돌아오겠다
는 말을 남긴 그가 사라지자, 세 사람은 그제야 한숨 돌릴 수 있었다.

　"뭔가 한바탕 휘몰아치고 지나간 기분인데……?"

　"친화력 끝내주네. 수현이랑 십년지기인 줄 알았어요."

　호영과 시은이 말을 주고받는 동안, 수현은 사무실 안을 휘둘러보
았다.

　"왜? 지혁이 찾아?"

　능글맞게 묻는 호영을 보며 수현이 실소를 터뜨렸다.

　"시은이랑 짰어?"

　"뭘 짜?"

　"나랑 지혁 씨, 밑도 끝도 없이 엮기."

　"아닌데? 맹세코 그런 적 없는데?"

　호영은 하늘에 우러러 한 점 부끄러움도 없었다. 시은과는 뭘 어떻
게 하자고 의논한 게 아니라, 수현과 지혁이 잘됐으면 좋겠다는 일념

으로 기회가 있을 때마다 각자 눈치껏 행동하는 것뿐이었다.

"화장실 갔다 올게."

수현은 생사람 잡지 말라는 듯한 표정을 짓고 있는 호영을 흘겨보고 걸음을 옮겼다. 파티가 진행 중인 널찍한 공간의 왼쪽과 오른쪽으로 복도가 보였는데, 일단 오른쪽으로 가보기로 했다. 삼삼오오 모여 대화를 나누고 있는 사람들을 지나 복도에 접어드니 다른 세계에 온 것처럼 갑자기 한적해졌다. 천천히 걸음을 옮긴 그녀는 「회의실」을 지나 「대표 변호사 김영민」을 거쳐 「대표 변호사 홍여희」라는 문패가 걸린 방에 다다랐다.

"아, 여자였구나……."

수현은 그제야 지혁의 또 다른 동업자가 여자라는 사실을 알 수 있었다. 잠시 멈췄던 발걸음을 떼려는데 뒤편에서 익숙한 목소리가 들려왔다.

"구경 잘했어?"

화들짝 놀라 뒤돌아선 수현의 눈에 벽에 어깨를 살짝 기대고 서 있는 지혁이 보였다.

"구경이 아니고 화장실을 찾다가……."

왠지 남의 방을 몰래 훔쳐보고 있다가 들킨 것 같아 민망해진 수현이 말끝을 흐렸다.

"화장실은 저쪽 복도 끝."

정반대 쪽으로 온 것이었다.

"데려다줄게."

지혁은 별생각 없이 한 말이었지만, 수현은 왠지 모르게 민망했다.

'내 나이가 몇인데 화장실을 데려다주겠다는 거야……'

"손이나 씻을까 했던 거였어요. 굳이 안 가도 돼요."

수현이 왔던 길을 돌아가기 위해 지혁의 옆을 지나치는 순간, 그가 갑자기 그녀의 팔을 잡아챘다.

"그럼 온 김에 내 방, 구경이나 하고 가."

수현이 순순히 제 말을 따르지 않을 거라는 생각에 그가 선수를 쳤다.

"화장실까지 데려다줄까? 내 방 구경할래?"

방 구경을 하지 않겠다고 하면 반드시 화장실 앞까지 데려다주겠다는 말임을 알아들은 수현은 선택의 기로에 섰다. 굳이 둘 중의 하나를 선택해야 한다면 화장실까지 동행하는 것보다는 방 구경이 나을 것 같았다.

"방이요."

수현의 빠른 선택을 칭찬하듯 지혁이 낮게 웃음을 터뜨렸다.

"도망 안 갈 테니까 이건 좀 놔주세요."

수현이 그에게 잡힌 팔을 바르작거리자, 지혁은 고분고분 손에서 힘을 풀었다. 수현은 얼른 뒤로 한 걸음 물러났다.

"도망갈까 봐 잡은 거 아니야. 도망가도 마음만 먹으면 금방 잡을 수 있으니까."

'도망갈까 봐 잡은 게 아니면 심심해서 잡았다는 거야, 뭐야……'

넌 내 손바닥 안에 있다는 듯한 그의 오만한 대답에 기분이 상한 수현이 톡 쏘아붙였다.

"그럼요?"

"육체적 구속이 아니라, 도망가지 말고 내 옆에 있으란 심리적 저지."

이 남자는 어떻게 된 게 말이 막히는 법이 없었다. 말만 번드르르하다고 몰아붙이고 싶어도 그럴 수 없는 건, 빈말이 아니라는 게 느껴지기 때문이었다. 수현은 남보다 우월한 외적 조건 때문에 어려서부터 줄곧 남자들의 구애를 받으며 살아왔다. 그래서 남자들이 하는 말이 빈말인지 아닌지는 흘려들어도 알 수 있을 정도였다. 그런 자신이 지혁의 입에서 나오는 말들 하나하나에 반응하는 걸 보면, 그가 하는 행동이며 말들이 가식이 아니라는 증거였다. 아니면 그가 희대의 사기꾼이거나. 물론 후자라는 생각은 한 번도 해본 적 없었다. 말문이 막힌 수현과 그런 그녀를 바라보고 있는 지혁 사이의 정적을 깬 건 여희였다.

"여기서 뭐 해?"

지혁이 먼저 고개를 돌렸다. 이어서 그와 같은 곳을 바라본 수현은 여희와 눈이 마주쳤다. 누군지는 몰라도 자신에게 호의적인 사람이 아니라는 건 한눈에 알아볼 수 있었다.

"홍 변이랑 인사했어?"

지혁이 수현을 돌아보며 물었다. 수현은 그제야 자신을 빤히 쳐다보고 있는 여자가 지혁의 옆 방 주인인 홍여희 변호사라는 사실을 알 수 있었다. 수현이 말문을 열기 전에 여희가 먼저 나섰다.

"인사가 늦었네요. 홍여희예요."

"송수현입니다."

고개만 까딱거리는 여희와 달리, 수현은 예의 바르게 고개를 숙여 인사했다. 여희는 통성명으로 제 할 일을 다 했다는 듯, 곧장 지혁에게 시선을 옮겼다.

"부장 검사님, 경찰청장님 다 모셔놓고 네가 여기 있으면 어떡해."

여희의 질책 어린 말에도 지혁은 전혀 개의치 않았다.

"다 네가 초대한 분들이잖아."

"내가 초대했어도 네 손님이지. 그분들이 나 보러 오셨겠어?"

"내가 옆에서 재롱을 떨 거야, 수발을 들 거야? 어차피 여기 모인 분들 거의 다 아는 사이라 분위기 화기애애하고 좋기만 하던데, 내가 몇 분 자리 비우는 게 큰일이야?"

냉소적인 그의 말투에 찔끔한 여희가 가만히 입을 다물었다.

"수현이 내 방 구경 좀 시켜주고 나갈게."

여희가 무슨 말을 하기도 전에 수현을 돌려세운 지혁은 수현의 등 뒤에서 팔을 뻗어 문을 연 다음, 그녀를 방 안으로 들여보내고 뒤따라 들어가 문을 닫았다. 얼결에 밀려들어간 수현은 지혁의 방에 발을 디디자마자, 인테리어 콘셉트를 정의할 수 있었다.

블랙.

다른 말은 필요치 않았다. 그의 방은 온통 검었다. 책상, 의자, 책장, 소파, 심지어 블라인드까지…… 금색의 대리석 바닥과 은색의 실크 벽지를 제외한 모든 것이 검은색이었다. 멍하니 방 안을 둘러보던 그녀의 귀에 어디선가 덜거덕거리는 소리가 들려왔다. 고개를 돌려보니 지혁이 복도 쪽 블라인드를 내리고 있었다. 싸늘한 여희의 얼굴이 내려가는 블라인드에 묻혀 사라졌다. 이내 블라인드는 완전히 닫혔다.

"블라인드는 왜 내려요?"

수현이 눈을 동그랗게 뜨고 물었다.

"누가 들여다보는 거 신경 쓰여서."

수현은 '난 당신과 둘이 밀폐된 공간에 있는 게 더 신경 쓰여요'라고 말하고 싶었지만 할 수 없었다. '내가 이만큼 당신을 의식하고 있어요'라는 말과 별반 다르지 않다는 걸 아는 까닭이었다. 그녀는 제 마음을 들킬까 봐 괜한 너스레를 떨기 시작했다.

"볼 거 하나도 없는데 대체 뭘 구경하란 거예요?"

"내가 언제 뭐 있댔어? 그냥 방 구경하라고."

수현은 속으로 투덜대면서도 겉으로는 그의 말을 충실히 따르는 척했다.

"방이 직사각형이네요. 책상 하나, 책장 세 개, 소파, 테이블……."

빈정거리듯 방 안에 놓인 가구들을 일일이 짚어가는 그녀를 물끄러미 바라보던 지혁이 피식 웃었다.

"볼펜이 몇 자루인지도 확인하지 그래?"

"그럴 예정이에요. 기다리세요."

수현은 방 안을 느릿느릿 거닐며 무심하게 대꾸했다. 시선이 마주치면 난감한 말을 듣게 될까 봐, 그녀의 눈은 지혁을 보지 못하고 이곳저곳을 헤매고 있었다.

"이 방은 누가 꾸민 거예요?"

"홍 변."

수현의 머릿속에 방금 전 보았던 여희의 모습이 떠올랐다. 지성과 미모를 겸비했다는 표현이 아깝지 않을 정도로 상당히 아름다운 여자였다. 수현이 자신을 바라보던 그녀의 시선에 담긴 의미를 생각하고 있는 사이, 지혁이 말을 이었다.

"홍 변이 인테리어 업체랑 상의해서 진행했다고 들었어. 물론 내 방은 내 의견이 십분 반영됐고."

"어떤 의견이요?"

"검은색을 선호한다는 내 의견을 전달했지."

지혁이 자랑스럽게 답했다.

"난 또 뭐라고……."

자신의 방을 꾸미는 데 그 정도 의견도 내지 않는 사람이 몇이나 될까 싶었지만, 본인이 저리 뿌듯한 표정을 짓고 있는 걸 보면 평소에 안 하던 짓이었음이 분명했다.

"각 방의 테마가 있어."

"테마? 이 방은 뭔데요?"

평소와 달리 오늘은 수현이 지혁에게 많은 것을 묻고 있었다.

"류지혁."

질문을 던지고 다시 한 번 방 안을 휘둘러보고 있던 수현은 그의 대답에 멈칫했다.

'테마가 류지혁이라……'

들은 순간에는 당혹스러웠지만, 금세 무슨 의미인지 이해할 수 있을 것 같았다. 곰곰이 생각에 잠겨 있는 수현에게 지혁이 해명하듯 말했다.

"오해하지 마. 두 사람이 내 의견과 상관없이 멋대로 붙인 거야."

지혁은 멋쩍어했지만, 수현은 더할 나위 없이 어울리는 테마라고 생각했다. 이 방은 시크하면서도 카리스마 넘치는 그의 이미지와 잘 맞아떨어졌다.

"그럼 다른 분들 방도 본인들이 선호하는 색으로 꾸몄어요?"

"홍 변은 하얀색, 김 변은 파란색."

아무리 시대가 달라졌다고 해도 변호사 사무실은 여전히 차분하고 엄숙한 분위기를 추구하는 경향이 짙었다. 하지만 여희는 딱딱한 분위기 대신 젊고 감각적인 인테리어를 시도했고, 결과물은 반신반의하던 지혁과 영민의 마음에도 들 만큼 대성공이었다.

"인테리어를 마치고 김 변과 홍 변이 서로의 방 테마를 지어줬어."

테마를 정하고 난 다음에 인테리어에 들어가는 줄 알았던 수현은 제 생각과 반대로 인테리어가 끝난 뒤에 테마가 붙었다는 말을 듣고 고개를 갸웃거렸다. 그런데 그 의아함보다는 나머지 두 방의 테마가 더 궁금했다.

"뭐라고 지어줬는데요?"

지혁이 씩 웃으며 입을 열었다.

"한쪽은 정신병원, 다른 한쪽은 수족관."

이 방이 온통 검은색이라면 나머지 두 방도 온통 하얀색과 파란색일 확률이 높을 터, 수현은 보지 않았어도 어떤 느낌인지 알 것 같았다. 지혁은 소리 없이 웃고 있는 수현을 흐뭇하게 바라보며 다시 입을 열었다.

"더 신기한 거 말해줄까?"

"뭔데요?"

"홍 변 아버지는 의사고, 김 변 부모님은 횟집 하셔."

"정말요?"

수현은 주변 환경이 좋아하는 색깔에까지 영향을 미친다는 게 신기함과 동시에, 뿌듯한 미소를 짓고 있는 지혁의 부모님에 대해 궁금해졌다.

"아 참, 부모님은 언제 오세요? 혹시 오셨다 가셨어요?"

그녀는 지혁의 부모님이 와 계셨다면 호영이 인사를 하지 않았을리 없었을 테니, 아직 안 오셨거나 오셨다 가셨을 거라고 짐작하고 있었다.

"안 오셔."

"왜요?"

수현은 아들이 변호사로서 새 출발을 하는 것이나 다름없는 날, 왜 그의 부모님이 오시지 않는 건지 의아했다.

'혹시…… 돌아가셨나?'

그의 가족 관계에 대해 들은 바가 없었기에 문득 자신이 실수한 건지도 모르겠다는 생각이 들었다. 하지만 그건 괜한 걱정이었다.

"검찰청 나온 거 탐탁지 않아 하시거든."

순종적인 아들이 아닐 거라는 짐작은 했었기에 그다지 놀랍지는 않앗다. 하지만 제 생각과는 별개로 그에게는 상처일 수도 있겠다 싶어 조금 미안해졌다.

"아, 내놓은 자식이구나……."

수현이 분위기를 띄우려고 장난치듯 말끝을 흐리자, 지혁이 단호하게 말을 받았다.

"아니. 내놓기 전에 나온 자식이야."

그다운 대답이라고 생각하며 미소 짓고 있던 수현에게 지혁이 뜬금없는 질문을 던졌다.

"몸이 약한 편이야?"

수현은 어리둥절해 하면서도 반사적으로 고개를 저었다.

"아니요."

"그럼 코피는 왜 난 건데? 어디 부딪쳤어?"

지혁은 아까부터 내내 수현의 몸 상태를 걱정하고 있었다. 원래도 피부가 하얗긴 했지만, 그렇게 생각하고 봐서 그런지 몰라도 평소보다 안색이 창백한 것 같기도 했다. 그제야 그의 질문의 의도를 파악한 수현이 대수롭지 않다는 듯 대답했다.

"코피가 잘 나는 체질이에요."

수현은 그간의 경험을 토대로, 고개를 갸웃거리는 지혁이 코피가 잘 나는 체질은 어떤 체질이냐고 물어볼 것임을 직감했다. 그래서 물 흐르듯 자연스럽게 말을 돌렸다.

"누구처럼 몰래 코 판 거 아니냐고 안 해줘서 고마워요."

지혁은 그 '누구'가 누구인지 대번에 알아차렸다.

"호영이?"

"그럼 누구겠어요?"

그가 반문하는 그녀를 보며 피식 웃었다.

"건강 검진은 꼬박꼬박 받고 있어?"

"건강해요."

받지 않는다는 말이었다.

"건강 검진은 건강할 때 받는 거야. 아플 때 받는 건 치료지."

수현을 나무라듯, 지혁의 눈에 힘이 들어갔다.

"그렇게 말씀하시는 본인은 받으세요?"

"바빴어."

사실 그도 수현과 마찬가지로 건강에 관심을 기울여 본 적이 없었다. 그런데 수현의 건강에는 관심이 갔다.

"몸 관리 잘해. 건강하게 오래오래 살아야지."

그는 자신이 지금 부모님에게도 안 해본 말을 고작 이십대인 그녀에게 하고 있다는 사실을 미처 알지 못하고 있었다. 코피에서 시작된 주제가 오래오래 사는 걸로 마무리되자, 지혁의 과도한 걱정에 민망해진 수현이 모른 척 화제를 바꿨다.

"방 구경 다 했으니까 그만 나가요. 손님 초대해 놓고 주인이 너무 오래 자리를 비웠어요."

그의 시선을 피하며 문가로 걸어가던 그녀의 귓가에 지혁의 나직한 음성이 스며들었다.

"사실 방 구경은 핑계였어."

수현은 우뚝 걸음을 멈추고 뭔가에 이끌리듯 그를 돌아보았다. 지혁은 그윽한 눈으로 그녀를 바라보며 뒷말을 이었다.

"내 방에 처음 들어온 여자가 너였으면 했거든."

내심 당황했으면서도, 수현은 동요하지 않은 척 차분하게 반문했다.

"이 방에 처음 들어온 여자가 나예요?"

망설임 없이 고개를 끄덕이는 지혁에게 수현이 다시 물었다.

"오늘은 내가 처음이에요?"

"매일매일에 의미를 부여할 만큼 내가 한가하지 못해서 말이야."

그녀는 그의 태연한 대답에 기분이 상했다. 말이 되는 말을 해야 맞장구를 치는 시늉이라도 할 거 아닌가.

"내가 처음일 리가 없잖아요."

"왜 없는데?"

지혁이 마치 남의 말을 하듯 되물었다.

"홍여희 변호사님도 여자고, 이 방 인테리어에 참여한 분 중에 여자가 한 명도 없었겠어요?"

수현의 응수에도 그는 표정 하나 달라지지 않았다.

"그런 생물학적 여자 말고."

지혁은 잠시 말을 끊었다가 이었다.

"나한테 의미 있는 여자."

그의 입에서 나온 말은 묵직했고, 그녀를 바라보는 눈빛은 깊었다. 방심하고 있었던 것도 아닌데 수현은 말문이 턱 막혀 버렸다. 지혁의 직접적이고 적극적인 고백에 어떤 반응을 보여야 할지 판단이 서지 않았다.

"정신병원이랑 수족관…… 보고 싶어요."

그녀는 허둥지둥 걸음을 옮기는 것밖에 할 수 있는 게 없었다. 지혁은 제 생각, 제 마음을 말하고 싶었던 것뿐, 어떤 대답을 바란 게 아니었다. 그래서 가만히 수현을 뒤따라 방을 나섰다. 한발 늦게 밖으로 나가보니, 창문을 통해 여희의 방을 들여다보고 있는 수현의 뒷모습이 보였다. 그녀의 뒤로 조용히 다가간 그가 나직한 어조로 물었다.

"정신병원 같다는 김 변의 생각에 동의해?"

수현은 대답 대신 침묵을 선택했다. 동의한다고 말하고 싶었으나,

오늘 처음 본 사람의 방을 보고 차마 정신병원 같다고 말할 수는 없었기 때문이었다. 지혁의 방은 벽과 바닥까지 검은색은 아니었지만, 여희의 방은 벽과 바닥까지 온통 하얀 데다가 불까지 켜져 있어 눈이 부실 정도였다.

'아까는 분명 불이 꺼져 있었는데?'

수현이 의아해하는 순간, 누군가 불쑥 모습을 드러냈다.

"……!"

수현이 흠칫 놀라 뒤로 한 걸음 물러섰다. 창문 너머 방 안에 서 있는 사람은 방주인인 여희였다. 통화 중인지 휴대폰을 귀에 대고서 싸늘한 눈빛으로 수현을 바라보고 있었다.

"흥 변이 있었네."

수현은 지혁의 말을 귀로 들으며, 갑자기 휴대폰을 창틀에 내려놓는 여희의 행동을 눈으로 좇았다. 여희는 자유로워진 두 손으로 블라인드 줄을 움켜잡더니 그대로 쭉쭉 내리기 시작했다. 빠른 속도로 내려온 블라인드로 인해 방과 복도가 완벽히 격리되었다. 노골적으로 방 구경을 거부당한 것이었다. 머쓱하게 뒤돌아선 수현의 눈에 지혁의 못마땅한 얼굴이 들어왔다.

"매정하기는."

수현은 그의 기억을 상기시켜 주기로 했다.

"지혁 씨도 아까 똑같이 했어요."

무안한 건 무안한 거고, 사실은 사실이었으니 말이다.

반박할 수 없었던 지혁은 조용히 몸을 돌려 영민의 방으로 향했다. 그는 여희에게 당한 굴욕을 만회하려는 듯, 뒤따라온 수현에게 아예 문을 열고 들어가 구경을 시켜주기까지 했다. 그렇게 수현은 혜윰의 대표 변호사 세 명의 방을 모두 보고 호영과 시은에게 돌아왔다. 지혁은 함께 오는 도중에 연수원 동기들에게 불려갔다. 한참 만에 나타난 수현을 보고 호영이 고개를 갸웃거렸다.

"왜 이렇게 늦게 와?"

딴청을 부리는 수현을 힐긋 바라본 시은이 마시던 와인 잔을 내려놓았다.

"나도 화장실이나 갔다 와야겠다."

수현은 자신이 왔던 길로 가려는 시은의 팔을 얼른 붙잡으며 반대쪽을 눈짓으로 가리켰다.

"화장실 저쪽이야."

"너 이쪽으로 왔잖아. 화장실 갔다 온 거 아니야?"

순간적으로 말문이 막힌 수현을 가늘게 뜬 눈으로 살피던 시은의 얼굴에 의미심장한 미소가 걸렸다.

"이쪽에 뭐 있어?"

"……변호사님들 방."

"지혁 오빠 방도 있겠고?"

수현의 입에서 마지못한 대답이 나왔다.

"……어."

"방 주인도 있었겠고?"

수현이 눈망울을 또르르 굴리자, 시은의 입꼬리가 쓱 올라갔다.

"지혁 오빠 어디 갔나 했다."

파티 분위기에 흠뻑 취해 있느라 지혁이 어디에서 뭘 하는지 관심도 없었던 호영은 그제야 시은의 말을 토대로 상황 파악을 마쳤다.

"치사하게 우리만 쏙 빼고 둘이 있다 왔단 말이지?"

호영이 괜한 투정을 부리자, 난감해진 수현의 목소리가 작아졌다.

"그냥 방 구경만 했어……."

우르르 몰려왔던 연수원 동기들이 돌아가고, 지혁과 여희, 영민은 파티가 시작된 이후 처음으로 세 사람만의 시간을 갖게 되었다.

"파티 끝나면 우리끼리 따로 한잔 더 하자."

지혁이 여희의 제안을 단호하게 잘랐다.

"여태 마시고 또 무슨."

"기념할 만한 날이잖아. 이런 날은 좀 취해줘야 한단 말이야."

애교를 부리는 여희를 물끄러미 바라보던 영민이 불쑥 끼어들었다.

"볼 때마다 뭔가 마시고 있던데 안 취했냐?"

"날 뭘로 보는 거야."

영민은 눈을 흘기는 여희에게 능청스러운 미소를 날렸다.

"주당으로 보지."

"그럼 잘 알겠네. 이 정도 마셔서는 간에 기별도 안 간다는 거."

여희의 의기양양한 말에, 지혁이 어딘가를 바라보며 픽 웃음을 터뜨렸다.

"어떻게 주위에 술 못 마시는 여자가 없네."

"누가 또 홍 변만큼 잘 마셔?"

"저기."

영민과 여희가 동시에 지혁의 눈이 향해 있는 곳으로 고개를 돌렸다. 거기엔 뭔가 신이 나 보이는 호영과 그의 말을 조용히 듣고 있는 수현이 있었다. 여희는 지혁의 미소가 낯설었다. 십 년 넘는 세월 동안 본 것보다 오늘 하루 동안 그의 웃는 얼굴을 더 많이 본 것 같았다.

"사실 아직 같이 술 마셔본 적은 없어. 잘 마신다는 얘기만 들었지."

"술도 안 마셔봤다고? 그럼 만나서 뭐해? 주로 어디 가?"

지금까지 한 번도 지혁의 연애사에 관해 들어본 적이 없었던 영민은 궁금한 게 많았다.

"그건 네가 알 거 없고."

사생활에 관심 갖지 말라는 투로 말했으나, 지혁은 사실 할 말이 없었던 것이었다. 생각해보니 딱히 뭘 했다고 말할 만한 게 없었다. 뜻하지 않게 불륜, 스캔들, 음주운전, 표절 등의 굵직굵직한 사건을 함께 거쳐 오기는 했지만, 거의 다가 남자와 여자라는 포지션과 전혀 상관없는 것들이었다. 조력자나 동지라고 불러도 그다지 이상하지 않을 것 같았다. 그런데 고작 그런 것들밖에 한 게 없음에도 불구하고, 어떻게 수현을 향한 마음이 이 정도로 커졌는지 신기할 따름이었다. 수현이 고분고분 따라줄 것 같지는 않지만, 지혁은 이제부터라도 그녀와 뭔가를 하나씩 해나가 보리라 마음먹었다. 그러다 보면 고집 세고, 겁 많은 그녀도 용기를 내는 날이 있지 않을까 기대하고 있었다.

10시가 넘어서고 파티가 파장에 접어들면서, 북적댔던 분위기는 한결 차분해졌다. 남아 있던 사람들의 수도 점점 줄어들었다. 수현이 어느새 부쩍 한가로워진 주변을 돌아보며 말했다.

"오빠, 우리도 그만 가자."

"송수현, 오빠가 널 그렇게 의리 없는 사람으로 가르쳤어?"

호영의 꾸중하는 듯한 어조에 수현이 헛웃음을 터뜨렸다.

"내가 의리가 있는지 없는지를 떠나서, 오빠한테 의리 같은 거 배운 적 없거든?"

"아니, 나는…… 지혁이 기다렸다가 같이 가야지 어떻게 먼저 가냐는 말이지……."

괜히 세게 나갔다가 본전도 못 찾은 호영이 변명하듯 웅얼거렸다. 그런데 그때, 어디선가 불쑥 나타난 지혁이 그의 편을 들고 나섰다.

"김호영이 오랜만에 맞는 말 했네."

지혁의 시선이 수현에게 향했다.

"의리 없이 나 빼고 가게?"

지혁은 오늘 시은에 이어 호영과도 완벽한 팀플레이를 구사했다. 삼 대 일의 구도가 되어버린 듯한 기분에 샐쭉해진 수현이 딱 잘라 대답했다.

"네. 그러려고요."

지혁의 입에서 의외의 대답이 나왔다.

"그래. 먼저들 들어가."

그는 함께 가지 못한다는 말을 하러 와놓고, 괜히 수현을 놀려본 것이었다. 제 빠른 수긍에 당황한 수현에게서 시선을 뗀 지혁이 호영을 돌아보며 물었다.

"뭐 타고 왔어?"

"내 차로 친히 두 분을 모시고 왔지."

호영은 고작 운전 한 번 한 거 가지고 아직도 생색을 냈다.

"술 안 마셨어?"

술이라면 환장을 하는 호영이 이런 기회를 놓칠 리 없다는 걸 알면서도 혹시나 하는 마음에 물어본 것이었는데 대답은 역시나였다.

"당연히 마셨지."

지혁의 찌푸린 얼굴에서 그럼 차는 왜 가지고 왔냐는 타박을 읽은 호영이 천연덕스럽게 말을 이었다.

"운전은 술 한 방울도 안 마신 수현이가 할 거야."

수현이 벌겋게 달아오른 얼굴로 히죽거리고 있는 호영과 시은을 차례로 째려보며 입을 열었다.

"오빠랑 시은이한테 나중에 와인 값 청구하세요. 양심이 있으면 거부 못 할 거예요."

불리한 쪽으로 이야기가 진행될 기미를 보이자, 호영이 은근슬쩍 말을 넘겼다.

"근데 진짜 우리 먼저 가라고? 뒷정리할 거 많아?"

"아니. 뒷정리는 내일 홍 변이 사람 불러서 하겠다고 했어."

"그럼 왜?"

"동업자들이 따로 술 한잔하자고 해서."

갑자기 호영의 눈이 반짝거리기 시작했다.

"셋이?"

"어."

"나도 끼면 안 되냐?"

내 친구, 네 친구 가리지 않는 호영에게는 인사를 나눈 이상 그들도 친구나 마찬가지였다. 그래서 자신이 합류해도 크게 문제 될 게 없다는 생각이었다. 하지만 지혁의 생각은 달랐다.

"네가 동업자냐?"

안 된다는 의미임을 알아들은 호영이 시무룩해선 구시렁거렸다.

"난 동거인이지……."

"잘 아네. 동거인은 집에나 가라."

지혁은 수현에게 운전 조심하라는 말을 남기고 자리를 떴다.

출장 뷔페 직원들이 마지막으로 철수하고 사무실 안에는 지혁과 영민, 여희만 남게 되었다. 여희가 휑한 공간을 한 바퀴 둘러보며 안도의 한숨을 내쉬었다.

"걱정했는데 다행히 잘 끝났네."

"고생했다, 오늘."

지혁에게 제 노고를 인정받았다는 생각에 여희의 얼굴에 환한 미소가 걸렸다.

"이렇게 사람 차별하기냐? 나도 고생했다고."

분위기 파악 못 하고 끼어든 영민이 투덜거렸다.

"난 사람 차별 안 해. 너도 수고 많았다."

기어이 공평한 대접을 받아낸 영민의 표정이 밝아진 것과 달리, 여희는 언짢기 그지없었다. 솔직히 영민은 수고했다는 말을 들을 만큼 한 것도 없거니와, 설사 그가 큰 역할을 했다고 하더라도 그와 동등한 대우를 받고 싶지 않았다. 그녀는 차별을 원했다. 지혁이 영민보다 더 오래 알아온 자신을 조금 더 특별히 대해주길 바랐다. 하지만 지혁은 언제나 여희의 기대를 저버렸다.

"가자."

지혁이 앞장서고 영민과 여희가 그 뒤를 따라 사무실을 나섰다. 세 사람은 택시를 타기 위해 큰길로 나왔다. 차로 십여 분 정도 걸리는 제 단골 와인바에 가자는 여희의 제안 때문이었다. 택시 승차장에 거의 다다랐을 무렵, 갑작스러운 현기증을 느낀 여희가 쓰러질 듯 휘청거렸다. 지혁이 얼른 그녀를 부축했다.

"괜찮아?"

여희는 지혁에게 머리를 기댄 채 입술을 달싹였다.

"잠시만……."

순간적으로 핑 돌았을 뿐 금세 괜찮아졌지만, 왠지 지혁의 품에서 떨어지고 싶지 않았다. 지금까지 한 번도 제 마음을 드러내 본 적 없었던 여희는 수현의 등장과 술기운이 합쳐져 평소와 사뭇 다른 행동을 보이고 있었다.

"2차가 아니라 집에 가야 할 거 같은데?"

"괜찮아……."

여희가 지혁의 향기와 온기를 온전히 느끼기 위해 살짝 눈을 감은 순간이었다.

"홍 변 좀."

여희의 눈이 도로 뜨인 것과 동시에, 지혁이 다가온 영민에게 그녀를 기대게 했다. 여희는 얼떨결에 영민의 품에 안기게 되었다.

"택시 잡을게."

지혁의 뒷모습을 야속한 눈으로 바라보고 있던 여희의 귀로 영민의 밉살스러운 말이 파고들었다.

"홍여희, 다이어트 좀 작작해라. 빈속에 술만 들이부으니 어지럽지."

수현과 호영, 시은은 지혁 일행이 택시를 잡으러 큰길로 걸어가고 있을 때 주차장으로 돌아왔다. 그들보다 먼저 나오긴 했지만, 호영이 아이스크림을 먹겠다고 우기는 바람에 편의점에 들렀다 오는 길이었다. 호영은 술을 마시면 아이스크림을 찾는 이상한 버릇이 있었다. 아이처럼 아이스크림을 쪽쪽 빨아 먹으며 뒷자리에 올라탄 호영이 조수석에 앉은 시은을 보며 툴툴거렸다.

"임시은, 오빠 섭섭하다."

"뭐가요?"

"수현이가 운전하니까 조수석에 앉는 거냐?"

시은은 안전띠를 매며 건성으로 대꾸했다.

"오빠는 아까 코피 안 났잖아요. 코피 나면 옆에서 봐드릴게요."

시동을 건 수현이 주차장을 빠져나가며 말문을 열었다.

"오빠 요새 만나는 사람 없어?"

"어떻게 알았냐?"

"애정 결핍 같아서."

"알면 너희들이라도 이 오빠에게 애정을 듬뿍 다오."

호영이 애정을 구걸하고 있던 그때, 창밖을 내다보고 있던 시은이 갑자기 상체를 곧추세우고 유리에 얼굴을 바짝 들이밀었다.

"어?"

수현과 호영이 동시에 시은을 돌아보며 물었다.

"왜?"

지혁이 자신에게 기대어 있던 여희를 떼어내는 모습을 스쳐 지나가며 본 시은이 심각한 얼굴로 중얼거렸다.

"역시 내 짐작이 맞았군. 적은 가장 가까이에 있는 법이지."

호영이 조수석을 향해 상체를 기울이며 물었다.

"적? 무슨 적?"

"홍여희 변호사, 지혁 오빠한테 마음 있어요."

"갑자기 그게 무슨 소리야?"

시은이 방금 자신이 본 장면을 살짝 과장해서 말하자, 호영이 오만상을 찌푸렸다. 반면 수현은 별다른 표정 변화가 없었다.

"홍 변호사, 사람 좋게 봤는데 안 되겠네."

"전 처음부터 인상이 별로였어요."

정작 수현은 가만히 있는데, 호영과 시은은 여희를 향한 적개심을 불태웠다. 겉으로는 내색하지 않았으나, 수현도 내심 심기가 불편했다. 자신을 향한 여희의 냉랭한 눈빛이 무엇을 의미하는지는 짐작했으면서도, 신경 쓰이는 건 제 의지로도 어쩔 수 없는 것이었다.

그의 입술, 그의 손길

다음 날 아침, 요란한 초인종 소리에 잠에서 깬 수현은 비척거리면서 거실로 나갔다. 잰걸음으로 현관으로 향하는 시은의 뒷모습이 보였다. 괜히 나왔다고 생각하며 도로 방으로 들어가려는데 초인종 소리보다 더 시끄러운 호영의 다급한 외침이 귀를 울렸다.

"큰일 났어!"

깜짝 놀란 수현이 휙 뒤로 돌아섰다. 흐리멍덩하던 눈은 어느새 또렷해져 있었다.

"큰일? 뭔데?"

'회사에서 잘렸나? 사기를 당했나? 이모한테 무슨 일이 생겼나?'

상상할 수 있는 온갖 심각한 상황들이 그녀의 머릿속을 가득 채웠다. 그런데 호영의 대답은 그 어디에도 해당하지 않았다.

"지혁이 어제 안 들어왔어."

수현은 그 말을 어떻게 해석해야 큰일이라고 결론을 내릴 수 있는

지에 대해 짧은 순간 고민했다. 하지만 서른셋 먹은 건장한 성인 남자가 집에 하루 안 들어왔다는 건 다른 부연 설명이 있지 않고서야 큰일이라고 하기 힘든 일이었다. 그렇다면 설마…….

"……어디 다쳤대?"

수현의 눈동자가 불안하게 요동치고 있었다.

"나야 모르지."

호영이 왜 그런 걸 나에게 묻느냐는 듯 눈을 끔벅거리자, 수현은 자신이 뭔가 놓친 부분이 있나 싶어 다시 물었다.

"그럼 뭐가 큰일인데?"

"어제 새벽 한 시가 넘었는데도 안 들어오길래 내가 전화를 걸어봤단 말이야. 근데 택시 안이래. 술이 많이 취해서 집에 데려다주러 가는 길이라더라고."

그의 말에는 목적어가 없었다.

"누굴?"

"무슨 변이라고 했는데, 홍 변이랬는지, 김 변이랬는지…… 한 글자를 제대로 못 들었어."

두 사람에게 어슬렁거리며 다가오던 시은이 고개를 갸웃갸웃하는 호영을 보며 단언했다.

"당연히 홍 변이죠. 오빠는 동성 친구가 술 많이 마시면 집에 데려다줘요?"

"길바닥에서 자든 말든 내 알 바 아니지."

"그거죠."

"그거네."

호영은 더 이상 고민해 볼 필요도 없다는 듯 단호하게 고개를 끄덕이며 말을 이었다.

"그리고 한 시간쯤 있다가 다시 전화해 봤더니 휴대폰이 꺼져 있었어."

갑자기 미간을 찌푸린 시은이 혼잣말하듯 나직한 어조로 중얼거렸다.

"술에 취한 여자, 늦은 밤, 둘만의 공간……."

"홍 변이 혼자 사는지 부모님이랑 같이 사는지 모르잖아."

호영이 끼어들어 분위기를 깨자, 시은의 눈초리가 사나워졌다.

"가만히 좀 있어봐요, 오빠."

"어, 그래……."

두 사람의 대화를 조용히 듣고 있던 수현이 심드렁한 표정으로 말문을 열었다.

"난 좀 더 잘 테니까, 두 사람은 하던 상상 계속해."

시은은 수현이 방문을 닫고 들어가자마자 작게 구시렁거렸다.

"안 먹히네……."

호영의 눈이 휘둥그레졌다.

"뭐야? 일부러 그렇게 몰아간 거야?"

"당연하죠. 오빠는 그럼 지혁 오빠가 홍 변호사랑 무슨 일이라도 있었다고 생각하시는 거예요?"

시은이 황당하다는 듯 반문했다. 가장 친한 친구를 못 믿는 거냐고 질책하는 듯한 어조였다.

"아니, 사람 일이라는 게……."

"누가 뭐래도 오빠는 지혁 오빠 편을 들어야죠."

"……."

호영이 멋쩍게 입을 다물자, 시은은 다시 한 번 수현의 방을 흘끔 쳐다보며 고개를 갸웃거렸다.

"그나저나 수현이 얘는 왜 이렇게 무덤덤한 거야. 어떻게 이게 신경이 안 쓰일 수가 있지?"

그건 시은의 착각이었을 뿐, 관심 없는 척하면서 자겠다고 방에 들어간 수현은 이런저런 생각들로 잠을 이룰 수 없었다. 그녀의 머릿속은 복잡하기 그지없었다.

수현이 지혁을 본 건 몇 시간 뒤, 아파트 지하 주차장에서였다. 엘리베이터에서 내려 차를 주차해 둔 곳으로 가고 있던 그녀의 눈에 저만치에서 걸어오는 그의 모습이 보였다. 슈트 재킷은 벗어서 손에 든 채였고, 어딘지 모르게 흐트러진 모양새였다. 가까이에서 보니 날렵한 턱에 거뭇한 수염이 올라와 있었다. 지혁이 먼저 알은체를 해왔다.

"나가는 길이야?"

"네. 지금 들어오시나 봐요?"

수현은 빈정거리는 듯한 제 말투에 스스로 당황했다. 마치 외박한 남편을 다그치는 아내 같았다. 하지만 뒤늦게 후회해 봐야 이미 입에서 나간 말을 주워 담을 수도 없고, 설사 가능하다고 한들 이미 그의 귀에 들어간 이상 아무 소용이 없었다.

"외박했다고 질책하는 거야?"

수현의 짐작대로, 지혁은 그녀의 불편한 심기를 대번에 알아차렸다.

"그럴 리가요."

수현은 시치미를 뚝 뗐다. 이건 기필코 부인해야만 하는 질문이었다. 그러나 지혁은 자신에게 유리한 상황을 그냥 흘려보낼 사람이 아니었다.

"신경 쓰이는 얼굴인데?"

헛된 몸부림이라 할지라도 다시 한 번 잡아떼 보기로 했다.

"내가 신경 써야 할 이유라도 있나요?"

"그거야 본인이 더 잘 알겠지."

"……."

말문이 막혀 버린 수현이 그의 꿰뚫어보는 듯한 시선을 슬쩍 피했다. 물론 잘 알았다. 겉으로는 그를 밀어내는 척하면서 속으로는 질투를 하고 있다는 걸 어떻게 모를 수 있단 말인가. 저도 모르게 입술을 깨물고 있는 수현을 물끄러미 내려다보던 지혁이 다시 입을 열었다.

"연수원 선배 아버지가 돌아가셨다는 연락받고 거기 다녀왔어."

그가 집에 안 들어온 이유가 여희 때문이 아니라는 사실을 알게 된 수현은 저도 모르게 안도하다가 이내 자책했다. 질투와 안도를 넘나드는 제 감정 기복이 당혹스러웠지만, 그녀는 그럼에도 불구하고 끝까지 솔직하지 못했다.

"저한테 해명하실 필요 없어요."

"난 또, 내가 밤새 어디에서 뭘 했는지 궁금해하는 줄 알았지."

지혁이 태연하게 어깨를 으쓱였다.

"……안 궁금해요."

그는 시선을 바닥에 고정한 채 웅얼거리다시피 하는 수현의 옆을 지나치며 덤덤하게 말했다.

"그럼 못 들은 걸로 해. 다녀와."

등 뒤에서 멀어져가는 지혁의 구둣발 소리를 들으며, 수현은 무거운 발걸음을 옮겼다. 지혁을 향한 모순적인 행동에 자기혐오가 들 지경이었다. 더 이상 다가오지 말라고 선을 그었으면 그가 외박을 하든 말든, 딴 여자랑 뭘 하든 말든 신경 쓰지 말아야 했다. 그런데 자꾸만 신경이 쓰였다.

'나 갖기는 싫고 남 주긴 아까운 거야?'

수현은 자기 자신에게 물었다. 그리고 생각에 생각을 거듭한 끝에 답을 찾았다. 내가 갖기 싫은 게 아니라 두려운 거였다. 한 번도 느껴 본 적 없는 감정에 빠져드는 게, 그래서 지금까지 굳건히 지녀온 생각들이 흔들리는 게 두려웠다. 아이러니하게도 지금 그녀는 지혁이 가까이 다가오는 것도, 멀어지는 것도, 그 어느 쪽도 받아들이기가 힘들었다. 수현은 우유부단하고 이기적인 제 행태가 한심했다.

"하아……."

한숨을 내쉬어 보아도 무거운 머리와 답답한 가슴은 조금도 나아지지 않았다. 차에 탄 수현은 핸들에 머리를 묻고 복잡한 생각들을 정리하려 애썼으나 무의미한 노력임을 깨닫고 이내 포기했다. 잠시 고민한다고 결론이 날 문제였다면 이렇게 심란할 리 없었을 테니 말이다.

곧장 회사로 향한 수현은 하루 종일 녹음실에 틀어박혀 일만 했다. 밤 10시가 넘었을 무렵, 시은에게서 전화가 걸려왔다.

"왜, 또?"

수현이 툴툴거리며 전화를 받았다. 한 시간 전에도 어디냐고 별다른 용건도 없이 전화를 하더니 이번에는 또 뭔가 싶었다.

[나와.]

"다짜고짜 어딜 나오래?"

수현은 예고도 없이 회사 앞으로 찾아오던 지혁을 떠올렸다. 보면 볼수록 시은과 지혁은 은근히 비슷한 구석이 많았다. 시은도 그처럼 막무가내 기질이 다분했다.

[나 지금 하정이랑 같이 있어. 회사 맞은편에 있는 카페야.]

"이것들이 진짜 뜬금없이……."

투덜거리면서도 카페로 한달음에 달려간 수현은 두 사람을 경계하는 눈초리로 흘겨보았다.

"뭐야? 무슨 바람이 불어서 말도 없이, 이 시간에 둘이 여기까지 왔어?"

뭔가 있는 게 분명했다. 그렇지 않고서야 시은과 하정이 나란히 의미심장한 미소를 짓고 있을 리 없었다. 먼저 말문을 연 건 하정이었다.

"자발적 솔로와 비자발적 솔로가 어우러진 화합의 장을 마련해 볼까 하고."

수현은 난해한 하정의 말을 대번에 알아들었다.

"비자발적 솔로는 너고?"

"알면서 뭘 물어? 결혼할 놈이 바람피우는 바람에 솔로가 됐으니 비자발적이 맞지."

지금까지도 담담한 척하며 혼자 삭이긴 했지만, 하정은 이제 정말로 제 파혼을 우스갯소리로 삼을 만큼 마음의 안정을 찾은 상태였다. 결혼하기 전에 알게 된 게 천운이라는 수현과 시은의 말이 그 어떤 말보다 큰 위로가 되었다.

"화합의 장은 뭔데?"

수현의 이어진 질문에, 하정은 단도직입적으로 본론을 꺼내놓았다.

"클럽 가자."

수현은 씩씩하게 잘 버텨내고 있는 하정이 대견스러웠다. 그렇지만 그건 그거고, 클럽은 전혀 다른 문제였다.

"왜들 쫙 빼입고 나왔나 했다."

수현의 시선이 맞은편의 하정과 제 옆자리의 시은을 차례로 훑었다. 두 사람은 진한 화장에, 평소보다 짧고 몸에 붙는 옷을 입고 있었다. 화이트 진에 심플한 블랙 롱 셔츠를 입은 수현이 상대적으로 밋밋해 보였다.

"쫙 빼입긴 누가? 이 정도야 기본……"

말도 안 되는 소리 하지 말라는 듯한 수현의 험악한 눈초리에 시은이 슬그머니 입을 다물었다. 시은을 눈빛으로 제압한 수현은 하정을 구슬려 보기로 했다.

"클럽은 무슨 클럽이야. 술이나 마시자."

수현은 클럽을 좋아하지 않았다. 노래는 지겹도록 들으니 굳이 찾아가서까지 듣고 싶지 않았고, 춤에는 전혀 흥미가 없었으며, 남자는 더더욱 싫었다.

"나 오늘 일탈할 거란 말이야. 맘에 드는 남자 있으면 원나잇도 해볼 거라고."

"일탈 같은 소리 하네. 그것도 해본 사람이나 하는 거거든?"

하정은 제 말을 일축하는 수현을 흘겨보며 구시렁거렸다.

"초 치지 말아줄래?"

하정이 밀리는 기미를 보이자, 시은이 얼른 지원 사격에 나섰다.

"지혁 오빠 외박했잖아. 너도 같이 외박하는 거야!"

"그거지, 일명 맞불 작전."

눈치 빠른 하정이 끼어들어 맞장구를 쳤다. 그녀는 어제 있었던 일을 이미 시은에게 낱낱이 전해 들어 알고 있었다.

"남자든 여자든 외박하는 습관은 초장에 잡아야 해."

눈을 번뜩이고 있는 시은을 보며, 수현은 아직 시은에게 지혁이 외박한 이유에 대해 말하지 않았다는 것을 깨달았지만 그가 무슨 이유로 외박을 했건 간에 시은의 말은 어불성설이었다.

"맞불 작전은 뭐고, 외박하는 습관을 왜 내가 잡아야 하는데?"

"그럼 내가 잡을까?"

시은의 어이없는 반문에 수현이 똑같이 응수했다.

"그래. 사람 쥐 잡듯이 잡는 거 잘하는 네가 하면 되겠네."

"네가 해야지, 왜 날 보고 하래?"

"내가 왜 해야 하는데?"

"네가 더 친하잖아."

"……아, 아니거든?"

시은은 말을 더듬는 수현을 보며 콧방귀를 뀌었다.

"아닌 거 좋아하시네. 우길 걸 우겨라?"

"……."

유치함의 정점을 향해 내달리던 두 사람의 대화는 시은의 승리로 끝났다. 역시 찔리는 게 많은 사람이 질 수밖에 없는 말싸움이었다. 억지를 써봐야 구차해질 뿐이라는 걸 알기에 수현은 지혁의 오해나 풀어주기로 했다.

"어제 상갓집에 있었대."

"그래?"

시은이 심드렁하게 대꾸한 것과 달리, 수현은 의기양양하게 입꼬리를 말아 올렸다.

"이제 너희 둘이 외치는 같이 외박, 맞불 작전, 다 필요 없는 거지?"

"그럼 그냥 놀러 가는 걸로 하자."

"……."

수현은 시은이 처음부터 지혁의 습관 교정 같은 데에 아무런 관심이 없었다는 걸 잘 알고 있었다. 두 사람의 소모적 공방에 종지부를 찍은 건 하정이었다.

"넌 실연의 아픔을 겪은 친구가 클럽에 가고 싶다는데 그거 하나 안 맞춰주냐?"

결국, 수현은 하정이 강수를 두고서야 고집을 꺾었다.

"그럼 지난번처럼 춤추러 나가자고 하지 마. 난 조용히 술만 마시다

올 거야."

"춤추러 나가자고 절대 안 할 테니까 걱정하지 마."

냉큼 끼어들어 수현을 안심시킨 시은은 하정과 몰래 야릇한 눈빛을 주고받았다. 수현은 자신이 두 사람의 계략에 빠져들었다는 걸 전혀 짐작하지 못하고 있었다.

오픈 파티로 피곤했던 데다가 빈소에서 밤을 새우기까지 했던 지혁은 집에 오자마자 씻고 바로 곯아떨어졌다. 눈을 떠보니 밤 10시가 넘은 시각이었다.

"열두 시간 가까이 잤네."

방을 나가자마자 휴대폰을 손에 든 채 씩씩거리고 있는 호영이 보였다. 지혁은 그가 앉아 있는 소파로 다가갔다.

"왜 혼자 성질내고 있냐?"

"이것들 클럽 간대."

"이것들이 누군데?"

"송수현, 임시은, 유하정."

수현의 이름이 나오자마자 지혁의 미간이 좁아졌다. 클럽 문화에 익숙하지 않은 그에게 클럽이란 이성을 만나기 위한 목적으로 가는, 건전하지 못한 곳일 뿐이었다. 그런데 갑자기 의아해졌다.

"난 그렇다 치고, 넌 왜 심기가 불편한데?"

지혁의 눈에 비친 호영은 동생을 걱정하는 오빠가 아니었다. 그가 지금 신경 쓰고 있는 사람은 분명 따로 있었다.

"내, 내가 뭐……."

누군지 짐작은 갔지만, 지혁은 일단 호영에게 선택지를 줘보기로 했다.

"임시은? 유 간호사?"

호영이 지혁의 시선을 피하며 딴청을 피웠다.

"무, 무슨 말인지 못 알아듣겠네. 그냥 여자 셋이 간다니까 걱정돼서 그러는 거지……."

호영의 목소리가 점점 기어들어 갔다. 속내를 들켰을 때 나오는 반응이었다.

"임시은한테 관심이 있는 줄 전혀 몰랐네."

지혁은 아닌 척 해보려던 호영의 시도를 무색하게 만들었다. 머쓱해진 호영이 슬며시 눈을 들어 제 옆에 서 있는 지혁을 올려다보았다. 기정사실화된 마당에 더 우겨봐야 무엇하랴 싶어, 이실직고하기로 했다.

"나도 몰랐는데 네가 어떻게 알았겠냐……."

지혁은 한숨을 푹 내쉬는 호영을 한심한 눈초리로 내려다보았다.

"남 얘기하냐, 지금?"

"나도 시은이가 여자로 보일 줄 몰랐다고. 근데 어제 보니까 예쁘더라."

시은의 모습을 머릿속에 떠올리는 듯, 호영의 눈이 활처럼 휘었다. 지혁은 외모지상주의자인 호영이 늘 불만이었다. 아무리 친하다 한들 개인적 취향을 간섭할 권리가 없다는 생각에 지금까지 한 번도 입 밖으로 꺼내본 적이 없었다. 그러나 오늘만큼은 그냥 넘어갈 수가 없었다.

"어제 같은 날이 앞으로 얼마나 더 있을까? 막 하고 다니는 날이 훨씬 더 많을 텐데, 꾸미는 날만 예뻐 보이면 곤란하지. 임시은, 수현이 친구라는 거 잊었어?"

"내가 왜 그 생각을 안 했겠냐. 네가 수현이를 여자로 보면서 내 생각을 했듯이, 나도 시은이를 여자로 보면서 수현이 생각했거든?"

발끈하는 호영에게 지혁이 되물었다.

"그래서?"

"그래서 오늘 아침 일찍, 시은이 출근하기 전에 집에 갔었어."

사실 지혁의 외박을 알려주러 간 건 핑계였고, 주된 목적은 시은의 얼굴을 보려던 것이었다.

"출근?"

"내가 말한 적 없었나? 시은이 주말마다 학원 알바 해. 국어 선생님."

"처음 들었다."

지혁은 그동안 시은이 공모전 준비만 하는 줄 알고 있었다.

"내일도 출근해야 하는 사람이 잠도 안 자고 이 시간에 무슨 클럽이야, 클럽이!"

벌컥 성을 내고 금세 이성을 되찾은 호영이 다시 말을 이었다.

"지금 그게 문제가 아니지. 아무튼, 내가 집에 찾아갔을 때 아직 세수도 안 하고 있더라고. 눈도 탱탱 부어 있고."

"근데?"

"근데 그 모습이 하나도 거부감이 안 드는 거야. 심지어 예뻐 보였어. 나 화장 안 하는 여자, 여자로 안 보는 거 알지?"

"알지."

지혁은 일단 호영의 말에 동조해 주었다.

"나 새삼스럽게 왜 이러지? 내가 시은이를 하루 이틀 봐온 것도 아니고. 나 어떡하지?"

호영은 큰일이라도 난 듯 호들갑을 떨고 있었다.

"어떡하긴 뭘 어떡해. 당사자한테 의견을 물어봐."

"뭘 물어봐?"

"여자를 만나는 기준은 오직 외모뿐이고, 금방 질려 하는 데다가, 돈도 없어서 효도도 못 하는 남자도 괜찮겠냐고."

마음의 준비 없이 들은 독설에 움찔한 호영이 조심스럽게 물었다.

"……괜찮다고 하면?"

"그땐 둘이 알아서 잘 상의하고."

일말의 도움도 되지 않는 대답을 남긴 지혁은 몸을 돌려 방으로 걸음을 옮겼다. 그는 호영이 본인의 단점을 인지하라는 의도였을 뿐, 두 사람이 사귀든지 말든지 관심도 없었다. 그는 지금 송수현이라는 여자를 감당하기도 벅찼다.

빠른 비트의 일렉트로닉 음악과 눈부신 레이저 빔, 스테이지를 가득 채운 인파에 수현은 클럽에 들어서자마자 집에 가고 싶어졌다. 이처럼 왁자하고 현란한 곳은 그녀의 취향이 아니었다. 반면 시은과 하정은 오랜만의 클럽 방문에 잔뜩 들떠 있었다.

"아직 11시도 안 됐는데 사람 봐라."

"불토잖아, 불토."

시은이 뒤에 서 있던 수현을 돌아보았다. 예상대로 미간을 찌푸리고 있었다.

"뭐가 또 불만인데?"

"깔려 죽을 거 같은데?"

스테이지는 큰 움직임도 허용하지 않을 만큼 사람들로 가득했다. 끼어들 틈이 없어 보일 정도였다.

"별걱정을 다하고 있네."

어이없다는 듯 수현을 째려보던 시은이 갑자기 씩 웃었다.

"우리가 널 위해 특별히 VIP 테이블을 예약해 뒀다는 거 아니냐."

"VIP 테이블? 그건 어디 있는 건데?"

"저기."

중앙 스테이지를 기준으로 안쪽으로는 디제이 부스가, 좌우 가장자리로는 유리로 만들어진 룸이 죽 늘어서 있었다. 시은의 손가락이 가리키는 곳은 룸이 있는 방향이었다.

"여기는 룸을 VIP 테이블이라고 불러."

완벽히 밀폐된 공간은 아니었지만, 유리에 붙은 기하학적인 시트지 덕분에 룸 안이 적나라하게 보이지는 않았다. 수현은 그나마 정신없는 곳과 분리된 공간에 있을 수 있다는 걸 위안 삼기로 했다.

세 사람은 직원의 안내를 받아 예약한 룸으로 향했다. 수현은 룸에 들어서자마자 의자에 털썩 주저앉았다. 팔짱을 끼고 서서 그녀를 빤히 내려다보던 시은이 물었다.

"안에 민소매 입었지?"

"그건 왜……?"

본능적으로 불길한 기운을 감지한 수현이 제 옆에 앉는 시은을 피해 옆으로 슬쩍 움직였다. 그런데 반대쪽에는 어느새 하정이 앉아 있었다. 자신을 옴짝달싹 못 하게 에워싼 두 사람의 꿍꿍이속이 뭘까 고심하는 수현에게 시은이 의미심장한 표정으로 물었다.

"클럽에서 다들 어떻게 입고 있는지 봤지?"

물론 봤다. 여자들은 대부분 어딘가 한 군데쯤 드러내고 있었다. 가슴골이든, 다리든, 배든……. 다들 어찌나 과감한지 탱크톱이나 뷔스티에 정도는 귀여워 보일 정도였다. 브래지어가 아닐까 싶을 만큼 파격적인 복장을 한 이들도 심심치 않게 눈에 띄었다. 하지만 수현은 그들의 복장과 자신의 연결고리를 찾을 수 없었다.

"그래서 뭐?"

"이렇게 답답한 복장으로 있으면 못 써."

수현은 셔츠 맨 위의 단추 하나만 풀고 있었는데, 클럽 안 다른 여자들은 말할 것도 없고 시은과 하정에 비해서도 너무나 점잖은 복장이었다. 시은이 씩 웃으며 수현에게 손을 뻗었다.

"단추 두 개만 더 풀자."

"단추를 왜 풀어! 야, 저리 안 가!"

수현은 격렬하게 저항했지만 역부족이었다. 하정이 수현의 팔을 잡고 있는 동안, 시은은 제 뜻대로 단추를 두 개 더 풀었다. 가슴 바로 아래까지 벌어진 셔츠 사이로 검은색 민소매 티셔츠가 보였는데, 몸에 찰싹 달라붙어 가슴의 형태는 물론이거니와 얼핏 가슴골까지 보였다. 별것 아닌 노출이었지만 은근한 관능미가 느껴졌다.

"이제 간신히 우리랑 밸런스가 맞네."

목소리가 들려온 쪽으로 고개를 돌린 수현의 눈에 트렌치코트를 벗고 있는 하정이 보였다. 하정은 몸을 빈틈없이 감싸는 니트 소재의 원피스를 입고 있었는데, 온몸의 모든 굴곡을 적나라하게 드러내고 있었다. 수현의 시선이 이번엔 시은을 향했다. 그나마 신체 부위 중 다리가 가장 낫다면서 짧은 치마를 좋아하는 시은은 오늘 손바닥만 한 초미니스커트를 입고 있었다. 수현은 괜한 심술을 부려보았다.

"잘하면 팬티 보이겠다?"

"보라고 하지, 뭐."

시은의 여유로운 응수에 발끈할 의욕도 잃어버린 수현이 체념하듯 중얼거렸다.

"……네 팬티는 너나 봐라."

그런데 다 끝난 게 아니었다. 하정이 수현의 머리를 잡고 제 쪽으로 돌리며 빙긋 웃었다.

"자, 이제 내 차례."

"뭐가 또 남았어?"

깜짝 놀란 수현이 제 얼굴을 향해 다가오는 하정의 손을 덥석 붙잡았다.

"야, 그 시뻘건 걸 누구 입술에 바르겠다는 거야!"

하정의 손에는 검붉은색 립스틱이 들려 있었다.

"보기에만 이렇지, 발색은 잘 안 돼. 지금 내가 바른 게 이거야."

하정의 입술을 보니 그다지 부담스러운 색은 아니었기에 수현은 더 이상 반항하지 않고 입술을 맡겼다. 룸에 들어올 때와 사뭇 달라진 수현의 모습에 시은과 하정이 흡족한 미소를 주고받았다. 시은이 옷매무새를 가다듬으며 지친 듯 의자 등받이에 기대어 늘어져 있는 수현에게 말했다.

"넌 술이나 마시고 있어라. 우린 스테이지 나갔다 올게."

수현은 약속대로 같이 나가자고는 안 해서 다행이다 싶으면서도, 한편으로는 못마땅했다.

"어차피 이럴 거면서 단추는 왜 풀고, 립스틱은 왜 바른 건데?"

어차피 룸에만 있을 건데 왜 사람을 들볶았는지 어처구니가 없었다.

"그럼 어차피 이렇게 된 거 같이 춤추러 나갈래?"

"……."

수현의 입을 막은 시은은 하정과 유유히 룸을 나갔다. 혼자 덩그러니 남겨진 수현은 자신이 왜 여기에 있어야 하는지 도통 이해할 수가 없었다. 슬그머니 가버릴까 하는 생각도 해보았지만, 후환이 두려워 그 생각은 접기로 했다. 예약을 하면서 미리 주문을 해놓은 건지, 스테이지로 나가면서 한 건지 직원이 샴페인과 과일 안주 등을 갖다 주고 갔다. 샴페인을 홀짝거리기 시작한 지 몇 분이나 지났을까. 갑자기

문이 벌컥 열렸다. 깜짝 놀란 수현이 고개를 번쩍 치켜들었다. 호리호리한 몸에 인상이 사나운 남자가 문가에 서 있었다. 수현과 눈이 마주친 남자가 주위를 두리번거리며 안쪽으로 걸어 들어왔다.

"애들 다 어딨어?"

"누구세요?"

수현이 경계하는 눈빛으로 물었다. 남자가 말한 '애들'이 시은과 하정은 아닐 거라고 생각하면서도 혹시나 하는 마음에 물은 것이었다. 그런데 남자는 대답 대신 수현에게 되물었다.

"넌 누군데?"

"……."

미간을 찌푸린 수현을 보면서 남자가 인상을 구겼다.

"야, 대답 안 해? 누구냐고 내가 물어봤잖아."

수현이 냉랭한 어조로 받아쳤다.

"내가 먼저 물어봤을 텐데?"

다짜고짜 '야'라니? 많아 봐야 삼십대 초반 정도로 보이는데 언제 봤다고 말을 놓는 건지 어이가 없었다.

"뭐라고?"

남자의 험상궂은 얼굴이 볼썽사납게 일그러졌다. 수현은 남자의 눈을 피하지 않았다. 겁이 나지 않는다면 거짓말이었지만 이런 예의 없는 남자에게 긴장한 모습을 보일 생각은 추호도 없었다. 그런데 그때, 문가에서 또 다른 남자의 목소리가 들려왔다.

"형님, 왜 여기 계세요?"

남자가 뒤를 돌아보며 인상을 찌푸렸다.

"어디 갔다 와? 어디서 싸가지 없는 기집애 하나 데려다 놓고."

"우리 방, 2층이에요."

"그래? 여기 아니야?"

남자는 심드렁한 얼굴로 수현에게 시선을 돌렸다.

"들었지? 내가 방을 잘못 찾았단다."

제 실수라는 걸 알았으면서도 남자는 끝까지 무례하기 짝이 없었다. 하지만 수현은 똑같은 사람이 되고 싶지 않아 반말은 자제하기로 했다.

"사과는 하고 가시죠?"

남자는 뭔가 잘못 들었다는 듯한 표정이었다.

"뭘 하고 가?"

"사과요."

"내가 왜?"

수현은 욱하고 치미는 분노를 애써 누르고 차분하게 반문했다.

"모르는 사람을 싸가지 없는 기집애까지 만들어놓고 그냥 가시게요?"

남자가 흥미롭다는 눈으로 그녀를 빤히 쳐다보았다.

"좋아. 내가 사과의 의미로 술 살게."

수현은 말이 통할 기미가 보이지 않는 남자와 더 이상 입씨름을 하고 싶지 않았다.

"됐어요. 사과할 거 아니면 그만 나가세요."

남자는 수현의 말을 들은 체도 하지 않았다.

"누구랑 왔어? 일행 몇 명이야? 방 합치자."

"나가시라고요."

수현이 다시 한 번 단호하게 말했다.

"사과하면 나랑 놀래? 네가 원한다면 사과가 뭐 어렵……."

그 순간, 누군가 남자의 말을 끊고 끼어들었다.

"나가라잖아."

수현과 남자가 싸늘한 목소리가 들려온 곳을 동시에 돌아보았다. 수현은 목소리만큼이나 차가운 얼굴로 서 있는 지혁을 보고 흠칫 놀랐다. 그의 시선은 수현이 아닌 남자에게 향해 있었다.

"나 두 번 말하는 거 안 좋아하는 거 알 텐데?"

수현은 처음 보는 지혁의 모습에 섬뜩함마저 느껴졌다. 감히 범접할 수 없는 냉기가 그를 감싸고도는 것 같은 착각이 일 정도였다. 지혁이 다시 입을 열었다.

"나가, 김기준."

지혁은 방에 들어와 검은색 슬랙스와 블루종으로 갈아입었다. 헝클어진 머리를 대충 손가락으로 빗어 내렸을 뿐인데도 그에게는 자연스럽게 배어나는 멋스러움이 있었다. 정제되지 않은 자유로운 이미지가 더해져 남성미가 배가되었다. 슈트를 입고 있을 때도, 편안한 차림을 하고 있을 때도 그 특유의 시크한 듯 무심한 매력은 언제나 빛을 발했다. 지혁이 차 키와 지갑, 휴대폰을 챙겨 거실로 나갔을 때 호영은 여전히 소파에 널브러져 있었다.

"뭐 해? 안 가?"

지혁의 질문에 호영이 눈을 끔뻑이며 되물었다.

"어딜?"

"클럽."

깜짝 놀란 호영은 휘둥그레진 눈으로 일어나 앉았다.

"클럽에 가자고? 지금?"

"그럼 일주일 뒤에 갈까?"

"아니, 그게 아니라……."

지혁의 시큰둥한 반문에 호영이 말끝을 흐렸다.

"어느 클럽인지 알지?"

"알긴 아는데……."

"왜 이렇게 뜸을 들여? 안 데려올 거야?"

사실 호영은 당장에라도 달려가고 싶었다. 하지만 그래도 되는 건지 망설여졌다. 가면 큰일 나는 곳에 간 것도 아니고, 친구들끼리 클럽에 놀러 갔다는데 무슨 이유를 들어 데려온단 말인가.

"데려오고는 싶지만…… 명분이 없잖냐……."

시혁이 시부룩하게 어깨를 늘어뜨리는 호영을 무표정한 얼굴로 바라보았다. 호영의 말대로라면 자신도 명분은 없었다. 사귀는 사이는커녕 거절당한 처지이니 차라리 거절당한 적 없는 호영이 더 나은 상황일지도 몰랐다. 그러나 지혁은 당당했다.

"내 마음이 명분이야. 다른 게 뭐가 필요해?"

호영은 망설임도, 흔들림도 없는 지혁을 보니 왠지 모를 용기가 솟아올랐다.

"그래! 그거지! 가자!"

자리를 박차고 일어난 호영이 발걸음을 떼려다 말고 우뚝 멈춰 섰다.

"차 가지고 가게?"

호영의 시선은 지혁의 손에 들린 차 키에 닿아 있었다.

"우리 지금 홍대 가는 거야. 모르긴 몰라도 토요일 밤 홍대라면 주차할 데 찾기 힘들지 않겠냐? 택시 타자."

미처 그 생각까지 하지 못했던 지혁은 호영의 의견에 동의하듯 차키를 소파에 휙 던지고 앞장서서 걸음을 옮겼다.

클럽 안은 그야말로 광란의 도가니였다. 후끈한 열기와 고막을 강타하는 음악 소리가 두 사람을 맞았다. 클럽에 들어서자마자 인상을 찌푸린 지혁과 달리, 호영은 곳곳에 설치된 봉에 붙어서 춤을 추고 있는 여자들을 잔뜩 커진 눈으로 훑느라 바빴다.

"오!"

지혁이 탄성을 터뜨리는 호영을 한심하다는 눈빛으로 바라보았다.

"다른 여자들 보면서 감탄하러 온 게 아닐 텐데?"

"여자를 본 게 아니라 클럽의 전체적인 분위기를 본 거야."

호영의 대답은 뻔뻔하기 그지없었지만, 지혁은 여기까지 와서 그와 쓸데없는 공방을 주고받을 생각이 전혀 없었다.

"연락 좀 해봐."

"누구한테?"

호영이 고개를 갸웃거렸다.

"셋 중 아무나."

"왜?"

"그럼 이 사람 많은 데서 어떻게 찾게? 기습적으로 덮쳐야 하는 것도 아닌데 굳이 시간 낭비할 필요 없잖아. 전화해서 어디 있는지 물어봐."

"물어볼 필요 없어."

의아해하는 지혁을 아랑곳하지 않고서 태연하게 주위를 빙 둘러본 호영이 어느 한 곳으로 방향을 잡았다.

"7번 룸이라고 했으니까 일단 이리로 가보자."

지혁은 호영이 수현과 전화 통화를 하다가 클럽에 간다는 말을 들었을 거라고 생각하고 있었다. 그런데 수현의 성격으로 미루어 보건대, 이렇게까지 소상히 설명했을 것 같지가 않았다.

"누가 이렇게 자세히 알려줬는데?"

"시은이."

지혁의 짐작을 확인시켜준 호영이 그를 흘긋 돌아보며 물었다.

"수현이한테 들은 줄 알았냐?"

"어."

"수현이가 나한테 잘도 이런 얘기를 하겠다."

호영은 있을 수 없는 일이라는 듯 고개를 절레절레 흔들었다.

"임시은은 너한테 이런 시시콜콜한 얘기를 왜 했는데?"

"왜긴 왜겠어. 놀리 긴다고 자랑한 거지. 멋신 남자들이 유난히 많은 클럽이라고 되게 좋아하더라."

지혁은 본능적으로 이상한 낌새를 감지했다.

"근데 왜 룸 번호까지 말해줬을까?"

"예약한 룸이 공교롭게도 7번이라나 뭐라나…… 러키세븐이 어쩌고 하던데?"

"혹시……."

"저기다!"

7번 룸을 발견한 호영이 목청을 높이는 바람에 지혁은 하려던 말을 도중에 멈춰야 했다. 호영의 손가락이 가리키고 있는 곳으로 눈을 돌리니 웬 남자가 룸의 문을 가로막고 서 있는 게 보였다. 남자의 몸은 안쪽을 향해 있었는데, 우람한 덩치가 문을 완전히 가리고 있었다.

"여기가 아닌가……?"

호영이 중얼거리며 남자의 떡 벌어진 등과 룸의 번호를 번갈아 쳐다보는 사이, 지혁은 남자의 뒤로 가까이 다가가 그의 어깨 너머로 룸 안을 살폈다. 잘못 찾아온 게 아니었다. 수현의 얼굴이 보였다. 그런데 그 옆에 다른 남자가 한 명 더 있었다. 아는 얼굴이었다.

'김기준?'

방을 합치자는 기준의 말과 나가라는 수현의 말만으로도 대번에 상황을 파악한 지혁은 문을 가로막고 서 있는 남자를 밀어버리고 룸 안으로 들어섰다.

"나가라잖아."

얼떨결에 룸 안으로 들어간 남자와 어리둥절한 얼굴로 뒤따라 들어온 호영, 깜짝 놀란 기준과 수현의 시선이 동시에 지혁에게 모였다. 지혁은 모두의 시선을 한 몸에 받으면서도 표정 하나 달라지지 않았다.

"나 두 번 말하는 거 안 좋아하는 거 알 텐데?"

그제야 지혁을 알아본 기준이 흠칫 몸을 떨었다. 슈트 차림의 정제된 모습밖에 본 적이 없어서 캐주얼 차림의 그를 한눈에 알아보지 못했던 것이다. 벙하게 서 있는 기준에게 지혁이 마지막으로 경고했다.

"나가, 김기준."

얼음장처럼 차가운 그의 목소리에 그제야 정신이 번쩍 든 기준이 쭈뼛거리며 말문을 뗐다.

"거, 검사님⋯⋯."

기준의 머릿속에 작년 겨울, 검찰 조사실에서 지혁과 열 시간 넘게 마주 앉아 있던 날이 떠올랐다. 욕설과 고성은 단 한 차례도 없었음에도 불구하고 눈빛과 분위기만으로 압도당해 하지 말아야 할 말을 참 많이도 했었다. 기준은 뭐에 홀린 듯 그의 질문에 답을 하는 자신을 발견하고 수차례 당황했던 기억이 아직도 생생했다. 지혁은 무섭도록 집요했고 빈틈이 없었다. 그가 왜 여기에 있는 건지, 꼬투리를 잡힐 만한 게 뭐가 있는지 머리를 굴리던 기준의 얼굴에 갑자기 야릇한 미소가 피어올랐다.

"아, 맞다. 검사 그만뒀다면서요?"

그렇다면 겁먹을 필요가 없다는 의미였다. 그렇지만 그는 수현에게 했던 것처럼 무턱대고 반말을 찍찍 갈기지는 못했다. 검사라는 직업에 상관없이 지혁은 범접하기 어려운 아우라를 가지고 있었기 때문이었다.

"너 같은 놈들 상대하는 데 회의가 들어서."

지혁은 눈을 기준에게서 떼지 않은 채 수현을 향해 손을 뻗었다. 자신의 곁으로 오라는 의미임을 알아들은 수현이 얼른 지혁에게 다가섰다. 그가 수현에게 시선을 돌리지 않고 있었던 건 기준이 그녀의 존재를 의식하지 못하길 바라서였다. 혹시나 수현에게 위해를 가할까 염려되어 오롯이 자신에게만 집중하게 했던 것이었다.

"나 같은 놈이 어떤 놈인데요?"

기준의 표정이 볼썽사납게 일그러졌다. 노골적인 상소리는 아니었지만, 지혁의 경멸 어린 말투와 눈빛은 그에게 충분히 모욕적이었다.

"미성년자 성매매 알선, 불법 도박장 운영, 폭행, 협박, 납치, 감금."

지혁이 기준의 죄목을 무심하게 열거했다. 수현은 그의 입에서 나오는 단어를 들으면서 머리카락이 쭈뼛 서는 기분이었다. 무례하기 짝이 없는 미친놈인 줄 알았더니 범죄자였을 줄이야……. 제 무모한 행동을 돌이켜 보니 오싹 소름이 돋았다. 굳어 있는 수현과 달리 지혁의 얼굴에는 엷은 조소가 번졌다.

"조폭 행세를 하고 싶은 양아치."

죗값을 치렀다고 해도 개과천선하지 않은 이상, 지혁에게 기준과 같은 부류들은 여전히 사회에서 격리해야 마땅한 존재일 뿐이었다.

"우리 말 좀 가려 합시다, 전 검사님."

기준이 한쪽 입꼬리를 추켜올리며 '전'이라는 음절을 강조하자, 지혁이 피식 웃음을 터뜨렸다. 그는 기준의 같잖은 도발이 귀여워 보일 정도였다.

"많이 가려 한 건데 못 느꼈어?"

"……"

기준은 눈썹 하나 까딱하지 않는 그에게 본때를 보여줄 방법을 궁리했다. 지금 바로 동원할 수 있는 수하들을 머릿속으로 꼽아보고 있던 그의 귀에 지혁의 여유로운 목소리가 흘러들었다.

"네가 출소한 뒤에도 정신 못 차리고 산다는 얘기는 들었다. 이제 내가 직접 처넣을 수는 없고, 전 직장에 얘기는 해볼 수 있을 거 같은데……"

지혁이 비아냥거리듯 기준이 했던 것처럼 '전'을 힘주어 발음했다.

"너도 알다시피 검사들 엄청 바빠. 근데 내가 부탁하면 아마 움직여 줄 거야."

기준은 지혁이 지금 괜한 객기를 부리는 게 아니라는 걸 모를 만큼 멍청하지 않았다. 상대는 여전히 검찰 측 인맥이 있는 인물이니 맞서서 좋을 게 없었다. 그는 지혁의 시선을 피해 슬쩍 눈을 내리깔았다.

"……죄지은 거 없습니다."

기준은 말과 자세 모두 부쩍 공손해졌다.

"개 버릇 남 못 준다는 거 너도 알고, 나도 알잖아. 털면 뭐라도 나오겠지. 나오는지 안 나오는지 털어볼까?"

"아, 아닙니다."

기준이 다급하게 고개를 저었다. 그의 눈동자에 두려움이 일렁이고 있었다.

"우르르 몰려다니는 거 이제 그만할 때도 됐을 텐데?"

지혁이 짜증스럽다는 듯 눈살을 찌푸렸다. 어느새 룸 안에는 문가에 서 있던 남자가 조용히 나가서 불러온 기준의 부하들이 여럿 들어와 있었다. 지혁과 기준의 대화에 집중하느라 누가 들어오는지도 모르고 있었던 호영과 수현은 당황했다. 여러 명의 남자들이 2층에서 우르르 내려오는 것을 보고 황급히 룸으로 되돌아온 시은과 하정도 겁먹은 얼굴로 문가에 붙어 서 있었다.

"애들 데리고 나가."

지혁의 목소리는 나직하면서도 매서웠다.

"실례가 많았습니다. 좋은 시간 되십시오."

허리를 한껏 굽혀 인사를 한 기준과 그의 무리가 부리나케 룸을 빠져나가고 나서야, 수현은 긴장이 탁 풀렸다. 그녀는 지혁과 호영이 왜 여기에 있는지 물어보는 것보다 우선 얼떨떨한 정신을 가다듬고 싶었다.

"나 잠깐 화장실 좀 갔다 올게."

제 할 말만 하고 룸을 빠져나온 수현은 곧장 화장실로 향했다. 화장실 거울을 보고서야 시은과 하정이 자신을 속였다는 것을 깨달은 그녀의 입에서 헛웃음이 새어 나왔다.

"뭐? 발색이 안 된다고?"

하정이 발라놓은 립스틱이 어찌나 도발적이고 강렬한지 입술밖에 보이지 않는 것 같았다. 수현은 휴지를 뽑아 입술을 벅벅 문질러 닦고 차가운 물에 손을 씻으며 마음을 진정시킨 다음 화장실에서 나왔다. 그런데 지혁이 화장실 옆 복도의 벽에 등을 기대고 서 있었다.

"……왜 여기 계세요?"

"이런 데 화장실은 위험해."

노래방이나 술집의 화장실에서 범죄가 자주 일어난다는 걸 알기에, 수현은 그의 걱정이 과하다고 받아칠 수가 없었다. 그런데 갑자기 지혁이 그녀에게 성큼 다가섰다. 수현은 본능적으로 그를 피해 뒤로 한 걸음 물러났다. 하지만 더 이상 물러날 곳이 없었다. 뒤는 벽이었다. 수현이 불안하게 흔들리는 눈빛을 숨기지 못하고 그를 바라보았다. 지혁의 시선은 수현의 벌어진 셔츠에 닿아 있었다. 그는 그녀의 아찔한 가슴선이 적나라하게 드러나 있는 게 마음에 들지 않았다.

"하나만 채우자."

지혁이 굳어 있는 수현의 셔츠 단추를 손수 채워주고 뒤돌아서자, 그녀는 그제야 비로소 참았던 숨을 토해낼 수 있었다. 그 순간, 두어 걸음 앞으로 걸어가던 그가 멈춰 서더니 갔던 길을 되돌아와 수현의 앞에 섰다.

"안 되겠다."

긴장이 풀려 있던 수현은 일순간 지혁이 하는 말을 이해하지 못했다. 그저 그의 눈동자에 일렁이는 열기를 보면서 위험하다고 느낀 게 다였다. 코앞으로 다가온 그의 입술 사이로 허스키한 속삭임이 흘러나왔다. 지혁의 흐려진 눈동자가 보였다.

"싫으면 싫다고 해."

수현은 지혁이 뭘 하려는지 모르지 않았다. 자신이 싫다고 하면 더는 다가오지 않으리라는 확신도 있었다. 그는 다른 건 제멋대로에 막무가내일지 몰라도, 힘으로 여자를 덮칠 만큼 거칠고 강압적인 남자가 아니라는 것을 잘 알고 있었다. 이제 오롯이 제 선택에 달렸다는 것도……. 수현은 아무 말도 하지 못했다. 싫지 않은데 싫다고 하고 싶지는 않았다.

그녀가 내리깔고 있던 눈을 살짝 들어 올린 순간, 지혁의 입술이 수현의 입술을 덮었다. 지혁의 뜨거운 숨결이 밀려들자, 수현은 저도 모르게 눈을 감았다. 낯선 감각에 온몸이 전율했다. 얼굴을 감싼 그의 손에서 열기가 느껴졌다. 아니, 사실 누구의 열기인지 구별이 되지 않았다. 수현은 다른 사람과 입술을 맞대고, 타액을 공유하고, 숨결을 나누는 지금 이 상황을 또렷이 인식하기 힘들었다. 마치 꿈을 꾸고 있는 것 같았다.

얼마나 시간이 흘렀는지조차 가늠하지 못하고 있던 수현은 불현듯 자신의 입술을 덮고 있던 온기가 사라졌다는 사실을 깨달았다. 그녀가 무거운 눈꺼풀을 스르르 밀어 올리자, 지혁의 까맣고 깊은 눈동자가 보였다. 방금 전까지 수현의 입술에 닿아 있던 그의 입술이 느릿하게 열렸다.

"나쁜 기억으로 남지 않았으면 좋겠다."

지혁은 작게 숨을 몰아쉬고 있는 그녀를 가만히 바라보았다. 어두운 조명 아래, 수현의 하얀 피부가 오늘따라 유난히 투명하게 빛났다. 그는 살짝 부풀어 오른 그녀의 입술에 자꾸만 시선이 갔다. 하지만 참아야 했다. 더는 수현을 이런 곳에 세워두고 싶지 않았다. 그는 도저히 참을 수 없어서 저지른 제 행동이 그녀를 불쾌하게 했을까 봐 걱정스러웠다.

'나쁜 기억…….'

수현은 그가 우려하는 게 뭔지 알 수 있었다. 클럽 복도라는 낯선 공간에서 류지혁이라는 남자와 첫 키스를 하게 될 거라고는 상상해 본 적도 없었지만, 나쁜 기억으로 남을 것 같지는 않았다. 그의 입술에 떨렸고, 그의 손길에 설렜으니까.

"……들어가요."

제 앞을 가로막고 있는 지혁을 피해 옆으로 지나가려던 수현은 그가 내뻗은 팔에 가로막혔다. 멈칫한 그녀가 떨리는 시선으로 그를 올려다보았다. 지혁은 수현을 제 앞에 똑바로 세우고 흐트러진 머리카락을 조심스럽게 정리해 주었다. 수현은 그의 길고 섬세한 손가락이 머리카락 사이를 부드럽게 지나는 감촉이 싫지 않았다. 사랑받는다는 기분을 여실히 느끼게 해주는 손길이었다.

"됐다."

얌전히 서 있는 수현을 내려다보는 지혁의 얼굴에 만족스러운 미소가 떠올랐다. 당차게 쏘아붙이는 모습도 좋지만, 평소와 달리 순한 태도도 사랑스러웠다. 사실 이래도 좋고 저래도 좋았다. 살면서 누군가가 이렇게 좋아진 건 처음이었다. 수현의 양 뺨을 감싸고 이마에 가볍게 입을 맞춘 그는 이제 지나가도 된다는 듯 옆으로 비켜섰다. 얼굴이 빨개진 수현이 허둥지둥 걸음을 옮기자, 지혁은 씩 웃으며 유유히 그녀를 뒤따랐다.

수현이 룸으로 돌아왔을 때 호영과 시은, 하정은 지혁의 이야기에 열을 올리고 있었다. 수현은 조용히 호영의 옆에 앉았다.

"그 양아치가 꼬랑지 말고 도망가는 순간, 카타르시스가 느껴지더라니까?"

자신이 이룬 쾌거처럼 신이 나 있는 시은과 달리 하정의 표정은 밝지 않았다.

"그래도 난 좀 무서웠어. 그놈이 칼이라도 가지고 있으면 어쩌나 하고. 근데 검사님, 아니 변호사님은 표정 하나 안 달라지시던데?"

"강력부에 있으면서 더한 놈들도 상대했을 텐데 그 정도 잔챙이쯤이야."

호영이 의기양양하게 끼어들어 말을 보탰다. 표정만 보면 마치 그가 그들을 쫓아낸 것처럼 보일 정도였다.

"강력부 검사였어요?"

시은의 눈이 동그래졌다. 검사였다기에 그런가 보다 했을 뿐, 부서가 따로 있을 거라고는 생각지 못했기 때문이었다.

"형사부, 공안부, 뭐 여러 가지 있다던데 지혁이는 강력부 검사였어. 강력부 내에 조직…… 뭐라고 했는데……."

"조직범죄수사과."

수현에 이어 룸으로 돌아온 지혁이 호영을 대신해 대답하고 수현의 옆에 앉았다.

"그래! 그거!"

호들갑을 떠는 호영은 말할 것도 없고 시은과 하정도 수현의 얼굴이 붉어졌다는 걸 눈치채지 못했다. 그들의 관심은 오로지 지혁에게 쏠려 있었다.

"아무리 강력부에 계셨다고 해도 검사가 몸 쓰는 직업은 아니잖아요. 나쁜 놈들이 칼이라도 휘두르면 어쩌려고 그러셨어요?"

하정이 심각한 얼굴로 지혁에게 물었다.

"내 몸 하나 정도는 지킬 수 있습니다."

말은 그렇게 했지만, 지혁은 기준을 겪어봤기에 그가 욱해서 달려들 만큼의 배짱이 없다는 걸 잘 알고 있었다. 확신이 없었다면 그를 도발하지도 않았을 거였다. 지혁은 수현을 비롯해 다른 이들의 안전이 확실하지 않은 상황에서 위험을 자초할 만큼 무모하지 않았다. 그 순간, 갑자기 호영이 발끈하며 끼어들었다.

"야, 인마. 말은 똑바로 하자."

"뭘?"

정색하는가 싶던 호영의 얼굴에 돌연 의뭉스러운 미소가 걸렸다.

"남의 몸도 충분히 지켜줄 수 있으면서."

세 여자의 시선이 일제히 자신에게 쏠리자, 호영이 뿌듯한 표정으로 턱을 치켜들었다.

"지혁이 태권도랑 합기도 유단자야. 그래서 저놈이랑 다니면 든든

하지."

지혁이 어처구니없다는 듯 실소를 터뜨렸다.

"널 지켜줄 마음은 없는데?"

"지켜줘라, 좀."

"무슨 일 생기면 넌 버리고 갈 거야. 네 몸은 네가 간수해."

지혁은 뻔뻔스러운 요구를 하는 호영을 거들떠보지도 않고 퉁명스
럽게 대꾸했다.

"치사한 놈……."

호영이 볼멘소리를 중얼거리는 틈을 타서, 시은이 말문을 열었다.

"오빠, 저 그거 궁금해요."

"뭐?"

"하정이가 일하는 병원에 입원하셨던 그 사건이요. 왜 찔리셨어요?"

제 몸은 물론이고 남의 몸도 지켜줄 수 있는 사람이 왜 다쳤는지
궁금하다는 표정이었다.

"왜긴. 찌르니까 찔린 거지."

"……."

누가 그걸 모른단 말인가. 어처구니없는 그의 대답에 시은의 눈이
가늘어졌다.

"두 놈이 칼 들고 필사적으로 덤비는데 재간 있어? 그럴 땐 그냥 찔
려주는 거야."

"오빠 가만히 보면 수현이랑 참 많이 닮은 거 아세요?"

"어디가?"

"분명 자기 얘긴데 남 얘기하듯 하는 거요. 수현이 특기거든요."

시은의 말이 끝나기 무섭게 호영이 맞장구를 치며 끼어들었다.

"어렸을 적에 헤어진 남매 아니야?"

호영을 돌아보는 지혁의 표정이 험악해졌다. 남매라니 농담으로도 듣기 싫은 끔찍한 말이었다.

"헛소리하지 말고."

지혁의 불편한 심기를 알아차린 호영이 은근슬쩍 화제를 전환했다.

"홍 변호사님은 술이 약하냐?"

이 뜬금없는 질문은 뭔가 싶으면서도, 지혁은 따지기도 귀찮아 순순히 대답해 주었다.

"전혀. 취한 모습 본 적 없어."

"그럼 이제는 어떻게 된 건데?"

지혁은 호영의 질문도 이상했지만, 왜 시은과 하정이 자신을 뚫어지게 보고 있는지도 의아했다.

"어제 뭐?"

"많이 취해서 집에 데려다주는 길이라며?"

"취했던 건 영민인데? 혼자 신나게 달리더니 소리 지르고 토하고 진상의 극치였어. 홍 변은 멀쩡했고."

영민의 추태를 상기한 지혁의 표정이 떨떠름해졌다.

"아, 김 변호사님이 취한 거구나……."

"한 글자의 중요성이 이렇게 크다."

수현은 멋쩍어하는 호영을 한심하다는 듯 바라보며 나직이 중얼거렸다. 무슨 말인지 알아듣지 못하고 고개를 갸웃거리는 지혁에게 호영이 다시 물었다.

"휴대폰은 왜 꺼놨냐?"

그는 미심쩍은 건 반드시 묻고 지나가야 직성이 풀리는 성격이었다.

"꺼놓긴 뭘 꺼놔. 배터리가 다 돼서 꺼진 거지."

"아……."

그제야 그들 사이에 무슨 이야기가 오고 갔을지 짐작한 지혁이 미간을 찌푸렸다.

"술집에서 나와서 홍 변은 먼저 택시 태워 보냈고, 난 영민이 오피스텔에 데려다주고 나오는 길에 선배 아버님 부고 소식을 들었어. 그 길로 곧장 장례식장에 갔고. 더 궁금한 거 있어?"

"없다. 전혀."

호영이 단호하게 고개를 가로저었다.

그들은 술만 한잔씩 마시고 클럽을 나왔다. 어차피 흥이 깨지기도 했고, 처음부터 탐탁지 않아 했던 수현과 두 남자가 귀가를 종용하는 바람에 시은과 하정도 더 버티지 못했다. 수현은 집에 도착해서야 잊고 있었던 게 생각났다.

"내 정신 좀 봐……."

"왜?"

"호영 오빠랑 지혁 씨, 클럽에 왜 왔는지 안 물어봤어."

"내가 불렀어."

시은은 별거 아니라는 듯 시큰둥하게 대답하고 제 방으로 휙 들어가 버렸다. 당황한 수현이 얼른 그녀의 뒤를 따랐다.

"네가 불렀다고?"

"대놓고 오라고 한 건 아니었고, 카페에서 너 기다리면서 호영 오빠한테 클럽 갈 거라고 슬쩍 흘렸지."

"왜?"

"지혁 오빠한테 말하라고."

시은의 꿍꿍이를 짐작한 수현의 미간이 좁아졌다.

"말하면?"

"오빠들 자극 좀 하려고. 새로운 장소에서 새로운 모습으로 보면 신선하잖아."

시은이 태연하게 어깨를 으쓱이자, 수현이 헛웃음을 터뜨렸다.

"어쩐지 뭔가 이상하다 했다. 지혁 씨를 왜 자극하는데? 우리가 권태기에 빠진 연인이냐?"

"뭔들 어떠냐."

"클럽에 갈 거라고 흘리면 지혁 씨가 온다는 확신은 있었고?"

"확신이 뭐가 필요해? 만약 안 오면 그냥 우리끼리 놀다 오면 되는 거지. 오빠들이 오든 안 오든 손해 볼 건 없었어."

수현은 긴가민가하면서도 잘못 들었다는 생각에 그냥 넘어갔던 한 글자가 시은의 입에서 다시 나오자 깜짝 놀랐다.

"잠깐. 들? 너 분명 오빠들이라고 했지?"

시은이 수줍게 머리카락을 귀 뒤로 넘기자, 수현의 눈이 튀어나올 듯 커졌다.

"설마 너!"

"그래. 네가 지금 생각하고 있는 그거 맞아."

"……"

수현은 너무 놀라 입을 다물지 못했다. 하루 이틀 본 사이도 아닌데 시은이 호영을 남자로 볼 거라고는 상상도 하지 못했기 때문이었다.

"지혁 오빠한테 직접 연락하는 건 너무 노골적인 거 같아서 호영 오빠한테 한 거였거든? 호영 오빠의 가벼운 입이 우리의 클럽행을 널리 알려주리라 기대하면서. 둘이 같이 와주면 금상첨화라고 생각했고. 원하던 대로 되긴 했는데…… 겸사겸사 호영 오빠한테 내 섹시미를 어필해 보려던 계획은 실패한 것 같다."

시은은 내내 실없는 농담만 하던 호영을 떠올리며 구시렁거렸다. 하지만 그녀는 자신이 그를 제대로 자극했다는 사실을 미처 모르고 있었다.

월요일 아침, 수현은 집을 나오자마자 지혁과 마주쳤다. 키스를 나눈 후 이틀만이었다. 그는 일말의 흐트러짐도 없는 슈트 차림이었다. 8시가 채 되지 않은 시간과 넥타이까지 단정하게 맨 차림이 지혁의 행선지를 알려주고 있었다.

"……출근하세요?"

어색한 분위기를 참지 못한 수현이 먼저 말문을 열었다.

"그건 뭐야? 어디 가?"

지혁의 시선이 수현이 끌고 나온 캐리어로 향했다.

"공항이요."

"공항? 어디 가는데?"

"이번에 프로듀싱 맡은 그룹 뮤직비디오 촬영이 괌에서 있어요."

지혁은 왜 진작 말하지 않았느냐는 말이 입안을 맴돌았지만, 수현이 어디를 가든 자신에게 일일이 말을 해야 할 이유가 없다는 걸 알기에 그 말을 입 밖으로 꺼내지는 못했다. 그는 하는 수 없이 다른 걸 물어야만 했다.

"얼마나?"

"3박 4일이요."

"뮤직비디오 촬영에서 네가 하는 일은 뭐야? 전체적인 기획 같은 거?"

"콘셉트 잡을 때 의견을 내기는 하지만, 촬영은 전문가들이 전담할 거라 제가 딱히 해야 할 일은 없어요."

지혁이 의아하다는 듯 되물었다.

"그럼 왜 가는데?"

"일하러 간다기보다는, 그냥 바람이나 쐬고 오려고요."

머릿속이 복잡해서 어디론가 훌쩍 떠나고 싶었던 수현에게 기획실장이 함께 가면 어떻겠느냐는 제의를 해왔고, 사람들로 북적거리는 여행도 괜찮을 것 같아 수락한 것이었다.

"강주성도 가나?"

지혁의 목소리에 묻어나는 못마땅함을 감지했으나, 수현은 모른 척 대답했다.

"간다고 일고 있어요."

"그럼 가지 마."

"……."

할 말을 잃은 수현에게 지혁이 다시 한 번 말했다.

"일 때문에 가는 거 아니라며? 그러니까 가지 말라고."

일이라고 했다면 아무리 싫어도 가지 말라고는 못 했을 거였다. 그런데 일이 아니라니 보내고 싶지 않았다. 그는 강주성이라는 뻔뻔스러운 놈이 수현의 곁에서 3박 4일 동안 맴돌 걸 생각하니 피가 거꾸로 솟는 기분이었다.

"티켓팅까지 끝났는데 이제 와서 어떻게 안 가요."

수현이 어이없다는 표정으로 엘리베이터를 향해 걸음을 옮겼다. 지혁은 가지 말란다고 안 갈 그녀가 아니라는 걸 알고 있었으면서 괜한 말을 꺼냈다고 생각하며 가만히 수현의 뒤를 따랐다.

지혁은 사무실에 도착했지만 일이 손에 잡히지 않았다. 창밖을 내다보며 한참을 골똘한 생각에 빠져 있던 그의 등 뒤로 우렁찬 노크 소리가 들려왔다. 뒤를 돌아보니 영민이 문을 반만 연 채로 고개만 들이밀고 있었다.

"수현 씨 왔다 갔냐?"

"무슨 소리야? 수현이 지금 공항일 텐데."

"공항?"

영민의 고개가 갸우뚱 기울었다.

"이상하다. 나 방금 주차장에서 수현 씨 봤는데? 차에 타서 휙 가는 것만 얼핏 보긴 했지만, 너 내 눈썰미 알잖아. 번개처럼 지나가도 알아볼 수 있는데 하물며……."

지혁도 영민의 눈썰미만큼은 인정했다. 그 말은 곧 수현이 회사에 왔었다는 뜻이었다. 그의 두 다리는 이미 달리고 있었다.

〈2권에 계속〉